石磊 注譯

# 新譯拾遺記

三民書局 印行

國家圖書館出版品預行編目資料

新譯拾遺記／石磊注譯.－－初版一刷.－－臺北市:
三民, 2012
面; 公分.－－(古籍今注新譯叢書)

ISBN 978-957-14-5588-4 (平裝)

857.23 100022082

© 新譯拾遺記

注譯者 石 磊
責任編輯 吳曉婷
美術設計 陳宛琳
發行人 劉振強
著作財產權人 三民書局股份有限公司
發行所 三民書局股份有限公司
地址 臺北市復興北路386號
電話 (02)25006600
郵撥帳號 0009998-5
門市部 (復北店) 臺北市復興北路386號
(重南店) 臺北市重慶南路一段61號
出版日期 初版一刷 2012年1月
編號 S 033250
行政院新聞局登記證局版臺業字第〇二〇〇號

ISBN 978-957-14-5588-4 (平裝)

http://www.sanmin.com.tw 三民網路書店

# 刊印古籍今注新譯叢書緣起

劉振強

人類歷史發展，每至偏執一端，往而不返的關頭，總有一股新興的反本運動繼起，要求回顧過往的源頭，從中汲取新生的創造力量。孔子所謂的述而不作，溫故知新，以及西方文藝復興所強調的再生精神，都體現了創造源頭這股日新不竭的力量。古典之所以重要，古籍之所以不可不讀，正在這層尋本與啟示的意義上。處於現代世界而倡言讀古書，並不是迷信傳統，更不是故步自封；而是當我們愈懂得聆聽來自根源的聲音，我們就愈懂得如何向歷史追問，也就愈能夠清醒正對當世的苦厄。要擴大心量，冥契古今心靈，會通宇宙精神，不能不由學會讀古書這一層根本的工夫做起。

基於這樣的想法，本局自草創以來，即懷著注譯傳統重要典籍的理想，由第一部的四書做起，希望藉由文字障礙的掃除，幫助有心的讀者，打開禁錮於古老話語中的豐沛寶藏。我們工作的原則是「兼取諸家，直注明解」。一方面熔鑄眾說，擇善而從；一方面也力求明白可喻，達到學術普及化的要求。叢書自陸續出刊以來，頗受各界的喜愛，使我們得到很大的鼓勵，也有信心繼續推廣這項工作。隨著海峽兩岸的交流，我們注譯的成員，也由臺灣各大學的教授，擴及大陸各有專長的學者。陣容的充實，使我們有更多的資源，整理更多樣化的古籍。兼採經、史、子、集四部的要典，重拾對通才器識的重視，將是我們進一步工作的目標。

古籍的注譯，固然是一件繁難的工作，但其實也只是整個工作的開端而已，最後的完成與意義的賦予，全賴讀者的閱讀與自得自證。我們期望這項工作能有助於為世界文化的未來匯流，注入一股源頭活水；也希望各界博雅君子不吝指正，讓我們的步伐能夠更堅穩地走下去。

# 新譯拾遺記　目次

## 附錄

# 導讀

志怪小說是中國古典小說形式之一，醞釀於先秦，發端於漢代，流行於魏晉南北朝。志怪小說以記敘神異鬼怪故事傳說為主體內容，多言神仙方術、鬼魅妖怪、殊方異物、佛法靈異等事。這與漢代以後道教和佛教日益盛行，鬼神迷信的說教廣為傳布而形成的侈談鬼神、稱道靈異的社會風氣有關。其時帝王文士如曹丕、陶淵明，道士如葛洪都預身其中，據不完全統計，見於史書記載的志怪書大約有近百種之多。雖然此期的志怪之作內容尚比較粗糙，在藝術上不夠精緻，但其題材之廣泛，幻想之奇異，已蔚然成為中國小說史上的一道風景。《拾遺記》即以其辭采豐美、幻想奇特成為此風景中的一抹亮色。

## 一、《拾遺記》及其作者

《拾遺記》又名《王子年拾遺記》、《拾遺錄》，前秦王嘉所撰，梁蕭綺作錄。王嘉其人《晉書》有傳，《高僧傳》、《雲笈七籤》所記與《晉書》大略相同。王嘉，字子年，隴西安陽（今甘肅渭源）人。為東晉時前秦的方士，性滑稽愛說笑，好服食養氣，不與世人交往。起初隱於東陽谷，鑿岩穴居，有眾多弟子隨行。後隱於終南山，為避世人又轉到倒獸山。善預言，然「辭似讖記，不可領解」，而事後多被驗證。因此，雖然王嘉堅持不出仕，但苻堅、姚萇等皆對其禮遇有加。苻堅問他：「國祚如何？」王嘉答曰「未央」，眾人以為國運永長。後苻堅於癸未年大敗於淮南，才明白其言另有深意，「未央」應是「未殃」，預言未年要遭殃。但最終因姚萇誤解其預言，被錯怪而遇害。真是成也蕭何，敗也蕭何。王嘉既然信服仙道，故以神鬼為不巫，極力搜集街談巷議、道聽塗說凡能夠證明神仙方術的一切傳聞，並將其視為事實來記載，編輯整理為《拾遺記》一書。為其作錄的蕭綺，生平事蹟不詳。齊治平先生根據蕭綺序文反映的思想見識及其名字，推測其為與蕭統、蕭綱同輩的梁宗室。據蕭綺的序，原書十九卷，共二百二十篇，由於苻秦之際的戰亂，散失嚴重。蕭綺乃「刪其繁紊」、「捃採殘落」重為編訂，定為十卷，並為之作序，後附《晉書·王嘉傳》，是為後序。蕭綺又據個人愛尚，隨文在條末或篇末發表議論凡三十七則，對文中內容或發揮或批評，稱之為「錄」。

## 二、《拾遺記》的內容與特色

《拾遺記》的主要內容是雜錄和志怪。前九卷按朝代順序記自上古三皇五帝至東晉各代的歷史傳說、神話故事和奇聞逸事，末卷記崑崙等仙山。其主旨是在對怪異事蹟的敘述中宣揚神道，故內容多荒誕不經。本書之旨不在譏諷時事，但在怪誕的情景之中還是間接反映出一些社會現實。如第四卷秦始皇怨碑一節，即反映出秦始皇修建驪山陵墓徭役的勞苦、殉葬的殘忍和民怨的沸騰。第六卷王溥捐官一節，反映的是漢代政府賣官鬻爵的弊政。第七卷魏文帝迎娶薛靈芸一節，則反映出古代帝王強徵民女給百姓造成的巨大心靈傷痛。另外，書中對於古代神話的補充、民間風俗的溯源、語音文字的推演、造紙紡織等技術水準的記載，這些雜錄的內容，增加了本書的文獻價值。

《拾遺記》在六朝志怪小說中屬上乘之作。豐美豔異辭采可觀是《拾遺記》在六朝志怪小說中突出的特色。明顧春世德堂本《拾遺記》跋評其「辭藻粲然」，《四庫全書簡明目錄》說其「詞條豔發」，《四庫全書總目提要》甚至把它歸於劉勰《文心雕龍・正緯》所謂「事豐奇偉，辭富膏腴。無益經典，而有助文章」的高度。書中各篇奇花異木、靈禽異獸目不暇接；羽人神舟、鬼斧神工層出不窮；靈夢讖緯、神仙鬼怪數見不鮮。真偽駁雜，虛實相間，即蕭綺所謂「殊怪必舉」，這是其第一個特點。書中所言草木瓜果、魚蟲鳥獸多巨碩無朋；且樹或萬歲一實，鳥或萬歲一交，移池國人視五岳成塵如朝夕；遠方國度、海外仙山遙不可及。時空縱橫、意境闊大，此清人譚獻所謂「恢詭之尤」，這是其第二個特點。書中所述帝王樓臺、神仙洞府華美宏富；車駕儀仗、珍食美饌雍容華貴。鋪排渲染、辭藻華麗，即蕭綺所謂「文存靡麗」，這是其第三個特點。《拾遺記》中的許多題材取自民間傳說或前代遺聞，但在整理時又有所演繹，其內容之奇詭、敘事之曲折，即《四庫全書總目提要》所謂「事豐奇偉」，這是其第四個特點。

《拾遺記》中描述的大量神奇怪誕的事物體現了小說作者豐富的想像力。如卷一記載唐堯時出現的「貫月查」、卷四秦始皇時出現的「淪波舟」、卷十崑崙山的「袪塵風」，今人驚訝地發現這是人類對於太空船、潛水艇、自動洗衣機的最早夢想。在科學技術高度發達的今天，古人富有創見的想像力還是如此令人嘆為觀止。卷三周穆王一節各種瓜果的巨大、卷六宣帝一節農作物品種之多樣、卷十崑崙山上「一株滿車」的嘉禾，都是人們對於五穀豐登、豐衣足食的生活的嚮往。勒鞮國人壽千歲，移池國人壽萬歲，文中多處出現對羽人的描寫，蘊涵了人類渴望超越死亡的美好願望。

雖然《拾遺記》在內容上「全構虛辭，用驚愚俗」（唐劉知幾《史通・雜述篇》）、所記事蹟「十不一真」（《四庫全書總目提要》），歷代多有批評，但這正突破了中國早期的志怪小說往往簡古晦澀、質樸少華、敘事簡單的模式，為唐傳奇開啟了先路。

## 三、《拾遺記》的版本與本書注譯原則

《拾遺記》十卷共三十篇。今存比較完整的版本有明世德堂翻宋本、明吳琯《古今逸史》本、明程榮《漢魏叢書》本、明吳世濟《漢魏叢書抄》本、明商濬《稗海》本，清紀昀等奉敕輯的《四庫全書》本等等。世德堂翻宋本是年代最早、品質最好的刻本，《古今逸史》本、

《漢魏叢書》本都從此本出。《稗海》本無蕭綺序且錄語多殘缺，文字多異，但正因此而別具校勘價值。《文淵閣四庫全書》只有蕭綺序而無其錄及王嘉傳，且各卷無標題，此本與《稗海》本乃一係。

我們此次對《拾遺記》的注釋以比較通行且常見的《漢魏叢書》本為底本，參考齊治平《拾遺記》校注（中華書局一九八一年），重新覈校其他版本、類書；依據內容之間的關係並參考前人意見，酌情整合或分析段落；由於段落之間內容關聯較少，故只依照標題分篇進行研析。將蕭綺序調整到全書之後，與後序一併作為附錄。需要說明的是，傅增湘先生曾經對《拾遺記》做過校跋並過錄清毛扆題識，條件限制，未見此本，本書凡稱毛校乃轉引齊治平校注中所稱引。

囿於學識，對《拾遺記》一書的注釋與解讀難免存在偏頗與錯誤，敬請方家指正。

石　磊

# 卷一

## 春皇庖犧

春皇者，庖犧之別號。所都[1]之國，有華胥[2]之洲。神母[3]遊其上，有青虹繞神母，久而方滅，即覺有娠，歷十二年而生庖犧。長頭脩目，龜齒龍脣，眉有白毫，鬚垂委地。或人曰：歲星[4]十二年一周天，今叶[5]以天時。且聞聖人生皆有祥瑞。昔者人皇[6]蛇身九首，肇[7]自開闢[8]。於時日月重輪[9]，山明海靜。自爾以來，為陵成谷[10]，世歷推移，難可計算。比於聖德，有踰前皇。禮義[11]文物[12]，於茲始作。去巢穴之居，變茹[13]腥之食，立禮教以導文[14]，造干戈[15]以飾武[16]，絲桑[17]為瑟[18]，均土[19]

為塤⑳，禮樂於是興矣。調和八風以畫八卦㉑，分六位以正六宗㉒。於時未有書契㉓，規天為圖，矩地取法㉔，視五星㉕之文，分晷景㉖之度，使鬼神以致群祠，審地勢以定川岳，始嫁娶以修人道。庖者，包也，言包含萬象；以犧牲㉗登薦㉘於百神，民服其聖，故曰「庖犧」，亦謂「伏羲」。變混沌㉙之質，文宓㉚其教，故曰「宓犧」。布至德於天下，元元㉛之類，莫不尊焉。以木德㉜稱王，故曰「春皇㉝」。其明叡照於八區㉞，是謂「太昊」。昊者，明也。位居東方，以含養㉟蠢化㊱，叶於木德，其音附角㊲，號曰「木皇」。

【注釋】❶都　居；處在。❷華胥　地名。在古華夏西北。今陝西西安藍田有華胥鎮、華胥陵。傳說庖犧的母親華胥氏是生活於此的氏族女首領。❸神母　指庖犧的母親華胥氏。❹歲星　即木星。中國古代很早就認識到木星約十二年運行一周天。人們把周天分為十二分，稱為十二次，木星每年行經一次，就用木星所在星次來紀年。❺叶　合；符合。❻人皇　三皇之一。舊有三皇五帝之稱，三皇指天皇、地皇、人皇。❼肇　開始。❽開闢　古代神話謂盤古開天闢地，是宇宙的開始。❾重輪　日月外圍出現的光圈，與日月形成同心圓。古代以為是祥瑞之相。❿為陵成谷　比喻自然界或世事的重大變化。語本《詩・小雅・十月》：「高岸為谷，深谷為陵。」

谷指山間深凹的低地，陵指高大的土山。⓫禮義　禮法道義。⓬文物　禮樂制度。⓭茹　吃。⓮導文　勸導文治。⓯干戈　兵器的通稱。干，盾牌。戈，橫刃有長柄。⓰飾武　整治武功。⓱絲桑　用絲繩纏繞桑木。⓲瑟　古代絃樂器。⓳均土　指用製陶器的轉輪加工陶土。均，《路史・後紀一》作「灼」。⓴塤　古代土製的吹奏樂器。㉑調和句　調和八方之風畫成八卦圖。八方之風，《說文解字》：「東方曰明庶風，東南曰清明風，南方曰景風，西南曰涼風，西方曰閶闔風，西北曰不周風，北方曰廣莫風，東北曰融風。」八卦，中國古代的一套有象徵意義的符號。古有八卦主八風之說。具體為乾主西北方、坤主西南方、震主東方、巽主東南方、坎主北方、離主南方、艮主東北方、兌主西方。㉒分六位句　按照六爻來明確六神的上下位置。六位，即六爻。卦之畫曰爻，六十四卦，每卦六畫，因其有上下序位，故稱。六宗，古代尊祀的六神，但六宗為何神，說法不一。今取漢孔光、劉歆之說，為乾坤六子：震、巽、坎、離、艮、兌，分別主雷、風、水、火、山、澤。㉓書契　指較早的契刻符號。古代典籍多記伏羲發明書契。《周易・繫辭下》說：「上古結繩而治，後世聖人易之以書契。」聖人，指庖犧。《補史記・三皇本紀》：「伏羲造書契以代結繩之政。」㉔規天二句　意為效法天地以為法度。規，圓規。矩，直尺。《漢書・律曆志》云：「規者，所以規圓器械，令得其類也；矩者，所以矩方器械，令不失其形也。」㉕五星　指金、木、水、火、土五大行星。㉖晷景　即晷影，晷表的投影。古人以此確定一天的時辰。㉗犧牲　古代人們用來祭祀的動物類貢品，如豬牛羊等。色純為「犧」，體全為「牲」。㉘登薦　進獻。㉙混沌　蒙昧無知。㉚文宓　指修飾整理。宓，通「密」。深密。㉛元元　指百姓。㉜木德　古代以五行相生相剋為帝王嬗代的符應。以五帝配五行五方，庖犧在五帝中被尊為東方木德之帝。㉝春皇　四季中的春季五行屬木，故稱木德的庖犧為春皇。㉞八區　八方。㉟含養　包容養育。㊱蠢化　指春天萌生的萬類萬物。㊲角　五音宮、商、角、徵、羽之一，對應五行中的木。

**【語　譯】**春皇，是庖犧的別號。他所居住的地方，有個華胥島。庖犧的母親到島上遊玩，有一道青虹纏繞著她，很久才消失，她就感覺有了身孕，過了十二年才產下胎兒，就是庖犧。庖犧長著修長的頭顱、細長的眼睛，龜的牙齒、龍的嘴脣，眉間還有白色的毫毛，鬍鬚能夠垂到地上。有人說：歲星十二年運行一周天，現在庖犧的孕期正合此天時。而且聽說聖人降生都有祥瑞之兆。從前的人皇是長著蛇的身軀而有九個頭顱，從他開始才有了宇宙。那時候日月都出現了光圈環繞的景觀，山海都明亮而寧靜。從人皇以後，陵谷交替，時代推移變換，時間過多久都難以計算了。若要比較聖德，庖犧又有超過人皇之處。禮法道義和禮樂制度，在庖犧時才開始制定。放棄居住在巢穴的生活習性，改變食用生腥的飲食習慣，設立禮教來勸導文治，製造干戈等兵器來整治武功。用絲繩纏繞桑木製成瑟，用陶均研磨土坯製成塤，於是禮樂興起。調和八方之風畫成八卦圖，按照六爻來明確六神的上下位置。當時還沒有契刻文字，效法天地以為禮法，觀察五大行星的運行軌跡，劃分晷表的刻度，使鬼神都得到祭祀，審察地勢來確定山川的名稱，開始確立嫁娶的制度來保證人道。庖，就是包，意思是包含萬象；用豬牛羊等供品進獻於百神，人民欽服他的聖明，故叫他「庖犧」，也叫「伏羲」。改變蒙昧無知的樸質狀態，修訂整理禮儀教化，故叫他「宓犧」。傳布大德於天下，百姓們沒有不尊崇他的。因為他以木德稱王，而春五行屬木，所以叫他「春皇」。庖犧的英明睿智影響了八方，所以叫做「太昊」。昊，就是明亮的意思。他位居東方，來包容養育春天萌生的萬事萬物，合於木德，在音律上依附角，角五行屬木，故號稱「木皇」。

**【研　析】**伏羲是中華民族敬仰的人文始祖，是三皇之一。伏羲在古代典籍中較晚出，事蹟也較分散，但在民間卻是一直流傳不衰的古神話之一。在傳說中，伏羲的身世相貌一直都頗具神話色彩。

如《列子》：「伏羲、女媧，蛇身而人面，有大聖之德。」晉代皇甫謐《帝王世紀》：「太昊帝庖犧氏，風姓也，燧人之世有巨人跡出於雷澤，華胥以足履之，有娠，生伏羲于成紀。」而本文所述有一點值得我們注意：將伏羲母親踏巨人足跡感而有孕，變作青虹纏繞有感而生。古人對於彩虹的原始認識，在古文字中有所體現。虹在古文字中形似兩頭蛇，蛇和龍又相關聯，人龍交感故伏羲才有「長頭脩目，龜齒龍脣」的不俗相貌，這是對伏羲人首蛇身的傳說更為簡捷、能夠自圓其說的詮釋。篇中主要介紹伏羲事蹟，雖然沒有在情節上鋪陳開來，但在對伏羲的身世相貌的描寫上有許多作者的渲染，這就是史家與小說家的不同。

# 炎帝神農

炎帝始教民耒耜❶，躬勤❷畎畝❸之事，百穀滋阜❹。聖德所感，無不著❺焉。神芝❻發其異色，靈苗❼擢其嘉穎，陸地❽丹蕖❾，駢生❿如蓋⓫，香露滴瀝，下流成池，因為豢⓬龍之圃。朱草⓭蔓衍於街衢，卿雲⓮蔚藹⓯於叢薄⓰，築圓丘⓱以祀朝日，飾瑤階⓲以揖夜光⓳。奏九天之和樂，百獸率舞，八音⓴克諧，木石潤澤。時有流雲灑液，是謂「霞漿」，服之得道，後天而老。有石璘㉑之玉，號曰「夜明」，以闇投水，浮㉒而不滅。當斯之時，漸革庖犧之樸，辨文物之用。時有丹雀銜九穗禾，其墜地者，帝乃拾之，以植於田，食者老而不死。採峻鍰之銅以為器。峻鍰，山名也。下有金井，白氣冠其上。人升於其間，雷霆之聲，在於地下。井中之金柔弱，可以緘縢㉓也。

【注釋】❶耒耜　古代的兩種農具。用來翻土。❷躬勤　親身致力。❸甽畝　田野。❹阜　草木豐茂。❺著　依附。❻神芝　即靈芝。❼靈苗　傳說中的仙草。❽陸地　原作「陸池」，《紺珠集》卷八及《類說》引作「陸地」，據改。❾蕖　荷花。❿駢生　並生。此指並頭蓮，是吉祥的徵兆。⓫蓋　傘蓋。⓬豢　飼養。⓭朱草　紅色的草；瑞草。其出現是祥瑞的兆頭。⓮卿雲　雲氣的一種，其出現是祥瑞的兆頭。《史記·天官書》記載：「若煙非煙，若雲非雲，郁郁紛紛，蕭索輪囷，是謂卿雲。卿雲見，喜氣也。」⓯蔚藹　雲氣彌漫。⓰叢薄　叢生的草木。⓱圓丘　祭天的圓壇。⓲瑤階　玉製的階梯。⓳夜光　指月亮。⓴八音　古代根據製作材料的不同，將樂器分成金、石、絲、竹、匏、土、革、木八類。㉑璘　玉的光彩。㉒浮　指光影浮動。㉓緪縢　繩索。

【語譯】炎帝最早教百姓使用耒耜耕地，親自從事田間勞作，他的部族百穀豐茂。被他的聖德所感化，萬物沒有不依附他的。在他的部族裡，靈芝煥發出奇異的光彩，仙草也抽出嫩芽，陸地上長出紅色的荷花，其中有並蒂蓮，大小如同傘蓋，荷葉上的露水滴下來匯流成池塘，成為飼養龍的圃田。紅色的瑞草蔓延到街道兩旁，吉祥的雲氣彌漫在草木間，修築圓丘來祭祀太陽，裝飾玉階來祭拜月亮。奏響九天的和樂，百獸都跟著起舞，八音和諧，草木玉石溫潤亮澤。有時天上的流雲滴下水珠，就是人們說的「霞漿」，服用後就能得道，壽比天高。有一種光彩明亮的玉石，叫做「夜明」，在黑夜投入水中，仍然光影浮動而不會消失蹤跡。炎帝時，逐漸革除庖犧時代的質樸風俗，分辨各種事物的用途。當時有丹雀銜來結有許多穗的禾苗，掉落在地上的，就被炎帝撿了起來，種在田地裡，吃了它所結的果實的人年老也不會死去。開採峻鍰的銅製造各種器具。峻鍰，是山名。山下有一口金色的井，總是有白氣籠罩在上面。人爬到井上，能夠聽到從地下傳來陣陣像打雷一樣的聲音。井中的金屬很柔軟，可以做成繩索使用。

錄曰❶：謹按《周易》云：伏羲為上古❷，觀文❸於天，察理❹於地，俯仰❺二儀❻，經綸❼萬象。至德備於冥昧，神化通於精粹❽。是以圖書著其跡，〈河〉〈洛〉表其文❾。變太素❿之質，改淳遠⓫之化。三才⓬之位既立，四維⓭之義乃張。禮樂文物，自茲而始。降於下代，漸相移襲。《八索》⓮載其遐軌⓯，《九丘》⓰紀其淳化。備昭籍籙⓱，編列柱史⓲。考驗先經⓳，刊詳往誥⓴，事列方典㉑。取徵群籍，博採百家，求詳可證。按《山海經》云：「堂庭之山，出浮水玉。巫閭之地，其木多文。」㉒自非道真俗樸，理會冥旨，與四時齊其契㉓，精靈協其德，禎祥㉔之異，胡可致哉！故使跡感誠著㉕，幽祇㉖不藏其寶，祇心剪害，殊性之類㉗必馴也。以降露成池，蓄龍為圃。及乎夏代，世載綿絕，時有豢龍之官。考諸遐籍㉘，由斯㉙立矣。

【注釋】❶錄曰　即蕭綺序所云：「序而錄焉。」「錄曰」以下皆蕭綺之論。錄，附錄。❷上古　較早的古代。一般指文字記載出現以前的歷史時代。《漢書・藝文志》：「《易》道深矣，人更三聖，世歷三古。」孟康注《易・繫辭》曰：「『《易》之興，其於中古乎？』」然則伏羲為上古，文王為中古，孔子為下古。」❸文　紋理。❹理　紋路。❺俯仰　沉思默想。❻二儀　指天地。❼經綸　整理，使有條理。❽精粹　隱微奧妙的地方。❾是以二句　《易・繫辭》：「河出圖，洛出書，聖人則之。」傳說伏羲時，有龍馬從黃河出現，背負〈河圖〉；有神龜從洛水出現，背負〈洛書〉。伏羲根據〈河圖〉、〈洛書〉繪製了八卦。❿太素　指原始的物質世界。《列子・天瑞》：「太素者，質之始也。」⓫淳遠　指偏遠之地。⓬三才　指天、地、人。《易・繫辭》：「《易》之為書也，廣大悉備。有天道焉，有人道焉，有地道焉。兼三才而兩之。」⓭四維　《管子・牧民》：「何謂四維？一曰禮，二曰義，三曰廉，四曰恥。」劉績注：「維，網罟之綱，此四者張之，所以立國，故曰四維。」⓮八索　古書名。《尚書・序》：「八卦之說，謂之《八索》，求其義也。」⓯遐軌　前人的法度。⓰九丘　古書名。《尚書・序》：「九州之志，謂之《九丘》；丘，聚也，言九州所有，土地所生，風氣所宜，皆聚此書也。」⓱籍籙　書冊與簿籍。⓲柱史　柱下史的省稱，周代官名，掌典守書籍。此指史籍。⓳先經　前代的經籍。⓴誥　《書》六體之一。用於告誡勸勉。㉑方典　指史書。方，古時書寫文字用的木版。典，古時書寫文字用的竹簡。後人亦稱之為方策、方書。㉒堂庭之山四句　所引四句，與今本出入較大。堂庭，原作「棠帝」，據《山海經・南山經》改。㉓齊其契　即齊契。合契、符合之意。㉔禎祥　吉祥的徵兆。㉕著　彰明。㉖祇　地神。㉗殊性之類　指極不尋常的物種。㉘遐籍　古代的典籍。㉙由斯　自此。

【語譯】附錄：按《周易》說：伏羲是上古人，他向上觀測天文，向下考察地理，思考天地變化的軌跡，歸納萬物演化的規律。他的大德廣備在混沌蒙昧之中，他的精神貫通到隱微奧妙之所。因此圖冊書籍記載著他的事蹟，〈河圖〉、〈洛書〉記述著他的文章。他改變了原始時代質樸的生活方式與偏遠地方的古樸習俗。至天、地、人的地位關係確立之後，禮、義、廉、恥的行為標準才得到張揚。禮樂文物的制度，從此才開始實行。歷史發展到後代，逐漸沿襲下來。《八索》記載著他所制定已久的法規，《九丘》書寫著他淳樸的教化。伏羲的聖德都記載於典籍，編列於史書。我們考辨先人的經典，他的勸誡都有詳細的記載，所有的事蹟都列於典籍之中，徵引各種典籍，廣採百家之言，可以得到詳細的證明。按《山海經》說：「堂庭山出產能浮在水中的寶玉。巫閭之地的樹木都有許多紋理。」如果不是道正而風俗淳厚，深刻體會自然界的法則，與四時變化相契合，神靈也悅服他的德行，這種吉祥的異象怎麼會出現呢！所以，如果事蹟感天動地、誠意昭然顯現，幽冥中的地神也不會藏起自己的寶物，全心全意剪除禍害，再不尋常的物種也會被馴服。所以有「滴下來的露水匯成池塘，蓄養龍而成為囿園」的說法。直到夏代，世代綿延不斷，史上有豢龍官，考證於古代的典籍，豢龍官於此世設立。

【研　析】炎帝神農，是中華民族的人文始祖，三皇之一，中國遠古傳說時期的一位氏族部落首領，以發明農耕而著稱。本篇沒有著眼於神農的發明創造，而是在場景環境上運筆，以浪漫的筆調描述了當時安寧、祥和的太平景象：地上長滿靈芝仙草，百獸起舞，天上祥雲滴下霞漿，又有丹雀銜來穀種，凡此種種，不像是原始洪荒的年代，反而是作者想像出的理想國。

# 軒轅黃帝

軒轅❶出自有熊之國❷。母曰昊樞❸，以戊己❹之日生，故以土德稱王也。時有黃星❺之祥。考定曆紀❻，始造書契❼。服冕垂衣❽，故有袞龍❾之頌。變乘桴❿以造舟楫，水物為之祥踴⓫，滄海為之恬波⓬。泛河沉璧⓭，有澤馬⓮群鳴，山車⓯滿野。吹玉律⓰，正璇衡⓱。置四史⓲以主圖籍，使九行之士以統萬國。九行者，孝、慈、文、信、言、忠、恭、勇、義。以觀天地，以祠萬靈，亦為九德之臣。薰風⓳至，真人⓴集，乃厭世㉑，於昆臺之上留其冠、劍、佩、舄㉒焉。昆臺者，鼎湖㉓之極峻處也，立館於其下，帝乘雲龍而遊。殊鄉絕域㉔，至今望而祭焉。帝以神金鑄器，皆銘題。及昇遐㉕後，群臣觀其銘，皆上古之字，多磨滅缺落。凡所造建，咸刊記其年時，辭跡㉖皆質。詔使百闢㉗群臣受德教者，先列珪玉於蘭蒲席上，燃沉榆之香，舂雜寶為屑，以沉榆之膠和之為泥，以塗地，分別尊卑華戎之位也。（事出《封禪記》）帝使風后㉘負書，常伯㉙荷劍，旦遊洹流㉚，夕歸陰浦㉛，行萬里而一息。洹流如沙塵，足踐則陷，其深難測。大風吹沙如霧，中多神龍魚鱉，皆能飛翔。有石蕖青色，堅而甚輕，從風靡靡㉜，覆其波上，一莖百葉，千年一花。其地一名「沙瀾」，言沙湧起而成波瀾也。仙人甯封㉝食飛魚而死，二百年更生，故甯先生遊沙海七言頌云：「青蕖灼爍千載舒，百齡暫死餌飛魚。」則此花此魚也。

【注釋】❶軒轅　即黃帝。《史記・五帝本紀》記載：「黃帝者，少典之子，姓公孫，名軒轅。」❷有熊之國　古地名。在今河南新鄭。❸昊樞　黃帝母親此名與其他典籍相異。《史記正義》：「母曰附寶，之祁野，見大電繞北斗樞星，感而懷孕，二十四月而生黃帝於壽丘。」❹戊己　古以十天干配五方，戊己屬中央，五行中屬土。❺黃星　黃色的星。古代認為是祥瑞之兆。❻曆紀　曆數、曆法。❼書契　指較早的契刻符號。❽服冕垂衣　調定衣服之制，示天下以禮。服冕，戴冠。❾袞龍　指天子。天子的禮服上繪有龍，故稱。❿桴　渡水用的小竹筏或小木筏。⓫祥踴　謂歡快遊弋。⓬恬波　謂波濤不驚。⓭沉璧　沉璧於河。古代一種祭祀川澤的儀式。璧，古代玉製的一種禮器。⑭澤馬　川澤所出的神馬。表示祥瑞。⑮山車　自然成形的車子。傳說帝王有德，則山車就會出現。⑯玉律　玉製的標準定音器。相傳黃帝時伶倫截竹為筒，以筒之長短分別聲音的清濁高下。樂器之音，則依以為準。⑰璇衡　「璇璣玉衡」的省稱。指觀測天象的儀器。⑱四史　《稱謂錄》以為相當後世之翰林官職。⑲薰風　和暖的風。⑳真人　道家稱存養本性或修真得道的人。㉑厭世　謂離棄人世而成仙。㉒舄　鞋。㉓鼎湖　在今陝西藍田境。《史記・封禪書》：「黃帝采首山銅，鑄鼎於荊山下。鼎既成，有龍垂胡頿，下迎黃帝。……故後世因名其處曰鼎湖。」㉔殊鄉絕域　異域；指極其遙遠的地方。㉕昇遐　謂離世隱居，學道修仙。㉖辭跡　文辭與書法。㉗百闢　指諸侯。闢，同「辟」。辟，君主招來，授予官職。㉘風后　古代傳說為黃帝的宰相，精通天文曆法及兵法。㉙常伯　即《史記・五帝本紀》中的常先，黃帝近臣，發明了很多狩獵工具。㉚洹流　河名。其地不詳。㉛陰浦　地名。其地不詳。㉜靡靡　隨風飄搖的樣子。㉝甯封　傳說中的仙人。據《列仙傳》載，原為黃帝陶正，後得道成仙。後代尊為陶神。

**【語譯】**黃帝出自有熊國。他的母親叫做昊樞，因為他是戊己日出生，所以以土德稱王。當時有黃星出現的吉兆。黃帝考定曆數、曆法，最先創造了契刻文字。首倡戴冠冕、穿朝服，所以有「袞龍」的稱頌。改造乘坐的小筏來做成船，水中的魚兒為此歡快遊弋，大海為此平靜了波濤。泛舟黃河沉璧於水祭奠川澤，出現了澤馬成群，山車遍野的景象。推廣樂器的標準，校正璇璣玉衡。設置四史來負責圖籍的管理，任用九行之士來統領萬國。九行，即孝、慈、文、信、言、忠、恭、勇、義。用九行示範於人間，祭祀眾神，也叫做九德之臣。和風吹來，真人集聚，然後離世而去，在昆臺上留下了他的冠冕、佩劍、玉佩、鞋子。昆臺，是鼎湖的最險峻之處，黃帝在昆臺下修建了館舍，便於乘雲龍遊走。遠方的人們，至今還遙望祭奠他。黃帝用神金鑄的器物，上面都鐫刻銘文。等到他升天之後，群臣觀看那些銘文，都是上古的文字，多有磨損缺失。凡是建造的器物，都刻記具體的時間，文辭書法都很質樸。黃帝還曾下詔讓接受德育教化的諸侯群臣，先在蘭蒲席上排列珪玉，點燃古榆的香料，將各種珍寶舂為碎屑，用古榆的膠和成泥，塗在地上，以分別尊卑華戎的次序。（此事的記載出自《封禪記》）黃帝命令風后背著書，常伯扛著劍，早晨巡遊洹流，晚上回到陰浦，行走萬里才休息一次。洹流表面像沙塵一樣，腳踏上去就會下陷，深不可測。大風吹起沙子如同煙霧，裡面有許多神龍魚鱉，都能夠飛翔。有一種石蕖，青色，堅硬而輕盈，隨風飄搖，覆蓋在波濤之上，一莖有百葉，千年開一朵花。那個地方一名「沙瀾」，意思是沙子湧起而成波瀾。仙人甯封吃飛魚而死，二百年後復生，所以甯先生遊沙海作七言詩吟頌：「青色的石蕖光彩明豔，千年舒卷一次，猝然死去，百年復生，只因食用了飛魚。」說的就是這種花和魚啊。

【研析】黃帝是華夏民族始祖，傳說中遠古時期的部落聯盟首領，五帝之首。傳說他種植百穀草木、創造文字、始製衣冠、建造舟車、發明指南車、定算數、制音律、創醫學等，是承前啟後的中華文明先祖。同時，黃帝也和道家有著某種聯繫。春秋戰國時期的齊國稷下學宮有一個重要的派別「黃老學派」，即把黃帝與老子相配，同尊為道家創始人。文中言黃帝時真人來集，黃帝昇遐而去，即是道家以黃老為宗的反映。本篇的精彩之處在於對「洹流」的描寫，其景致可謂雲譎波詭，氣象萬千。篇中展現在讀者面前的圖畫具有極強的衝擊力，足以懾人心魄，充分展示了古代人們對於未知世界的豐富想像力，也體現了作者華美浪漫的語言風格。

# 少昊

少昊❶以金德王。母曰皇娥，處璇宮❷而夜織。或乘桴木❸而晝遊，經歷窮桑❹滄茫之浦❺。時有神童，容貌絕俗，稱為白帝之子，即太白❻之精，降乎水際，與皇娥讌戲❼，奏㛹娟❽之樂，游漾忘歸。窮桑者，西海之濱，有孤桑之樹，直上千尋❾，葉紅椹❿紫，萬歲一實，食之後天而老。帝子與皇娥泛於海上，以桂枝為表⓫，結薰茅⓬為旌，刻玉為鳩⓭，置於表端，言鳩知四時之候，故《春秋傳》曰「司至⓮」是也。今之相風⓯，此之遺像也。帝子與皇娥並坐，撫桐峰⓰梓瑟。皇娥倚瑟而清歌曰：「天清地曠浩茫茫，萬象迴薄⓱化無方。浛天蕩蕩望滄滄，乘桴輕漾著日傍。當其何所至窮桑，心知和樂悅未央。」俗謂遊樂之處為桑中也。《詩》中〈衛風〉云：「期我乎桑中。」蓋類此也。白帝子答歌：「四維⑱八埏⑲眇難極，驅光逐影窮水域。璇宮夜靜當軒織。桐峰文梓千尋直，伐梓作器成琴瑟。清歌流暢樂難極，滄湄海浦來棲息。」

及皇娥生少昊，號曰窮桑氏，亦曰桑丘氏。至六國時，桑丘子著陰陽書，即其餘裔也。少昊以主西方，一號金天氏，亦曰金窮氏。時有五鳳⑳，隨方之色，集於帝庭，因曰鳳鳥氏。金鳴於山，銀湧於地。或如龜蛇之類，乍似人鬼之形，有水屈曲亦如龍鳳之狀，有山盤紆㉑亦如屈龍之勢，故有龍山、龜山、鳳水之目也。亦因以為姓，末代為龍丘氏，出班固〈藝文志〉；蛇丘氏，出《西王母神異傳》。

【注釋】❶少昊　遠古時東夷人的首領。傳說的五帝之一。❷璇宮　玉飾的宮室。傳說中仙人的居所。❸桴木　即木筏。❹窮桑　傳說中的地名。❺浦　水邊。❻太白　星名，即金星，又稱「長庚」、「啟明」。❼讌戲　宴飲嬉戲。❽㛐娟　悠揚婉轉。原作「㛐娟」，意不可解，「㛐」當與「㛐」形近而訛。❾尋　古代長度單位。八尺為一尋。❿椹　桑樹的果實。⓫表　標竿。⓬薰茅　即香茅。⓭鳩　鳥名。⓮至　謂冬至、夏至。⓯相風　觀測風向的儀器。⓰桐峰　當指琴臺。桐，製琴的材料，故常代指琴。⓱迴薄　循環變化。⓲四維　四方。⓳八埏　八方邊遠的地方。⓴五鳳　五種鳳鳥。㉑盤紆　迴繞曲折。

【語　譯】少昊以金德稱王。他的母親叫做皇娥，住在璇宮之中，在夜間織錦。有時候白天乘坐木筏出來遊玩，經過窮桑滄茫的水畔。當時有一個神童，容貌超俗，人們說他是白帝之子，也就是太白金星，降臨在水邊，與皇娥宴飲嬉戲，奏起悠揚婉轉的音樂，遊蕩歡快竟忘記歸去。窮桑，在西海之濱，有一棵獨立的桑樹，樹幹高達千尋直上雲霄，它的葉子是紅色，果實是紫色，一萬年結一顆果實，吃了它壽命會比天地還長。白帝之子與皇娥泛舟海上，用桂樹的枝條做標竿，繫上香茅做旌條，刻一個玉鳩，放在竿子的頂端，傳說鳩知道四時的節氣，所以《春秋傳》所云「司冬夏之至」說的就是這個意思。今天的相風儀，就是它的遺跡。白帝之子與皇娥並排而坐，撫弄琴臺上的梓瑟。皇娥倚靠著瑟而清脆的唱道：「天清寂，地遼闊，海浩蕩，宇宙中的萬物循環變化不息。沉浸在天的博大之中遙望遠方，乘坐小船輕輕搖盪在太陽旁。面對的是哪裡啊？來到了窮桑，內心安樂愉悅無窮。」後人就將遊樂的地方叫做桑中。《詩經》中〈衛風〉說：「在桑林中等我。」大概都是源於這個傳說。白帝之子對歌：「四面八方都難見邊際，追逐光影來到海的盡頭。璇宮的夜晚分外寧靜，不由當窗紡織。桐峰的文梓樹高有千尋，伐下梓木製做成琴瑟。清歌一曲流蕩舒暢其樂無窮，滄海之濱我們雙宿雙棲。」等到皇娥生下少昊，取名叫窮桑氏，也叫桑丘氏。六國時，有個寫《陰陽書》的桑丘子，就是他們的後代。少昊因為主持西方，叫做金天氏，也叫金窮氏。當時有五種鳳鳥，按照五方的顏色，聚集在少昊帝的庭院，因此又叫做鳳鳥氏。黃金在山中鳴響，白銀在地下湧動。有的像龜蛇動物一類的樣子，忽然又變作人鬼的形貌。有的水屈曲像龍鳳的形狀，有的山迴繞曲折像盤龍的樣子，所以有龍山、龜山、鳳水的地名。也有因此作為姓氏的，後代有龍丘氏，見於班固〈藝文志〉；有蛇丘氏，見於《西王母神異傳》。

【研析】本篇記五帝之一少昊的事蹟。文中對少昊時期富庶祥和的景象做了描述，但更打動我們的卻是皇娥與白帝之子相戀的故事。這是在仙境中的仙人戀愛故事，其浪漫的描寫在古代文學作品中是極為少見的。作者為他們的相識安排了一個幽靜而又浪漫的場所——窮桑，相識方式是偶遇並一見鍾情，談戀愛的過程是在水畔嬉戲、水中蕩舟、琴瑟相和。其感情之純真、情意之纏綿、相處之甜蜜，是古今多少男女的夢想，反映人們對自由自在的婚戀的嚮往，也反映出東晉文人超越名教、任心自然的文采風流。

# 顓頊

帝顓頊❶高陽氏，黃帝孫，昌意❷之子。昌意出河濱，遇黑龍負玄玉圖。時有一老叟謂昌意云：「生子必叶水德而王。」至十年，顓頊生，手有文如龍，亦有玉圖之像。其夜昌意仰視天，北辰❸下，化為老叟。及顓頊居位，奇祥眾祉❹，莫不總集；不稟正朔者❺，越山航海而皆至也。帝乃揖四方之靈，群后❻執珪以禮，百辟❼各有班序。受文德者，錫以鐘磬；受武德者，錫以干戈。有浮金❽之鐘，沉明之磬，以羽毛拂之，則聲振百里。石浮於水上，如萍藻之輕，取以為磬，不加磨琢。及朝萬國之時，乃奏〈含英〉❾之樂，其音清密，落雲間之羽❿，鯨鯢⓫游湧，海水恬波。有曳影⓬之劍，騰空而舒。若四方有兵，此劍則飛起指其方，則剋伐；未用之時，常於匣裏如龍虎之吟。溟海⓭之北，有勃鞮之國。人皆衣羽毛，無翼而飛，日中無影，壽千歲。食以黑河水藻，飲以陰山桂脂。憑風而翔，乘波而至。中國氣暄⑭，羽毛之衣，稍稍⑮自落。帝乃更以文豹⑯為飾。獻黑玉之環，色如淳漆。貢玄駒千匹。帝以駕鐵輪⑰，騁勞⑱殊鄉絕域。其人依風泛黑河以旋⑲其國也。闇河之北，有紫桂成林，其實如棗，群仙餌焉。韓終⑳採藥四言詩曰：「闇河之桂，實大如棗。得而食之，後天而老。」

【注　釋】❶顓頊　傳說的五帝之一。是一位有文治之功的帝王。❷昌意　傳說黃帝和嫘祖的兒子。❸北辰　即北極星。❹祉　福。❺不稟正朔者　指邊遠的國家。不稟正朔，即與其正朔不一致。正朔，即正月一日。古時王者易姓，有改正朔之事，並視為開國大典。❻群后　指諸侯。❼百辟　百官。辟，君主招來，授予官職。❽浮金　相傳一種質輕的金屬。《太平廣記》卷二十九引漢郭憲《洞冥記》：「漢武帝起招仙閣於甘泉宮西偏。其上懸浮金輕玉之磬。浮金者，自浮於水上；輕玉者，其質貞明而輕。」❾含英　當為樂曲名。❿雲間之羽　指飛鳥。⓫鯨鯢　即鯨。雄曰鯨，雌曰鯢。⓬曳影　當為寶劍名。⓭溟海　神話傳說中的海名。《列子・湯問》：「終北之北有溟海者，天池也。」⓮暄　溫暖。⓯稍稍　逐漸。⓰文豹　指用豹皮做的衣服。⓱鐵輪　指鐵輪車。⓲騁勞　巡行慰勞。⓳旋　回。⓴韓終　古代傳說中的仙人。一說秦始皇時方士。

【語　譯】帝顓頊高陽氏，是黃帝之孫，昌意之子。昌意走在河邊，遇見黑龍背負著玄玉圖。當時有一個老人告訴昌意：「你生的兒子一定符合水德而稱王。」過了十年，顓頊出生，手上有像龍一樣的紋路，也有玉圖的痕跡。那天夜裡昌意仰視天空，北極星下凡，化為當年的老人。等到顓頊登上帝位，各種奇異的祥瑞吉兆，紛紛出現；那些邊遠的國家，也翻山越海前來歸服。顓頊帝於是揖拜四方的神靈，諸侯執珪朝拜，群臣各有次序。授予文職的人，錫與鐘和磬等禮樂器；授予武職的人，干和戈等兵器。有極輕的浮金鐘，極重的沉明磬，用羽毛拂弄它們，聲音會傳播百里。有一種能夠浮在水上的石頭，像浮萍水藻那樣輕，拿來作為磬，都不需要進行磨製。等到萬國前來朝覲時，用來演奏〈含英〉樂曲，它的聲音清越綿遠，吸引雲間的飛鳥飛下，使鯨鯢歡騰暢游，而海水也因此波濤不驚。有一把叫做曳影的寶劍，騰空而出。如果哪裡有戰事，這把劍就會飛起並指向那個方向，戰無不勝；不用的時候，常在匣子裡發出彷彿龍吟虎嘯的聲音。在溟海的北面，有個勃鞮國。那裡的人都以羽毛為衣服，沒有翅膀卻能夠飛翔，日正當中時他們竟沒有影子，壽命可以達到千歲。以黑河的水藻為食物，以陰山的桂脂為飲水。他們能夠憑藉風力而飛翔，能借助水而來去。後因中原的氣候溫暖，披著的羽毛逐漸自行脫落。顓頊帝就讓他們改穿豹皮做的衣服。他們獻上的黑色玉環，黑得如同純漆。進貢了一千匹黑馬。顓頊帝用來駕鐵輪車，到邊遠的地方巡行慰勞。那些人憑藉風力，踏著黑河返回了他們的國家。闇河的北面，有一片紫桂連成了林子，它的果實像棗，眾仙都食用。韓終作採藥四言詩道：「闇河的桂樹，果實大如棗。得到並吃下它，壽命會比天還長。」

【研　析】作為上古五帝之一的顓頊，身世自然也不俗。《莊子．大宗師》即以顓頊為天神，處玄宮。本篇便附會陰陽家的五行說，以所居玄宮為北方之宮，北方色黑，五行中屬水，因此古人說他是以水德稱帝，所以杜撰出其父「遇黑龍負玄玉圖」，得到神人昭示其子將「叶水德而王」的故事。後文所言浮金鐘、沉明磬、曳影劍等各種「奇祥眾祉」，各有奇異之處。俗話說「世界之大無奇不有」，我們不能囿於見聞而否認其真實性，但這些事物無疑是經過了人為的誇飾，被蒙上了一層神奇的色彩。這是漢末以來，受讖緯、宗教、異域文化影響而形成的追求怪異審美價值取向的反映。而勃鞮國應該是傳說或者想像出來的國度，那裡的人不食人間煙火，以羽毛為衣，能飛翔。關於羽人的傳說，古代文獻多有記述。《楚辭・遠遊》：「仍羽人於丹丘兮，留不死之舊鄉。」王逸注：「人得道，身生毛羽也。」《論衡・道虛篇》：「好道學仙，中生毛羽，終能飛升。」這是由於秦漢時期受道教和神仙思想的影響，得道昇仙被視作塵世生活的最終歸宿。對羽人的幻想，反映的是人們渴望超越死亡的美好願望。

# 高辛

帝嚳❶之妃，鄒屠氏之女也。軒轅去蚩尤❷之凶，遷其民善者於鄒屠之地，遷惡者於有北之鄉❸。其先以地命族，後分為鄒氏、屠氏。女行不踐地，常履風雲，游於伊、洛❹。帝乃期❺焉，納以為妃。妃常夢吞日，則生一子，凡經八夢，則生八子。世謂為「八神」，亦謂「八翌」，翌，明也，亦謂「八英」，亦謂「八力」，言其神力英明，翌成萬象，億兆流其神睿焉。

【注釋】❶帝嚳　傳說的五帝之一。黃帝的曾孫。因輔佐顓頊有功，被封於高辛（今商丘南）。後為帝，史稱為高辛氏。❷蚩尤　傳說中上古時代九黎族部落酋長。曾與炎帝大戰，將炎帝打敗，於是炎帝與黃帝聯合攻打蚩尤，蚩尤戰死。❸有北之鄉　北方寒冷荒涼的地區。❹伊洛　二水名。伊河在今河南西部，源出欒川伏牛山北麓，東北流，入洛河。洛水，今河南之洛河。❺期　邀約。

【語譯】帝嚳的妃子，是鄒屠氏的女兒。軒轅除去蚩尤這一禍患，將臣服的百姓遷居到鄒屠，將頑抗的人遷居到北方。遷到鄒屠的人先以地名作為族名，後來分為鄒氏、屠氏。鄒屠氏的女兒行走時腳不沾地，常常乘風馭雲，飄遊在伊、洛附近。於是帝嚳向她發出邀約，納為妃子。妃子常常夢見吞下太陽，結果生下了一個兒子，這樣的夢一共做了八次，結果生了八個兒子。世人稱為「八神」，也叫做「八翌」，翌，就是英明的意思，又叫做「八英」，也叫做「八力」，是說他們神勇英明，昭示他們將成就宇宙萬物，庶民百姓都傳布他們的神勇智慧。

有丹丘❶之國，獻碼碯甕❷，以盛甘露。帝德所洽❸，被❹於殊方，以露充於廚也。碼碯，石類也，南方者為之勝。今善別馬者，死則破其腦視之。其色如血者，則日行萬里，能騰空飛；腦色青者，嘶聞數百里；腦色黑者，入水毛鬣不濡，日行五百里；腦色白者，多力而怒❺。今為器多用赤色，若是人工所製者，多不成器，亦殊樸拙。其國人聽馬鳴則別其腦色。丹丘之地，有夜叉❻駒跋❼之鬼，能以赤馬腦為瓶、盂❽及樂器，皆精妙輕麗。中國❾人有用者，則魑魅❿不能逢之。一說云，馬腦者，言是惡鬼之血，凝成此物。昔黃帝⓫除蚩尤及四方群凶，并諸妖魅，填川滿谷，積血成淵，聚骨如岳。數年中，血凝如石，骨白如灰。膏流成泉，故南方有肥泉之水。有白堊⑫之山，望之峨峨，如霜雪矣。又有丹丘，千年一燒，黃河千年一清。至聖之君，以為大瑞。丹丘之野多鬼血，化為丹石，則碼碯也。不可斫削雕琢，乃可鑄以為器也。當黃帝時，碼碯甕至，堯時猶存，甘露在其中，盈而不竭，謂之寶露，以班賜⑬群臣。至舜時，露已漸減。隨帝世之汙隆⑭，時淳則露滿，時澆則露竭。及乎三代，減於陶唐⑮之庭。舜遷寶甕於衡山之上，故衡山之岳有寶露壇。舜於壇下起月館，以望夕月。舜南巡至衡山，百辟群后皆得露泉之賜。時有雲氣生於露壇，又遷寶甕於零陵⑯之上。舜崩，甕淪於地下。至秦始皇通汨羅⑰之流為小溪，逕從長沙至零陵。掘地，得赤玉甕，可容八斗，以應八方之數，在舜廟之堂前。後人得之，不知年月。至後漢東方朔⑱識之，朔乃作〈寶甕銘〉曰：「寶雲生於露壇，祥風起於月館。望三壺如盈尺，視八鴻如縈帶。」三壺，則海中三山也。一曰方壺，則方丈也；二曰蓬壺，則蓬萊也；三曰瀛壺，則瀛洲也。形如壺器。此三山上廣、中狹、下方，皆如工製，猶華山之似削成。八鴻者，八方之名；鴻，大也。登月館以望四海三山，皆如聚米縈帶者矣。

【注釋】❶丹丘　在浙江寧海南九十里獅山附近。相傳是仙人羽化之處。❷甕　亦作「瓮」。一種盛水或酒等的陶器。❸洽　周遍；遍及。❹被　蓋；遮覆。❺怒　強健。❻夜叉　佛教徒所說的一種吃人或能夠騰飛空中、速疾隱祕的惡鬼。❼駒跂　當是鬼名，其意不詳。❽盂　古代盛湯漿或飯食的圓口器皿。❾中國　古時指中原地區。❿魑魅　古代謂害人的山澤神怪。泛指鬼怪。⓫黃帝　原作「皇帝」，據《稗海》本改。⓬白堊　白土，石灰岩的一種，質軟而輕。⓭班賜　頒賜；分賞。⓮汙隆　升與降。常指世道的盛衰或政治的興替。⓯陶唐　即唐堯，帝嚳之子，姓伊祁，名放勳。初封於陶，後徙於唐。故稱。⓰零陵　舜帝陵墓。即今湖南寧遠東南之舜陵。⓱汨羅　江名。源出江西修水縣西南山，上游曰汨水，下流與西羅水相會。⓲東方朔　字曼倩。西漢辭賦家。以言詞敏捷、滑稽多智聞名。

【語譯】有個丹丘國，進獻碼碯製成的甕，可以用來盛甘露。這是帝嚳的仁德所及，延展到偏遠的地方，使甘露能夠盈滿廚房。碼碯，是一種石頭，產在南方的被認為是上品。如今善於鑒別馬的人，馬死後就剖開牠的腦子觀察。腦子顏色像血一樣紅的馬，能夠日行萬里，騰空飛翔；腦子顏色是黃色的馬，可日行千里；腦子顏色是青色的馬，嘶鳴的聲音可在數百里外聽到；腦子顏色是黑色的馬，入水鬃毛不會浸溼，日行五百里；腦子顏色是白色的馬，力大而強健。如今成型的器物多用紅色，如果是人工製造，大多不成器形，即使做出來也特別拙劣。那個國家的人聽馬的嘶鳴就能夠辨別牝腦子的顏色。丹丘那個地方，有夜叉、駒跋一類的鬼，能用紅馬腦做成瓶、盂以及樂器，都精緻巧妙輕巧精美。中原用這些器物的人，就不會遇見魑魅鬼怪。有一種說法，傳說馬腦是惡鬼的血凝固而成的。以前黃帝殺死蚩尤及四方的惡勢力，還有諸多妖魅，死者填滿了川谷，血積成深潭，骨聚成山。數年之中，他們的血凝固像石頭一樣，骨頭像石灰一樣白。他們的油脂匯流成泉，所以南方有一眼泉水叫做肥泉。有一座白堊山，遠遠望去十分巍峨，好像霜雪覆蓋。又有一處叫做丹丘，每千年就會著火一次，如同黃河每千年就會由濁變清一次一樣。至聖的君王，認為這是大大的祥瑞。丹丘的郊野鬼血甚多，化做紅色的石頭，就是碼碯。它不能夠砍削雕刻，只能用鑄造的方法做成器物。黃帝時，碼碯甕使已送達，堯帝的時候還保存著，有甘露在裡面，盈滿而不枯竭，稱為寶露，分賜群臣。到舜帝的時候，甘露已逐漸減少。隨著帝王世道的變化而升降，世道淳厚甘露就盈滿，世道刻薄甘露就枯竭。傳到第三代，在唐堯時期減少。舜帝把寶甕遷到衡山上，所以衡山有寶露壇。舜帝在壇下建造月館，觀賞晚上的月亮。舜帝南巡至衡山，諸侯群臣都得到露泉的賞賜。當時有雲氣籠罩露壇，又遷寶甕到零陵。舜帝崩，甕隱沒到地下。到秦始皇浚通汨羅挖掘成的小溪，直接從長沙通至零陵。挖渠時得到了赤玉甕，可以容下八斗的容量，應了八方之數，得甕的地點正是舜廟的堂前。後來有人得到它，不知它的年代。直到東漢東方朔認出它，東方朔於是作了〈寶甕銘〉曰：「祥雲在露壇生成，祥風在月館吹起。遙望三壺山彷彿只有一尺見方，眺望八方宛如衣帶飄揚。」三壺，就是海中的三座神山。第一座山叫做方壺，即方丈山；第二座山叫做蓬壺，即蓬萊山；第三座山叫做瀛壺，即瀛洲山。它們的形狀有如壺形。這三座山的形狀上廣、中狹、下方，都像人工製作而成，如同華山彷彿被削成的一樣。八鴻，是八方的名稱；鴻，即大也。登上月館遠眺四海三山，就像聚起的米堆和衣服的飄帶。

【研　析】帝嚳的妃子與子嗣在歷史傳說中最具傳奇色彩。《大戴禮記．帝繫》記載帝嚳四妃：「上妃，有邰氏之女也，曰姜嫄氏，產后稷；次妃，有娀氏之女也，曰簡狄氏，產契；次妃，曰陳豐氏，產帝堯；次妃，曰娵訾氏，產帝摯。」傳說中姜嫄氏履巨人足跡而生后稷；簡狄氏吞燕卵而生契；陳豐氏與赤龍交而生堯；娵訾氏即本文中的鄒屠氏，按本文中記載能「行不踐地」、「履風雲」，飄飄然頗有仙姿，每夢吞日則生一子，也有受命於天的意思，較之其他三位妃子毫不遜色。

本文對帝嚳的事蹟著墨不多，卻用了大量篇幅講述了碼碯的傳說。文中所記碼碯的得名是沿襲了前代的說法，如魏文帝曹丕〈馬腦勒賦〉即云：「馬腦，玉屬也，出西域，文理交錯，有似馬腦，故其方人固以名之。」但以馬的腦子顏色鑒別馬的品質，說碼碯乃鬼血凝結而成，用瑪瑙製成的甕能夠體現帝王政績，則屬荒誕不經之談，其筆法之詭異，令人匪夷所思。但在荒誕不經之中，也反映出一些歷史與現實的消息。如對黃帝戰蚩尤而枯骨成山的場景描寫，反映出古代部族之間征伐的慘烈；碼碯用人工很難製成，要夜叉、駒跋等鬼怪才可以造出精美的器物，反映出古代人們受限於工藝水準，還沒有掌握對碼碯這種質地十分堅硬的玉石的雕琢方法，所以希冀有鬼神的力量幫助。

# 唐堯

帝堯❶在位，聖德光洽❷。河洛之濱，得玉版❸方❹尺，圖天地之形。又獲金璧之瑞，文字炳列❺，記天地造化之始。四凶❻既除，善人來服，分職設官，彝倫攸敘❼。乃命大禹，疏川瀦澤❽。有吳之鄉❾，有北之地，無有妖災。沉翔之類❿，自相馴擾⓫。幽州⓬之墟⓭，羽山⓮之北，有善鳴之禽，人面鳥喙，八翼一足，毛色如雉，行不踐地，名曰青鸐，其聲似鐘磬笙竽也。《世語》曰：「青鸐鳴，時太平。」故盛明之世，翔鳴藪澤，音中律呂⓯，飛而不行。至禹平水土，棲於川岳，所集之地，必有聖人出焉。自上古鑄諸鼎器，皆圖像其形，銘讚至今不絕。堯登位三十年，有巨查⓰浮於西海，查上有光，夜明晝滅。海人望其光，乍大乍小，若星月之出入矣。查常浮繞四海，十二年一周天⓱，周而復始，名曰貫月查，亦謂掛星查，羽人⑱棲息其上。群仙含露以漱，日月之光則如暝矣。虞、夏之季，不復記其出沒。遊海之人，猶傳其神偉也。西海之西，有浮玉山。山下有巨穴，穴中有水，其色若火，晝則通曨⑲不明，夜則照耀穴外，雖波濤灌蕩，其光不滅，是謂「陰火」。當堯世，其光爛起，化為赤雲，丹輝炳映，百川恬澈。游海者銘曰「沉燃」，以應火德之運也。堯在位七十年，有鸞⑳雛歲歲來集，麒麟㉑遊於藪澤，梟鴟㉒逃於絕漠。有秖支之國獻重明之鳥，一名「雙睛」，言雙睛在目。狀如雞，鳴似鳳。時解落毛羽，肉翮而飛。能搏逐猛獸虎狼，使妖災群惡不能為害。飴㉓以瓊膏。或一歲數來，或數歲不至。國人莫不掃灑門戶，以望重明之集。其未至之時，國人或刻木，或鑄金，為此鳥之狀，置於門戶之間，則魑魅㉔醜類㉕自然退伏。今人每歲元日㉖，或刻木鑄金，或圖畫為雞於牖㉗上，此之遺像也。

【注釋】❶帝堯　傳說的五帝之一。初封於陶，後徙於唐，故稱。❷光洽　廣布。❸玉版　玉做的版片。❹方見方。❺炳列　顯著；清晰。❻四凶　相傳為堯舜時代四個惡名昭彰的部族首領。《左傳》記為渾敦、窮奇、檮杌、饕餮。後被堯流放四方以禦魑魅。《尚書》記為驩兜、三苗、三危、鯀。因其作亂，被舜流放。❼彝倫攸敘　建立正常的秩序。彝倫，常理；常道。攸，助詞。敘，依次排列。❽瀦澤　指水窪。❾有吳之鄉　吳在中國的南方，故指南方。有，詞頭無義。❿沉翔之類　指鳥與魚類。⓫馴擾　馴服。⓬幽州　古代十二州之一。相當今河北、遼寧二省。⓭墟　地域。⓮羽山　在今山東蓬萊東南三十里。⓯律呂　古代校正樂律的器具。⓰查　同「楂」。木筏。⓱周天　整個天地。⓲羽人　神話中的飛仙。⓳通曨　光線微弱。⓴鸞　傳說中鳳凰一類的鳥。㉑麒麟　傳說中的一種動物。形狀像鹿，頭上有角，全身有鱗甲。古人以為仁獸、瑞獸，象徵祥瑞。㉒梟鴟　鳥名。俗稱「貓頭鷹」。常用以比喻貪惡之人。㉓飴　同「飼」。㉔魑魅　古謂能害人的山澤神怪，泛指鬼怪。㉕醜類　壞人。㉖元日　正月初一。㉗牖　窗子。

【語譯】帝堯在位時，聖德廣布。在黃河與洛水之濱，得到一塊玉版長寬各有一尺，上面畫著天地的圖形。又獲得一塊預示祥瑞的金璧，文字顯示清晰，記載著天地孕育萬物的初始。除掉了四凶，有德的人便來歸服，分設官職，建立正常的秩序。於是命令大禹，疏導川澤。無論南方，還是北方，都沒有妖異災害。游魚飛鳥等動物，互相馴服。幽州那個地方，在羽山的北面，有一種善於鳴叫的鳥，長著人的面孔、鳥的嘴，八張翅膀一隻腳，羽毛的顏色像雉雞，行走時腳不沾地，名字叫做青鸛，牠的鳴叫聲如同鐘磬笙竽般悠揚。《世語》說：「青鸛鳴叫，時下太平。」所以盛明的世道，在大澤中飛翔鳴叫，韻律合乎律呂，只是飛翔而不行走。到大禹治理洪水，棲息在山川，牠所聚集的地方，一定會有聖人出現。自從上古鑄造鼎器，都要在鼎上繪製牠的形狀，銘文對牠的讚頌至今不絕。堯登位三十年，有一艘巨船在西海浮現，船上有光亮，夜晚明亮而白日熄滅。海邊的人望見它的光芒，忽大忽小，好像星星、月亮若隱若現的樣子。船常環繞四海游動，十二年繞天一周，周而復始，名字叫做貫月查，亦叫做掛星查，有飛仙棲息在上面。群仙口含露水來沖刷它，日月的光芒就顯得幽暗了。虞舜、夏禹的時候，就不曾有它出沒的記載了。航海的人，還在傳說著它的神奇。西海的西面，有一座浮玉山。山下有一個巨大的坑穴，坑穴中有水，它的顏色似燃燒的火，白天幽暗不明亮，晚上光亮卻能照耀到坑穴之外，即使波浪沖灌滌蕩，它的光芒也不滅，這就叫做「陰火」。當唐堯盛世，它的光焰猛烈竄起，化為紅色的雲彩，紅色的光芒照耀天空，江河都平靜清澈。航海的人為它命名「沉燃」，以此來呼應堯帝以火德稱王的命運。堯在位七十年，有鸞鳳的雛鳥年年棲於枝頭，有麒麟漫遊在大澤中，梟鴟則逃到極遠的地方。有一個叫做秖支的國家進獻一種叫做「重明」的鳥，牠另外一個名字叫做「雙睛」，是說牠一隻眼睛裡有兩個瞳仁。形狀像雞，鳴叫的聲音像鳳凰。偶爾會脫落羽毛，剩下肉翅飛翔。能搏殺驅逐虎狼等猛獸，使妖怪災異等各種不好的東西不能為害人間。用瓊膏餵養牠。有時一年來幾次，或者幾年也不來。百姓沒有人不掃灑門戶，盼望重明鳥到自家棲息的。牠沒來的時候，百姓有的雕琢木頭，有的鑄刻銅，做成這種鳥的形狀，放在門窗的地方，則鬼怪和壞人自然退縮躲避。現在人們每年的正月初一，在窗子上雕琢木頭、鑄刻銅，或者作畫而成的雞的形狀，就是這種風俗的遺跡。

【研　析】堯是上古的聖德之君，安邦治國有道，使海內政治清明。本文對堯除四凶、治理洪水等功績一筆帶過，重點描寫四海歸服、祥瑞頻現的現象，透過大量的奇珍異物，展現堯時海清河晏的盛世景象。其中最令人嘆為觀止的是文中對貫月查的記述，這貫月查儼然是我們今天所說的不明飛行物UFO，羽人則疑似是外星人。由於作者記述的視角若遠若近，描寫迷離而又真切，給人一種亦真亦幻的感覺，我們已經分辨不清其是記所聞所見，還是道聽塗說抑或夢幻遐想。但這無疑是人類有關太空航天的最早文字。而重明鳥變形為雞，也是民俗中認為雞能夠辟邪的傳說來源之一。

## 虞舜

虞舜❶在位十年，有五老遊於國都，舜以師道尊之，言則及造化之始。舜禪於禹，五老去，不知所從。舜乃置五星❷之祠以祭之。其夜有五長星❸出，薰風❹四起，連珠合璧❺，祥應備焉。萬國重譯❻而至。有大頻之國，其民來朝，乃問其災祥之數。對曰：「昔北極之外，有潼海之水，渤潏❼高隱於日中。有巨魚大蛟，莫測其形也，吐氣則八極❽皆闇，振鬐則五岳波盪。至億萬之年❾，山一輪，海一竭，魚、蛟陸居，有赤烏如鵬，以翼覆蛟、魚之上。蛟以尾叩天求雨，魚吸日之光，冥然則暗如薄蝕❿矣，眾星與雨偕墜。當唐堯時，至聖之治⓫，水色俱澄，無有流沫⓬。及帝之商均⓭，暴亂天下。大蛟縈天⓮，縈天則三河俱溢，海瀆同流，懷山為害⓯。三河者，天河、地河、中河是也。此三水有時通壅⑯。」舜乃禱海岳之靈⑰，爰及鳥獸昆蟲⑱，以應陰陽。德之所洽，群祥咸至矣。萬國稱聖。

【注　釋】❶虞舜　五帝之一。以孝行聞名，受堯的禪讓而稱帝於天下，其國號為「有虞」，故號為「有虞氏帝舜」。禪位於禹。❷五星　指水、木、金、火、土五大行星。《史記・天官書》：「水、火、金、木、填星，此五星者，天之五佐。」❸長星　指巨星。❹薰風　和暖的風。❺連珠合璧　古稱五星相連為連珠，日月同升為合璧。是祥瑞的徵兆。❻重譯　輾轉翻譯。《三國志・薛綜傳》：「山川長遠，習俗不同，言語同異，重譯乃通。」❼渤潏　水沸湧貌。❽八極　八方極遠之地。❾至億萬之年　此處與後段文字竄亂，據文意有所調整。「至億萬之年」至「眾星與雨偕墜」句原在後文「冀州之西」段「以應陰陽」句後，今按文意移於此。❿薄蝕　指日月相掩蝕。⓫當唐堯時二句　此二句原在「此二水有時通壅」句後，今按文意移於此。⓬流沫　謂水勢激湍騰沫。⓭商均　舜之子。相傳舜因商均不肖，乃使禹繼其位。⓮大蛟縈天　「大蛟縈天」至「海瀆同流」句原在「至聖之治」句前，今按文意移於此。縈，繚繞。⓯懷山為害　「懷山為害」句原在「當唐堯時」句後，今按文意移於此。懷山，包圍山陵。⓰壅　堵塞。⓱舜乃禱句　「舜乃禱海岳之靈德之所洽，群祥咸至矣。萬國稱聖」句原在「眾星與雨偕墜」句後。今按文意移於此。⓲爰及鳥獸句　「爰及鳥獸昆蟲，以應陰陽」句原在「冀州之西二萬里」段「異於餘戎狄也」句後。今按文意移於此。

【語　譯】虞舜在位十年，有五位老者在國都訪遊，舜把他們當做老師一樣尊敬，他們交談竟然談到了天地之初的時候。舜禪位給禹，五位老者離去，不知他們的去向。舜於是置五星之祠來祭祀他們。那天夜裡有五顆巨星出現，和風四起，出現了五星相連、日月同升的奇觀，這是祥瑞盡顯啊。萬國輾轉翻譯而來。有個大頻國，其國人來朝覲，舜就問他吉凶的運數。他回答說：「從前北極之外，有處潼海，海水沸騰而太陽隱於其中。裡面有巨魚大蛟，形狀神祕莫測，牠們吐氣時八方遼遠之地都會變暗，擺動鰭時五岳都會震盪。億萬年後，山海經歷了一次輪轉，巨魚、大蛟生活的地方變成了陸地，有一種紅色長得像大鵬的鳥，用羽翼遮覆在大蛟、巨魚之上。大蛟用尾巴叩天求雨，巨魚吸收太陽的光芒，天色暗淡下來如同出現了日蝕，有些星星和雨一起墜落下來。唐堯在位時，達到了最聖明的治理，水的顏色都很清澈，沒有激流。等到商均登帝位，天下暴亂。大蛟在天空盤旋，盤旋天空就使三條大河的河水四溢，江海同流，包圍了陸地成為災害。三河，是天河、地河、中河。這三條河有時通暢有時壅塞。」舜於是向海岳的神靈禱告，甚至祭祀鳥獸昆蟲，以求陰陽相應。舜的仁德所及，各種祥瑞都出現了。萬國稱其聖明。

錄曰❶：按《春秋傳》❷云：「星隕如雨，而夜猶明。」《淮南子》❸云：「麒麟鬥而日月蝕，鯨魚死而彗星見。」夫盈虛薄蝕，未詳變於聖典；孛彗❹妖沴❺，著災異於圖冊；麒麟鬥，鯨魚死，靡聞於前經。求諸正誥❻，殆將昧焉，則巨魚吸日，蛟繞於天，故誣妄也。此言吸日而星雨皆墜，抑亦似是而非也。故使後來為之迴惑，託以無稽之言，特取其愛博多奇之間，錄其廣異宏麗之靡矣。

【注　釋】❶錄曰　「錄曰」至「殆將昧焉」一段文字原在「南鄣之國」段後，「錄曰自稽考群籍」前，今依齊校移至此。❷春秋傳　解釋《春秋》的書。此指《左傳》。❸淮南子　即《淮南鴻烈》，中國西漢時期的一部論文集，由淮南王劉安主持撰寫。❹孛彗　孛星和彗星。亦特指彗星。❺妖沴　怪異不祥。❻誥　告誡之文。此指正式的文書。

【語　譯】附錄：按《春秋傳》說：「星星如雨點般殞落，那夜晚如同白晝。」《淮南子》云：「麒麟相鬥就會發生月蝕，鯨魚死去就會出現彗星。」月亮的盈缺與月蝕的發生，這些變化在前人的典籍裡沒有詳細的記載；孛星彗星等怪異不祥的現象，作為災異記載在圖冊之中；麒麟相鬥，鯨魚死去，在前代經典中沒有聽說。在各種正式的文書中求證，恐怕也會模糊不清，那麼巨魚吸收太陽的光芒，大蛟在天空盤旋的說法，也是不實之詞。這裡所說巨魚吸收太陽的光芒而星星和雨水一起落下，也似真實假。估計後人也有些疑惑，認為是沒有根據的話，只不過擇其駁雜怪異的傳說，記錄了闊大奇異而又壯麗的美妙之處。

舜葬蒼梧❶之野，有鳥如雀，自丹州而來，吐五色之氣，氤氳❷如雲，名曰憑霄雀，能群飛銜土成丘墳。此鳥能反形❸變色，集❹於峻林之上。在木則為禽，行地則為獸，變化無常。常遊丹海之際，時來蒼梧之野。銜青砂珠，積成壟阜，名曰「珠丘」。其珠輕細，風吹如塵起，名曰「珠塵」。今蒼梧之外，山人採藥，時有得青石，圓潔如珠，服之不死，帶者身輕。故仙人方回❺〈遊南岳七言讚〉曰：「珠塵圓潔輕且明，有道服者得長生。」

【注釋】❶蒼梧　山名。亦曰九疑山，在今湖南寧遠。《史記・五帝本紀》載舜崩於蒼梧之野。❷氤氳　煙氣、煙雲彌漫的樣子。❸反形　謂變化形狀。❹集　棲止。❺方回　古仙人名。相傳堯時曾隱於五柞山，堯聘為閭士，煉食雲母粉，為人治病。

【語譯】舜葬在蒼梧的郊野，有像雀的鳥，從丹州而來，吐出五色的氣體，彷彿雲氣彌漫，牠的名字叫做憑霄雀，能夠成群飛來並銜土聚成山丘。這種鳥還能夠變幻形狀和顏色，棲息在山林之中。在樹上就是禽類，走在陸地上就是獸類，變化無常。常在丹海一帶遊蕩，偶爾會來到蒼梧的郊野。銜來青砂珠，堆積成山丘，名字叫做「珠丘」。那種珠子輕巧而細小，風一吹彷彿塵土浮起，名字叫做「珠塵」。如今在蒼梧的野外，山裡人採藥，偶爾還會得到青石，圓潤光潔有如珍珠，服下後長生不死，佩帶的人覺得身體輕盈。所以仙人方回的〈遊南岳七言讚〉說：「珠塵圓潤光潔輕巧而明亮，都說服用它的人能長生不老。」

冀州❶之西二萬里，有孝養之國。其俗人年三百歲，而織茅為衣，即《尚書》「島夷❷卉服❸」之類也。死，葬之中野，百鳥銜土為墳，群獸為之掘穴，不封❹不樹。有親死者，剋❺木為影，事之如生。其俗驍勇，能囓金石，其舌杪❻方而本❼小。手搏❽千鈞❾，以爪畫地，則洪泉湧流。善養禽獸，入海取虯龍，育於圜室，以充祭祀。昔黃帝❿伐蚩尤，除諸凶害，獨表此處為孝養之鄉，萬國莫不欽仰，故舜封為孝讓之國。舜受堯禪，其國執玉帛來朝，特加賓禮⓫，異於餘戎狄⓬也。

【注釋】❶冀州　古九州之一，包括現在河北、山西、河南黃河以北和遼寧遼河以西的地區。❷島夷　古指中國東部近海一帶及海島上的居民。❸卉服　即以草為服。❹封　墳堆。❺剋　刻。❻杪　樹枝的末梢。此指舌尖。❼本　根。此指舌根。❽搏　執持。❾鈞　古代三十斤為鈞。❿黃帝　原作「皇帝」，據《稗海》本改。⓫賓禮　謂以上賓之禮相待。⓬戎狄　古民族名。西方曰戎，北方曰狄。

【語譯】冀州西方二萬里，有一個孝養國。那裡的人壽命可達三百歲，編織茅草為衣服，即《尚書》所說的「島夷卉服」一類。居民死後，埋葬在草野，由群鳥銜來土成為墳堆，群獸挖成坑穴，而人們不起墳堆也不種樹。有親人死了，就用木頭刻成他的樣子，像他還活著一樣侍奉。那裡的風俗是崇尚驍勇，能吃金屬石頭，他們的舌尖方正而舌根細小。手能抓起千鈞的重物，用手指在地面劃下去，就會使地下的淵泉噴湧流出。善於馴養禽獸，入海抓取虬龍，養育在圓形的房子裡，用作祭祀的物品。從前黃帝攻伐蚩尤，除去諸多凶害，唯獨表彰此處為孝養之鄉，其他國家沒有不欽敬仰慕的，所以舜封為孝讓之國。舜接受堯禪位，這個國家拿著玉帛來朝見，特別以上賓之禮相待，有異於其他的戎狄等民族。

南鄩❶之國，有洞穴陰源，其下通地脈。中有毛龍、毛魚❷，時蛻骨於曠澤之中。魚、龍同穴而處。其國獻毛龍，一雌一雄，故置豢龍之宮❸。至夏代養龍不絕，因以命族。至禹導川，乘此龍。及四海攸❹同，乃❺放河汭❻。

【注　釋】❶南鄩　在今河南鞏義近偃師處。《水經．洛水注》：「洛水……逕偃師城東，東北歷鄩中。水南謂之南鄩。」鄩，原作「潯」，據《太平廣記》改。❷毛魚　二字原脫，據《稗海》本補。❸故置句　原作「放置豢龍之宮」，據齊校改。❹攸　所。❺乃　原作「反」，據《稗海》本改。❻汭　水名。在今山西永濟境，西流注於黃河，傳說即舜納二妃處。

【語　譯】南鄩國，有一個暗藏在洞穴中的水源，向下貫通地脈。其中有毛龍和毛魚，時常在空曠的水澤中蛻換骨骼。魚和龍相處在一個洞穴裡。這個國家曾經進獻毛龍，一雄一雌，所以那時設有養龍的官職。到夏代還有保留這種官職，因而用來作為一個部族的命名。到大禹治水，還乘坐過這條龍。等到四海統一，就把那條毛龍放到黃河與汭水交匯的地方了。

錄曰：自稽考❶群籍，伏羲至於軒轅、少昊、高辛、唐、虞之際，禪業相襲，符表❷名類，未若堯之盛也。按《易緯》❸云：堯為陽精，叶德乾道❹，粵若❺稽古❻，是謂上聖。惟天為大，惟堯則之。禪業有虞❼，所謂契叶符同❽，明象日月。蓋其載籍遐曠，算紀綿遠，德業異紀，神跡各殊。考傳聞於前古，求僉言❾於中世，而教道參差，祥德遞起，指明群說，能無髣髴❿！精靈冥昧，至聖之所不語，安以淺末，貶其有無者哉！劉子政⓫曰：「凡傳聞不如親聞，親聞不如親見。」何則？神化欻忽，出隱難常，非膚受⓬之所考算，恆情之所思測。至如龍火鳥水之異，雲鳳麟蟲⓭之屬，魍魎百怪之形，欻忽之像，憑風雲而自生，因金玉而相化，未詳備於夏鼎，信莫記於山經。貫月查之誕，重明柱實之說，陽燎出於冰水⓮，陰蟲⓯生於炎山⓰，易腸⓱倒舌之民，蛻骨龍魚⓲之景，憑風雲而託生，含雨露而蠢育，已表怪於眾圖，方見偉於群記。茫茫遐邇，眇眇流文，百家迂闊，各尚斯異，非⓳守文⓴於一說者矣。

【注釋】❶稽考　考核；觀察核查。❷符表　顯露的徵兆。❸易緯　漢代流行的緯書之一。❹堯為陽精二句　《易緯坤靈圖》中有「故堯天之精陽，萬物莫不從者」、「帝必有洪水之災，天生聖人使殺之。故言乃統天也」語，承自《易·乾卦·彖辭》：「大哉乾元，萬物資始，乃統天。」陽精，上天之神。叶，符合。❺粵若　發語詞。❻稽古　考察古事。❼有虞　舜帝所在部落名稱。❽契叶符同　謂相合。契、符均指符信、符節。❾僉言　眾人的意見。❿髣髴　彷彿；模糊不清。⓫劉子政　劉向，字子政。西漢經學家、目錄學家、文學家。⓬膚受　淺薄；造詣不深。⓭麟蟲　即麒麟。蟲，泛指所有動物。⓮冰水　原作「冰木」，疑為「冰水」之誤。據晉郭璞《山海經·序》：「陽火出於冰水。」改。⓯陰蟲　冰蠶。⓰炎山　傳說中的火山。⓱易陽　其意不詳。或者為傳說中能夠更換陽子的鼠類。《藝文類聚》卷九十五引南齊劉澄之《梁州記》：「智水北智鄉山……山有易陽鼠，一月三吐易其陽。」或與此相關。⓲龍魚　原作「龍肉」，疑為「龍魚」之誤。據「南鄭之國」段有「毛龍、毛魚，時蛻骨於曠澤之中」之語改。⓳非　原作「吁」，據齊校改。⓴守文　墨守舊說。

【語譯】附錄：我考察各種典籍，從伏羲到軒轅、少昊、高辛、唐、虞，禪讓的傳統上下沿襲，顯露的各種祥瑞徵兆，都不如堯的時候多。按《易緯》云：上天之神，德行符合乾道，考查古事，這就是所說的德智超群的人。如果說惟獨天意是最大的，那麼惟有堯最符合天意。禪讓給虞舜，人們說此舉之符合天意彷彿符節吻合一樣，虞舜的聖明如同日月一般。大概那時的記載駁雜，時代久遠，對他們的德業有各種不同的記載，神跡也各不相同。考求上古的傳聞，尋訪今天眾人的說辭，由於各家說法不同，各種祥瑞和德行遞相傳說，想要辨明各種說法，怎能不迷惑！對於神靈，是聖哲都不談論的，怎麼能夠以我的淺陋，辨別它的有無呢！劉子政說：「凡是傳聞不如親耳所聞，親耳所聞不如親眼所見。」為什麼這樣說呢？神靈的變化非常快，出沒不定，不是才識淺薄的人能夠考量計算，常理能夠思量預測的。至於像龍噴火、鳥吐水這樣的異事，生於雲端的鳳凰麒麟之類，魍魎百怪的形狀，瞬息萬變，憑藉風雲而自己產生，隨著金玉而互相變化，沒有詳細地記載在夏鼎上，一定也沒有人記載在山鄉地志之中。貫月查的荒誕，重明、桂實的傳說，陽火從冰水中竄出，冰蠶生長在火山上，更換腸子、舌頭倒長的族類，龍魚蛻換骨骼的景象，憑藉風雲而轉世託生，飲用雨露而得到滋養成長，這些已經作為怪異之事而記載在許多書中，在很多的記載中很突出。茫茫遙遠的時代，渺渺不清的傳文，百家的論說都不切實際，各自堅持自己的怪異說法，不是墨守舊說，執於一家的說法啊。

【研　析】本篇介紹了舜時的一些殊鄉絕域以及各地的奇風異俗。文中所言南郣國、北極的潼海、冀州西二萬里的孝養國、蒼梧之野，不是遠離中原就是極深的洞穴，這種荒遠和陌生本身就會使人產生一種神祕感，何況還有那非凡的人事物呢？潼海一節中巨魚、鵬鳥意象的選取似乎有《莊子・逍遙遊》的印記，場景闊大奇異而又壯美靡麗，充滿了人類對自然界的尊崇之情。蒼梧之野的珠塵，反映的是人類對於長生不死的希冀。孝養國則寄託著人們對生活的美好理想，即重視親情，使生有所養、死得安葬。

# 卷二

## 夏禹

堯❶命夏鯀❷治水，九載無績。鯀自沉於羽淵，化為玄魚，時揚鬚振鱗，橫修波❸之上，見者謂為「河精」。羽淵與河海通源也。海民於羽山之中，修立鯀廟，四時以致祭祀。常見玄魚與蛟龍跳躍而出，觀者驚而畏矣。至舜❹命禹❺疏川奠❻岳，濟❼巨海則黿鼉❽而為梁，踰翠岑❾則神龍而為馭，行遍日月之墟❿，惟不踐羽山之地，皆聖德之感也。鯀之靈化，其事互說，神變猶一，而色狀不同。玄魚黃熊⓫，四音相亂，傳寫流文⓬，「鯀」字或「魚」邊「玄」也。群疑眾說，並略記焉。

【注釋】❶堯　傳說的五帝之一。在位期間正值洪水泛濫。❷鯀　原作「鮌」，後文亦以「鯀」字一作「魚邊「玄」，故據《太平廣記》改作「鯀」。顓頊之子，一說顓頊之孫。當鯀在位時，尚無夏之國號，因此「夏鯀」之說不當。❸修波　形容波濤壯美之貌。❹舜　姚姓，名重華，有虞氏，故又稱「虞舜」。五帝之一。❺禹　又稱「大禹」、「夏后氏」。夏王朝的開國君主，歷史上有很多關於大禹治水的傳說。❻奠　確定。❼濟　渡水。❽黿鼉　大鱉和鱷魚的一種。❾岑　小而高的山。❿日月之墟　太陽和月亮升起的地方。謂其行程之遠。⓫黃熊　相傳鯀死後變為黃熊。⓬流文　《太平廣記》卷四六六作「流誤」。

【語譯】堯命鯀治理洪水，九年都沒有成效。於是鯀自沉於羽淵潭，化作一條黑魚，不時地揚起觸鬚，擺動鱗片，橫游在壯闊的波濤之中，見到的人稱其為「河精」。羽淵潭與河海的源頭相通。海邊的人們在羽山上，修建了鯀廟，四季加以祭祀。常常能見到黑魚與蛟龍在河中跳出水面，目睹的人既驚奇又畏懼。到舜命令禹疏導河川、確定山岳次序時，禹渡大河則以黿鼉為橋樑，翻越高山則以神龍為坐騎，走遍大江南北，唯獨沒有到達羽山，這些都是感應聖德的結果。關於鯀死後的神靈變化，有各種傳說，鯀死後化為神的說法是統一的，但是變化的形狀、顏色卻說法各異。黑魚與黃熊，這四個字的讀音容易相互混淆，輾轉傳寫，「鯀」字亦可寫為偏旁「魚」加上「玄」的鮌字。關於此事的傳說眾說紛紜，一併記錄下來。

錄曰：書契❶之作，肇跡❷軒轅❸，道樸風淳，文用尚質。降及唐、虞❹，爰迄三代❺，世祀❻遐絕❼，載歷綿遠。列聖通儒，憂乎道缺，故使玉牒金繩之書❽，蟲章鳥篆❾之記，或祕諸巖藪❿，藏於屋壁⓫；或逢喪亂⓬，經籍事寢⓭。前史舊章，或流散異域。故字體與俗訛⓮移，其音旨⓯隨方互改。歷商、周之世，又經嬴⓰、漢，簡帛焚裂，遺墳⓱殘泯。詳其朽蠹⓲之餘，採捃⓳傳聞之說。是以「己亥」正於前疑，「三豕」析於後謬⓴。子年㉑所述，涉乎萬古，與聖叶同㉒，擿㉓文求理，斯言如或可據。《尚書》云：「堯殛㉔鯀於羽山。」《春秋傳》曰：「其神化為黃熊，以入羽淵。」是在山變為熊，入水化為魚也。獸之依山，魚之附水，各因其性而變化焉。詳之正典，爰㉕訪雜說，若真若似，並略錄焉。

【注釋】❶書契　指文字。❷肇跡　肇始；開端。❸軒轅　黃帝。❹唐虞　指堯、舜。❺三代　指夏商周。❻世祀　世代的祭祀。❼遐絕　即久絕。❽玉牒金繩之書　以玉為飾的簡，用金繩加以束之，作告天之用。此泛指古代典籍。❾蟲章鳥篆　以蟲、鳥之形為字體的古文字。❿巖藪　山野。⓫藏於屋壁　指藏於屋中牆壁內的典籍。古時曾有伏生為避秦火將書藏於壁中，以及魯恭王從孔子舊宅壁中發現《尚書》、《論語》等典籍的事。⓬喪亂　形容時勢或政局動亂。⓭寢　停止；擱置。⓮訛　變化。⓯音旨　讀音和意思。⓰嬴　秦王嬴政。此指秦朝。⓱墳　指典籍。古有《三墳》、《五典》，因此常借「墳典」一詞比喻典籍。⓲朽蠹　朽腐蟲蝕。⓳採

捃　採集。⑳是以二句　《呂氏春秋・察傳》：「有讀《史記》者曰：『晉師三豕涉河。』子夏曰：『非也，是己亥也。夫「己」與「三」相近，「豕」與「亥」相似。』至於晉而問之，則曰：『晉師己亥涉河』也。」後來就用「三豕涉河」形容文字上出現錯別字而且錯得很可笑的情況。㉑子年　王嘉，字子年。《拾遺記》的作者。㉒叶同　即相符。㉓擿　挑出。㉔殛　誅殺。㉕爰　於是。

【語　譯】附錄：文字記錄，是從軒轅開始的，當時世道樸實、民風淳厚，文字崇尚質樸。從唐、虞，以至夏商周三代，世代祭祀久已斷絕，記載的事物也越來越綿遠。列聖大儒，擔心聖賢之道丟失，所以把古代的典籍，各種文字的記錄，或者藏匿於深山、牆壁之中；或者遭遇動亂，有些經籍就永遠不見天日了。有些前人的著述，也有流落異域的。因此字體隨風俗有了錯的改變，讀音和意義也受各地的影響發生變化。經歷商、周，又經歷秦、漢，書籍焚毀，留下的典籍殘缺不全。只能儘量根據朽爛蟲蛀後餘下的典籍，來搜集先前的舊聞。因此才會出現「己亥」、「三豕」這樣文字因形近而出現誤讀的現象。王嘉所述，涉及萬古之事，與前人所記類同，挑選文字探求其中的道理，他的話或許有所依據。《尚書》云：「堯於羽山誅殺鯀。」《春秋傳》曰：「鯀的靈魂化為黃熊，跳入羽淵潭。」是說鯀的靈魂在山為熊，入水則為魚。野獸依靠山，魚兒依賴水，是按照其本性而變化的。詳考正史，又調查走訪各種雜說，不論是真是假，皆加以記述。

禹鑄九鼎，五者以應陽法❶，四者以象陰數❷。使工師以雌金為陰鼎，以雄金為陽鼎。鼎中常滿，以占氣象之休否❸。當夏桀❹之世，鼎水忽沸。及周將末，九鼎咸震，皆應滅亡之兆。後世聖人，因禹之跡，代代鑄鼎焉。禹盡力溝洫❺，導川夷岳，黃龍❻曳尾於前，玄龜負青泥於後。玄龜，河精之使者也。龜頷下有印，文皆古篆❼，字作「九州山川」之字。禹所穿鑿之處，皆以青泥封❽記其所，使玄龜印其上。今人聚土為界，此之遺像也。

【注釋】❶陽法　奇數。❷陰數　偶數。❸休否　吉凶。❹夏桀　夏王朝末代的暴君。❺盡力溝洫　謂致力於治水。溝洫，水道；溝渠。❻黃龍　當即《楚辭・天問》中之「應龍」。王逸注：「有神龍以尾畫地，導水所注，當決者因而治之也。」❼古篆　上古的一種字體。❽封　堆起土堆。

【語譯】大禹鑄了九個鼎，五個順應陽法，四個象徵陰數。命令工匠將雌金做成陰鼎，將雄金做成陽鼎。鼎中常裝滿水，用來占卜天象的吉凶。夏桀時，鼎中的水忽然沸騰起來。等到周將滅亡時，九鼎都發生震動，這些都是滅亡的徵兆。後世的聖人，遵照禹的做法，世代鑄鼎。禹盡力治水，疏導河川、夷平山岳，黃龍在前擺尾疏導水道，玄龜背負青泥跟隨於後。玄龜，是河精的使者。玄龜的下巴下有一個印記，上面的文字都是古篆，寫的是「九州山川」四字。禹所穿鑿過的地方，都用青泥堆起土堆標示所在，命令玄龜在上加以標記。今人堆積土堆作為界線的做法，就是這種做法遺留下的風俗。

禹鑿龍關之山，亦謂之龍門❶。至一空巖，深數十里，幽暗不可復行。禹乃負火而進。有獸狀如豕❷，銜夜明之珠，其光如燭。又有青犬，行吠於前。禹計行❸可十里，迷於晝夜，既覺漸明，見向來豕犬變為人形，皆著玄衣。又見一神，蛇身人面。禹因與語，神即示禹八卦之圖，列於金版之上。又有八神侍側。禹曰：「華胥生聖子，是汝耶？」答曰：「華胥是九河神女，以生余也。」乃探玉簡授禹，長一尺二寸，以合十二時之數，使量度天地。禹即執持此簡，以平定水土。蛇身之神，即羲皇❹也。

【注釋】❶龍門　山名。橫跨黃河兩岸，東岸自古屬山西河津管轄，西岸則歸陝西韓城治理。因山形同門闕形狀，故黃河水過此處時蔚為壯觀。❷豕　豬。❸行　此字原無，據《稗海》本補。❹羲皇　即伏羲。傳說中伏羲為人面蛇身。

【語譯】禹穿鑿的龍關山，即龍門山。禹到一個洞穴中，深數十里，幽暗不能前進。禹於是舉著火把前進。洞中有個怪獸模樣像野豬，口中含著夜明珠，光芒如蠟燭一般。又有一隻黑狗，邊叫邊往前跑。禹估計向前走了大約十里，分不清是白天還是黑夜，忽然感覺眼前逐漸明亮起來，看到來時遇到的豬狗都變成了人的模樣，身著黑衣。另有一位神人，蛇身人面。禹於是和他交談，神人向大禹出示了一張八卦圖，擺放在金屬板之上。此時有八位神人在兩側侍奉。禹問：「華胥所生的聖子，就是您吧？」神人回答說：「華胥是九河神女，她生下了我。」於是拿出玉簡交給禹，玉簡長一尺二寸，正符合十二時之數，讓禹用來度量天地。禹即拿著這個玉簡，平定了水土。蛇身的神人，就是羲皇。

錄曰：夫神跡難求，幽暗罔辨，希夷❶髣髴之間，聞見以之銜惑。若測諸冥理❷，先墳有所指明。是以彭生假見於貝丘❸，趙王示形於蒼犬❹，皆文備魯冊❺，驗表《齊》❻、《漢》❼。遠古曠代，事異神同。銜珠吐燭之怪，精靈一其均矣。若夫茫茫禹跡，杳漠神源，非末俗❽所能推辨矣。觀伏羲至於夏禹，歲歷悠曠❾，載祀❿綿邈，故能與日月共輝，陰陽齊契⓫。萬代百王，情異跡至，參機會道，視萬齡如旦暮，促⓬累劫⓭於寸陰。何嗟鬼神之可已，而疑羲、禹之相遇乎！

【注　釋】❶希夷　隱微；不易察覺。❷冥理　指隱藏的道理。❸是以彭生句　彭生事載於《左傳》。莊公八年，齊襄王在貝丘打獵，看見一頭體形龐大的豬，以為是先前被冤枉殺害的彭生，十分恐懼，從車上摔下來跌傷了腳。❹趙王句　趙王事載於《漢書．五行志》。趙王如意之母戚夫人為劉邦寵姬，後被呂雉殘酷害死，又鴆殺趙王如意，呂雉在一次返京途中看見一個像青狗的東西，咬傷她的腋下，不久病發而亡。❺魯冊　指《春秋》。❻齊　指《史記．齊太公世家》。❼漢　指《漢書》。❽末俗　世俗之人。❾悠曠　遙遠。❿載祀　年。⓫契　相合。⓬促　縮短。⓭累劫　佛教語。連續數劫。謂時間極長。

【語譯】附錄：神仙的行蹤難以探求，幽暗不能分辨，在隱約與模糊之中，所聽所見都以為是玄奧不能解釋的。若探求其中隱藏的道理，先人的典籍中便有所指明。例如彭生借野豬現形於貝丘，趙王以蒼狗的樣子顯靈，這些均被《春秋》所記載，而應驗於《史記．齊太公世家》和《漢書》。上古的事情久遠，雖然事情不同而神話卻一樣。銜夜明珠、吐燭火的怪事，都可看做是神靈的轉化。像縹緲的大禹事蹟，遙遠的神話源頭，並非一般俗人所能判斷。縱觀伏羲到夏禹，歷時曠遠，年代悠久，因此能與日月同輝，與陰陽相契合。百萬代的帝王，懷著不同的心情來到這裡，參悟天機會通道義，把一萬年看作是一朝一夕，將好幾個世代濃縮成片刻光陰。為何要感嘆鬼神的確實，而懷疑伏羲與大禹的相遇呢！

【研析】大禹是中國古代神話中抗擊洪水的英雄。翻閱卷帙浩繁的古代典籍，《史記》、《詩經》、《水經注》、《淮南子》等，均對大禹治水有詳細的記載。大禹治水十三年期間「三過家門而不入」，是中國百姓家喻戶曉的故事，其中有對公而忘私的精神傳揚，也反映出治水的艱難，所以後世衍生了許多大禹治水的神話。本文記大禹治水之奇遇：禹渡大河有黿鼉為橋樑，翻越高山則以神龍為坐騎；施工時有黃龍在前擺尾疏導水道，玄龜背負青泥跟隨其後；在洞穴中得到伏羲授予測量工具等，奇異的幻想中展現的是人類駕馭自然的理想，瑰麗的辭藻中述說的是人類與自然搏鬥的壯烈。這些故事雖是神話，卻體現了早期人類特有的借助於想像征服自然力的思維模式和因對英雄人物的崇拜而加以神化的心理。其中所蘊涵人類生生不息的欲望和超絕的想像，讀來使人動容。

## 殷湯❶

商之始也，有神女簡狄，遊於桑野，見黑鳥遺卵於地，有五色文，作「八百」字，簡狄拾之，貯以玉筐，覆以朱紱❷。夜夢神母謂之曰：「爾懷此卵，即生聖子，以繼金德❸。」狄乃懷卵，一年而有娠，經十四月而生契❹。祚❺以八百，叶❻卵之文也。雖遭旱厄，後嗣興焉❼。

【注釋】❶殷湯　即商王朝的創立者。商王朝又稱「殷朝」，故習稱湯為「殷湯」。❷朱紱　古代圍在禮服前的紅色大巾，乃王者之服飾。❸金德　古時有「五德」之說，即利用金、木、水、火、土五行相生相剋的原理，闡釋歷代王朝更迭的原因。夏以金德王；金生水，故商以水德王；水生木，故周以木德王。❹契　商王朝的始祖。❺祚　居皇位。❻叶　符合。❼雖遭旱厄二句　據《呂氏春秋・順民》載，湯克夏之後，曾遇五年大旱，莊稼顆粒不收，湯於是親自祈雨，天乃降雨。

【語　譯】商剛形成的時候，有一個神女名叫簡狄，在野外遊玩時，看見黑鳥在地上留下一枚卵，上面有五色的文字，是「八百」二字，簡狄將它撿起，放在玉筐之中，用紅色的大巾加以覆蓋。夜晚夢見神母對她說：「你懷抱此卵，便會生下聖子，繼承王位。」簡狄於是懷抱鳥卵，一年就有了身孕，十四個月以後生下契。居於王位八百年，正好符合鳥卵上所寫的「八百」之文。從那以後雖然曾遇到旱災，但後世卻很興旺。

傅說❶賃❷為赭衣❸者，舂❹於深巖以自給。夢乘雲❺繞日而行，筮得〈利建侯〉❻之卦。歲餘，湯以玉帛聘為阿衡❼也。

【注　釋】❶傅說　殷商時期卓越的政治家。輔佐武丁安邦治國，形成了歷史上有名的「武丁中興」。❷賃　受雇於人為傭。❸赭衣　古代囚犯或奴隸所穿的衣服。❹舂　用杵搗碎或搗實某物。此指版築之事。❺乘雲　《說郛》本作「乘龍」。❻利建侯　《易》中卦名，占卜得此卦為君臣遇合之兆。❼阿衡　官名。為輔佐國政之官。又作「保衡」。《史記索隱》：「阿，倚也；衡，平也。言依倚而取平。」

【語　譯】傅說受雇傭作為奴隸，在幽深的巖中以築土墻為生。夜晚夢到乘著雲彩並圍繞太陽行走，占卜得到〈利建侯〉卦。過了一年多，果然湯以玉帛為禮聘用他做阿衡。

紂❶之昏亂，欲討諸侯，使飛廉、惡來❷誅戮賢良，取其寶器，埋於瓊臺之下。使飛廉等惑所近之國，侯服❸之內，使烽燧❹相續。紂登臺以望火之所在，乃興師往伐其國，殺其君，囚其民，收❺其女樂，肆其淫虐。神人憤怨。時有朱鳥銜火，如星之照耀，以亂❻烽燧之光。紂乃回惑，使諸國滅其烽燧。於是億兆❼夷民❽乃歡，萬國已靜。及武王伐紂，樵夫牧豎❾探高鳥之巢，得玉璽，文曰：「水德將滅，木祚方盛。」文皆大篆❿，紀殷之世歷已盡，而姬之聖德⓫方隆。是以三分天下而其二歸周。故蚩蚩⓬之類，嗟殷亡之晚，望周來之遲矣！

【注釋】❶紂 《史記・殷本紀》：「帝乙崩，子辛立，是為帝辛，天下謂之紂。」商王朝的末代國君。歷史上有名的暴君。❷飛廉惡來 飛廉、惡來為父子，惡來有力，飛廉善走，皆為紂臣。❸侯服 王城以外四面各五百里曰甸服，甸服以外四面又各五百里曰侯服。❹烽燧 即烽火。古代邊防報警的兩種信號，白天放煙叫「烽」，夜間舉火叫「燧」。❺收 拘收。❻以亂 原作「亂以」，據《稗海》本改。❼億兆 指庶民百姓。❽夷民 泛稱域外之民。❾牧豎 牧童。❿大篆 周代文字。是一種筆畫繁複的字體。⓫姬之聖德 原作「姬聖之德」，據《太平廣記》改。姬，周朝的國姓。⓬蚩蚩 百姓。

【語譯】紂王昏庸，想要討伐諸侯，命令飛廉、惡來誅殺賢良，搜刮其錢財，埋在瓊臺之下。又命飛廉等人迷惑臨近的國家，方圓一千里之內，到處燃燒烽火。紂王登臺看到哪裡有烽火，便率兵衝入其中，殺害國君，囚困當地的百姓，拘收那裡的女子作樂，可謂是燒殺搶掠無所不做。這種不義的做法激怒了神靈。當時有朱鳥銜著火，如繁星一般照耀大地，掩蓋住烽火的光芒。紂王感到惶恐，就命令各諸侯王熄滅烽火。於是所有的民眾都感到歡喜，其他諸侯國也平靜下來。待武王伐紂時，樵夫和牧童在高高的鳥巢中發現了一枚玉璽，上面寫著：「『以水德王』的朝代即將衰落，『以木德王』的王朝氣運正旺盛。」所用文字都是大篆，意思為殷商氣數已盡，姬姓的時代即將到來。三分之二的天下將歸附周。百姓都感嘆商滅亡得太晚，遺憾周王朝的統治太晚到來！

師延者，殷之樂人也。設樂以來，世遵此職。至師延，精述陰陽，曉明象緯❶，莫測其為人。世載遼絕，而或出或隱。在軒轅之世，為司樂之官。及殷時，總修三皇五帝之樂。拊一弦琴則地祇❷皆升，吹玉律❸則天神俱降。當軒轅之時，年已數百歲，聽眾國樂聲，以審興亡之兆。至夏末，抱樂器以奔殷。及❹紂淫於聲色，乃拘師延於陰宮，欲極刑戮。師延既被囚繫，奏清商、流徵、滌角❺之音。司獄者以聞於紂，紂猶嫌曰：「此乃淳古遠樂，非余可聽說❻也。」猶不釋。師延乃更奏迷魂淫魄之曲，以歡修夜之娛，乃得免炮烙❼之害。周武王興師，乃越濮流❽而逝，或云死於水府。故晉、衛之人，鐫石鑄金以像其形，立祀不絕矣。

【注釋】❶象緯　象數及讖緯。❷地祇　地神。❸玉律　指管樂器。❹及　原作「而」，據《稗海》本改。❺清商流徵滌角　商、徵、角皆是五音之一。清、流、滌，形容樂音清脆。❻說　通「悅」。欣賞。❼炮烙　古代酷刑之一。在銅柱下加炭火，令有罪者行走於上。❽濮流　即濮水，流經河南境入濟水。

【語譯】師延是殷的樂師。自從設立樂官開始，他的家族就世代擔任這個職位。到了師延，他精通陰陽，通曉象數讖緯，為人高深莫測。世代對他的記載也比較遙遠。在軒轅的時候，他任掌管音樂的官職。到了殷，他研習三皇五帝的音樂。一撥琴絃地下的鬼神便會冒出地面，吹奏笙笛天神都會降落人間。到了軒轅時，師延已經幾百歲了，他聽各國的音樂，就可以判斷出該國的興衰。至夏末，師延帶著樂器投奔到殷。等到紂王沉浸聲色，將師延拘禁在陰宮中，準備將他處死。師延被囚禁以後，奏響清脆悅耳的商、徵、角之音。獄官聽到後將此事彙報給紂王，紂王卻厭煩地說：「那些都是古遠的音樂了，並不是我喜歡的。」仍然未得到釋放，師延於是改奏起迷魂的曲子，為紂王的長夜歡娛助興，因此而免遭受炮烙之刑。周武王興師討伐時，師延渡過濮水便消失了，有人說他死於水中。因此晉、衛的人們或用石刻或用銅鑄為他塑像，為他立祠並祭祀不絕。

錄曰：《三墳》、《五典》及諸緯候❶雜說，皆言簡狄吞燕卵而生契。《詩》云：「天命玄鳥，降而生商。」斯文正矣。此說懷感而生，眾言各異，故記其殊別也。傅說去其舂築，釋彼傭賃，應翹旌❷而來相，可謂知幾其神❸矣。同磻溪❹之歸周，異殷相之負鼎❺，龍蛇遇命❻，道會則通。斯則往賢之明教，通人之至規。「樂天知命」，信之經言也。死且不朽，是謂名也。烏無聲譽於後裔，揚風烈於萬祀？譬諸金玉，煙埃不能埋其堅貞；比之涇、濮，淄、渭不能混其澄澈。師延當紂之虐，矯步求存，因權取濟，觀時殉❼主，全身獲免。所謂困而能通，卒以智免。故影被丹青，形刊金石，愛其和樂之功，貴其神跡之遠矣。至如越思計然❽之利，鑄金以旌其德，方斯蔑矣。

【注釋】❶緯候　緯書與《尚書中候》的合稱，以陰陽五行附會儒家經義的一類書。❷翹旌　高舉的旗幟。此指招賢。❸知幾其神　指能預見吉凶。見《易．繫辭》。❹磻溪　水名。今陝西寶雞東南。此借指「呂尚」。相傳呂尚曾垂釣於此，而與周文王相遇。❺負鼎　指伊尹負鼎俎，以滋味說湯，遂得重用。❻龍蛇遇命　意為出處由命，不可強求。《莊子．山木》：「一龍一蛇，與時俱化。」成玄英疏：「龍，出也；蛇，處也。」❼殉　順從。❽計然　人名，范蠡之師。《吳越春秋》載越王命良工鑄金為范蠡之形。此處蕭綺〈錄〉誤將「范蠡」為「計然」。

【語譯】附錄：《三墳》、《五典》及緯書與《尚書中候》等雜記之類的書，皆認為簡狄吞燕卵而生契。這些都是從《詩經》：「上天派來一隻黑色的鳥，牠降臨人間，商朝就誕生了。」而來的。

關於感生的說法不一，故在此加以分別記述。傳說脫離版築的勞作，解除雇傭的身分，應君王招賢之舉做了殷朝的宰相，可謂能預兆吉凶。這同於呂尚歸周，異於殷相負鼎以說商王，人各有命，都是上天的安排。這是先賢的明智教誨，處世的道理。「樂天知命」，乃是至理名言。人死而不朽，便流芳百世。怎能不將好的聲譽留給子孫，將功業傳於千秋百代呢？就像灰土掩埋不住金玉的堅貞；淄、澠之水不能混淆涇、濮之水的澄澈一般。師延面對紂王的暴虐，委屈求全，等待發展的機遇，隨機應變順從主人，才得以保全自己的性命。正所謂困境中求得通達，絕境中以智慧求得生存。因此他才能夠名垂千古，被鑄像祭祀，後人喜愛他對音樂的貢獻，珍惜他那遠去的神靈的事跡。然而就像越王懷念計然的功勞一樣，鑄雕像弘揚他的德行，是多麼微不足道啊。

【研析】本篇記述商時的事。開篇所講述簡狄吞鳥卵而生下商始祖契的故事，在古文獻記載中，有一個從簡到繁、逐步演化的過程：春秋時期的詩歌總集《詩經・商頌・玄鳥》：「天命玄鳥，降而生商。」《史記・殷本紀》加入吞鳥卵一節：「見玄鳥墮其卵，簡狄取吞之，因孕生契。」西漢劉向的《列女傳》曰：「契母簡狄者，有娀氏之長女也，當堯之時，與其娣浴于玄丘之水。有玄鳥銜卵過而墜之，五色甚好，簡狄與其妹娣競往取之，簡狄得而含之，誤而吞之，遂生契焉。」進一步描述了鳥卵的顏色，加上誤食一節。而本文的鳥卵上竟出現了預示商代運數的文字，並且添加神母託夢的情節，顯然作者是將前代傳說加以整合，加上個人想像並加以發揮，從而使神話更加豐富有趣。師延一段將師延對於音樂的理解和把握描寫得出神入化，極盡渲染，作者筆下的師延可說是一位音樂奇人。紂昏亂一段中能夠亂烽燧之光的朱鳥則稱得上是一種奇鳥。作者選取此二者雖然有獵奇的旨趣，但在對奇人奇鳥的精彩記述中，約略反映出人民對紂王暴政的控訴和反抗。

# 周

周武王東伐紂，夜濟河。時雲明如晝，八百之族❶，皆齊而歌。有大蜂狀如丹鳥，飛集王舟，因以鳥畫其旗。翌日而梟❷紂，名其船曰蜂舟。魯哀公二年，鄭人擊趙簡子❸，得其蜂旗，則其類也。（事出《太公六韜》）武王使畫其像於幡旗，以為吉兆。今人幡信皆為鳥畫，則遺像也。

【注釋】❶八百之族　八百個部族。《事類賦》卷上六引《語林》作「八百之旅」。又《史記・周本紀》載此事作「八百諸侯」。❷梟　懸頭示眾。此指攻克。❸趙簡子　春秋時期晉國趙氏家族的首領，晉國卿大夫。

【語譯】周武王向東討伐紂王，夜晚渡河。當時天空如同白晝般明亮，八百個部族，齊聲高唱。有形狀如同丹鳥的大蜂，飛到周武王的船上，所以將鳥畫在旗幟上。第二天打敗紂王，將那條船命名為蜂舟。魯哀公二年，鄭國襲擊趙簡子，得到了一面蜂旗，與此相似。（此事的記載出自《太公六韜》）武王將牠畫在旗幟上，作為吉祥物。現在旗幟上所畫的鳥就是那隻蜂鳥遺留下來的樣子。

成王即政三年，有泥離之國來朝。其人稱：自發其國，常從雲裏而行，聞雷霆之聲在下；或入潛穴，又聞波濤之聲在上。視日月以知方國❶所向，計寒暑以知年月。考國之正朔❷，則序曆與中國相符。王接以外賓禮也。

【注釋】❶方國　四方國境之外的國家。❷正朔　謂帝王新頒的曆法。古代帝王易姓受命，必改正朔。

【語譯】成王執政三年時，有泥離國的人前來朝拜。來人說：自從離開國家，經常在雲中行走，雷鳴聲從腳下傳來；或者進入深洞之中，則聽到波濤聲從上方傳來。觀察日月來判斷四方之國的方向，計算寒暑來知曉年月。而考察國家的曆法，與中原地區的時序曆法相同。成王以接待外賓的禮儀來款待他們。

四年，旃塗國獻鳳雛，載以瑤華之車❶，飾以五色之玉，駕以赤象，至於京師，育於靈禽之苑，飲以瓊漿，飴以雲實，二物皆出上元仙❷。方鳳初至之時，毛色文彩未❸彪發❹；及成王封泰山、禪社首❺之後，文彩炳耀。中國❻飛走之類，不復喧鳴，咸服神禽之遠至也。及成王崩，沖飛而去。孔子相魯之時，有神鳳游集。至哀公之末，不復來翔，故云：「鳳鳥不至。」❼可為悲矣！

【注釋】❶瑤華之車　用白色美玉製成的車。❷上元仙　《漢武帝內傳》：「三天真皇之母，上元之官，統領十方玉女之名錄者也。」❸未　此字原無，據《稗海》本補。❹彪發　鮮明煥發。❺封泰山禪社首　意為在泰山、社首封禪。封禪，古代帝王祭祀天地的大型典禮。社首，山名。位於今山東泰安西南部。❻中國　古時指中原地區。❼鳳鳥不至　語出《論語・子罕》：「鳳鳥不至，河不出圖，吾已矣夫！」

【語譯】成王四年。旃塗國進獻鳳凰雛鳥，用白玉做成的車承載，車上裝飾著五色美玉，用紅象拉車，到達京師以後，將鳳雛圈養在苑囿中，給牠喝瓊漿，餵牠吃雲實，這兩樣食物都來自天上的上元仙。鳳凰雛鳥剛送來的時候，羽毛尚未長成而無法煥發出光彩；待到成王封禪之後，羽毛的色彩及紋理竟然變得光彩奪目。中原地區的飛禽從此不再鳴叫，都佩服這遠道而來的神鳥。成王駕崩時，牠衝向天空飛走了。孔子在魯國為相時，有神鳳飛來。到哀公末年的時候，這些神鳳便不再飛來棲息了，因此人們說：「鳳凰不再來了。」是件可悲的事情啊！

五年。有因祇之國，去❶王都九萬里，獻女工一人。體貌輕潔，被纖羅雜繡之衣，長袖修裾❷，風至則結其衿帶❸，恐飄颻不能自止也。

其人善織，以五色絲內於口中，手引而結之，則成文錦。其國人來獻，有雲崑錦，文似雲從山岳中出也；有列堞錦，文似雲霞覆城雉❹樓堞❺也；有雜珠錦，文似貫珠珮也；有篆文錦，文似大篆❻之文也；有列明錦，文似列燈燭也。幅皆廣三尺。其國丈夫勤於耕稼，一日鋤十頃之地。又貢嘉禾，一莖盈車。故時俗四言詩曰：「力勤十頃，能致嘉穎。」

【注釋】❶去　距離。❷裾　衣服的前襟。❸衿帶　即紟帶，繫衣服的帶子。❹城雉　城上短牆。泛指城牆。❺樓堞　城樓與城堞。泛指城牆。❻大篆　周朝的字體，是一種筆畫較繁複的篆書。

【語譯】成王五年。有個因祇國，距離都城九萬里，向國君進獻了一名女工。她長相清秀，體態輕盈，穿著有細碎繡花的綢緞衣服，長長的衣袖和垂地的裙裾，有風吹來時將衣服上的衿帶繫起，是因為擔心被風吹得左右搖晃自己停不下來。此人擅長編織，將五色的絲線含於口中，手執絲線便可以編織出紋錦。該國進獻的有雲崑錦，紋理像雲出山中一般；有列堞錦，紋理就像雲霞落在高高低低的城牆上；有雜珠錦，紋理似成串的珍珠飾物；有篆文錦，紋理似大篆字體一般；有列明錦，紋理如同成排的燈燭。這些紋錦均長三尺。因祇國的男子都勤於耕種，一天可以鋤十頃的田地。該國又進獻了奇異的禾木，一株便可以裝滿車。所以當時的民間有四言詩曰：「勤勞耕種，一日十頃。才能招來，嘉禾之穗。」

六年。燃丘之國獻比翼鳥，雌雄各一，以玉為樊❶。其國使者皆拳頭❷尖鼻❸，衣雲霞之布，如今「朝霞」也。經歷百有餘國，方至京師。其中路山川不可記。越鐵峴❹，泛沸海，經❺蛇洲、蜂岑。鐵峴峭礪，車輪剛金為輞❻，比至京師，輪皆銚銳❼幾盡。又沸海洶湧如煎，魚鱉皮骨堅強如石，可以為鎧。泛沸海之時，以銅薄❽舟底，蛟龍不能近也。又經蛇洲，則以豹皮為屋❾，於屋內推車。又經蜂岑，燃胡蘇之木，此木煙能殺百蟲。經途五十❿餘年，乃至洛邑⓫。成王封泰山，禪社首⓬。使發其國之時並童稚，至京師鬚皆白。及還至燃丘，容貌還復少壯。比翼鳥多力，狀如鵲⓭，銜南海之丹泥，巢崑岑之玄木，遇聖則來集，以表周公輔聖⓮之祥異也。

【注釋】❶樊　籠子。❷拳頭　頭髮卷曲貌。❸尖鼻　謂鼻寬大之貌。《太平廣記》卷四八〇、《太平御覽》卷七七三作「奓鼻」。❹峴　小而高的山嶺。❺經　此字原無，據齊校補。❻輞　車輪外圍的框。❼銚銳　削穿。❽薄　附著。❾屋　車幃蓋。❿五十　原作「十五」，據《稗海》本改。⓫洛邑　東周的都城，故地在今河南洛陽。⑫成王二句　已見於「四年」一節，疑為衍文。⑬狀如鵲　《太平御覽》卷七七三作「狀似鵠」。⑭周公輔聖　武王伐紂後之後幾年便死了。他的兒子成王幼小，於是由成王的叔叔周公來攝政。周公攝政，一年救亂，二年克殷，三年踐奄，四年建侯衛，五年營成周，六年制禮作樂，七年還政成王。

【語譯】成王六年。燃丘國進獻比翼鳥，雌雄各一，養在玉籠中。該國使者皆長著卷曲的頭髮、寬大的鼻子，穿著雲霞布製成的衣服，就像用朝霞織成一般。他們經過一百多個國家才來到京師。歷經的山川不可勝數。他們翻山越嶺，渡過沸海，經過蛇洲、蜂岑。所經路途山崖陡峭，車輪以金剛為框，待到達京師時，車輪已經磨損得破敗不堪了。沸海波濤洶湧如同煮沸的水，魚鱉的皮骨堅實得如同石頭，可以當做鎧甲。渡過沸海的時候，他們用銅包裹船的底部，蛟龍都不能靠近。經過蛇洲時，以豹皮做成車幃蓋，在裡面推動車子前進。經過蜂岑時，點燃胡蘇樹，該樹燃燒而釋放出的煙霧能將很多蟲子熏死。這些人歷經五十多年才到達京師。待到成王在泰山、社首封禪之後，他們從他們的國家出發的時候都還是孩童，到了京師卻已兩鬢斑白。可是回到燃丘後，便又恢復了年輕的樣子。比翼鳥的力氣很大，外形如同鵲鳥，銜南海的丹泥，在崑岑的玄木上築巢，遇到聖明的君主便飛來棲息，以此標示周公輔佐成王的祥瑞之跡。

七年。南陲之南，有扶婁之國。其人善能機巧變化、易形改服，大則興雲起霧，小則入於纖毫之中。綴金玉毛羽為衣裳。能吐雲噴火，鼓腹則如雷霆之聲。或化為犀、象、獅子、龍、蛇、犬、馬之狀。或變為虎、兕❶，口中生人❷，備百戲❸之樂，宛轉屈曲於指掌間。人形或長數分，或復數寸，神怪欻忽，衒麗❹於時。樂府❺皆傳此伎，至末代猶學焉，得粗亡精，代代不絕，故俗謂之婆猴伎，則扶婁之音，訛替至今。

【注釋】❶兕　雌犀牛。❷口中生人　《稗海》本作「或口吐人於掌中」。❸百戲　古代雜技的總稱。❹衒麗　《太平廣記》卷二八四作「炫麗」。❺樂府　官名。掌管音樂。

【語譯】成王七年。南部邊陲的南面，有個扶婁國。那裡的人可以靈活變化、能幻化為各種形狀、變幻各種服裝，大則可以興起雲霧，小則可進入纖細的毫毛中。他們的衣服上點綴著黃金珠玉、獸毛鳥羽。其人還可以吐雲噴火，敲擊腹部發出的聲音如同雷鳴一般。有時變化為犀牛、象、獅子、龍、蛇、狗、馬的形狀。有時變為虎、兕，口中能夠吐出人來，表演各種戲曲雜技，在手掌上扭動身體變化姿態。人形時而幾分長，時而又變作幾寸長，神怪變化，在當時頗為耀眼。樂府都傳習此技藝，到後世還在模仿，得其大概而失其精華，世代相傳，因此俗稱「婆猴伎」，這是「扶婁」的讀音誤傳至今。

昭王即位二十年❶，王坐祇明之室，晝而假寐❷。忽夢白雲蓊蔚❸而起，有人衣服並皆毛羽，因名羽人。王❹夢中與語，問以上仙之術。羽人曰：「大王精智未開，欲求長生久視，不可得也。」王跪而請受絕慾之教。羽人乃以指畫王心，應手即裂。王乃驚寤❺，而汗❻溼衿❼席，因患心疾，即卻膳撤樂。移於旬日，忽見所夢者復來，語王曰：「先欲易王之心。」乃出方寸綠囊，中有續脈明丸、補血精散，以手摩王之臆，俄而即愈。王即請此藥，貯以玉罐，緘❽以金繩。王以塗足，則飛天地萬里之外，如遊咫尺之內。有得服之，後天而死。

【注　釋】❶昭王句　昭王，周昭王，名瑕，周朝第四代國君。《太平廣記》卷二七六作「三十年」。❷假寐　打盹。❸蓊蔚　雲起貌。❹王　此字原無，據《太平御覽》補。❺寤　醒。❻汗　原作「血」，據《太平廣記》改。❼衿　衣襟。此借指衣服。❽緘　捆。

【語　譯】昭王即位二十年，昭王坐在祇明室，白天打起瞌睡來。忽然夢到白雲湧起，有人穿著羽毛做成的衣服，故稱為羽人。昭王在夢中與他交談，問他成仙之術。羽人說：「大王的精明才智尚未開啟，想得到長生不死之道，是不可能的。」昭王跪求羽人教授斷絕一切慾念的辦法。羽人於是用手比劃昭王的心臟，心臟隨即裂開。昭王從夢中驚醒，汗水浸溼了衣服和枕席，從此便患上了心病，於是除去佳餚撤掉樂器。過了大約十天的時間，忽然見到以前夢見的羽人又來了，他對昭王說：「先前的做法是要改變大王的內心。」於是拿出方寸大小的綠色囊袋，裡面裝有續脈明丸、補血精散，用手撫摸昭王的心臟部位，沒多久昭王便痊癒了。昭王隨即求得此藥，藏在玉罐中，用金繩捆住。昭王把藥塗在腳上，則能夠飛越萬里路如同走在極短的距離中。有人服用了此藥，壽命比天還長。

二十四年。塗脩國獻青鳳、丹鵲各一雌一雄。孟夏之時，鳳、鵲皆脫易毛羽。聚鵲翅以為扇，緝鳳羽以飾車蓋也。扇一名遊飄，二名條翮，三名虧光，四名仄影。時東甌❶獻二女，一名延娟，二名延娛。使二人更搖此扇，侍於王側，輕風四散，泠然❷自涼。此二人辯口麗辭，巧善歌笑，步塵上無跡，行日中無影。及昭王淪於漢水，二女與王乘舟，夾擁王身，同溺於水。故江漢之人，到今思之，立祀於江湄❸。數十年間，人於江漢之上，猶見王與二女乘舟戲於水際。至暮春上巳❹之日，禊❺集祠間。或以時鮮甘味，採蘭杜包裹，以沉水中。或結五色紗囊盛食，或用金鐵之器，並沉水中，以驚蛟龍水蟲❻，使畏之不侵此食也。其水傍號曰招祇之祠。綴青鳳之毛為二裘，一名燠❼質，二名暄肌，服之可以卻寒。至厲王❽流於彘❾，彘人得而奇之，分裂此裘，遍於彘土。罪入大辟❿者，抽裘一毫以贖其死，則價值萬金。

【注　釋】❶東甌　古族名，越族的一支。相傳為越王句踐的後裔。分布在今浙江甌江、靈江流域。❷泠然　清和貌。泠，原作「冷」，據齊校改。❸湄　岸邊。❹上巳　每月上旬的巳月。巳，天干的第六位。❺禊　古代於春秋兩季在水邊舉行的一種祭祀活動，用以消災避難。❻水蟲　水中動物的總稱。❼燠　原作「煩」，據《太平御覽》改。❽厲王　即周厲王，為政昏庸，被百姓驅逐至彘。❾彘　地名。今山西霍縣東北部。❿大辟　死刑。

【語　譯】成王二十四年。塗脩國進獻青鳳、丹鵲雌雄各一隻。夏天的時候，青鳳、丹鵲皆蛻換羽毛。於是收集丹鵲脫下的羽毛並做成扇子，用青鳳的羽毛裝飾車蓋。第一把扇子叫做遊飄，第二把叫做條翮，第三把叫做虧光，第四把叫做仄影。當時有個東甌國進獻二名女子，一位名叫延娟，一位名叫延娛。令二人立在昭王兩側搧動扇子，輕風四散，溫和涼爽。二人口齒伶俐，靈巧善於歌舞調笑，走在塵埃上不留足跡，走在太陽下不見影子。到昭王死於漢水時，這二人與昭王坐在船上夾擁著昭王的身體，一同沉入水中。所以長江漢水的人，至今仍懷念他們，在江邊立祠廟加以祭祀。數十年間，人們在長江漢水上，仍然可見昭王與二女乘舟在水中嬉戲。待到每年陰曆三月上旬巳日，人們在江邊祭祀，以求趨吉避凶。或用當時的美味食物，包裹在蘭杜中，沉入水中。有的用五色紗囊盛放食物，有的用金鐵的容器，一併沉入水中，藉此驚擾水中的蛟龍和其它水中動物，使其遠離食物。岸邊的祠廟叫做招祇祠。將青鳳的羽毛做成二件裘衣，一件叫做燠質，一件叫做暄肌，穿在身上可以禦寒。直到厲王流亡到彘的時候，當地人得到了這樣的裘衣很好奇，將裘衣分開，碎片遍及彘地。犯了死罪的人，抽取裘衣上的一根羽毛便可以免除死罪，那羽毛價值萬金。

錄曰：武王資聖智而剋伐，觀大命以行誅，不驅熊羆之師，不勞三戰之旅❶，一戎衣❷而定王業，憑神力❸而協符瑞。至於成王，制禮崇樂，姬德方盛，營洛邑而居九鼎，寢❹刑罰❺而萬國來賓。雖大禹之隆夏績，帝乙❻之興殷道，未足方❼焉。故能繼后稷之先基，紹公劉❽之盛德，文、武之跡不墜，故〈大雅〉稱為「令德❾」。播聲教於八荒之外，流仁惠於九圍❿之表，神智之所綏化⓫，遐邇之所來服，靡不越岳航海，交贐⓬於遼險之路。瑰寶殊怪之物，充於王庭；靈禽神獸之類，遊集林藪⓭。詭麗殊用之物，鐫斲異於人功。方冊未之或載，篆素或所不紀⑭。及乎王⑮，鳳舉⑯之使，直指踰於日月之陲，窮昏明之際。覘⑰風星⑱以望路，憑雲波而遠逝。所謂道通幽微，德被冥昧者也。成、康以降，世禩⑲陵衰。昭王⑳不能弘遠業，垂聲教，南遊荊楚㉑，義乖㉒巡狩㉓，溺精靈㉔於江漢，且極㉕於幸遊㉖。水濱所以招問㉗，《春秋》以為深貶。嗟二姬之殉死，三良㉘之貞節，精誠一至，視殞若生。格㉙之正道，不如強諫。楚人憐之，失其死矣。

【注　釋】❶不驅二句　《史記・五帝本紀》：「軒轅乃修德振兵，……教熊羆貔貅貙虎，以與炎帝戰於阪泉之野。三戰，然後得其志。」❷一戎衣　《書・武成》：「一戎衣，天下大定。」孔傳：「衣，服也；一著戎服而滅紂。」《禮記・中庸》：「武王纘大王、王季、文王之緒，壹戎衣而有天下。」鄭玄注：「戎，兵也。衣讀如殷，聲之誤也，齊言殷聲如衣……壹戎殷者，壹用兵伐殷也。」齊校云：「言滅殷之速。」❸神力　相傳武王伐紂時曾有神人相助。❹寢　此處意為停止。❺刑罰　原作「刑廟」，齊校疑為「刑罰」之誤。❻帝乙　商朝君王，商王文丁之子，紂王之父。❼方　等同；相匹。❽公劉　周王朝的先祖。相傳是后稷的曾孫。❾令德　美德。《詩經・大雅・假樂》：「假樂君子，顯顯令德。」《詩・序》認為此乃對周成王的溢美之辭。❿九圍　九州。⓫綏化　安撫感化。⓬贐　同「賮」。此指外國進貢的財物。⓭林藪　苑囿。⓮紀　原作「絕」，據齊校改。⑮王　其下原有「人」字，然「王人」意不可通，考之文意，徑刪。⑯鳳舉　比喻使臣奉詔出使遠方。原作「風舉」，概形近而誤。⑰覘　暗中查看。⑱風星　風角星象。指占卜術。⑲世禩　即世祀，世代祭祀。⑳昭王　周昭王，名瑕。康王之子，周朝第四代君主。㉑南遊荊楚　史載周昭王時曾三次攻伐楚國，最終周三軍覆滅，周人諱言此事，言稱「南遊」。㉒乖　違背。㉓巡狩　即巡守，謂天子出行，視察邦國州郡。㉔溺精靈　溺水而死。㉕極　通「殛」。殺死。㉖幸遊　臨幸遊玩。原作「幸由」，意不可通，疑作「幸遊」。「由」、「遊」音近而訛誤。㉗水濱句　據《左傳・僖公四年》，昭陵之盟，管仲責備楚國使者昭王南征一去不返之事，使者對曰：「昭王之不復，君其問諸水之濱。」㉘三良　指奄息、仲行、鍼虎。秦穆公的大臣，秦穆公卒時，三人同為殉葬。㉙格　推究。

【語　譯】附錄：武王擁有聖明的才智而善於征伐，順應天命而討伐商紂，不必驅動熊羆般的雄師勁旅，沒有付出多次作戰的勞苦，輕而易舉就取得了戰爭的勝利，是因為有神人相助而又有吉利的徵兆。到了成王，制定禮樂制度，德行達到鼎盛，營建洛邑而定九鼎於此，停止刑罰迎來萬國的客人。縱然大禹將夏王朝治理興旺，帝乙將殷道加以弘揚，也不足與此相提並論。因此成王能繼承后稷先人的祖業，履行公劉的美好德行，沒有違背文王、武王的治國理想，故〈大雅〉稱讚他有「美德」。教導遍及荒遠的地方，恩惠施於九州以外，精神智慧的安撫感化，使遠近的百姓前來順服，無不跋山涉水，克服路途的險阻前來進貢。珍奇異寶，堆滿王庭；靈禽神獸，遊走於苑囿中。進獻的物品都奇麗絕倫，雕鑿的形狀異於人工。未見簡牘曾有記載，也不見有篆文帛書記錄。等到成王即位，派出的使者，前往邊遠之地，直到世界的盡頭。觀察星象以安排行程，憑藉風雲波濤而遠行。這就是所謂大道能通達幽遠微小之地，大德能覆蓋到蒙昧之所啊。等到成王、康王死後，周朝的王業開始衰落。昭王沒能弘揚祖宗的鴻業，施行先人的教化，反而南下巡遊荊楚，因其意義有悖巡狩的原則，在江漢溺水而亡，這是死於遊玩。問水濱的招祇祠和「問諸水濱」的回答，《春秋》認為有很深的貶義。都感嘆二位妃子與昭王一起溺死，如同三良殉死於秦穆王般貞節，真誠的極至，是視死如生。但與其死於所謂的君臣之道，不如誠摯地極力諍諫。楚人對二位妃子深感憐惜，對她們的死感到悵然若失。

【研　析】隨著武王伐紂，周朝建立，華夏民族步入了古典文明的全盛時期，而武、成、康三代，政治清明，是周的黃金時代。故本文所記武、成之事多為各國進獻奇珍異物，如旃塗國隨世之治亂來去的鳳雛、燃丘國的比翼鳥、塗脩國珍貴的鳥雀羽毛，扶婁國的雜技、因祇國獻織女精巧的織工、東甌聰慧輕靈的美女，使人有眼花撩亂，目不暇接之感。而更奇異的是諸國之遙遠縹緲，有的使者出發時是孩童，到達時已經鬚髮皆白，有的甚至要上天入海才能夠到達，對類似歷險的旅途想像和描寫尤其令人稱奇。本文提到的四方來貢，從側面反映出周初的大國泱泱之貌。而對因祇國男耕女織的生活場景描寫，似乎是另一個桃花源，反映了當時人們對於祥和富足生活的嚮往。羽人為周昭王換心以斷絕塵俗欲望，固然是方術之士的奇思妙想，卻也反映了人們對長生不死的渴求。

# 卷三

## 周穆王

穆王❶即位三十二年，巡行天下。馭黃金碧玉之車，傍氣乘風，起朝陽之岳，自明及晦，窮寓縣❷之表。有書史十人，記其所行之地。又副以瑤華❸之輪十乘，隨王之後，以載其書也。王馭八龍之駿：一名絕地，足不踐土；二名翻羽，行越飛禽；三名奔霄，夜行萬里；四名超影，逐日而行；五名踰輝，毛色炳耀；六名超光，一形十影；七名騰霧，乘雲而奔；八名挾翼，身有肉翅。遞而駕焉，按轡徐行，以匝❹天地之域。王神智遠謀，使跡轂遍於四海，故絕異之物，不期而自服焉。

【注釋】❶穆王　周朝第五代君王，周昭王之子。名姬滿。中國歷史上最富神話色彩的君王之一。❷寓縣　天下。寓，「宇」的籀文。❸瑤華　指美玉。❹匝　周；繞一圈。

【語譯】穆王即位三十二年，往來各地巡視天下。駕著黃金碧玉裝飾的車子，乘風駕雲，從朝陽升起的山岳出發，自早晨到黃昏，走遍天下所有地方。有十名史官，記錄他們所到之地的見聞。又配了十輛美玉裝飾的車子，跟隨在穆王之後，裝載他們寫的那些書。穆王駕馭八匹龍駒駿馬：第一匹叫做絕地，跑起來腳不沾地；第二匹叫做翻羽，奔跑的速度超過飛鳥；第三匹叫做奔霄，一夜能夠行走萬里；第四匹叫做超影，能追趕著太陽奔跑；第五匹叫做踰輝，毛色光彩照人；第六匹叫做超光，奔跑起來身影晃動得令人眼花撩亂；第七匹叫做騰霧，飛奔起來能夠騰雲駕霧；第八匹叫做挾翼，長有肉翅。輪番騎乘這些駿馬，拉著韁繩慢慢行走，走遍天地。穆王聰明睿智、深謀遠慮，使自己的車馬行過的痕跡遍及四海，所以奇特不凡的事物，都不約而同地前來歸服。

錄曰：夫因氣含生❶，罕不以形相別。至於比德方事，龍馬則同類焉。是以蔡墨❷觀其智，忌衛❸相其才。抑亦昭發於圖緯❹，而刊載於寶牒。章皇王之符瑞，叶〈河〉〈洛〉❺之禎祥。故以丹青列其形，銅玉傳其象。至如騄耳、驊騮、赤驥、白驎之絕，黃渠、山子、踰輪之異❻，不可得而比也。故能遙碣石⑦而轢⑧倒景⑨，排閶闔⑩而軼姑餘⑪。非夫歸風⑫彌塵⑬之跡，超虛⑭送日之步，安能若是哉！望絳宮⑮而驤首⑯，指瓊臺⑰而一息，緊⑱可得而齊影矣。至於《詩》、《書》所記，名色實多：騂駱⑲麗乎坰野，皎質⑳耀乎空谷。或表形騧紫㉑，被乎青玄，難可盡言矣。其有龍文、騕褭㉒之倫，取其電逝而飆逸，驎、騮、駃騠㉓之儔，亦騰驤㉔以稱駿。莫不待盛明而皆出，歷代之神寶矣。次有蒲梢、齧膝、魚文、驪駒㉕之類，或擅名於漢右㉖，或珍生於冀北㉗，備飾於涓正㉘，填列於帝皁㉙，進則充服於上襄㉚，而驂驪於瑤軫㉛，退則羈棄於下圉㉜，思馭於帝閑㉝，俟吳班㉞、秦公㉟之見識，仰天門而彌遠，窺雲路而何難㊱哉！使乎韓哀㊲、孫陽㊳之復執靶㊴，豈傷吻弊㊵策，伏匿而不進焉。自非神徹幽遐，體照冥遠，驅駕群龍，窮觀天域，詳搜迥古，靡得儔焉。

【注 釋】❶含生 一切有生命者。❷蔡墨 原作「蔡曇」，齊校以為當為《左傳‧昭公二十九年》所記與魏憲子論龍的蔡墨。❸忌衛 人名。其事無考。❹圖緯 圖讖和緯書的合稱。讖是秦漢間巫師、方士編造的預示吉凶的隱語，緯是漢代迷信附會儒家經義的一類書。❺河洛 〈河圖〉、〈洛書〉的簡稱，龍馬背負〈河圖〉從黃河出，神龜背負〈洛書〉從洛水出。❻至如騄耳二句 騄耳、驊騮、赤驥、白驎、黃渠、山子、踰輪皆駿馬之名。齊校據《穆天子傳》之八駿以為此二句脫「盜驪」之名。又《穆天子傳》白驎、黃渠分別作「白義」、「渠黃」。❼碣石 山名。在今河北昌黎北。❽轢 車輪碾過。❾倒景 道家謂天上最高之處。原作「倒晷」，不辭。齊校疑為「倒景」之誤。❿閶闔 傳說中的天門。⓫姑餘 即今蘇州城西之姑蘇山。原作「姑徐」，齊校以為當作「姑餘」。《淮南子‧覽冥》：「軼鶤雞于姑餘。」注：「姑餘，山名，在吳。」⓬歸風 《淮南子‧說林》：「逮日歸風。」注：「言其疾也。」⓭彌塵 齊校以為「彌」通「弭」。《淮南子‧道應》：「若此馬者，絕塵弭轍。」「絕」與「弭」互文，言其迅疾。⓮超虛 凌空。⓯絳宮 傳說中神仙所住的宮殿。⓰驤首 抬頭。⓱瓊臺 玉飾的樓臺。⓲緊 句首語氣詞。⓳騂駱 騂、駱均為駿馬名。騂，赤色的馬。駱，黑鬃的白馬。⓴皎質 指白色的駿馬。《詩‧小雅‧白駒》：「皎皎白駒，在彼空谷。」㉑騧紫 兩種駿馬名。騧，黑嘴的黃馬。紫，即紫騮，黑鬣黑尾的紅馬。㉒龍文騕褭 龍文、騕褭皆駿馬名。㉓驎騮駃騠 驎、騮、駃騠皆為駿馬名。㉔騰驤 飛騰；奔騰。㉕次有蒲梢句 蒲梢、齧膝、魚文、驪駒皆駿馬名。㉖漢右 漢水之西。㉗冀北 產駿馬之地。《左傳‧昭公四年》：「冀之北土，馬之所生。」㉘涓正 涓人的官長。涓人，宮中負責打掃清潔的人。㉙皁 馬槽。㉚上襄 猶言前駕，謂並駕於車前。㉛瑤輅 美玉裝飾的車駕。㉜圉 養馬的地方。㉝帝閑 皇帝的馬廄。㉞吳班 人名。其事不詳。應為善於相馬之人。㉟秦公 齊校以為秦之先世，如造父、非子，皆善養馬馭馬，此或混稱。㊱何難 原作「可難」，齊校以為當作「何難」。蓋字形相近而誤，故據改。㊲韓哀 即韓哀侯，戰國時期韓國君主，善馭馬。㊳孫陽 伯樂本名，善相馬。㊴靶 轡繩。㊵弊 通「敝」，破損。原作「幣」，齊校據王褒〈聖主得賢臣頌〉改。

【語　譯】附錄：那些承襲陰陽之氣的生命，很少不以外形相區別。至於比較內在的品質和外在的能力，龍和馬則算作是同類了。所以蔡墨觀察牠的智力，忌衛查看牠的才能。況且牠們所能之事清楚地闡明在圖讖緯書之中，刊載在簡牘文書上。神馬是彰顯皇、王吉祥的徵兆，符合〈河圖〉、〈洛書〉的祥兆。所以人們用丹青描繪牠的形狀，用銅和玉塑造牠的形象。至於像騄耳、驊騮、赤驥、白驎的絕俗，黃渠、山子、踰輪的特異，都是普通的馬不可得以與之相比的。所以能夠遠達碣石而高達倒景，開啟天門而飛過姑蘇山。若不是追風絕塵的追尋速度，凌空逐日的步伐，怎麼能夠這樣神速呢！遙望絳宮而昂首奮進，直到抵達瓊臺才休息，普通的馬怎麼可能和牠並駕齊驅呢。至於《詩》、《書》所記的內容，駿馬的名目確實很多：騂駱成群結隊徘徊在山野，白駒耀眼的毛色照亮空谷。還有形狀為黃毛黑嘴的騧馬、赤體黑尾的紫騮馬，身長青色絨毛的黑馬等等，難以盡述。其中有龍文、騕褭之類，可取之處在於有風馳電掣的速度，驎、騮、駃騠之屬，也以飛騰的神速被稱為駿馬。這些神馬都等待在昌明的時代全部出現，是歷代的神異寶物啊。其次有蒲梢、囓膝、魚文、驪駒之類，牠們有的享譽於漢水之西，有的由顯貴的冀北出身，在涓正那裡得到精心的裝飾，棲身於皇家的馬廄，牠現身的時候有時充當皇帝的座騎，有時作為驂馬拉著帝王玉飾的車駕，身分未被認出的時候則被圈養在普通的馬圈，渴望被駕馭在帝王的馬廄中，等待吳班、秦公的賞識，今天仰望天門似乎更加遙遠，查看天路又是多麼困難啊！即使讓韓哀侯、伯樂再執韁繩，即使勒傷馬嘴抽壞馬鞭，神馬也會伏匿而不出。不是思想通達於深幽，領悟查知深奧的道理，像周穆王這樣乘騎成群的神馬、巡遊天下的帝王，仔細的查找遠古的記載，沒有能夠與之相比的。

三十六年，王東巡大騎之谷。指春宵宮，集諸方士❶仙術之要，而螭❷、鵠❸、龍、蛇之類，奇種憑空而出。時已將夜，王設長生之燈以自照，一名恆輝。又列璠❹膏之燭，遍於宮內，又有鳳腦❺之燈。又有冰荷者，出冰壑之中，取此花以覆燈七八尺，不欲使光明遠也。西王母❻乘翠鳳之輦而來，前導以文虎、文豹，後列雕麟、紫麎❼。曳❽丹玉之履，敷碧蒲之席，黃莞之薦❾，共玉帳高會。薦清澄琬琰❿之膏以為酒。又進洞淵紅蘤⓫，嵰州甜雪，崐流素蓮，陰岐黑棗，萬歲冰桃，千常⓬碧藕，青花白橘。素蓮者，一房百子，凌冬而茂。黑棗者，其樹百尋，實長二尺，核細而柔，百年一熟。扶桑⓭東五萬里，有磅磄山⓮。上有桃樹百圍⓯，其花青黑，萬歲一實。鬱水在磅磄山東，其水不⓰流，在大陂之下，所謂「沉流」，亦名「重泉」。生碧藕，長千常，七尺為常也。條陽山出神蓬，如蒿，長十丈。周初，國人獻之，周以為宮柱，所謂「蒿宮」也。中有白橘，花色翠而實白，大如瓜，香聞數里。

【注釋】❶方士　煉製丹藥以求得道成仙的術士。❷螭　傳說中一種沒有角的龍。❸鵠　通「鶴」。鶴科各種禽類的泛稱。❹璠　美玉。❺鳳腦　應指鳳首之形。❻西王母　中國古代神話中的女神，住在崑崙山的瑤池。她園子裡的蟠桃，人吃了能長生不老。❼麖　獐子，形狀像鹿而較小，身體上面黃褐色，腹部白色，毛粗而無角。❽曳　穿著。❾薦　草墊子。❿琬琰　泛指美玉。⓫蘤　「花」的古字。⓬常　古代長度單位。一丈六尺為一常。⓭扶桑　神話中的樹木名。傳說太陽出於此。故指極遠之地。⓮磅磄山　《文選・馬融・長笛賦》：「駢田磅磄。」注：「磅磄，廣大盤礴也。」此山即以此得名。⓯圍　兩臂合抱。⓰不　原作「小」，齊校疑作「不」，以合「沉流」、「重泉」之名。

【語譯】成王三十六年，周穆王東巡大騎谷。指定春宵宮，彙集諸方士仙術的長生要訣，而螭龍、鵠鳥、龍、蛇之類的奇特種類憑空出現。當時夜幕降臨，穆王點燃長生燈照明，長生燈又叫做恆輝。擺列璠膏製成的蠟燭，遍布宮內，又有鳳首形狀的燈。又有冰荷花，出於結冰的山谷之中，取此花蓋在燈上七八尺的地方，不想使光亮照到太遠的地方。西王母乘坐翠鳳拉的輦車而來，前面由帶花紋的虎豹開路，後面跟著精心裝飾的麒麟、紫色的獐子。穿著丹玉的鞋子，鋪著碧蒲做的席子，黃莞編的墊子，與穆王同在玉帳中舉行盛會。獻上清澄的琬琰膏作為美酒。又進獻洞淵的紅花，嵰州的甜雪，崐流的素蓮，陰岐的黑棗，萬年的冰桃，千常的碧藕，青花的白橘。素蓮，一個子房中結有百籽，寒冷的冬季更加繁茂。黑棗，其樹高達百尋，果實長有二尺，核細長而柔軟，一百年才成熟一次。扶桑的東方五萬里，有座磅磄山。上面有環抱百圍的桃樹，它的花是青黑色的，萬年結一次果實。在磅磄山以東有條鬱水河，河水並不流動，在大山坡下，即所說的「沉流」，亦叫做「重泉」。生長一種碧藕，長有千常，七尺為一常。條陽山出產一種神奇的蓬草，像蒿草，長有十丈。周初，有人進獻，周把它當做宮柱，即所說的「蒿宮」。宮中有一種白橘樹，花色翠綠而果實純白，大小如瓜，香飄數里。

奏環天之和樂，列以重霄❶之寶器。器則有岑華鏤管❷，昲澤雕鐘❸，員山靜瑟❹，浮瀛羽磬❺，撫節按歌，萬靈皆聚。環天者，鈞天也。和，廣也。(出《穆天子傳》)岑華，山名也，在西海上，有象竹，截為管吹之，為群鳳之鳴。昲澤出精銅，可為鐘鐸❻。員山，其形員也。有大林，雖疾風震地，而林木不動，以其木為琴瑟，故曰「靜瑟」。浮瀛，即瀛洲也。上有青石，可為磬，磬者長一丈，輕若鴻毛，因輕而鳴。西王母與穆王歡歌既畢，乃命駕昇雲而去。

【注釋】❶重霄　指極高的天空。古代傳說天有九重。也叫「九重霄」。❷管　一種類似於笛的管樂器。❸鐘　古代青銅製的打擊樂器。❹瑟　古代絃樂器，似琴。❺磬　古代打擊樂器，形狀像曲尺，用玉、石製成，可懸掛。❻鐸　古代樂器，形如大鈴。

【語譯】奏響環天的和樂，列出九重霄的寶器。寶器有岑華的鏤管，昲澤的雕鐘，員山的靜瑟，浮瀛的羽磬，擊打節拍按樂而歌，眾神都來聚集。環天，即天的中央。和，賡也。（此事的記載出自《穆天子傳》）岑華，是山名，位於西海之上，山上有一種象竹，截取下來製成樂管，吹奏起來彷彿群鳳鳴叫。晡澤出產優質的青銅，可做編鐘和大鎛。員山，形狀是圓的。有一片大樹林，即使大風刮得天搖地動，而林中的樹木卻不動，以這種樹製作琴瑟，故叫做「靜瑟」。浮瀛，即瀛洲。洲上有青石，可以製成磬，磬長一丈，卻輕若鴻雁的羽毛，因為極輕而隨風鳴響。西王母與穆王放聲高歌結束，就乘車駕起祥雲遠去了。

錄曰❶：楚令尹❷子革有言曰：「昔穆王欲肆心周行，使天下皆有車轍馬跡。」考以《竹書》❸蠹簡，求諸石室❹，不絕金繩❺。《山經》❻、《爾雅》❼，及乎《大傳》❽，雖世歷悠遠，而記說叶同。名山大川，肆登躋之極，殊鄉異俗，莫不臆拜❾稽顙❿。東升巨人之臺，西宴王母之堂，南渡黿鼉之梁⓫，北經積羽⓬之地。觴⓭瑤池⓮而賦詩，期井泊而遊博⓯。勒石⓰軒轅之丘，絕跡玄圃⓱之上。自開闢以來，載籍所記，未有若斯神異者也。

【注　釋】❶錄曰　此錄原在下節〈魯僖公〉後，因其內容係對穆王遊行天下的評贊，無一語提及魯僖公，據齊校移於此。❷令尹　春秋時楚國最高的行政官職。❸竹書　即《竹書紀年》。相傳為戰國時魏國史官所作，記載自夏商周至戰國時期的歷史。❹石室　古代藏圖書檔案之處。❺金繩　用以編連簡策的金屬繩索。泛指圖書文獻。❻山經　即《山海經》。先秦古籍，是一部富於神話傳說色彩的地理書。❼爾雅　中國最早的一部解釋辭義的辭書。❽大傳　即《尚書大傳》。舊題伏勝作，鄭玄注。久佚。清人陳壽祺有輯本。❾臆拜　朝拜。❿稽顙　古代一種跪拜禮。屈膝下拜，以額觸地，表示極度的虔誠。⓫黿鼉之梁　以黿鼉連接為橋梁。《竹書紀年》卷下：「穆王三十七年，伐楚，大起九師，東至於九江，叱黿鼉以為梁。」黿鼉，大鱉和豬婆龍。⓬積羽　古地名。群鳥產乳褪毛之處。⓭觴　飲酒。⓮瑤池　神話中崑崙山上的池名，西王母所住的地方。⓯期井泊句《穆天子傳》：「天子北入于邴，與井公博，三日而決。」井泊，為井公之名或為井伯之誤。博，古代的一種棋戲。⓰勒石　刻文於石上。⓱玄圃　傳說中崑崙山頂的神仙居處，中有奇花異石。

【語　譯】附錄：楚令尹子革曾經說過：「從前穆王想要隨心所欲地到各處巡行，使天下都有他的車馬行過的痕跡。」考求於《竹書紀年》的殘簡，求證於國家的藏書，不乏文獻記載。《山海經》、《爾雅》，以及《大傳》，雖然時代久遠，但所記的內容與上說相符。名山大川，周穆王都奮力登到頂點，他鄉異域的民眾，沒有不對他朝拜叩首的。在東登上巨人臺，在西宴飲於王母娘娘的廳堂，在南以黿鼉為橋樑渡河，在北經過了積羽。在瑤池飲酒賦詩，在邴地邀約井公酣戰棋藝。在軒轅墓刻碑立傳，在玄圃得道成仙。自盤古開天闢地以來，典籍所記載的人物，沒有像他這麼富於神異色彩的。

【研　析】周穆王是中國古代歷史上最富神話色彩的帝王之一，關於他的傳說，《穆天子傳》記載最為詳細。其中，以穆王巡行天下和西遊見西王母最為著名。本篇開篇第一節即寫穆王巡行天下，以車子之華貴，隨員之眾多，坐騎之神俊，盡顯其富貴與威儀。其中八駿的名字，《穆天子傳》多以毛色命名，記作赤驥、盜驪、白義、踰輪、山子、渠黃、華騮、綠耳，而《拾遺記》中八駿之名卻能夠體現馬的非凡速度，僅僅一個緊連一個出現的駿馬的名字就足以對讀者的視覺和神經造成強烈的衝擊，對八駿無比神往。而對春宵宮中與西王母相會的描寫，從宮中的靈禽異獸到燈燭，從水果到飲品，從枕席到樂器，加上西王母夢幻一般的閃亮登場，車服器具等東西都是稀世珍寶，是那麼的精美。此篇震撼我們的是彌漫全篇低調的奢華，無語的浪漫。此篇中作者筆觸之細膩，想像之大膽，情調之優美，是同類題材的作品中絕無僅有的。

# 魯僖公

僖公❶十四年，晉文公❷焚林以求介之推❸。有白鴉繞煙而噪，或集之推之側，火不能焚。晉人嘉之，起一高臺，名曰「思煙臺」。種仁壽木，木似柏而枝長柔軟，其花堪食，故《呂氏春秋》云：「木之美者，有仁壽之華焉。」即此是也。或云戒所焚之山數百里，居人不得設網羅，呼曰「仁烏」。俗亦謂「烏白」，臆❹者為慈烏❺，則其類也。

【注　釋】❶僖公　姬申。春秋時期魯國第十八任君王。❷晉文公　姬姓，名重耳。春秋時期晉國國君。春秋五霸之一。❸介之推　春秋時晉國的貴族。曾跟從晉文公流亡，文公回國後賞賜隨從臣屬，他和母親隱居綿山，因文公燒山逼其出而死。❹臆　主觀推測。❺慈烏　指烏鴉。《小爾雅・廣鳥》：「純黑而反哺者，謂之慈烏。」

【語　譯】魯僖公十四年，晉文公焚燒山林以尋找介之推。有一些白烏鴉繞著燃燒的大火而呱噪，另有一些聚集在介之推的身旁，火就燒不到他。晉人嘉許這些白烏鴉，築起一座高臺，名叫「思煙臺」。種植一種仁壽樹，此樹像柏木但枝條長而柔軟，它的花可以食用，所以《呂氏春秋》云：「樹木裡面最美的，是仁壽樹的花。」就是因為這個原因。有人說晉文公所焚燒的山曾經被戒嚴數百里，居民不允許設置網羅捕鳥，稱呼那些白烏鴉為「仁烏」。俗稱也叫做「烏白」，推測烏鴉叫做慈烏，也是類似的原因吧。

【研　析】此篇記白鴉之奇。春秋時介之推歷經磨難，輔佐晉文公復國後，隱居綿山。晉文公燒山逼他出來，就發生了白鴉圍繞守護介之推的奇事。本篇也記載了晉人對白鴉的紀念和保護。白鴉在這裡是一種知情知義的異鳥，牠懂得人間的善惡，因而贏得了人們的喜愛。仁烏與賢士在此相得益彰。

# 周靈王

周靈王❶立二十一年，孔子生於魯襄公❷之世。夜有二蒼龍自天而下，來附徵在❸之房，因夢而生夫子。有二神女，擎香露於空中而來，以沐浴徵在。天帝下奏鈞天之樂❹，列以顏氏之房。空中有聲，言天感生聖子，故降以和樂。笙鏞❺之音異於俗世也。又有五老列於徵在之庭，則五星之精也。夫子未生時，有麟吐玉書於闕里❻人家，文云：「水精之子，係❼衰周而素王❽。」故二龍繞室，五星降庭。徵在賢明，知為神異。乃以繡紱❾繫麟角，信宿❿而麟去。相者云：「夫子係殷湯，水德而素王。」至敬王⓫之末，魯定公⓬二十四年，魯人鉏商⓭田⓮於大澤，得麟，以示夫子。繫角之紱，尚猶在焉。夫子知命之將終，乃抱麟解紱，涕泗滂沱。且麟出之時，及解紱之歲，垂百年矣。

【注　釋】❶周靈王　東周第十一代國君。❷魯襄公　春秋時期魯國第二十二代君王。❸徵在　孔子母親的名字，姓顏。❹鈞天之樂　指天上的音樂、仙樂。❺笙鏞　古樂器名。笙，管樂器名，一般用十三根長短不同的竹管製成。鏞，大鐘。❻闕里　孔子故里。因有兩石闕，故名。❼係　繼。原作「孫」，據毛校改。❽素王　謂具有帝王之德而未居帝王之位者。❾紱　古代繫印紐的絲繩。❿信宿　兩夜。⓫敬王　東周時期最後一個國君。⓬魯定公　春秋時期魯國第二十五任君王。⓭鉏商　人名。⓮田　田獵。

【語　譯】周靈王立位二十一年，孔子生在魯襄公在位的時期。夜裡有二條蒼龍從天而降，依附於顏徵在的臥房，於是徵在做了一個夢而產下孔夫子。有兩位仙女，拿著香露從空中飄落，用香露為徵在沐浴。天帝下令奏響鈞天仙樂，樂聲飄蕩在顏氏的房中。空中有一個聲音，說上天有感於聖子降生，所以降下和樂。笙鏞等樂器的聲音與人世間的不同。又有五位老者列隊在徵在的庭院，這是金木水火土五星的神靈啊。孔子未出生時，有麒麟在孔家所居住的闕里吐出玉書，上面寫著：「水精的兒子，接繼衰落的周朝而成為素王。」所以有兩條龍環繞產室，五星降臨庭院。徵在是賢明的女人，知道它們是神異的徵象。就把手繡的紱帶繫在麒麟的角上，過了兩夜麒麟離去。有一個為人看相的人說：「夫子接繼殷湯，將以水德而成為素王。」到了周敬王末年，魯定公二十四年，魯人鉏商在大澤打獵，捕獲一隻麒麟，捉去給孔夫子看。當年繫在麒麟角上的紱帶，竟然還在。孔夫子知道自己的生命即將走到盡頭，就攬過麒麟解下紱帶，淚如雨下。而且從麒麟出現，到解下紱帶的這一天，已經將近一百年了。

錄曰：詳觀前史，歷覽先誥。《援神》❶、《鉤命》❷之說，六經❸緯候❹之志，研其大較，與今所記相符；語乎幽祕，彌深影響❺。故述作書者，莫不憲章❻古策，蓋以至聖❼之德列廣也。是以尊德崇道，必欲盡其真極。崑華❽不足以匹其高，滄溟❾未得以方其廣。含❿生有識，仰之如日月焉。夫子生鍾⓫周季，王政寖⓬缺，愍大道之將崩，惜文雅之垂墜。乃搜舊章而定五禮⓭，採遺音而正六樂，故以棟宇生民，舟航萬代者也。所謂崇德廣業，其謂是乎！孟子云：「千年一聖，謂之連步。」⓮自絕筆⓯以來，載歷年祀，難可稱算。故通人⓰之言，有聖將及，後來諸疑，更發明其章也。

【注釋】❶援神　即《孝經援神契》。與後面的《鉤命》一書同為緯書。❷鉤命　即《孝經鉤命決》。❸六經　指儒家的六部經典，即《詩》、《書》、《禮》、《易》、《樂》、《春秋》。❹緯候　指緯書。以儒家的經義附合人事吉凶禍福、預言治亂興廢，多為無稽之談。❺影響　影子和聲響。引申為蹤跡。❻憲章　效法。❼至聖　指道德智能最高的人。此指孔子。❽崑華　崑崙山和華山的並稱。❾滄溟　大海。❿含　原作「舍」，據毛校改。⓫鍾　適逢；當。⓬寖　逐漸。⓭五禮　古代的五種禮制。即吉禮、凶禮、軍禮、賓禮、嘉禮。⓮孟子云三句　此孟子所云，不見於今本《孟子》。連步，與「繼踵」同義，形容頻繁出現。⑮絕筆　停筆不再寫下去。孔子生活的時代，禮崩樂壞，而象徵祥瑞的麒麟卻出現在郊野，孔子喟嘆麒麟「出非其時」，「我道窮矣」！遂在正在整理編修的《春秋》上寫下「十有四年，春，西狩獲麟」幾個字，便不再繼續寫了。⑯通人　學識淵博、貫通古今的人。

【語譯】附錄：細查前代的史書，遍覽先人的文籍。《孝經援神契》、《孝經鉤命決》的說法，六經和緯書的記載，比較它們的大概內容，與今天的記載是相符合的；談及神祕的事，蹤跡更加玄妙深奧。所以著書立說的人，沒有不效法古代經典的，就是因為孔子的聖德傳布廣泛啊。因此遵循其道德、崇尚其思想，一定要完全理解真正的內涵。崑崙山、華山不足以匹敵其高度，大海不得用來比喻其廣度。凡是有見識的人，對他的敬仰有如日月。夫子在世正當周王朝，王權逐漸衰落，他擔憂周道即將敗壞，痛心禮儀的墮落。於是搜集古代文獻而確定五禮，採集古代遺留下來的音樂而正定六樂，所以說他是用房屋庇護百姓，用舟船載渡萬代的人。所謂大德大業，說的就是這個吧！孟子言：「千年出現一位聖人，叫做前後緊隨。」自從孔子絕筆以來，經歷了多少歲月，難以計算。所以孔子出生時有淵博之人的說法，有聖人即將出現，後來發生諸多怪異的事，更加證明了他的預言。



二十三年，起「昆昭」之臺，亦名「宣昭」。聚天下異木神工，得崿谷陰生之樹。其樹千尋，文理盤錯，以此一樹，而臺用足焉。大幹為桁棟❶，小枝為楄❷桷❸。其木有龍蛇百獸之形。又篩水精❹以為泥。臺高百丈，昇之以望雲色。時有萇弘❺，能招致神異。王乃登臺，望雲氣蓊鬱❻。忽見二人乘雲而至，鬚髮皆黃，非世俗之類也。乘遊龍飛鳳之輦❼，駕以青螭❽。其衣皆縫緝❾毛羽也。王即迎之上席。時天下大旱，地裂木燃。一人先唱：「能為雪霜。」引氣一噴，則雲起雪飛，坐者皆凜然，宮中池井，堅冰可琢。又設狐腋素裘、紫羆❿文褥，羆褥是西域所獻也，施於臺上，坐者皆溫。又有一人唱：「能使即席為炎。」乃以指彈席上，而暄風⓫入室，裘褥皆棄於臺下。時有容成子⓬諫曰：「大王以天下為家，而染異術，使變夏改寒，以誣百姓。文、武、周公之所不取也。」王乃疏萇弘，而求正諫⓭之士。時異方貢玉人、石鏡，此石色白如月，照面如雪，謂之「月鏡」。有玉人，機戾⓮自能轉動，萇弘言於王曰：「聖德所招也。」故周人以萇弘幸媚而殺之，流血成石，或言成碧，不見其尸矣。

【注　釋】❶桁楝　桁，櫟子，樑上的橫木。楝，屋的正樑。❷栭　斗拱，柱頂上支承樑的方木。❸桷　方形的椽子。❹水精　水晶。❺萇弘　周時方士。《淮南子》載：「萇弘，周室之執數者也，天地之氣，日月之行，風雨之變，曆律之數，無所不通。」❻蓊鬱　濃密。❼輦　古時用人拉或推的車。❽螭　古代傳說中一種沒有角的龍。❾縫緝　縫紉。緝，一種縫紉方法，一針對一針地縫。❿羆　一種似熊的動物。⓫暄風　暖風；春風。⓬容成子　古代傳說中的仙人。是指導黃帝學習養生術的老師之一。⓭正諫　直言規勸。⓮機戾　觸動機關。機，本指弓弩上的發射機關。戾，扭轉。

【語　譯】周靈王二十三年，築起「昆昭臺」，也叫「宣昭臺」。彙集天下的珍奇樹木和能工巧匠，得到一種在崿谷陰暗處生長的樹。這種樹高達千尋，紋理盤根錯節，一棵這種樹，用來做臺子就足夠了。取主幹作為樑和橫木，取小的枝幹作為斗拱和椽子。這種樹的枝條彷彿龍蛇百獸的形狀。又飾水晶和泥。臺高有百丈，登上它來觀望雲氣的顏色。當時有一個叫做萇弘的人，能招來神異的人。於是周靈王登上高臺，望見雲氣濃密，忽然看見二個人乘雲而來，鬚髮都是黃色的，不是世俗之人的樣子。二人乘坐遊龍飛鳳裝飾的輦車，駕著青螭。他們的衣服都縫有羽毛。周靈王立即把他們迎到上座。當時天下大旱，土地龜裂，樹木點火即燃。一人先唱道：「我能變出雪霜。」即猛吸一口氣噴出，就見烏雲四起，雪花紛飛，在座的人都感覺寒氣襲人，宮中的池塘水井，結成的堅冰可以用來雕琢。拿來狐腋做成的白色裘皮衣服、紫羆皮毛製成的有花紋的褥子，這種紫羆褥子是西域進獻的，鋪在臺子上，坐著它的人都感覺很溫暖。又有一人唱道：「我能使當場變得炎熱。」用指頭彈向席子，於是溫風入室，裘皮衣服和紫羆褥子都被扔到了臺子下面。當時有一個叫容成子的人進諫說：「大王以天下為家，卻沾染異端法術，將冬夏的冷暖改變，欺騙百姓。

這是文王、武王、周公所不贊成的啊。」周靈王於是疏遠了萇弘，而尋找能夠直言進諫的人。當時異域進貢有玉人、石鏡，這種石頭顏色潔白如銀色的月亮，照在臉上面瑩潤如雪，把它叫做「月鏡」。玉做的人，扭動機關後自己能轉動，萇弘對周靈王說：「這是您的聖德招至的。」所以周人因為萇弘竭力諂媚寵倖而殺了他，他流出的血變作石頭，也有人說變成了碧玉，而他的屍首卻不見了。

有韓房者，自渠胥國❶來。獻玉駱❷駝高五尺❸，虎魄❹鳳凰高六尺，火齊❺鏡廣三尺，闇中視物如晝，向鏡語，則鏡中影應聲而答。韓房身長一丈，垂髮至膝，以丹砂畫左右手如日月盈缺之勢，可照百餘步。周人見之，如神明矣。靈王末年，亦不知所在。

【注釋】❶渠胥國　古西戎國名。齊校疑即「渠叟」。❷駱　此字原無，據《太平廣記》補。❸尺　原作「丈」，據《太平廣記》改。❹虎魄　即琥珀。❺火齊　寶石的一種。《梁書・諸夷傳・中天竺國》：「火齊狀如雲母，色如紫金，有光耀。別之，則薄如蟬翼；積之，則如紗縠之重遝也。」

【語譯】有一個叫韓房的人，從渠胥國來。獻上高五尺的玉駱駝，高六尺的虎魄鳳凰，寬三尺的火齊鏡，在黑暗中視物有如白晝，對著鏡子說話，鏡中的影子就應聲回答。韓房身高一丈，披散的頭髮到膝蓋，用丹砂在左右手畫上猶如日月盈缺的形狀，可照亮百餘步以內的範圍。周人把他視作神明。靈王末年，他也不知去向。

錄曰：夫誘於可欲❶，而正德虧矣；惑於聞見，志用遷矣，周靈之謂乎！爾乃受制於奢，玩神於亂，波蕩正教，為之媮薄❷，淫湎❸因斯而滋焉。何則？溺此仙道，棄彼儒教，覬乎異俗，萬代之神絕者也。及其化流遐俗❹，風被邊隅，非正朔❺之所被服，四氣❻之所含養，而使鬼物隨方而競至，奇精自遠而來臻❼，窮天區而盡地域，反五常❽而移四序❾，惚怳❿形象之間，希夷⓫明昧之際，難可言也。窮幽極智，偉哉偉哉！凡事君盡禮，忠為令德。有違則規諫以竭言，弗從則奉身以求退。故能剖身碎首⓬，莫顧其生；排戶觸輪⓭，知死不去。如手足衛頭目，舟楫濟巨川，君臣之義，斯為至矣。而弘違「有犯無隱」⓮之誡，行求媚以取容⓯，身卒見於夷戮，可為哀也。容成、萇弘不並語矣。

【注釋】❶可欲　指足以引起欲念的事物。《老子》：「不見可欲，使民心不亂。」❷媮薄　輕薄。❸淫湎　沉溺於酒色。❹遐俗　邊遠的地方。❺正朔　即正月一日。古代帝王易姓受命，必改正朔。此指正統的做法。❻四氣　指春、夏、秋、冬四時的溫、熱、冷、寒之氣。❼臻　到達。❽五常　謂金、木、水、火、土五行。❾四序　四時的順序。❿惚恍　混沌不清。⓫希夷　指虛寂玄妙。⓬剖身碎首　比干、禽息之事。剖身，被剖開胸膛。紂王無道，比干強諫，紂曰：「吾聞聖人心有七竅。」遂剖比干，觀其心。見《史記・殷本紀》。碎首，自己撞碎頭顱。按禽息為秦穆公大臣，薦百里奚，穆公未聽，禽息撞頭而死，穆公乃用百里奚。事見《論衡・增儒》。《漢書・杜鄴傳》：「禽息憂國，碎首不恨。」⓭排戶觸輪　樊噲、申屠剛之事。排戶，強行推門而入。《漢書・樊噲傳》：「高帝嘗病，惡見人，臥禁中，詔戶者無得入群臣，噲乃排戶而入。」排，即推。觸輪，抵住車輪。《後漢書・申屠列傳》：「光武嘗欲出遊，剛以隴、蜀未平，不宜宴安逸豫，諫不見聽，遂以頭軔乘輿輪，帝遂為止。」⓮有犯無隱　即人臣應當直言進諫，不當隱諱取寵。《禮記・檀弓》：「事君有犯而無隱。」⓯取容　討好別人以求自己安身。

【語譯】附錄：如果被各種欲望誘惑，那麼端正的德行就會減少；被稀奇古怪的見聞迷惑，器量與見識就會改變，這說的就是周靈王吧！受奢侈的控制，沉迷於淫亂，動搖正教，行事輕薄，沉溺酒色的風氣因此而產生。為何如此？沉溺於這些仙術，放棄儒教，玩賞奇異的習俗，萬代尊崇的神靈就斷絕了。等到這些習俗流布到遠地，風氣傳播到邊地，不是正統做法的感化，四時之氣所包容養育，而使得妖魔鬼怪從四方紛紛到來，神靈從遠方來到，鋪天蓋地，違反五常而悖逆四時的順序，在形象上混沌不清，在明暗上虛寂玄妙，難以言說。盡力運用聰明智慧探究事物的深層，才是偉大的做法！大凡事君要盡禮，忠誠是美德。君王的行為有所偏失就盡力規諫，不聽從就捨生而求得君王讓步。所以因為強諫比干被剖開胸膛、杜郲自己撞碎頭顱，沒有誰顧念生命；樊噲推門而入、申屠剛抵住車輪，明知必死而不後退。像手足護衛頭顱，像舟楫渡人過大川，君臣之義，這是最高境界啊。而萇弘違背「有犯無隱」的告誡，行事諂媚以求自己安身，被誅殺而死，是可悲的。容成子、萇弘不可相提並論啊。

師曠❶者，或出於晉靈❷之世，以主樂官，妙辨音律，撰兵書萬篇。時人莫知其原裔，出沒難詳也。晉平公❸之時，以陰陽之學❹顯於當世。熏目❺為瞽人❻，以絕塞眾慮❼，專心於星算❽音律之中。考鍾呂❾以定四時，無毫釐之異。《春秋》不記師曠出何帝之時。曠知命欲終，乃述《寶符》百卷。至戰國分爭❿，其書滅絕矣。

【注釋】❶師曠　春秋時期晉國樂師。❷晉靈　晉靈公，晉襄公之子。歷史上有名的荒淫無道君主。❸晉平公　晉悼公之子。西元前五五八－前五三二年在位。❹陰陽之學　指有關日、月等天體運轉規律的學問。❺熏目　亦作「燻目」。用火煙熏炙眼睛。❻瞽人　盲人。❼眾慮　各種雜念。❽星算　亦作「星筭」。指占星術。❾鍾呂　樂律；聲律。❿至戰國句　此句原作「晉戰國時」，據《稗海》本、《太平廣記》改。

【語譯】師曠這個人，有人說出生在晉靈公時代，任掌管音樂的官員，他精通音律，還撰寫過兵書一萬篇。當時的人都不知道他的原籍，很難瞭解他的身世經歷。到了晉平公的時候，師曠因為精通陰陽之學而聞名於世。他用火煙熏炙眼睛使自己成為盲人，以杜絕各種雜念，專心研究占星術和音律。他考證聲律來定四時，沒有絲毫差錯。《春秋》上沒有記述師曠出生在哪個朝代。師曠知道自己壽命將要終結，於是著述了《寶符》一書，共一百卷。到戰國分爭時，這部書在戰亂中亡佚了。

晉平公使師曠奏清徵❶，師曠曰：「清徵不如清角❷也。」公曰：「清角可得聞乎？」師曠曰：「君德薄，不足聽之。聽之將恐敗。」公曰：「寡人老矣，所好者音，願遂聽之。」師曠不得已而鼓。一奏之，有雲從西北方起；再奏之，大風至，大雨隨之。掣❸帷幕，破俎豆❹，墮廊瓦。坐者散走，平公恐懼，伏於廊室。晉國大旱，赤地三年，平公之身遂病。

【注釋】❶晉平公句　以下此節不見於今本《拾遺記》，從齊校據《太平廣記》補於此。清徵，清澄的徵音。徵，五音之一。❷清角　角，五音之一。古人以為角音清，故稱。❸掣　拉拽。❹俎豆　俎和豆，古代祭祀、宴會時盛肉類等食品的兩種器皿。

【語　譯】晉平公讓師曠演奏清徵給他聽，師曠說：「清徵不如清角好聽啊。」平公問：「清角能讓我聽嗎？」師曠答：「國君你的德行淺薄，沒有資格聽啊。聽了恐怕會給你帶來損害的。」平公說：「我已經老了，現在我最喜愛的就是音律，希望馬上聽到清角。」師曠不得已就奏了清角給平公聽。剛開始演奏，有烏雲從西北方湧出；繼續演奏，刮起了狂風，接著下起了大雨。大風鼓動帳幔，祭祀陳列的俎豆被颳到地上摔壞了，廊上的房瓦掀落下來。在座的人都四散逃走，晉平公非常害怕，匍匐在廊室裡面。晉國大旱，三年顆粒無收，晉平公從此一病不起。

老聃❶在周之末，居反景❷日室之山，與世人絕跡。惟有黃髮老叟五人，或乘鴻鶴，或衣羽毛，耳出於頂，瞳子皆方，面色玉潔，手握青筠❸之杖，與聃共談天地之數。及聃退跡為柱下史❹，求天下服道❺之術，四海名士，莫不爭至。五老，即五方之精也。

【注　釋】❶老聃　即老子。相傳為春秋時期思想家。❷反景　夕陽反照。古借指位於西方的國家。❸青筠　竹子的別稱。❹柱下史　周秦官名，即漢以後的御史。因常侍立殿柱之下，故名。❺服道　謂潛心修道。

【語　譯】老聃生活在周的末年，居住在西方的日室山，與世俗之人隔絕。只有五位黃髮老者，有的乘坐鴻鶴，有的身披羽毛，耳朵長在頭頂，瞳孔都是方形的，臉色潔白如玉，手握青竹手杖，與老聃共同討論天地的變化。等到老聃改變行跡出任柱下史，尋求天下修道的法術，四海的名士，沒有誰不爭相而來。那五位老者，即五方的神靈啊。

浮提之國，獻神通善書二人，乍老乍少，隱形則出影，聞聲則藏形。出肘間金壺四寸，上有五龍之檢❶，封以青泥。壺中有黑汁，如淳漆，灑地及石，皆成篆隸科斗之字❷。記造化人倫之始，佐老子撰《道德經》，垂十萬言。寫以玉牒❸，編以金繩，貯以玉函。晝夜精勤，形勞神倦。及金壺汁盡，二人刳❹心瀝血，以代墨焉。遞鑽腦骨取髓，代為膏燭。及髓血皆竭，探懷中玉管，中有丹藥之屑，以塗其身，骨乃如故。老子曰：「更除其繁紊❺，存五千言❻。」及至《經》成工畢，二人亦不知所往。

【注釋】❶檢　書匣上的標籤。❷科斗之字　中國古代字體之一。以其筆畫頭圓大尾細長，狀似蝌蚪而得名。❸牒　古時書寫用的簡劄。❹刳　從中間剖開再挖空。❺繁紊　繁雜紊亂。❻言　文字。

【語譯】有一個浮提國，進獻了兩個具有神奇本領善於書寫的人，他們時而變老時而變少，有時隱藏身形就只露出影子，有時聽到聲音卻藏起身形。取出臂肘間的四寸金壺，上面有五條龍形狀的標籤，用青泥封著。壺中有黑色的墨汁，有如純漆，灑在地上和石頭上，都變成篆隸蝌蚪字體的文字。記載著天地人倫的開始，輔助老子撰寫《道德經》，將近十萬字。用玉簡書寫，用金繩編連，用玉函收藏。晝夜專心而勤勉，精疲力竭。等到金壺的墨汁用盡，二人挖出心臟滴下鮮血，用來代替墨汁。輪番鑽開腦骨取出腦髓，代做燈油。等到骨髓血液都用盡了，取出懷中的玉管，裡面有丹藥的粉末，塗在他們的身上，骨頭就恢復到原來的樣子。老子曰：「刪除那些繁雜紊亂的地方，只留下五千字。」等到《道德經》寫成，這兩個人也不知去向了。

錄曰：莊周❶云：「德配天地，猶假至言❷。」觀乎老氏，崇謙柔以為要❸，挹虛寂以歸真❹，知大樸之既漓❺，發玄文以示世。孰能辨其虛無，究斯深寂？是以仲尼贊❻其德，叶以神靈，極譬其人❼，以為龍矣。師曠設數❽千問，卒其春秋之末。《抱朴子》❾謂為「知音之聖」也。雖容成❿之妙，大撓⓫之推曆，夔⓬、襄⓭之理樂，延州⓮之聽，故未之能過也。

【注釋】❶莊周　即莊子。戰國時哲學家，道家的代表之一。❷至言　古代道家用虛靜無為的思想闡述事理，以不言為至言。❸崇謙柔句　《道德經》一書主張謙柔處下。謙柔，謙虛平和，即所謂「柔弱勝剛強」。❹挹虛寂句　老子強調致虛守靜的功夫，主張用虛寂沉靜的心境去面對宇宙萬物的運動變化，達到返璞歸真的境界。❺澆　淺薄、澆薄，指社會風氣浮薄，有失淳樸敦厚。❻贊　原作「責」，齊校以為「贊」的誤字。❼其人　原作「二人」，齊校以為「其人」之誤，其人指老子。《莊子・天運》云：「孔子見老聃歸，三日不談。弟子問曰：『夫子見老聃，亦將何歸哉？』孔子曰：『吾乃今於是乎見龍。龍，合而成體，散而成章，乘乎雲氣，而養乎陰陽。予口張而不能嗋，予又何規老聃哉？』」❽數　指音律。❾抱朴子　東晉葛洪撰，述道家理論。❿容成　黃帝史官。《世本》：「容成造曆。」⓫大撓　黃帝臣。《五行大義》記載，干支是大撓創製的。⓬夔　人名。相傳為堯、舜時樂官。⓭襄　人名，即師襄，與孔子同時代的魯國樂官。⓮延州　指季札。季札先封於延陵，後又封於州來，所以又稱延州來季子。季札曾經於魯觀周樂，並以知治亂。

【語譯】附錄：莊子說：「大德與天地媲美，還憑藉不言。」體察老子的思想，崇尚謙讓有致，以柔克剛為主旨，採取虛寂沉靜的心境以達到返璞歸真，預知原始質樸的大道已經變得淺薄，寫下玄妙的文章以警示世人。誰能辨別其虛無的學說，探求這樣深寂的思想？所以孔子盛讚他的大德，與神靈和睦融洽，高度評價他，認為他是龍啊。師曠考定的音律占有千間房屋，死於春秋末年。《抱朴子》稱他是「知音之聖」。即使容成造曆法之妙，大撓推演曆術，夔、師襄整理音樂，季札聽樂，都不能超過他啊。

師涓❶出於衛靈公❷之世，能❸寫❹列代之樂，善❺造新曲以代古聲❻，故有四時之樂，亦有奇麗寶器❼。春有〈離鴻〉、〈去雁〉、〈應蘋〉之歌，夏有〈明晨〉、〈焦泉〉、〈朱❽華〉、〈流金〉之調，秋有〈商風〉、〈白雲〉、〈落葉〉、〈吹蓬〉之曲，冬有〈凝河〉、〈流陰〉、〈沉雲〉之操❾。以此四時之聲奏於靈公。靈公情湎心惑，忘於政事。蘧伯玉❿趨階而諫曰：「此雖以發揚氣律⓫，終為沉湎淫曼之音，無合於〈風〉、〈雅〉，非下臣宜薦於君也。」靈公乃去其聲而親政務，故衛人美其化焉。師涓悔其乖於〈雅〉、〈頌〉，失為臣之道，乃退而隱跡。蘧伯玉焚其樂器於九達之衢，恐後世傳造焉。

【注釋】❶師涓　春秋時期衛國著名音樂家，以彈琴著稱，聽力非凡，曲調過耳不忘。❷衛靈公　衛襄公之子，春秋時期衛國第二十八代國君，西元前五三四—前四九三年在位。❸能　此字原無，據《太平廣記》補。❹寫　仿效。❺善　此字原無，據《太平廣記》補。❻古聲　原作「古樂」，據《太平廣記》改。❼亦有句　此句據《稗海》本補。寶器，指樂器。❽朱　原作「之」，據《稗海》本改。❾操　彈奏。此用指樂調。❿蘧伯玉　生卒年不詳，事衛三公（獻公、襄公、靈公），因賢德聞名諸侯。⓫氣律　古代樂理術語，謂樂律和節氣相應。

【語　譯】師涓出仕在衛靈公時代，他能效法各個朝代的樂曲，還善於創造新的樂曲用來替代古曲，他曾譜寫過表現四時的樂曲，也有奇特而漂亮的樂器。表現春天的有〈離鴻〉、〈去雁〉、〈應蘋〉等歌曲，表現夏天的有〈明晨〉、〈焦泉〉、〈朱華〉、〈流金〉等曲調，表現秋天的有〈商風〉、〈白雲〉、〈落葉〉、〈吹蓬〉等曲子，表現冬天的有〈凝河〉、〈流陰〉、〈沉雲〉等樂調。師涓將自己譜寫的表現四時的新曲演奏給衛靈公聽。靈公聽後沉湎於新曲而心神迷亂，忘卻了國家政務。蘧伯玉急忙入宮規諫靈公說：「師涓譜寫的四時新曲雖然發揚了氣律的特色，但終究是使人心神迷亂的靡靡之音，跟〈風〉、〈雅〉古曲有本質的區別，不適宜下臣推薦給國君聽啊。」衛靈公於是不再聽四時新曲而親自料理國事了，因此，衛國臣民都讚美衛靈公聽從勸諫。師涓非常悔恨自己違背〈雅〉、〈頌〉等古曲的風格，認為這是喪失了臣子的操守，於是辭官退隱。蘧伯玉在通達九方的鬧市街口焚毀了師涓的樂器，惟恐後來的人們傳播製造這些樂器。

錄曰：夫體國❶以質直❷為先，導政❸以謙約為本。故三風十愆❹，〈商書〉❺以之昭誓；無荒無怠❻，〈唐風〉❼貴其遵儉。靈公違詩人之明諷❽，惟耆縱惑心，雖追悔於初失，能革情於後諫，日月之蝕，無損明焉。伯玉志存規主，秉亮❾為心。師涓識進退之道，觀過知仁❿。一君二臣，斯可稱美。

【注　釋】❶體國　治理國家。❷質直　樸實正直。❸導政　行政；以政策誘導人民。❹三風十僭　三種惡劣風氣所滋生的十種罪愆。《書・伊訓》：「敢有恆舞於宮，酣歌於室，時謂巫風；敢有殉於貨、色，恆於遊、畋，時謂淫風；敢有侮聖言，逆忠直，遠耆德，比頑童，時謂亂風。惟茲三風十愆，卿士有一於身，家必喪；邦君有一於身，國必亡。」僭，逸史本作「僭」，古同「愆」。❺商書　《尚書》中的一篇。❻無荒無怠　謂不廢亂政事。❼唐風　《詩經・國風》之一。其〈蟋蟀〉篇有「好樂無荒，良士瞿瞿」的句子。謂在歡娛時不要忘記勤於政事，顧及禮義。❽諷　用含蓄的話勸告或譏刺。❾秉亮　秉持忠誠。亮，通「諒」。誠信；忠誠。❿觀過知仁　察看一個人對所犯過錯的態度，就可以瞭解他的為人。《論語・里仁》：「人之過也，各於其黨，觀過，斯知仁矣。」

【語　譯】附錄：治理國家以樸實正直為先，行使政務以謙約為本。所以三種惡劣風氣所滋生的十種罪愆，〈商書〉對此作出了明確的告誡；不要荒廢政事，〈唐風〉推崇遵循不放縱的原則。靈公有違詩人的勸告，一味被奢侈驕縱迷惑心性，雖對當初的過失感到後悔，能接受後來的規諫改變心意，就像日蝕月蝕一樣，無損其光輝。蘧伯玉立志規諫君主，堅定秉持忠誠的信念。師涓懂得進退之道，察看他對所犯過錯的態度可以知道他本質的善惡。這一君二臣，都值得稱讚啊。

宋景公❶之世，有善星文❷者，許以上大夫❸之位，處於層樓延❹閣之上，以望氣象。設以珍食，施以寶衣。其食則有渠滄之鳧❺，煎以桂髓；叢庭之鷃❻，蒸以蜜❼沫；淇漳之鱧❽，脯❾以青茄；九江珠穟，爨❿以蘭蘇；華清夏潔，灑以纖縞。華清，井水之澄華也。饔人⓫視時而叩鐘，伺食以擊磬⓬，言每食而輒擊鐘磬也。懸四時之衣，春夏以⓭金玉為飾，秋冬以翡翠為溫。燒異香於臺上。忽有野人⓮，被草負笈⓯，扣門而進，曰：「聞國君愛陰陽之術，好象緯⓰之祕，請見。」景公乃延之崇堂。語則及未來之兆，次及已往之事，萬不失一。夜則觀星望氣，晝則執算披⓱圖。不服寶衣，不甘奇食。景公謝曰：「今宋國喪亂，微⓲君何以輔之？」野人曰⓳：「德之不均，亂將及矣。修德以來⓴人，則天應之祥，人美其化。」景公曰：「善。」遂賜姓曰子氏，名之曰韋，即子韋也。

【注釋】❶宋景公　春秋時期宋國第二十七任君王，宋元公之子。❷星文　星象。❸上大夫　中國古代的官階之一。周王室及各諸侯國的官階分為卿、大夫、士三等，每等又各分為上、中、下三級。❹延　廣。❺鳧水鳥，俗稱「野鴨」。❻鶂　一種小雀。❼蜜　原作「密」，據《稗海》本改。❽鱧　一種兇猛的淡水魚。❾脯　將肉製成乾。❿爨　燒；燒煮。⓫饔人　古官名，掌切割烹調之事。⓬磬　原作「盤」，據《太平廣記》改。⓭以　此字原無，據《太平廣記》補。⓮野人　謂居國城之郊野的人。後泛指村野之人。⓯負笈　背著書箱。⓰象緯　指星象經緯，謂日月五星。⓱披　翻閱。⓲微　要沒有；要不是。⓳野人曰　「野人」二字原無，據《太平廣記》補。⓴來　使來。

【語　譯】宋景公的時代，有善於觀星象的人，給他上大夫的職位，讓他住在高樓廣閣之上，來觀察星象。給他食用的是美酒佳餚，穿戴的是貴重的衣服。他的食物有渠滄的野鴨，用肉桂的汁煎製；叢庭的鶂鳥，用蜜汁蒸製；淇漳的鱧魚，用青茄製成乾；九江的珠穟，用蘭蘇燒製；華清夏潔的水，灑在白色的絲布上。華清水，是井水的精華。掌管飲食的人要根據時間敲鐘，到吃飯時就擊磬，他說每頓飯都要鐘磬齊鳴。掛著四季的衣服，春夏以金玉作為裝飾，秋冬以翡翠鳥的羽毛保暖。在臺上燃起特殊的香火。忽然有個村野之人，披著蓑衣背著書箱，敲門而入，說：「聽說國君喜愛陰陽法術，喜好星象經緯的神奇，請求謁見。」景公就將他請到高大的殿堂。他的話首先談到未來的一些預兆，其次談及過去的一些事，沒有一件說錯的。夜晚就觀看星象，白天就計算翻閱星圖。不穿那些貴重衣服，不吃那些美食。景公感激地說：「如今宋國政局動亂，除了您還有誰能輔佐我呢？」村野之人回答說：「對百姓施德不公平，禍亂就要降臨。修養德行招徠賢者，那麼上天會降下吉祥，百姓讚美他的教化。」景公曰：「好。」遂賜他姓子氏，名字叫做韋，就是歷史上的子韋。

錄曰：宋子韋世司天部❶，妙觀星緯，抑亦梓慎❷、裨竈❸之儔。景公待之若神，禮以上列，服以絕世之衣，膳以殊方之味，雖復三清天廚之旨❹，華蕤❺龍衮之服，方❻斯固陋矣。《春秋》因生以賜姓❼，亦緣事以顯名，號「司星氏」。至六國❽之末，著陰陽之書。（出班固〈藝文志〉）

【注釋】❶天部　二十八宿在天空之位置。此指天文。❷梓慎　春秋時期魯國大夫，觀歲星而知鄭、宋即將鬧饑荒。❸裨竈　春秋時期鄭國大夫，精通象緯學。占卜常常出人意料，並且許多都能得到驗證。❹雖復句　此句原作「雖調大禽之旨」，意不可通，據《太平廣記》改。三清，酒名。即清酒。❺蕤　衣物上下垂的纓類裝飾物。❻方　比較。原作「及」，齊校以為「方」之形誤。❼春秋句　謂天子據某人祖先所生之地或其功績而賜予姓氏。《左傳·隱公八年》：「天子建德，因生以賜姓。」❽六國　指戰國時的齊、楚、燕、韓、趙、魏六個國家。

【語譯】附錄：宋子韋掌管天文，精於觀察星象經緯，相當於梓慎、裨竈一類的人。景公對他奉若神明，以上賓之禮對待，給他穿世間少有的衣服，給他吃異域的美食，即使是三清美酒、神廚做的美味，華蕤裝飾的龍袍，和他比也顯得粗陋。《春秋》說據某人祖先所生之地或其功績而賜予姓氏，他也是因自己的司職而揚名，賜號「司星氏」。到六國末年，撰寫了有關陰陽的書。（此事記載出於班固《漢書·藝文志》）

越謀滅吳❶，蓄天下奇寶、美人、異味進於吳。殺三牲❷以祈天地，殺龍蛇以祠川岳。矯❸以江南億萬戶民，輸吳為傭保。越又有美女二人，一名夷光，二名脩明，（即西施、鄭旦之別名）以貢於吳。吳處以椒華之房，貫細珠為簾幌，朝下以蔽景，夕捲以待月。二人當軒並坐，理鏡靚妝於珠幌之內。竊窺者莫不動心驚魄，謂之神人。吳王妖惑忘政。及越兵入國，乃抱二女以逃吳苑。越軍亂入，見二女在樹下，皆言神女，望而不敢侵。今吳城蛇門❹內有朽株，尚為祠神女之處。初，越王入吳國，有丹烏夾王而飛，故勾踐之霸也，起望烏臺，言丹烏之異也。范蠡相越❺，日致千金。家童閑❻算術者萬人。收四海難得之貨，盈積於越都，以為器。銅鐵之類，積如山阜，或藏之井塹，謂之「寶井」。奇容麗色，溢於閨房，謂之「遊宮」。歷古以來，未之有也。

【注釋】❶越謀滅吳　春秋時期吳越爭霸，越王句踐戰敗後臥薪嘗膽，擬定興越滅吳九術。❷三牲　古時祭祀用的供品，分大三牲（豬、牛、羊）和小三牲（雞、鴨、魚）兩種。❸矯　詐稱。❹蛇門　春秋時期吳古城八門之一，在今蘇州南園橋西。❺范蠡相越　范蠡，春秋末期的政治家、軍事家。西元前四九六年前後入越，輔助句踐二十餘年，終使越滅吳。范蠡以為大名之下，難以久居，遂乘舟泛海而去。范蠡在越先後任上大夫、上將軍等職，未嘗任相。本文云范蠡相越，蓋是誤傳或記憶有誤。❻閑　通「嫻」。熟悉；熟練。

**【語　譯】**越國暗中計畫滅掉吳國，積聚天下奇寶、美人、美味進獻給吳國。殺三牲來向天地禱告，殺龍蛇來祭祀山河。詐稱將越國江南的億萬戶百姓，送給吳國作為傭人。越國又有兩位美女，一位叫做夷光，一位叫做脩明，（即西施、鄭旦之別名）也進獻給吳王。吳王讓她們住在椒房之中，串細珠作為窗簾，早晨放下遮擋日光，晚上捲起以便賞月。二人當窗並坐，在珠簾裡面對鏡理妝。偷窺看見的人沒有不神魂顛倒的，稱她們為神人。吳王也被迷惑的忘記了政事。等到越兵攻入國門，就抱著這兩位女子逃到吳城的宮苑。越軍湧入，看見樹下的兩位美女，都說是神女下凡，遠遠看著不敢近前。如今在吳城蛇門裡有一棵腐朽的樹，還作為祭祀神女之處。當初，越王進入吳國，有紅色的烏鴉跟隨他飛翔，故句踐稱霸後，築起了一座望烏臺，紀念紅色的烏鴉的靈異。范蠡在越國為相，日進斗金。家中童僕精於計算的就有萬人。收購四海難得的貨物，堆積在越國的都城，打算製作成用器。銅鐵之類，堆積如山，有些藏在深井中，稱之為「寶井」。花容月貌的女子，充斥於閨房，稱之為「遊宮」。自古以來，還沒有像他這樣富有的。

錄曰：《易》尚謙益❶，《書》著明謨❷，人臣之體，以斯為上。《傳》❸曰：「知，無不為，忠也。」范蠡陳攻術❹之本，而句踐乃霸，卒王❺

百越，稱為富強，斯其力矣。故能佯狂以晦跡，浮海以避世❻，因三徙以別名❼，功遂身退，斯其義也。至如「寶井」、「遊宮」，雖奢不惑。夫興亡之道，匪推之曆數，亦由才力而致也。觀越之滅吳，屈柔之禮盡焉，薦非世之絕姬，收歷代之神寶，斯皆跡殊而事同矣。博識君子，驗斯言焉。

【注　釋】❶易尚謙益　《易・謙卦・彖辭》曰：「天道虧盈而益謙。」謙益，指謙虛。❷書著明謨　《書・大禹謨》云：「滿招損，謙受益。」❸傳　指《左傳》，《左傳・僖公九年》有云：「公家之利，知無不為，忠也。」❹攻術　攻伐戰術。原作「工」術，齊校疑作「攻術」。❺王　稱王。❻故能佯狂二句　《史記》載：「范蠡以為大名之下，難以久居……乃裝其輕寶珠玉，自與其私徒屬乘舟浮海以行。」❼三徙以別名　《史記・貨殖列傳》載：「范蠡……乃乘扁舟浮於江湖，變名易姓，適齊為鴟夷子皮，之陶為朱公。」徙，原作「從」，據齊校改。

【語　譯】附錄：《易》崇尚謙虛，《尚書》也在〈大禹謨〉中明確提倡謙虛，作人臣的準則，應該以此為上。《左傳》曰：「如果知道利於國家的事，莫不盡心盡力而為之，就是忠臣。」范蠡闡述攻戰的原則，句踐才能夠稱霸，終於使百越尊其為王，成為富強之國，這都是范蠡的功勞啊。所以范蠡能假裝顛狂來隱匿蹤跡，渡海來避開世人，藉著三次遷徙改換不同的名字，功成身退，這是他的人生哲學。至於像「寶井」、「遊宮」之類，雖然奢侈但並不沉溺其中。國家興亡的道理，不只靠曆數的推演，也是由人的才能智力決定的。審視越滅吳國的過程，用盡了婉曲陰柔的禮節，進獻絕世美女，搜羅歷代的神奇寶物，越國和范蠡的做法表面雖不同但實質是相同的。有見地的人，會以此驗證古語的。

【研　析】本篇的特點是記人物較多，多寫人物之奇事。孔子，這位「不語怪力亂神」的儒家創始人，也被方術之士附會上了神異的色彩；老子作為道教的鼻祖自然也有非凡的經歷，其修行時得五方神靈的指引，《道德經》成書過程神奇而又怪異；師曠、師涓都是樂師，前者對音樂的演奏技巧達到了使天地變色的境界，後者編製的樂曲悅耳動聽可以使人忘身；萇弘能夠招來神異，頃刻變夏改冬；韓房手上圖畫日月，就能照亮百餘步的範圍；越國美女美得讓人望之卻步；范蠡家富有得要萬人為其清算收入。這些大量超現實的內容，都在竭力營造一種誇誕神異的效果。而宋景公一節，同是善於觀測天象的人，一個錦衣玉食，一個披草負笈，在描寫奇異時加入了一點詼諧的色彩，此種筆法在本書中是比較少見的。

# 卷四

## 燕昭王

王❶即位二年，廣延國❷來獻善舞者二人：一名旋娟，一名提謨❸，並玉質凝膚，體輕氣馥，綽約而窈窕，絕古無倫。或行無跡影，或積年不饑。昭王處以單綃❹華幄❺，飲以瑶、珉❻之膏，飴以丹泉之粟。王登崇霞之臺，乃召二人來側，時香風欻起，二人徘徊翔舞❼，殆不自支。王以纓縷拂之，二人皆舞。容冶❽妖麗，靡❾於鸞翔，而歌聲輕颺。乃使女伶❿代唱其曲，清響流韻，雖飄梁動木⓫，未足嘉也。其舞一名〈縈塵〉，言其體輕與塵相亂；次曰〈集羽〉，言其婉轉若羽毛之從風；末⓬

曰〈旋懷〉，言其支體纏曼，若入懷袖也。乃設麟文之席，麟文者，錯雜寶以飾席也，皆為雲霞麟鳳之狀⑬；散荃蕪之香，香出波弋國，浸地則土石皆香，著朽木腐草，莫不鬱茂，以熏枯骨，則肌肉皆生。以屑噴地，厚四五寸，使二女舞其上，彌日無跡，體輕故也。時有白鸞孤翔，銜千莖穟。穟於空中自生，花實落地，則生根葉。一歲百穫，一莖滿車，故曰「盈車嘉穟」。昭王復以衣袖麾⑭之，舞者皆止。昭王知其神異，處於崇霞之臺，設枕席以寢讌，遣侍人以衛之。王好神仙之術，故⑮玄天之女，託形作此二人。昭王之末，莫知所在。或云遊於漢江，或伊洛之濱。

【注　釋】❶王　燕昭王，戰國時期燕國第三十九任君主，燕王噲之子。廣招天下賢士，其統治時期燕國實力最為強大。❷廣延國　《太平御覽》卷十二載《拾遺記》之文：「廣延之國去燕七萬里，在扶桑東，其地寒，盛夏之日冰厚至丈。常雨青雪，冰霜之色，皆如紺碧。」❸提謨　《說郛》本作「提媄」。❹單綃　薄綢。❺華幄　帝王所居的華麗的帷帳。❻瓀珉　皆為似玉的美石。❼乃召二人三句　原作「乃召二人，徘徊翔舞」，據《稗海》本、《太平廣記》補改。❽容冶　指對面容的修飾。❾靡　華麗；美好。❿女伶　舊時稱女藝人。⓫飄梁

動木　即餘音繞樑之意。⑫末　下原有「曲」字，齊校以為此為舞名，據《稗海》本刪。⑬麟文者三句　原在「盈車嘉穟」句下，今按文意移於此。⑭麾　同「揮」。⑮故　此字原無，據《太平廣記》補。

【語　譯】燕昭王即位的第二年，廣延國進獻兩個善於舞蹈的人：一位叫做旋娟，一位叫做提謨，她們都玉潔冰清膚如凝脂，體態輕盈吐氣如蘭，柔美而嫻靜，古今無雙。她們行走不見身影，常年不會饑餓。燕昭王讓她們住在綢緞製成的華美幔帳之中，給她們喝瑤、珉等美石凝結的膏脂，吃丹泉灌溉的糧食。燕昭王登上崇霞臺，把二人召來在身邊，有一陣香風襲來，二人迴旋飛舞，幾乎不能自主。燕昭王用彩帶輕拂她們，二人都舞蹈起來。打扮得非常豔，比鸞鳥翩翩飛翔還美妙，而歌聲輕輕飄揚。又命女藝人代唱舞曲，聲音清脆經久不絕，即使用餘音繞樑形容，也不為過啊。她們跳的舞一個名叫〈縈塵〉，是說她們體態輕盈可與纖塵同舞；一個叫做〈集羽〉，是說她們舞姿婉轉猶如羽毛隨風飄舞；最後一個叫做〈旋懷〉，是說她們的身體纏綿柔軟，彷彿隨時要撲入人的懷抱。鋪上麟紋席子，麟紋，就是用各種珠寶裝飾席子，都擺成雲霞麒麟鳳凰的圖案；燃起荃蕪香，這種香出自波弋國，倒在地上十石都發出香氣，置於朽木腐草上，沒有不枝繁葉茂的，用它塗抹壞死的骨頭，能使肌肉再生。以它的粉末噴在地上四五寸厚，讓二女在其上跳舞，跳一整天也沒有痕跡，是她們身體輕盈的緣故。當時有一隻白色的鸞鳥獨自飛翔，銜著一棵有千條枝莖的禾穗。禾穗在空中自己生長，禾穗的種子落在地上，就能生根發芽。一年可以收穫百次，一條枝莖就能裝滿一車，所以叫做「裝滿車的大禾穗」。燕昭王又用衣袖揮舞了一下，跳舞的人都停止了。燕昭王知道她們一定有神奇之處，讓她們住在崇霞臺，準備枕席讓她們休息，派侍者守衛她們。燕昭王喜好神仙法術，所以玄天的仙女，化身作此二人的樣子。燕昭王末年，就沒有人知道她們的下落了。有的說她們遊走在漢江一帶，有的說在伊水、洛水沿岸。

四年，王居正寢❶，召其臣甘需曰：「寡人志於仙道，欲學長生久視之法，可得遂乎？」需曰：「臣遊昆臺之山，見有垂白之叟，宛若少童，貌如冰雪，形如處子。血清骨勁，膚實腸輕，乃歷蓬、瀛而超碧海，經涉❷升降，遊往無窮，此為上仙之人也。蓋能去滯慾❸而離嗜愛，洗神滅念，常遊於太極❹之門。今大王以妖容惑目，美味爽口❺，列女成群，迷心動慮，所愛之容，恐不及玉，纖腰皓齒，患不如神。而欲卻老雲遊，何異操圭爵❻以量滄海，執毫氂而迴❼日月，其可得乎！」昭王乃徹❽色減味，居乎正寢。賜甘需羽衣一襲，表其墟❾為「明真里」也。

【注釋】❶正寢　古代帝王和諸侯處理政事的宮室。❷經涉　跋山涉水。❸滯慾　天生的慾望。滯，長久。❹太極　古代哲學家稱最原始的混沌之氣為太極，是宇宙萬物的本原。以為太極運動而分化出陰陽，由陰陽而產生四時變化，繼而衍生出各種自然現象。❺爽口　傷敗胃口。《道德經》：「五色令人目盲，五音令人耳聾，五味令人口爽。」❻圭爵　小酒杯。圭，古代容量單位，一升的十萬分之一。爵，古代飲酒器。❼迴　環繞。❽徹　通「撤」。❾墟　村落；居所。

【語　譯】燕昭王四年，燕昭王在處理公務的宮室，召見他的大臣甘需說：「我嚮往得道成仙，想學習長生不死的方法，能如願嗎？」甘需說：「我曾經在昆臺山周遊，看見一個垂著白髮的老者，彷彿少年一般，容貌有如冰雪般光潔，身材猶如處子般婀娜。血液清純骨骼強勁，皮膚緊致內臟輕盈，經過蓬萊、瀛洲渡過大海，跋山涉水，幾番沉浮，達到無窮之地，這就是上仙啊。他能夠去除天生的慾念並拋開嗜好，淨化靈魂滅絕慾望，常能夠登上太極門。如今大王被妖豔的容貌惑亂眼睛，被美味敗壞胃口，身旁美女成群，迷亂了心智，您面對所喜愛的容顏，還唯恐比不上玉人，您面對美女的纖細的腰肢，潔白的牙齒，還擔心不如仙女。而您想要長生不老雲遊仙境，這與拿著小酒杯度量大海，拿著毫釐長的尺丈量日月有什麼區別，怎麼能夠實現呢！」燕昭王於是撤下美色佳餚，而置身處理公務的宮殿。賜給甘需一件羽毛的衣服，把他住的地方命名為「明真里」。

七年，沐胥之國來朝，則申毒國❶之一名也。有道術人名尸羅。問其年，云：「百三十歲。」荷錫❷持缾❸，云發其國五年乃至燕都。善衒惑之術。於其指端出浮屠❹十層，高三尺，及❺諸天神仙，巧麗特絕。人皆長五六分，列幢蓋❻，鼓舞，繞塔而行，歌唱之音，如真人矣。尸羅噴水為雰霧，暗數里間。俄而復吹為疾風，雰霧皆止。又吹指上浮屠，漸入雲裏。又於左耳出青龍，右耳出白虎。始出❼之時，纔一二寸，稍至八九尺。俄而風至雲起，即以一手揮之，即龍虎皆入耳中。又張口向日，則見人乘羽蓋❽，駕螭、鵠，直入於口內。復以手抑胸上，而聞懷袖之中，轟轟雷聲。更張口，則向❾見羽蓋、螭、鵠相隨從口中而出。尸羅常坐日中，漸漸覺其形小，或化為老叟，或為嬰兒，倏忽而死，香氣盈室，時有清風來吹之，更生如向之形。咒術衒惑，神怪無窮。

【注　釋】❶申毒國　印度的古稱。❷錫　和尚所用錫杖的簡稱。❸缾　同「瓶」。❹浮屠　佛教用語，指佛塔。❺及　原作「乃」，從毛校改。❻幢蓋　供神佛的幢幡傘蓋。❼出　原作「入」，從齊校改。❽羽蓋　神仙的車駕。❾向　此字原無，據《太平廣記》補。

【語　譯】燕昭王七年，沐胥國來朝覲，沐胥國是申毒國的別名。有一個會法術的人叫做尸羅。詢問他的年齡，回答說：「一百三十歲。」扛著錫杖拿著水瓶，說從他的國家出發後五年才到達燕國的都城。尸羅擅長神怪變幻的法術。在他的指尖變出十層浮塔，高三尺，還有護法的眾天神，精巧而華麗絕倫。天神都有五六分長，排列著幢幡傘蓋，擊鼓起舞，繞塔而行，歌唱的聲音，有如真人。尸羅噴水化作煙霧，使方圓數里變得昏暗。不一會兒又吹氣化為疾風，煙霧都消散了。又對指上的浮塔吹氣，浮塔漸漸消失在雲層裡。又從左耳變出青龍，右耳變出白虎。牠們剛剛出來的時候，才一二寸大小，逐漸到了八九尺。不一會兒風雲漸起，他就把手朝牠們一揮，青龍白虎都鑽回他的耳朵裡了。又向著太陽張開口，就見一個乘坐著仙人車駕的人，駕著螭龍、天鵝，一直進入他的口中。又把手放在胸口上，就聽見他的衣服裡面，轟轟的車輪聲有如雷鳴。又張開口，就見方才所見的仙人車駕、螭龍、天鵝相繼從他的口中出來。尸羅常常在太陽下打坐，漸漸感覺他的身體變小了，有時變作老者，有時變作嬰兒，頃刻之間他便死了，香氣充盈於住所，忽然有清風吹向他，復活過來和以前一樣。咒語變幻的法術，神異無窮啊。

八年，盧扶國來朝，渡玉河❶萬里方至。云其國中山川無惡禽獸，水不揚波，風不折枝❷。人皆壽三百歲。結草為衣，是謂「卉服」。至死不老，咸知孝讓。壽登百歲以上，相敬如至親之禮。死葬於野外，以香木靈草瘞掩❸其屍。閭里弔❹送，號泣之音，動於林谷，溪源為之止流❺，春木為之改色。居喪❻水漿不入於口，至死者骨為塵埃，然後乃食。昔大禹隨山導川，乃旌其地為無老純孝之國。

【注釋】❶玉河　在今新疆于闐。「玉」字原無，據《太平廣記》補。❷枝　原作「木」，據《太平廣記》改。❸瘞掩　掩埋。❹弔　原作「助」，據《稗海》本改。❺溪源句　此句原作「河源為之流止」，據《太平廣記》改。❻居喪　守孝。處在直系尊親的喪期中。

【語譯】燕昭王八年，盧扶國派使者來朝見，渡過玉河行走萬里才能到中國。傳說盧扶國的山川中沒有兇惡的禽獸，水面上不起風浪，風也不足以折斷樹枝。人們的壽命都達到三百歲。他們用草編織衣服，這種衣服稱為「卉服」。人到死的時候容貌也不會變老，全都懂得孝順謙讓。壽命達到百歲以上的人，人們對他們都像對待自己的父母那樣禮敬。人死後埋葬在野外，用香木和瑞草覆蓋在屍體上。同鄉里的人都去弔唁送葬，號哭的聲音，震動了樹林山谷，溪水因此而停止了流動，綠樹因此改變了顏色。在居喪期間，不吃不喝，直到死者的屍骨變成泥土，才開始恢復進食。從前大禹到各地疏導河流時，就表彰那個地方是「不老純孝的國度」。

錄曰：夫含靈❶稟氣，取象二儀❷；受命因生，包乎五德❸。故守淳明以循身❹，資報施❺以為本。義❻緣天屬❼，生盡愛敬之容；體自心慈，死結追終❽之慕。蓋處物之常情，有識之常道。是以忠諫一至，則❾會理以通幽；神義由心，則祇靈為之昭感。跡顯神著，表降群祥；行道不達，遠邇⑩旌德。美乎異國之人，隔絕王化，闕聞大道，語其國法，華戎有殊，觀其政教，頗令⑪殊俗。禮在四夷，事存諸詁，孝讓之風，莫⑫不尚也。

【注　釋】❶含靈　指具有靈性的人類。❷二儀　指天地。❸五德　古代陰陽家把金、木、水、火、土五行看成五德，即仁、義、禮、智、信。❹循身　修身。❺資報施　原作「資施」，齊校云此句與上句相對，「施」上應有「報」字。❻義　情誼。此指父子之情。❼天屬　天性相連。❽追終　猶言慎終追遠。謂居父母喪要盡禮節，祭祀要盡虔誠。《論語‧學而》：「曾子曰：『慎終追遠，民德歸厚矣。』」❾則　原作「洞」，從齊校改。⑩遠邇　猶遠近。⑪令　美好。⑫莫　原作「萬」，據齊校改。

【語　譯】附錄說人類秉承陰陽之氣，以天地為榜樣；受上蒼之命而生，具有仁義禮智信五種品德。所以遵守敦厚明智來修身，以給予父母報答為根本。父子之情是天性的連接，在活著的時候要盡力親愛恭敬的態度；體察父母發自內心的疼愛，在他們死後保持慎終追遠的思念。這是為人處事的正常情感，有教養的人的通常做法。所以剛剛發出忠心的規勸，就能夠心領神會；思想情感發自內心，就是神靈也會被感動。如果德行顯著，上天就會降下種種祥瑞；行事不違背禮法，遠近都會稱頌他的美德。美好啊，那異國的盧扶人，雖然與君王的教化隔絕，很少聽到儒家的大道，談及他們國家的法令，與中國有很大不同，考察他們國家的政教，卻大大勝過其他國家。禮義存在於四方，也記載於各種朝廷的政令之中，孝順謙讓的風氣，沒有人不崇尚啊。

九年，昭王思諸神異。有谷將子，學道之人也，言於王曰：「西王母將來遊，必語虛無之術。」不踰一年，王母果至。與昭王遊於燧林之下，說炎帝鑽火之術❶。取綠桂之膏，燃以照夜。忽有飛蛾銜火，狀如丹雀，來拂於桂膏之上。此蛾出於員丘之穴。穴洞達九天，中有細珠如流沙，可穿而結，因用為珮，此是神蛾之矢❷也。蛾憑氣飲露，飛不集下，群仙殺此蛾合丹藥。西王母與群仙遊員丘之上，聚神蛾，以瓊筐盛之，使玉童負筐，以遊四極，來降燕庭，出此蛾以示昭王。王曰：「今乞此蛾以合九轉神丹❸！」王母弗與。

【注釋】❶炎帝鑽火之術　遠古時代的一種取火方法。用鑽子鑽木，木頭因摩擦發熱而爆出火星。多相傳為燧人氏發明。❷矢　古同「屎」。❸九轉神丹　道教謂經九次提煉、服之能成仙的丹藥。葛洪《抱朴子・金丹》：「九轉之丹服之，三日得仙。」

【語譯】燕昭王九年，燕昭王整天想著神異的事情。有個谷將子，是個學道的人，對燕昭王說：「西王母將來遊玩，一定會講起虛無的法術。」不到一年，西王母果然來了。與燕昭王遊歷到燧林，說起炎帝鑽木取火的方法。取來綠桂的膏脂，點燃來照明夜晚。忽然有飛蛾口中銜火而來，牠的形狀像丹雀，在桂膏之上拂動翅膀。這種神蛾出於員丘的洞穴。洞穴直達九霄雲外，裡面有細珠宛如流沙，可以串在一起，作為珮飾，這是神蛾的糞便啊。神蛾餐氣飲露，飛而不下，群仙捕殺這種神蛾合成丹藥。西王母與群仙在員丘遊玩，集聚這種神蛾，用玉筐裝好，派玉童背著筐，到四方遨遊，蒞臨燕昭王的宮廷，拿出這種神蛾給燕昭王看。燕昭王說：「我想要這種神蛾來製九轉神丹！」西王母沒有給他。

昭王坐握日之臺參雲，上可捫❶日。時有黑鳥白頭，集王之所，銜洞光❷之珠，圓徑一尺。此珠色黑如漆，懸照於室內，百神不能隱其精靈。此珠出陰泉之底，陰泉在寒山之北，員水之中，言水波常圓轉而流也。有黑蚌飛翔，來去於五岳之上。昔黃帝時，務成子❸遊寒山之嶺，得黑蚌在高崖之上，故知黑蚌能飛矣。至燕昭王時，有國獻於昭王。王取瑤漳之水，洗其沙泥，乃嗟歎曰：「自懸日月以來，見黑蚌生珠已八九十遇，此蚌千歲一生珠也。」珠漸輕細。昭王常懷此珠，當隆暑之月，體自輕涼，號曰「銷暑招涼之珠」也。

【注釋】❶捫 觸摸。❷洞光 透明通亮。❸務成子 原作「霧成子」，據《太平廣記》改。傳說是舜的老師，另一說是堯的老師。據《漢書》和道家書籍記載，務成子是一個集道家、煉丹家和房中養生家於一身的人物。

【語譯】燕昭王坐在握日臺觀察雲氣，臺高可以觸到太陽。當時有白頭的黑烏，飛落燕昭王居住的地方，銜著透明通亮的珍珠，直徑有一尺。這顆珍珠色黑如漆，懸掛在室內通明一片，各種神仙都不能隱身。這種珍珠出產於陰泉的底下，陰泉在寒山的北面，員水的中央，員水之名是說其水波常旋轉著流淌。有一種黑蚌會飛翔，在五岳之間飛來飛去。從前黃帝時，務成子到寒山遊玩，在高崖上得到過黑蚌，所以知道黑蚌能飛。到燕昭王時，有一個國家獻給燕昭王黑蚌。燕昭王取來瑤池漳江的水，洗去它的沙泥，感嘆道：「自日月懸於空中以來，見過黑蚌生珠已有八九十次，這種蚌千年才生一次珍珠啊。」珍珠漸漸變得輕細。燕昭王常懷揣此珠，在酷暑時節，身體自然清涼，所以把它叫做「銷暑招涼之珠」。

【研析】燕昭王登位之初，正當燕國衰微之時，燕昭王卑身厚幣、納賢圖治，終於振興了燕國，使燕國成為戰國七雄之一。本篇中沒有記述燕昭王勵精圖治的事蹟，而是把他作為一個熱衷神仙之術的君王，大談神跡仙術。文中寫明燕昭王「好神仙之術」、「志於仙道」，為此，身懷道術的谷將子、尸羅表演法術，玄天之女下凡、西王母現身。為渲染這些仙人神跡，他們當然也被寫成用器衣服非同凡世、法術高超令人嘆服。值得我們注意的是燕昭王問甘需一節，此節的寫法異於他篇，沒有一味描寫奇異，甘需勸燕昭王去嗜欲修心性的說辭，頗有戰國策士縱橫捭闔的辯說之風。

# 秦始皇

始皇元年，騫霄國獻刻玉善畫工名裔❶。使含丹青以漱地，即成魑魅及詭怪群物之像；刻玉為百獸之形，毛髮宛若真矣。皆銘其臆❷前，記以日月。其人❸以指畫地，長百丈，直如繩墨。方寸之內，畫以四瀆❹五岳列國之圖。又畫為龍鳳，騫翥❺若飛。皆不可點睛，或點之，必飛走也。始皇嗟曰：「刻畫之形，何得飛走！」使以淳漆各點兩玉虎一眼睛，旬日則失之，不知所在。山澤之人云：「見二白虎，各無一目，相隨而行，毛色相似，異於常見者。」至明年，西方獻兩白虎，各無一目。始皇發檻視之，疑是先所失者，乃刺殺之，檢其胸前，果是元年所刻玉虎。迄胡亥❻之滅，寶劍神物，隨時散亂也。

【注釋】❶裔　《太平廣記》卷二一〇引作「烈裔」。❷臆　胸。❸其人　原作「工人」，齊校疑為「其人」之誤。❹四瀆　長江、黃河、濟水的合稱。❺騫翥　飛舉貌。❻胡亥　秦始皇之子，秦二世。

【語譯】秦始皇元年，騫霄國進獻一名善於刻玉的畫工叫做烈裔。讓他口含作畫的顏料噴到地面，即成魑魅鬼怪等各種東西的樣子；把玉刻成百獸的形狀，毛髮逼真。他在雕刻的動物胸前都刻上字，標記雕刻的日期。這個人用手指在地上劃過，長達百丈，筆直有如木工畫直線用的墨線。能夠在方寸之內，畫出四大河流、五大名山、列國的圖形。還有他所畫的龍鳳，躍躍欲試似乎要飛走。都不能點上眼睛，一旦點上，一定會飛走。秦始皇嘆道：「刻畫出來的東西，怎麼會飛走！」命其以純漆各點兩隻玉虎的一隻眼睛，十日後玉虎就不見了，不知去了哪裡。深山裡的人說：「看見二隻白虎，各少了一隻眼睛，相互跟隨行走，毛色相似，與常見的老虎不一樣。」到了第二年，西方有人進獻兩隻白虎，各少了一隻眼睛。秦始皇打開籠子仔細看，懷疑是從前丟失的那兩隻玉虎，於是殺了牠們，驗看牠們的前胸，果然是元年所刻的玉虎。到胡亥時秦國亡滅，秦國的寶劍神物，都隨著朝代變換散失了。

始皇好神仙之事，有宛渠之民，乘螺舟而至。舟形似螺，沉行海底，而水不浸入，一名「淪波舟」。其國人長十丈，編鳥獸之毛以蔽形。始皇與之語及天地初開之時，了如親睹。曰：「臣少時躡虛❶卻行，日遊萬里。及其老朽也，坐見天地之外事。臣國在咸池日浴之所❷九萬里，以萬歲為一日。俗多陰霧，遇其晴日，則天豁然雲裂，耿❸若雲漢❹。則有玄龍黑鳳，翻翔而下。及夜，燃石以繼日光。此石出燃山，其土石皆自光澈，扣之則碎，狀如粟，一粒輝映一堂。昔炎帝始變生食，用此火也。國人今獻此石。或有投其石於溪澗中，則沸沫流於數十里，名其水為『焦淵』。臣國去軒轅之丘❺十萬里，少典之子❻採首山❼之銅，鑄為大鼎。臣先望其國有金火氣動，奔而往視之，三鼎已成。又見冀州有異氣，應有聖人生，果有慶都生堯❽。又見赤雲入於酆鎬❾，走而往視，果有丹雀瑞昌之符❿。」始皇曰：「此神人也。」彌信仙術焉。

【注釋】❶躡虛　凌空。❷咸池日浴之所　神話中謂咸池乃日浴之處。《淮南子・天文訓》：「日出於暘谷，浴於咸池。」浴，原作「沒」，據《稗海》本改。❸耿　明亮。❹雲漢　銀河。原作「江漢」，江漢乃長江、漢水的合稱，與上「耿」之明亮義不能諧接。疑為「雲漢」之誤。❺軒轅之丘　黃帝出生的地方，在今河南新鄭西北。❻少典之子　指黃帝。《史記・五帝本紀》：「黃帝者，少典之子。」❼首山　即首陽山，以產銅著稱。❽慶都生堯　《史記・五帝本紀》：「帝嚳娶陳鋒氏女，生放勳。」《正義》引《帝王紀》云：「帝堯陶唐氏，祁姓也。母慶都，十四月生堯。」❾酆鎬　豐京和鎬京的統稱，周朝的都城，在今陝西西安。❿丹雀瑞昌之符

《史記・周本紀》：「季歷娶太任，生子昌，有聖瑞。」《正義》引《尚書帝命驗》：「季秋之月，甲子，赤雀銜丹書入酆，止於昌戶。」昌，周文王之名。

【語譯】秦始皇好神仙之事，有宛渠國的人，乘坐螺舟而來。舟的形狀似海螺，潛在海底行走，而水不會滲入，螺舟也叫「淪波舟」。他們國家的人身高十丈，編織鳥獸的毛羽遮蔽身體。秦始皇和他談到天地初開的時候，他竟然說得彷彿親眼所見一樣。他說：「我年輕時凌空行走，一天能走一萬里。現在老了，坐在家裡也能看到天地之外的事情。我們國家距太陽洗浴的咸池有九萬里，以一萬年作為一天。那裡的特點是多為陰霧天氣，遇到晴朗的日子，天上的雲彩豁然散開，彷彿銀河一般明亮。有黑色的龍鳳，翻飛而下。到了夜裡，點燃一種石頭來接繼太陽的光亮。這種石頭出於燃山，燃山的土和石頭本身就都光亮透明，擊打它就會碎掉，形狀猶如穀子，一粒就能夠照亮一室。從前炎帝開始改變生食的習慣，就是用這種石頭生火。我們國家的人現在獻出這種石頭。有人把這種石頭扔進山間的溪流，就會有沸騰的泡沫流出數十里，所以把那條溪流叫做『焦淵』。我的國家距離黃帝出生的軒轅丘有十萬里，黃帝採集首陽山的銅，鑄成大鼎。我先望見那裡有金火之氣活動，跑過去察看，三個鼎已經鑄成。又見冀州有一股奇異之氣，應有聖人降生，果然後來慶都生下了堯。又看見紅雲飛入酆、鎬，跑過去察看，果然有丹雀銜來周文王的祥瑞。」秦始皇說：「這是神人啊。」更加迷信仙術了。

始皇起雲明臺，窮四方之珍木，搜天下之巧工。南得煙丘碧桂❶、鄺水燃沙、賁都朱泥、雲岡素竹；東得葱巒錦柏、漂檖龍松、寒河星柘❷、岏山雲梓❸；西得漏海浮金❹、狼淵羽璧、滌嶂霞桑、沉塘員籌❺；北得冥阜乾漆、陰阪文杞、褰流黑魄、闇海香瓊，珍異是集。二人騰虛緣木，揮斤斧於空中，子時❻起工，午時❼已畢。秦人謂之「子午臺」，亦言於子午之地❽，各起一臺，二說疑也。

【注釋】❶桂　原作「樹」，據《太平御覽》改。❷柘　因質堅而緻密被視作貴重的木料。❸岏山雲梓　此句原作「岏雲之梓」，據《稗海》本改。梓，珍貴樹種，木材可供建築及製作木器用。❹浮金　能夠浮於水面的金屬。❺籌　竹製的籌碼。古代投壺計算勝負的用具。❻子時　指夜裡十一點到一點的時間。❼午時　指上午十一點至下午一點。❽子午之地　指正南方、正北方的地方。古人以「子」為正北，以「午」為正南。

【語譯】秦始皇建造雲明臺，用盡了四方珍貴的木材，遍尋天下的能工巧匠。在南方得到煙丘的碧桂、鄺水的燃沙、賁都的朱泥、雲岡的素竹；在東方得到葱巒的錦柏、漂檖的龍杉、寒河的星柘、岏山的雲梓；在西方得到漏海的浮金、狼淵的羽璧、滌嶂的霞桑、沉塘的員籌；在北方得到冥阜的乾漆、陰阪的文杞、褰流的黑魄、闇海的香瓊，將普天下的珍奇異寶，都搜集到這裡。在建造雲明臺時，只見有兩個人跳起來爬上樹，在半空中揮舞著板斧做工，從半夜開始工作，到第二天中午就完工了。所以秦人都把這座臺子叫「子午臺」，也有一種說法，子午臺得名是在子與午兩個地方名建造了一座臺子，這兩種說法都不可信。

張儀、蘇秦❶二人，同志好學，迭剪髮而鬻❷之以相養，或傭力寫書。非聖人之言不讀。遇見《墳》《典》❸，行途無所題記，以墨書掌及股裏，夜還而寫之，析竹為簡。二人每假食於路，剝樹皮編以為書帙❹，以盛天下良書。嘗息大樹之下，假息而寐，有一先生問：「二子何勤苦也？」儀、秦又問之：「子何國人？」答曰：「吾生於歸谷。」亦云鬼谷，鬼者，歸也；又云，歸者，谷名也❺。乃請其術，教以干世出俗之辯，即探胸內，得二卷說書❻，言輔時之事。《古史考》云：「鬼谷子也，鬼、歸，音相近也。」

【注釋】❶張儀蘇秦　張儀、蘇秦均為戰國時期著名的縱橫家。❷鬻　賣。❸墳典　指《三墳》、《五典》，古代的典籍。❹書帙　書卷的外套。❺亦云鬼谷六句　應為注語誤入正文。❻說書　敘述遊說技巧的書。

【語譯】張儀、蘇秦二個人，志向相同勤奮好學，相繼剪下頭髮並賣掉來維持生活，有時靠做傭工或抄寫書籍為生。非聖賢之書不讀。遇見《三墳》、《五典》等典籍，在路上沒有什麼可以用來抄寫，便用墨寫在手掌和大腿上，晚上到家再抄寫下來，剖開竹子做成書簡。二人經常在路邊乞食，剝下樹皮編成書的護套，為的是盛裝天下的好書。一次在大樹下休息，暫時休息卻睡著了，有一位先生問道：「你們二位為何如此勤奮刻苦？」張儀、蘇秦反問他：「您是哪個國家的人？」他回答說：「我出生在歸谷。」歸谷也叫鬼谷，鬼的意思就是歸去；又說，歸是山谷的名字。於是向他請教學問，那人教給他們能被朝廷選用、出人頭地的辯論能力，當即探入胸襟內，拿出二卷講述遊說之術的書，給他們講輔弼時政的事。《古史考》說：「那個人是鬼谷子啊，鬼、歸，語音相近。」

秦王子嬰❶立，凡百日，郎中趙高❷謀殺之。子嬰寢於望夷之宮❸，夜夢有人身長十丈，鬚鬢絕青，納玉舄而乘丹車，駕朱馬而至宮門，云欲見秦王子嬰，閽者❹許進焉。子嬰乃與言。謂子嬰曰：「余是天使也，從沙丘❺來。天下將亂，當有同姓❻者❼欲相誅暴。」翌日乃起，子嬰則疑趙高，囚高於咸陽獄，懸於井中，七日不死；更以湯鑊煮之❽，七日不沸，乃戮之。子嬰問獄吏曰：「高其神乎？」獄吏曰：「初囚高之時，見高懷有一青丸，大如雀卵。」時方士說云：「趙高先世受韓終❾丹法，冬月⑩坐於堅冰，夏日臥於爐上，不覺寒熱。」及高死，子嬰棄高屍於九達之路，泣送者千家。或見一青雀從高屍中出，直飛⑪入雲。九轉⑫之驗，信於是乎。子嬰所夢，即始皇之靈；所著玉舄，則安期先生⑬所遺也。鬼魅之理，萬世一時。

【注釋】❶秦王子嬰　秦三世，也是秦朝最後一個君王。❷郎中趙高　趙高本為秦宮宦官，秦始皇死後，他與丞相李斯合謀偽造詔書，逼秦始皇長子扶蘇自殺，立秦始皇幼子胡亥為帝，自任郎中令。後設計害死李斯，繼之為秦朝丞相。不久又逼迫秦二世自殺，另立子嬰。❸望夷之宮　秦時宮名，故址在今陝西涇陽蔣劉鄉。❹閽者　守門人。❺沙丘　在今河北平鄉東北，秦始皇東巡時在此處病故。❻同姓　指趙姓。《史記・秦始皇本紀》：「名為政，姓趙氏。」❼者　原作「名」，據毛校改。❽更以湯鑊煮之　此句原作「更以鑊湯煮」，據《稗海》本改。鑊，古代的大鍋。❾韓終　秦始皇時方士。❿月　《太平廣記》卷七十一作「日」。⓫飛　此字原無，據《稗海》本補。⓬九轉　即九轉神丹。⓭安期先生　傳說為得道的仙人。《列仙傳》：「安期先生者，琅琊阜鄉人也。賣藥於東海邊，時人皆言千歲翁。秦始皇東遊，請見，與語三日三夜，賜金璧度數千萬。出於阜鄉亭，皆置去。留書，以赤玉舄一雙為報。」

【語譯】秦王子嬰即位，總共才一百天，郎中令趙高就密謀殺害他。子嬰住在望夷宮，夜裡夢見有一個人身高十丈，頭髮鬍鬚都非常黑，穿著玉鞋乘坐著丹車，駕著朱馬而來到宮門，說要見秦王子嬰，守門人就放他進去了。子嬰就和他交談。他對子嬰說：「我是天上的使者，從沙丘來。

天下將要大亂，將有與你同姓的人想要殺你發動暴亂。」第二天起床後，子嬰懷疑那個人是趙高，把趙高囚禁在咸陽的監獄，吊在井裡，七天竟然沒有死；改用湯鍋煮他，鍋裡的水竟然七天沒有沸騰，於是就殺了他。子嬰詢問獄吏說：「趙高有什麼神奇的地方嗎？」獄吏回答：「最初囚禁趙高的時候，看見趙高懷裡有一枚黑色的藥丸，大小如同雀卵。」當時的方士解釋說：「趙高的先人學習過韓終的煉丹之法，冬天坐在堅硬的冰上，夏天臥在爐火上，都不會感覺冷或者熱。」趙高死後，子嬰把趙高的屍體扔在四通八達的路口，哭著送他的人有一千家。有人看見一隻青雀從趙高的屍體中鑽出，直飛入雲霄。九轉神丹的靈驗，在此得到了驗證。子嬰夢見的人，就是秦始皇的靈魂；所穿的玉鞋，就是安期先生當時送給他的。鬼怪的標準，一萬年相當於人世的一個時辰。

錄曰：夫含靈挺質❶，罕不羨乎久視，祈以長生。苟乖才性，企之彌遠。何者？夫層宮峻宇肆其奢，綽約柔曼縱其惑，〈九韶〉、〈六英〉❷悅其耳，喜怒刑賞示其威。精靈溺於常滯❸，志意疲於馳策❹，銷竭神慮，翦刻❺天和。秦政自以功高三皇，世踰五帝，取惑徐市❻，身殞沙丘。燕昭能延禮群神，百靈響集。並欲棄機事❼以遊真極❽，去塵垢而望雲飛。譬猶溝澮❾於天河，齊朝菌❿於椿木⓫，超二儀⓬於崑巒，升一匱⓭而扳重漢⓮。何則？望之與無階矣。《抱朴子》曰：「學若牛毛，得如麟角。」至如秦皇、燕昭之智，雖微鑒仙體，而未入玄真。蓋猶徧惑⓯尚多，滯情未盡。至於神通玄化，說變萬端。故曰徐行雲垂之儔，駕影乘霞之侶，可得齊肩比步焉，與之棲息也。窮神絕異，隨方而來；衒絕殊形，越境而至。託神以盡變，因變以窮神，觸象難名，靈怪莫測。《淮南子》云：「含雷吐火之術，出於萬畢之家⓰。」方毳羽⓱於洪鑪，炎煙火於冰水，漏海螺船之屬，飛珠沉霞之類，千途萬品，書籍之所未詳，自神化以來，神奇莫與為例，豈末代浮誣所能窺仰，夭齡⓲促知⓳之所效哉！今觀子年之記，蘇、張二人，異辭同跡，或以字音相類，或以土俗為殊，驗諸墳史，豈惟秦、儀之見異者哉！

【注釋】❶挺質　與生俱來的美質。❷九韶六英　〈九韶〉、〈六英〉均為古樂名。九韶亦作「九招」。《呂氏春秋・古樂》：「帝嚳令咸黑作為聲歌：〈九招〉、〈六列〉、〈六英〉。」❸常滯　猶「滯淫」，長期曠廢。❹馳

策　策馬。此指遊玩。❺翦刻　消滅。❻徐市　秦國方士。《史記・秦始皇本紀》：「齊人徐市等上書，言海中有三神山，名曰蓬萊、方丈、瀛洲，僊人居之。請得齋戒，與童男女求之。於是遣徐市發童男女數千人，入海求僊人。」❼機事　治國的機要之事。❽真極　極樂世界。❾溝澮　泛指田間水道。❿朝菌　朝生暮死的菌類植物。喻極短的生命。《莊子・逍遙遊》：「朝菌不知晦朔，蟪蛄不知春秋。」⓫椿木　《莊子・逍遙遊》：「上古有大椿者，以八千歲為春，八千歲為秋。」後稱椿木為「老椿」，寓長壽之意。⓬二儀　指天地。⓭匱　通「簣」。運裝土的畚。⓮重漢　霄漢；天空。⓯褊惑　急躁疑惑。褊，通「惼」。氣量狹小；急躁。⓰萬畢之家　指《萬畢經書》。今本《淮南子》無此語。《隋書・經籍志》有《淮南萬畢經》一卷。⓱毳羽　指羽毛。⓲夭齡　短壽。⓳促知　無知。

【語譯】附錄：天地成就的美麗生命，很少有不羨慕長壽，祈求長生的。但如果違背人的才能性情，只會離長壽的希望更加遙遠。什麼原因呢？高樓華屋使其極盡驕奢，柔美婉麗的女色使其沉溺不能自拔，〈九韶〉、〈六英〉等樂曲使其賞心悅耳，喜則賞怒則刑來顯示其威風。精神在長期的曠廢中沉迷，意志在縱馬遊玩中消磨，最終使心神消磨枯竭，元氣大傷。秦始皇自以為功勞高於三皇，代代相傳能超過五帝，被徐市欺騙，喪身沙丘。燕昭王能請來並禮遇眾仙，各路神靈慕名而來。秦始皇和燕昭王都打算放棄國家的政事前往極樂世界，拋開塵世而希望升天成仙。這就像將小水溝與天河相等，將朝生暮死的菌類比與長壽的椿木齊等，認為崑崙山超越了天地，堆了一筐土就以為能攀上雲霄。為什麼這麼說？就是和希望登天而沒有階梯一樣。《抱朴子》說：「學習的人多如牛毛，但得其真意的卻是少如鳳毛麟角。」至於像秦始皇、燕昭王的智力，雖略微接觸了一些成仙得道之法，但並未達到玄奧的境界。大概是因他們仍急躁疑惑且留戀許多世俗的東西，積聚於胸中的感情不能全部放下。學有所成的人能達到與神溝通，隨意變化。所以說能夠在天際行走與騰雲駕霧的人，才能夠並肩而行，同宿同息啊。有著各種神通法術的人，從四面八方來到；奇異特殊的寶物，從境外送入。假託神靈變化萬端，因為變化萬端而能夠通神，看其表像難以明白，精靈古怪難以預測。《淮南子》說：「含雷吐火的方術，出自《萬畢經書》。」將羽毛放於燃燒的爐火，在冰水中燃起煙火，漏海、螺船之列，飛蚌產珠、沉霞之類，千種途徑和萬種傳說，是書籍中所沒有記載的，自有神話以來，要說神奇沒有能夠與上述並列的，豈是後世膚淺騙人的人所能羨慕，短壽無知的人所能夠仿效的！如今看王嘉所記，蘇秦、張儀二人的事蹟，說法不同而軌跡大致一樣，或者因為字音相似，或者因為各地風俗不同，驗之於各種史書，豈只蘇秦、張儀的史實不同呢！

【研 析】本篇記秦始皇時的事，奇事較多。首先是畫工烈裔筆下龍虎點睛即會賦予生命，這是畫龍點睛的最早出處，令人遺憾的是，因為《拾遺記》流傳不廣，人們熟知的只有南朝張僧繇「畫龍點睛」的故事。其次是趙高憑一顆神丹護體，竟然凍餓水煮七日不死，最後靈魂化作青雀高飛而去。由於趙高在歷史上臭名昭著，故《四庫全書總目提要》對此情節頗為不滿，斥責王嘉所記是「下獎賊臣」。這一節也恰恰體現了本書的主旨在於捃採史家所不收的歷史逸聞，搜羅古今奇事，而不以道德為標準。當然，本篇也有奇物，最神奇的東西是宛渠國的螺舟，今人以為那是古人對於潛水艇的最早想像。在寫法上，雲明臺一節，鋪排渲染，言東西南北的珍異之物，句式結構明顯有漢賦的痕跡。

# 卷五

## 前漢上

漢太上皇❶微時❷，佩一刀，長三尺，上有銘，其字難識，疑是殷高宗伐鬼方❸之時所作也。上皇遊酆沛山中，寓居窮谷裏有人歐冶鑄❹，上皇息其傍，問曰：「此鑄何器？」工者笑而答曰：「為天子鑄劍，慎勿洩言❺。」上皇謂為戲言，而無疑色。工人曰：「今所鑄鐵鋼礪❻難成，若得公腰間佩刀雜而冶之，即成神器，可以剋定天下，星精❼為輔佐，以殲三猾❽。木衰火盛❾，此為異兆也。」上皇曰：「余此物名為匕首，其利難儔，水斷虯龍，陸斬虎兕，魑魅罔兩，莫能逢之。斫玉鐫金，其刃不卷。」工人曰：「若不得此匕首以和鑄，雖歐冶⑩專精，越砥⑪斂鍔⑫，終為鄙器。」上皇則解匕首，投於鑪中。俄而煙焰衝天，日為之晝晦。及乎劍成，殺三牲⑬以釁⑭祭之。鑄工問上皇：「何時得此匕首？」上皇云：「秦昭襄王⑮時，余行逢一野人⑯，於陌⑰上授余，云是殷時靈物，世世相傳，上有古字，記其年月。」及成劍，工人視之，其銘尚存，叶前疑也。工人即持劍授上皇。上皇以賜高祖⑱，高祖長佩於身，以殲三猾。及天下已定，呂后⑲藏於寶庫。庫中守藏者見白氣如雲，出於戶外，狀如龍蛇。呂后改庫名曰「靈金藏」。及諸呂擅權⑳，白氣亦滅。及惠帝㉑即位，以此庫貯禁兵器，名曰「靈金內府」也。

【注釋】❶漢太上皇　漢高祖劉邦的父親。劉邦建國，封其父為「太上皇」。❷微時　卑賤而未顯達的時候。❸殷高宗伐鬼方　《易經・既濟卦・九三爻辭》載：「高宗伐鬼方，三年克之。」殷高宗，商王武丁，廟號高宗。鬼方，上古種族名。為殷周西北境強敵。❹寓居句　《太平御覽》卷八三三作「遇窮谷裏有人治鑄」。寓居，似「遇」之音訛。歐，似涉下文「雖歐冶專精」而衍。❺洩言　即泄言，洩露消息。❻礪　磨。❼星精　按下文蕭綺錄引《鉤命訣》曰：「蕭何為昴星精。」❽三猾　按下文蕭綺錄引《鉤命訣》曰：「項羽、陳勝、胡亥為三猖。」❾木衰火盛　預言漢繼周業。按五行相生相剋的理論，周為木德，漢為火德。❿歐冶　即歐冶子。春秋時期著名鑄劍工。⓫越砥　產於南方的細磨刀石。⓬斂鍔　打磨刀刃。⓭殺三牲　即殺牲，用其血塗於器物縫隙中來祭祀。⓮釁　古代血祭新製的器物。⓯秦昭襄王　戰國時期秦國的國君，西元前三〇六－前二五一年在位。⓰野人　上古謂居國城之郊野的人。⓱陌　田野。⓲高祖　指劉邦。⓳呂后　名雉，漢高祖劉邦結髮之妻。⓴諸呂擅權　劉邦死後，呂后專政，封呂氏兄弟或子侄為王，導致呂氏家族的人獨攬大權。㉑惠帝　劉邦次子劉盈，母親為呂雉。

【語　譯】漢太上皇卑賤之時，佩有一把刀，長三尺，上有銘文，文字難以識讀，懷疑是殷高宗伐鬼方時所造的那把刀。太上皇在酆沛山中遊走，遇到偏遠的山谷裡有人在冶鑄，太上皇站在他的旁邊，問道：「你鑄的是什麼東西？」做工的人笑著回答說：「我在為天子鑄劍，請小心不要洩露消息。」太上皇以為他說的是玩笑話，沒想太多。工人說：「現在所鑄的鐵難以磨礪成劍，如果得到你腰間的佩刀雜糅在一起冶煉，即能夠鑄成神器，可以平定天下，昴星精下界輔助，殲滅三猖。木德衰敗火德興盛，此是不同尋常的徵兆啊。」太上皇說：「我所佩的東西叫做匕首，它鋒利無比，在水裡能夠斬斷虯龍，在陸地能夠刺殺虎兕，魑魅魍魎，沒有能夠擋住它的。砍玉削金，它的刀刃都不會捲起來。」工人說：「如果不能得到這把匕首一起來鑄劍，即使有歐冶子那樣的精湛手藝，用越砥那種上等的磨刀石來打磨劍刃，最終也只能是一把普通的劍。」太上皇就解下匕首，扔到爐火中。沒多久就見濃煙四起火焰衝天，太陽因此變得昏暗。等到劍鑄成，殺三牲並將血塗在其上來釁祭它。鑄工問太上皇：「什麼時候得到這把匕首的？」太上皇說：「秦昭襄王時，我走路時遇到一位郊野的村夫，在田野裡交給我，說是殷時的靈物，世代相傳，上面有古文字，記載著它的年月。」劍成以後，工人仔細看它，上面的銘文還在，與前面所懷疑的其為殷高宗伐鬼方時所鑄之劍相契合。工人就拿起劍送給太上皇。太上皇把它賜給高祖，高祖一直佩在身上，憑藉它的神力殲滅了三猾。到天下完全平定，呂后把它藏在寶庫中。看守寶庫的人見到有一縷如雲的白氣，飛出窗外，形狀像龍蛇。呂后就改寶庫的名字為「靈金藏」。等到呂氏家族擅權，白氣也消失了。到惠帝即位，用這個庫房貯藏宮內的兵器，改名叫做「靈金內府」。

錄曰：夫精靈變化，其途非一；冥❶會之感，理故難常。至如《墳識❷所載，咸取驗於已往；歌謠俚說，皆求徵於未來。考圖披❸籍，往往而編列矣。觀乎工人之說，諒妖言之遠效焉。三尺之劍，以應天地之數❹。故三為陽數❺，亦應天地之德❻。按《鉤命訣》❼曰：「蕭何為昴星❽精，項羽、陳勝、胡亥為三猾。」周❾為木德，漢叶火位，此其徵也。

【注釋】❶冥　神靈。❷墳識　指識語之類的圖書。墳，《墳》、《典》、《三墳》、《五典》的並稱，後轉為古代典籍的通稱。識，兩漢時，巫師或方士常以隱語或預言來作吉凶之測。❸披　打開；翻閱。❹三尺之劍二句　言「三」合天地之數。《易・繫辭》：「天一、地二。」合而為三。❺陽數　此指奇數。❻天地之德　即陽與陰。

❼鉤命訣　指《孝經鉤命訣》。此書已佚，明清輯本未見此文。❽昴星　即昴宿。星宿名，二十八宿之一。白虎七宿的第四宿。有亮星七顆，古代以為五顆，故有昴宿之精轉化為五老的傳說。❾周　原作「國」，據《稗海》本改。

【語　譯】附錄：神靈的變化，他們的途徑不一樣；神靈會合的感應，在理論上也難以常常出現。至於像讖書所記載的預言，都在以前獲得了驗證；歌謠俚語的預言，都要在未來求得應驗。考求圖冊翻閱書籍，這些事往往編寫在其中。分析工人所言，推想那番話在先前就已有了。三尺之劍的「三」，符合天地之數。而且「三」為陽數，也符合天地陰陽的意義。按《孝經鉤命訣》說：「蕭何是昴星精，項羽、陳勝、胡亥是三猾。」周是木德，漢符合火之德位，這也是其說的應驗吧。

孝惠帝❶二年，四方咸稱車書同文軌❷，天下太平，干戈偃息。遠國殊鄉，重譯❸來貢。時有道士，姓韓名稚，則韓終❹之胤也。越海而來，云是東海神使，聞聖德洽❺平區宇，故悅服而來庭。時有東極，出扶桑❻之外，有泥離之國來朝。其人長四尺，兩角如繭❼，牙出於唇，自乳以來，有靈毛自蔽，居於深穴，其壽不可測也。帝云：「方士韓稚解絕國❽人言，今問人壽幾何？經見幾代之事？」答曰：「五運相承，迭生迭死，如飛塵細雨，存歿不可論算。」問：「女媧❾以前可聞乎？」對曰：「蛇身已上，八風均❿，四時序，不以威悅⓫攬乎精運。」又問燧人⓬以前，答曰：「自鑽火變腥以來，父老而慈，子壽而孝。自軒皇以來，屑屑⓭焉以相誅滅，浮靡嚚動⓮，淫⓯於禮，亂於樂，世德澆訛⓰，淳風墜矣。」稚以答聞於帝。帝曰：「悠哉杳昧，非通神達理者，難可語乎斯遠矣。」稚於斯而退，莫知其所之。帝使諸方士立仙壇於長安城北，名曰「祠韓館」。俗云：「司寒之神，祀於城陰。」按《春秋傳》曰「以享司寒⓱」，其音相亂也，定是「祠韓館」。至二年，詔宮女百人，文錦萬匹，樓船十艘，以送泥離之使，大赦天下。

【注釋】❶孝惠帝　因為漢朝統治者推崇孝道，從惠帝開始，漢朝皇帝的諡號都加一「孝」字。❷車書同文軌　應為車同軌書同文。即統一文物制度。❸重譯　輾轉翻譯。形容異域之人，語言不通。❹韓終　古代傳說中的仙人。一說秦始皇時方士。❺洽　周遍。❻扶桑　神話中的樹名。傳說日出其下。❼繭　蠶繭。❽絕國　絕遠之國。❾女媧　中國神話傳說中人類的始祖。傳說為人首蛇身。❿均　調和。⓫威悅　喜怒。⓬燧人　中國古代傳說鑽木取火的發明者，教人熟食。⓭屑屑　動盪不安。⓮嚚動　喧騰騷動。⓯淫　迷惑。⓰澆訛　浮薄詐偽。⑰司寒　古代傳說的冬神。《左傳．昭公四年》：「其藏之也，黑牡、秬黍以享司寒。」杜預注：「司寒，玄冥，北方之神。」

【語　譯】孝惠帝二年，四方都稱車同軌書同文，天下太平，戰亂也平息了。遠國異鄉的人們，通過輾轉翻譯前來進貢。當時有個道士，姓韓名稚，是韓終的後裔。越過大海而來，自己說是東海神的使者，聽說皇帝的聖德遍及海內，所以心悅誠服而歸服漢庭。當時東方極遠之處，在扶桑之外，有個泥離國來朝覲。這個國家的人身高四尺，額頭的兩角彷彿蠶繭，門牙露出嘴唇外，從乳房以下，有體毛遮蔽身體，住在深穴之中，他們的壽命無法猜測。孝惠帝說：「方士韓稚能夠聽懂外國人的語言，讓他問問他們國家的人壽命有多長？經歷過幾代？」回答說：「五運相繼相承，生死交替，彷彿飛揚的塵土、細小的雨絲，生死是不可以計算的。」問：「女媧以前的事情可以說說嗎？」回答說：「女媧以前，風調雨順，四時分明，不用喜怒招引神靈。」又問燧人氏以前的事情，回答說：「自從燧人氏鑽木取火改變生食的習俗以來，父親年老而慈愛，子女長大了也會孝順。自從黃帝以來，動盪不安而相互誅伐，輕浮奢侈喧騰騷動，對於禮的理解已經迷惑，對於樂的規範已經混亂，世風浮薄詐偽，淳樸的風氣已經墮落了。」韓稚把他們的回答轉告孝惠帝。孝惠帝說：「上古的事情太遙遠了，不是通於神靈深明事理的人，很難說出那麼久遠前的事情。」韓稚從此就隱退了，沒有人知道他去了哪裡。孝惠帝讓諸位方士在長安城北修建仙壇，起名叫做「祠韓館」。俗語說：「在城北祭祀掌管冬天的神靈。」按《春秋傳》說「以享司寒」，「司寒」與「祠韓」語音相近而混淆了，應該是「祠韓館」之誤。至孝惠帝二年，下詔準備百名宮女、萬匹織錦，十艘戰船，送給泥離國的使者，並大赦天下。

漢武帝思懷往者李夫人❶，不可復得。時始穿❷昆靈之池❸，泛翔禽之舟。帝自造歌曲，使女伶歌之。時日已西傾，涼風激水，女伶歌聲甚遒❹，因賦〈落葉哀蟬〉之曲曰：「羅袂兮無聲，玉墀兮塵生。虛房冷而寂寞，落葉依於重扃❺。望彼美之女兮安得，感余心之未寧！」帝聞唱動心，悶悶不自支持，命龍膏之燈以照舟內，悲不自止。親侍者覺帝容色愁怨，乃進洪梁之酒，酌以文螺之卮❻。卮出波祇之國。酒出洪梁之縣，此屬右扶風❼，至哀帝廢此邑，南人受此釀法。今言「雲陽出美酒」，兩聲相亂矣。帝飲三爵，色悅心歡，乃詔女伶出侍。帝息於延涼室，臥夢李夫人授帝蘅蕪❽之香。帝驚起，而香氣猶著衣枕，歷月不歇。帝彌思求，終不復見，涕泣浹❾席，遂改延涼室為「遺芳夢室」。初，帝深嬖❿李夫人，死後常思夢之，或欲見夫人。帝貌顦顇，嬪御⓫不寧。

詔李少君[12]，與之語曰：「朕思李夫人，其可得見[13]乎？」少君曰：「可遙見，不可同於帷幄。」帝曰：「一見足矣，可致之。」少君曰[14]：「暗海有潛英之石，其色青，輕如毛羽。寒盛則石溫，暑盛則石冷。刻之為人像，神悟不異真人。使此石像往，則夫人至矣。此石人能傳譯人言語，有聲無氣，故知神異也。」帝曰：「此石像可得否？」少君曰：「願得樓船百艘[15]，巨力千人，能浮水登木者[16]，皆使明於道術，齎[17]不死之藥。」乃至暗海，經十年而還。昔之去人，或升雲[18]不歸，或託形假死[19]，獲反者四五人。得此石，即命工人依先圖刻作夫人形。刻成，置於輕紗幕裡，宛若生時。帝大悅，問少君曰：「可得近乎？」少君曰：「譬如中宵忽夢，而晝可得近觀乎？此石毒，宜遠望，不可逼也。勿輕萬乘之尊，惑此精魅之物！」帝乃從其諫。見夫人畢，少君乃使舂此石人為丸，服之，不復思夢。乃築靈夢臺，歲時祀之。

【注　釋】❶李夫人　宮廷樂師李延年之妹。漢代後宮嬪妃一般稱夫人。❷穿　穿鑿。❸昆靈之池　即昆明池。漢武帝元狩三年於長安西南郊所鑿，以習水戰。❹遒　形容歌聲亮麗。❺重扃　關閉著的重重門戶。❻卮　古代盛酒的器皿。❼右扶風　漢代京兆尹、左馮翊、右扶風管轄京畿之地。右扶風官署所在地在今西安西北。❽蘅蕪　古書上說的一種香草。❾洽　沾溼；浸潤。❿嬖　寵倖。⓫嬪御　古代帝王、諸侯的侍妾與宮女。⓬李少君　方士。以能夠祀灶求福、種穀得金、長生不老而受到漢武帝的尊重。⓭見　此字原無，據《太平廣記》補。⓮帝曰四句　此四句原無，據《太平廣記》補。⓯百艘　此二字原無，據《太平廣記》補。⓰者　此字原無，據《稗海》本增。⓱齎　送東西給人。⓲升雲　謂離世隱居，學道修仙。⓳假死　猶尸解。道家用語，指修道者遺棄形骸而成仙。

【語　譯】漢武帝思念去世的李夫人，不能夠使其死而復生。當時剛剛開鑿昆明池，在水中蕩起畫著飛鳥的小船。武帝親自創作歌曲，讓歌女演唱。當時太陽已經西沉，清風鼓蕩湖水，歌女的歌聲顯得更加清亮，於是武帝作〈落葉哀蟬〉的歌曲：「羅袂了無聲，玉階塵土生。空房冷清而寂寞，落葉堆積於重門。思戀美女卻不再，可嘆我思念不能忘懷！」武帝聽著歌女的吟唱而心中悸動，鬱悶不樂難以自持，命令點燃龍膏燈來照亮船內，悲慟不已。身邊侍奉的人發覺武帝神色憂愁，就進上洪梁酒，用文螺酒卮斟上。酒卮產自波祇國。酒產自洪梁縣，此縣屬右扶風，到哀帝時廢此縣邑，南方人學會這種釀酒的方法。今天所說「雲陽出美酒」，是「雲陽」與「洪梁」語音相近而混淆。武帝喝下三杯酒，面容和悅心情開朗，於是命令歌女出來侍奉。武帝在延涼室歇息，睡著後夢見李夫人贈給武帝蘅蕪香。武帝受驚醒來，而香氣還附著在衣枕之上，幾個月都沒有散去。武帝更加渴望見到李夫人，最終沒有再夢見，眼淚沾溼了枕席，於是改延涼室為「遺芳夢室」。

當初，武帝特別寵倖李夫人，所以李夫人死後常常希望夢見她，有時想見到李夫人。武帝面容憔悴，嬪妃們也很不安。武帝詔來李少君，對他說：「我想念李夫人，能有辦法見到她嗎？」少君說：「可以在遠處看，不能夠同在帳幕中休息。」武帝說：「見一面就滿足了，你把她召來吧。」少君說：「暗海有一種濳英石，它的顏色是黑的，輕如羽毛。寒氣大時這石頭會溫熱，暑氣大時這石頭會冰冷。將它雕刻成人的樣子，神情與真人沒什麼不同。假使有這個石像，那麼李夫人的靈魂就會來依附。這個石人能傳遞翻譯人鬼的語言，有聲音但沒有氣息，所以知道它是神異之物。」武帝說：「能得到這種石像嗎？」少君說：「希望您給我百艘大戰船，會游泳爬樹的千名大力士，讓他們都學會法術，給他們不死藥。」於是去了暗海，過了十年才回來。以前一起去的人，或者學道修仙不回來，或者遺棄形骸而成仙，回來的只有四五個人。得到此種石頭，立即命工人依以前的畫像刻成李夫人的樣子。刻成後，放在輕紗幕帳裡，好像活著時一樣。武帝非常高興，問少君說：「我能親近她嗎？」少君說：「就像半夜裡忽有所夢，到了白天能夠靠近再看看嗎？這種石頭有毒，宜於遠觀，不可近前。不能輕視您天子的身分，被此妖魔鬼怪的東西迷惑！」武帝就聽從了他的進諫。見過李夫人，少君就讓人將此石人舂為丸藥，武帝服下它，便不再思念夢見李夫人。於是築起靈夢臺，每年按時祭祀。

元封❶元年，浮忻❷國貢蘭金之泥。此金出湯泉，盛夏之時，水常沸湧，有若湯火，飛鳥不能過。國人行者❸常見水邊有人冶此金為器，金狀混混若泥，如紫磨之色；百鑄，其色變白，有光如銀，即「銀燭」是也。常以此泥封諸函匣及諸宮門，鬼魅不敢干❹。當漢世，上將出征及使絕國，多以此泥為璽封❺。衛青、張騫、蘇武、傅介子之使❻，皆受金泥之璽封也。武帝崩後，此泥乃絕焉。

【注釋】❶元封　漢武帝的第六個年號。西元前一一〇年漢武帝封禪泰山，因而改元元封。❷浮忻　《太平廣記》卷四八〇作「浮折」。❸行者　此二字原無，據《太平廣記》補。❹干　侵犯。❺璽封　蓋上璽印的文書封口。❻衛青句　此四人皆為漢武帝大臣。衛青，武帝時大將，多次率軍抗擊匈奴，屢立戰功。張騫，初以軍功封博望侯，旋拜中郎將，出使烏孫，分遣副使至大宛、康居、大夏等，自此西北諸國方與漢交通。蘇武，武帝時，奉命以中郎將持節出使匈奴，被扣留，留居匈奴十九年持節不屈。傅介子，初為駿馬監，遷平樂監，後以斬樓蘭王之功封義陽侯。

【語譯】元封元年，浮忻國進貢蘭金泥。此金泥出自湯泉，盛夏時節，泉水常常沸騰，有如滾水與烈火，連鳥兒都不能飛過。當地路過那裡的人常常看見水邊有人冶煉這種金泥做成器物，金泥的形態像泥一樣渾濁，顏色像紫磨；反覆冶煉，它的顏色變成白色，發出銀子般的光芒，就是所謂的「銀燭」。常用這種泥封在各種裝東西的匣子及各個宮門上，鬼魅不敢侵犯。在漢代，大將出征及出使異國，多用這種泥作為璽印的泥封。衛青、張騫、蘇武、傅介子出使，都得到過金泥的璽封。武帝死後，這種泥就絕跡了。

日南❶之南，有淫泉之浦。言其水浸淫從地而出成淵，故曰「淫泉」。或言此水甘軟，男女飲之則淫。其水小處可濫觴❷褰涉❸，大處可方舟❹沿泝❺，隨流屈直。其水激石之聲，似人之歌笑，聞者令人淫動，故俗謂之「淫泉」。時有鳧雁❻，色如金，群飛戲於沙瀨，羅者得之，乃真金鳧也。當秦破驪山之墳❼，行野者見金鳧向南而飛，至淫泉。後寶鼎元年❽，張善為日南太守，郡民有得金鳧以獻。張善該博多通，考其年月，即秦始皇墓之金鳧也。昔始皇為塚，斂天下瑰異，生殉工人，傾遠方奇寶於塚中，為江海川瀆及列山岳之形。以沙棠沉檀❾為舟楫，金銀為鳧雁，以琉璃雜寶為龜魚。又於海中作玉象鯨魚，銜火珠為星，以代膏燭，光出墓中，精靈之偉也。昔生埋工人於塚內，至被開時，皆不死。工人於塚內琢石為龍鳳仙人之像，及作碑文辭讚。漢初發此塚❿，驗諸史傳，皆無列仙龍鳳之製，則知生埋匠人之所作也。後人更寫此碑文，而辭多怨酷之言，乃謂為「怨碑」。《史記》略而不錄。

【注釋】❶日南　郡名，漢置，在今越南中部。❷濫觴　指水小，僅可浮起酒杯。❸褰涉　提起衣服渡水。❹方舟　兩船相並。❺沿泝　沿流而下。❻鳧雁　野鴨與大雁。有時單指大雁或野鴨。❼驪山之墳　指在驪山的秦始皇陵。《史記·秦始皇本紀》記載：「始皇初即位，穿治驪山；及并天下，天下徒送詣七十餘萬人。穿三泉，下銅而致槨椁宮觀百官奇器珍怪徙臧滿之。令匠作機弩矢，有所穿近者輒射之。以水銀為百川江河大海，機相灌輸。上具天文，下具地理。以人魚膏為燭，度不滅者久之。」❽寶鼎元年　西元二六六年。寶鼎是三國時期吳主孫皓的年號。❾沉檀　沉香木與檀木的合稱。❿漢初發此塚　《三輔故事》：「始皇葬驪山……為項籍所發。」

【語譯】日南郡的南面，有一個叫淫泉的地方。因為它的水從地下滲出滲入而成淵泉，所以叫做「淫泉」。也有人說這裡的水甘甜濡口，男男女女喝了就會產生性欲。那口泉水小的地方只能浮起酒杯，提起衣裳就可以渡過去，水大的地方可讓兩條船並行，順流直下。泉水拍激石頭的聲音，好像人的歡歌笑語，聽到的人不禁心旌搖盪，所以俗稱其為「淫泉」。當時有一種雁，顏色如同金子，一大群飛來在沙灘嬉戲，張網捕鳥的人抓到牠，大雁竟然是黃金做成的。當初秦人發掘驪山秦始皇陵，在田間行走的人曾經看見金雁向南飛去，飛到了淫泉。後來孫吳寶鼎元年，張善任日南太守，郡內有得到金雁的百姓把牠獻了出來。張善淵博多聞，考證牠的年代，發現就是秦始皇墓裡面的金雁。昔日秦始皇修建陵墓，聚斂天下的奇珍異寶，將工人活著關入墓中陪葬，將遠方的奇珍異寶都放入陵墓，做成大海小河和各種山岳的形狀。用沙棠的沉香木和檀木做成舟船，用金銀製作大雁，用琉璃和各種寶石做成龜魚。又在陵墓以珍寶做成的大海中做了玉象和鯨魚，口銜火齊珠做星星，來代替燈燭，光亮射出陵墓，真是宏偉的工程啊。以前活著關入墓中的工人，到陵墓被發掘時，都沒有死。工人在陵墓內將石材雕刻成龍鳳仙人的刻像，並做了碑文和辭贊。

漢初發掘這座陵墓，與各種史傳對比，都沒有雕刻列仙和龍鳳的記載，由此得知是活埋的工匠所作。後人抄寫這些碑文，因為碑文多有怨恨之語，就把它叫做「怨碑」。《史記》對此省略而不做記錄。

董偃❶常臥延清之室，以畫石為床，蓋石文如畫也❷。石體甚輕，出郅支國。上設紫琉璃帳，火齊屏風，列金麻油燭❸，以紫玉為盤，如屈龍，皆用雜寶飾之。侍人唯見燈明，以言無礙，乃於屏風外扇之❹。偃曰：「玉石豈須扇而後涼耶？」侍者乃卻扇，以手摸，方知有屏風。又以玉精為盤，貯冰於膝前。玉精與冰同其潔澈。侍者謂冰之無盤，必融溼席，乃合玉盤拂之，落階下，冰玉俱碎，偃以為樂。此玉精，千塗國所貢也。武帝以此賜偃。哀、平之世，民家猶有此器，而多殘破。及王莽之世，不復知其所在。

【注釋】❶董偃　漢武帝寵臣，因容貌姣好而得寵。見《漢書·東方朔傳》。❷蓋石文句　原作「文如錦也」，據《稗海》本改。❸列金麻油燭　原作「列靈麻之燭」，據《太平御覽》改。❹侍人三句　原作「侍者於戶外扇偃」，據《太平廣記》改。

【語譯】董偃常常在延清室歇息，把畫石當作床，畫石是說石頭的紋路如同畫一樣。石頭的重量特別輕，產自郅支國。上面掛著紫琉璃的帳幔，用火齊珠做的屏風，擺放著金麻油燈，用紫玉做的盤子，形狀如盤龍，都用各種珍寶裝飾。侍者能看見燈光，以為眼前沒有遮擋，就在屏風外給董偃搧扇子。董偃說：「玉石哪裡需要搧風才涼快？」侍者收回扇子，手一摸，才知道面前有屏風。又用水晶做成盤子，盛了冰放在膝前。水晶和冰同樣潔淨透明。侍者以為冰沒有裝盤，一定會融化浸溼席子，就連同水晶盤一同拂拭，掃落到臺階下，冰和水晶盤都碎了，董偃以此為樂。這種水晶，是千塗國進貢的。武帝把它賜給董偃。哀帝、平帝的時候，百姓家還有這種器物，但是多數是殘破的。到王莽時，不再有它的下落了。

太初二年❶，大月氏國❷貢雙頭雞，四足一尾，鳴則俱鳴。武帝置於甘泉故館，更以餘雞混❸之，得其種❹類而不能鳴。諫者曰：「《書》❺云：『牝雞無晨❻。』一云：『牝雞之晨，惟家之索❼。』今雄類不鳴，非吉祥也。」帝乃送還西域。行至西關，雞反顧望漢宮而哀鳴。故謠言曰：「三七末世❽，雞不鳴，犬不吠，宮中荊棘亂相繫，當有九虎爭為帝。」至王莽篡位，將軍有九虎之號。其後喪亂彌多，宮掖❾中生蒿棘，家無雞鳴犬吠。此雞未至月氏國，乃飛於天漢⑩，聲似鵾雞⑪，翱翔雲裏。一名暄雞，昆、暄之音相類。

【注　釋】❶太初二年　西元前一〇三年。太初，漢武帝的第七個年號。❷大月氏國　西域古國。秦漢之際，其部族游牧於敦煌、祁連之間。西元前一七七－前一七六年，遭到匈奴的攻擊，大部分西遷到今新疆西部伊犁河流域，稱為大月氏；少數沒有西遷，進入祁連山與羌人雜居，稱為小月氏。❸混　混雜交配。❹種　後代。❺書　原作「詩」，引語出自《尚書．牧誓》，徑改。❻牝雞無晨　母雞不報曉。比喻婦女不掌朝政。❼索　蕭索；衰落。❽三七末世　《漢書．路溫舒傳》：「溫舒從祖父受曆數天文，以為漢厄三七之間。」唐顏師古注引張晏曰：「三七，二百一十歲。自漢初至哀帝元年，二百一年也。至平帝崩，二百一十年。」❾宮掖　指皇宮。掖，掖庭，宮中的旁舍，嬪妃居住的地方。❿天漢　銀河。⓫鵾雞　鳥名。似鶴。《楚辭．九辯》：「鴈廱廱而南遊兮，鵾鷄啁哳而悲鳴。」洪興祖《補注》：「鵾鷄似鶴，黃白色。」

【語　譯】太初二年，大月氏國進貢雙頭雞，四隻腳一條尾巴，一頭鳴叫則另一頭也一起鳴叫。武帝把牠放入甘泉館，以別的雞與牠交配，得到了牠的後代卻不能鳴叫。有進諫的人說：「《尚書》云：『母雞不報曉。』又云：『母雞報曉，家庭就會衰落。』今天公雞不打鳴，不是好兆頭。」武帝就把牠送回西域。走到西境的關卡時，這隻雞回頭望著漢朝的宮殿方向哀鳴。所以童謠說：「三七二百一十年漢代末期，雞不鳴，狗不叫，宮中荊棘叢生盤繞，定有九虎爭奪帝位。」到王莽篡位，他手下大將恰有九虎的封號。其後喪亂更加多，宮廷中長滿了蒿草荊棘，百姓家沒有了雞鳴犬吠之聲。這隻雞沒有到月氏國，而是飛到了天河，聲音有似鵾雞，常常在雲中飛翔。這種雞也叫暄雞，因為昆、暄的讀音相近。

天漢二年❶，渠搜國之西，有祈淪之國。其俗淳和，人壽三百歲。有壽木之林，一樹千尋，日月為之隱蔽。若經憩此木下，皆不死不病。或有泛海越山來會其國，歸懷其葉者，則終身不老。其國人綴草毛為繩，結網為衣，似今之羅紈也。至元狩六年❷，渠搜國獻網衣一襲。帝焚於九達之道，恐後人徵求，以物奢費。燒之，煙如金石之氣。

【注釋】❶天漢二年　西元前九九年。天漢，漢武帝的第八個年號。❷元狩六年　西元前一一七年。元狩，漢武帝的第一個年號。

【語譯】天漢二年，渠搜國的西方，有一個祈淪國。這個國家風俗仁厚平和，人的壽命達到三百歲。有一片壽木林，一棵樹高千尋，日月都被它遮蔽。如果常在這棵樹下休息，都長生不死也不生病。跋山涉水來到這個國家，回去時懷裡有這種樹葉的人，就會長生不老。他們國家的人連綴野草獸毛搓成繩子，編結漁網做成衣服，有如今天的綾羅綢緞。到元狩六年，渠搜國進獻一件網衣。武帝在四通八達的大路上燒毀了它，是擔心後人訪尋，把它作為奢侈之物。燒它的時候，冒出的煙塵有金石的氣味。

太始二年❶，西方有因霄之國，人皆善嘯。丈夫嘯聞百里，婦人嘯聞五十里，如笙竽之音，秋冬則聲清亮，春夏則聲沉下。人舌尖處倒向喉內，亦曰兩舌重沓，以爪徐刮之，則嘯聲逾遠。故《呂氏春秋》云「反舌殊鄉之國」❷，即此謂也。有至聖之君，則來服其化。

【注釋】❶太始二年　西元前九五年。太始，漢武帝的第九個年號。❷故呂氏春秋句　《呂氏春秋・為欲》：「蠻夷反舌殊俗異習之國。」又《呂氏春秋・功名》：「蠻夷反古殊俗異習皆服之，厚德也。」高誘注云：「南方有反舌國，舌本在前，末倒向喉。故曰：『反古。』」

【語譯】太始二年，西方有一個因霄國，那裡的人都善於長嘯。男子的嘯聲百里之內可以聽到，女子的嘯聲在五十里內可以聽到，像笙竽發出的聲音，秋冬時節聲音清亮，春夏時節聲音低沉。人的舌尖倒向喉內，也有人說是兩舌重疊，用手指慢慢刮舌頭，嘯聲會傳得更遠。所以《呂氏春秋》提到「舌頭倒長的特殊國家」，說的就是這個國家。有聖明的君主，就來歸服教化。

錄曰：漢興，繼❶六國❷之遺弊，天下思於聖德。是以黔黎❸嗟秦亡之晚，恨漢來之遲。高祖肇基帝業，恢張區宇。孝惠務寬刑辟，以成無為之治，德侔❹三王，教通四海。至於武帝，世載愈光，省方巡岳❺，標元崇號❻，聞禮樂以恢風，廣文義以飾俗，改律曆而建封禪❼，祀百神以招群瑞。雖「欽明」茂於「唐書」，「文思」稱於「虞典」❽，豈尚茲焉！觀乎周、孔之教，不貴虛無之學。武帝修黃老❾，治卻老之方，求報無福之祀❿。是以張敞切言⓫，使遠斥仙術，指以萇弘、楚襄懷、秦皇、徐福之事，故辛垣⓬之徒，卒見夷戮。夫仙者，尚沖靜以忘形體，守寂寞而袪囂務⓭。武帝好微行⓮而尚剋伐，恢宮宇而廣苑囿，永乖長生久視之法，失玄一⓯守道之要，悔少翁之先誅⓰，惑欒大⓱之詭說。至如李夫人，緬心昵愛，專媚蘭閨⓲，思沉魂之更生，飭新宮以延佇。蓋猶嬖惑之寵過熾，累心之結未袪。欲誄身雲霓之表，與天地而齊畢，由係風晷⓳，其可階乎？雖未及玄真，頗參神邃。是以幽明不能藏其殊妙，萬象無所隱其精靈。考諸仙部，驗以眾說，未有異於斯乎！夫五運遞興，數之常理，金、土之兆，魏、晉當焉⓴。董偃起自販珠之徒，因庖宰而升寵，竊幸一時，富傾海宇，內蓄神異之珍，銜非世之寶；一朝絕愛，信盛衰之有兆乎！夫為棺槨者，以防螻蟻之患，權斂骨之離㉑，聖人使合其正禮，惡其踰費，疾其過薄。至如澹臺滅明㉒之儉，盛姬㉓、秦皇之奢，皆失於節用。嗟乎！形銷神滅，欻為一棺之土，為陵成谷，瓊珣美寶，奄為燼塵，斯則費生加死，無益身名也。冥然長往，何憶曩時之盛？仲尼云「不如速朽㉔」、「斂手足㉕形」，聖人以斯昭誡，豈不尚哉！

【注釋】❶繼　原作「維」，據毛校改。❷六國　指戰國時期的齊、楚、燕、韓、趙、魏六個國家。❸黔黎　百姓。❹侔　相等。❺省方巡岳　天子巡視四方並在山岳祭祀天地。《易・觀卦》：「先王以省方觀民設教。」❻標元崇號　確定紀元及建立年號。紀元，中國古代以新君即位之年或次年為元年。年號，歷代帝王紀元所立的名號。《漢書・武帝紀》「建元元年」唐顏師古注：「自古帝王，未有年號，始起於此。」其後每因祥瑞或重大事故而立號改元。有一帝改立年號至十數次，或一年之中改立年號至數次者。❼改律曆句　漢初仍沿用《顓頊曆》，至武帝元封七年，大臣司馬遷等議造《漢太初曆》。以正月為歲首，色上黃。建封禪，史載漢武帝在位時八次封禪泰山。封禪，中國古代帝王在泰山舉行的一種祭祀天地神的禮儀活動。❽欽明二句　欽明，敬肅明察。文思，指才智與道德。《尚書・堯典》：「曰若稽古帝堯，曰放勳，欽明文思安安，允恭克讓。」《尚書》無「唐書」，〈堯典〉為《虞書》首篇。古代唐堯與虞舜並稱，此乃為避免用詞重複，故改稱《堯典》為《唐書》、

《虞典》。❾黃老　指黃老之學。始於戰國盛於西漢的哲學流派，假託黃帝和老子的思想。初為道家和法家思想結合，並兼採陰陽、儒、墨等諸家觀點而成。東漢時黃老之學與讖緯迷信結合，演變為自然長生之道。❿求報句　《漢書・文帝紀》：「昔先王遠施不求其報，望祀不祈其福。」⓫張敞切言　張敞為漢宣帝大臣。漢武帝的孫子劉賀嗣立時，行悖無道，張敞上諫批評劉賀不能選賢用能。諫後十多天，劉賀即被廢黜。張敞便因懇切進諫而顯名。⓬辛垣　指辛垣平。其人擅長望氣。《史記・曆書》說辛垣平「以望氣見，頗言正曆服色事，貴幸」。〈封禪書〉記他提前向文帝說自己看見了階下的寶玉之氣，詐使人將刻有「人主延壽」字樣的玉杯獻於文帝。後被告發，被誅殺。⓭囂務　繁雜的俗務。⓮微行　古代帝王或有權勢者隱匿身分，改變服裝出行或私訪。⓯玄一　《道德經》：「道生一，一生二，二生三，三生萬物。」後因稱道的本源為「玄一」。⓰悔少翁句　少翁為漢武帝時齊國方士。曾以方術致已卒李夫人之魂魄於武帝前，被拜為文成將軍。《史記・封禪書》記載其「為帛書以飯牛，詳不知，言曰此牛腹中有奇。殺視得書，書言甚怪，天子識其手書，問其人，果是偽書。於是誅文成將軍」、「天子既誅文成，後悔其蚤死，惜其方不盡」。⓱欒大　漢武帝時膠東王劉寄的宮人，欒成侯舉薦。欒大因「言多方略，而敢為大言處之不疑」，被封為五利將軍。⓲蘭闈　漢代后妃宮室。《後漢書・皇后紀贊》：「班政蘭闈，宣禮椒屋。」李賢注：「班固〈西都賦〉曰：『後宮則掖庭椒房，后妃之室，蘭林、蕙草，披香、發越。』蘭林，殿名，故言蘭闈。」⓳由係風晷　猶如望風捕影。由，通「猶」。晷，日影。⓴金土之兆二句　按陰陽五行家言中國的每個朝代都有相應的五行屬性，魏為土德，晉為金德。㉑權斂骨之離　防止骨骼散掉。原作「為斂骨之具」，據《稗海》本改。㉒澹臺滅明　複姓澹臺，名滅明，字子羽，孔門七十二弟子之一，封「先賢」。《博物志》曰：「澹臺子羽渡水，子溺死。將葬之，滅明曰：『此命也，吾豈與螻蟻為親戚，魚龜為仇讎？』遂以葬之。」㉓盛姬　周穆王寵姬。盛姬遇風寒得疾，周穆王命人飛騎送漿。病逝，依皇后之禮葬。㉔速朽　本謂迅速腐朽，後指薄葬。《禮記・檀弓上》：「昔者夫子居於宋，見桓司馬自為石槨，三年而不成。夫子曰：『若是其靡也，死不如速朽之愈也。』死之欲速朽，為桓司馬言之也。」㉕斂手足　僅以衣衾收殮死者遺體，使不露形體。斂，通「殮」。《禮記・檀弓下》：「子路曰：『傷哉貧也，生無以為養，死無以為禮也。』孔子曰：『啜菽飲水盡其歡，斯之謂孝。斂手足形，還葬而無槨，稱其財，斯之謂禮。』」

【語譯】附錄：漢朝興起，承繼了六國遺留的一些弊端，天下人思慕聖德之君。所以黎民百姓感嘆秦朝滅亡太晚，遺憾漢朝來得太遲。漢高祖奠定帝王功業，竭力擴張領土。孝惠帝施行寬鬆的政治並減少刑罰，以成就無為之治，德行與三王相當，教化傳播於四海。到了武帝，基業更加恢弘，巡視四方並在山岳祭祀天地，確定紀元並建立年號，傳布禮樂以恢復古風，推廣文明整治風俗，重新修訂曆法而實行封禪，祭祀百神以招來各種祥瑞。即使「唐書」推崇的「欽明」，「虞典」稱頌的「文思」，難道還比這些更加高明嗎！仔細琢磨周公、孔子的思想，並不推崇虛無之學。漢武帝修習黃老之術，研究長生不老的藥方，祈求無法降福的神靈。所以張敞懇切進言，讓他遠離仙術，舉萇弘、楚襄懷、秦皇、徐福之事為例，所以辛垣平這類的人，最終都被殺戮。那些仙人，崇尚淡泊寧靜忘卻形體的存在，甘心寂寞而祛除繁雜的俗務。漢武帝喜歡微服出行而喜好征戰，擴大宮室及擴充苑囿，根本背離了長生不老的方法，喪失了道家玄一守道的要訣，後悔太早殺了少翁，被欒大的謊言蒙蔽。至於像李夫人，沉湎於親昵纏綿，專寵於後宮，思念逝去的人靈魂再生，裝飾新的宮室期望靈魂停留。這就是對受寵的姬妾寵愛過度，積在心裡的結無法打開。像這樣想縱身雲端，與天地同在，猶如要繫住風和太陽的影子上天，那能夠成為階梯嗎？我即使未達到精妙的境界，但也參透了一些神妙深奧的道理。所以有形和無形的東西無法隱藏那些絕妙之處，一切事物無法隱藏那些神靈。考證許多有關神仙的書籍，檢驗傳說，沒有與此不同的！那五運依次興起，是氣數變化的常理，金運、土運的預兆，魏、晉正相吻合。董偃是一個販賣珠寶的人，因為擅長廚藝而得到升遷，獲得一時寵倖，富甲海內，家裡藏著神異的珍品，顯露絕世的寶物；一朝而失寵，相信盛衰是有預兆的啊！製作棺槨的目的，是以防螻蟻蛀蝕，防止骨骼散掉，聖人行事合乎正禮就好，既反對過於浪費，也不同意過於節儉。至於像澹臺滅明葬子的節儉，盛姬、秦始皇的奢侈，都有失於節儉的原則。唉！形體銷亡靈魂消滅，轉瞬化作一棺泥土，山陵變為河谷，華美的珠寶，一下子化作塵泥，這就是在死人的身上浪費活人的資財，對人的聲望無益。人死去後，還能記得以前的興盛嗎？孔子說「隆喪厚葬不如薄葬」、「家貧，僅以衣衾收殮死者遺體，也算盡禮」，聖人已經很清楚地告訴我們了，為什麼不遵從呢！

【研析】前漢這一部分的章節大多故事完整，且情節曲折，敘事性較強。如第一節高祖之劍的來歷，開篇提到的不是劉邦，而是其父；不是劍，而是刀，是一把頗有來頭的刀。然後講深谷之中神祕的鑄劍工，但接下來不是寶劍贈英雄，而是鑄劍工把寶刀鑄成了利劍。後面寫劉邦得此劍戰無不勝，足以證明此劍的靈異，故事到此本可以結束了，但作者又加入了寶劍藏於府庫依然靈性不滅的情節。一波三折，離奇精彩。再如怨碑一節，在敘事上採取了倒敘的手法，由涇泉追溯到金梟，由金梟追溯到始皇塚，由始皇塚引出被活埋以殉葬的工人，再由工人引出怨碑。彷彿每次在讀者面前開啟了一扇門，卻又放下一道簾子，引得人不由得跟隨他一步一步探究事情的原委，頗引人入勝。

# 卷六

## 前漢下

昭帝元始元年❶，穿淋池，廣❷千步。中植分枝荷，一莖四葉，狀如駢蓋❸，日照則葉低蔭根莖，若葵之衛足❹，名「低光荷」。實如玄珠，可以飾佩。花葉難萎❺，芬馥之氣，徹十餘里。食之令人口氣常香，益脈理病。宮人貴之，每遊宴出入，必皆含嚼。或剪以為衣，或折以蔽日，以為戲弄。《楚辭》所謂「折芰荷❻以為衣」，意在斯也。亦有倒生菱，莖如亂絲，一花千❼葉，根浮水上，實沉泥中，名「紫菱」，食之不老。帝時命水嬉，遊宴永日❽。工人❾進一巨槽，帝曰：「桂楫松舟，其猶重檏；況乎此槽，可得而乘也？」乃命以文梓為船，木蘭為柂❿。刻飛鸞翔鷁⓫，飾於船首，隨風輕漾，畢景⓬忘歸，乃至通夜。使宮人歌曰：「秋素景兮泛洪波，揮纖手兮折芰荷。涼風淒淒揚棹歌，雲光開曙月低河⓭。萬歲為樂豈云多！」帝乃大悅。起商臺於池上。及乎末歲，進諫者多，遂省薄⓮遊幸，堙毀⓯池臺，鸞舟荷芰，隨時廢滅。今臺無遺址，溝池已平。

【注釋】❶昭帝元始元年　西元前八六年。昭帝，武帝少子，在位十三年。元始，原作「始元」，乃平帝年號，據齊校改。❷廣　方圓。❸駢蓋　成對的車蓋。❹衛足　保護根部。《左傳・成公十七年》：「仲尼曰：『鮑莊子之知不如葵，葵猶能衛其足。』」杜預注：「葵傾葉向日，以蔽其根，言鮑牽居亂，不能危行言遜。」❺難萎　茂盛與枯萎。《詩經・小雅・隰桑》：「隰桑有阿，其葉有難。」傳：「阿然美貌，難然盛貌。」❻芰荷　指菱葉與荷葉。❼千　《太平廣記》卷二三六作「十」。❽永日　從早到晚；整天。❾工人　原作「工人」，據《太平廣記》改。❿柂　古同「舵」。原作「拖」，據《稗海》本改。⓫鷁　古書上說的一種似鷺的水鳥。⓬畢景　日影已盡。指入暮。⓭河　原作「何」，據《太平廣記》改。⓮省薄　儉約。⓯堙毀　填埋毀壞。

【語譯】漢昭帝元始元年，穿鑿淋池，方圓有千步。裡面種植分枝的荷花，一根莖上有四個葉片，形狀像對稱的車蓋，有光照時葉子就下垂遮蔽根莖，好似葵花保護其根，名字叫做「低光荷」。果實猶如黑色的珍珠，可以作為裝飾佩戴。花葉無論茂盛或枯萎，芳香的氣味，瀰漫十餘里。食之使人口氣保持清香，益於血脈調理疾病。宮女以其為貴，每當遊玩宴會進出的時候，一定都用口含嚼。有的人將它裁剪做成衣服，有的人把它折下來遮擋陽光，拿著它相互戲弄。《楚辭．離騷》所謂「折芰荷以為衣」，說的就是這個意思。還有一種倒生的菱角，莖如同亂絲，一朵花有千片葉，根浮在水上，果實沉在泥中，名字叫做「紫菱」，食之能夠長生不老。昭帝有時命人在水中嬉戲，整日遊玩宴飲。有工人進獻一個巨大的木槽，昭帝說：「桂木做的楫松木做的舟，我還覺得笨重；何況這個木槽，能乘坐嗎？」於是下令用文梓木做船，木蘭做舵。刻上飛鸞翔鷁，裝飾在船頭，隨風在水中輕輕蕩漾，日落也不思歸去，有時候玩樂通宵。命宮女歌唱道：「秋素景兮泛洪波，揮纖手兮折芰荷。涼風凄凄揚棹歌，雲光開曙月低河。萬歲為樂豈云多！」昭帝於是大為高興。在池子上築起商臺。到了年底，進諫的人很多，於是減少了遊玩巡幸，填池毀臺，那鸞舟、荷花和菱角，也一起清除了。如今臺子的遺址已經不見了，溝池也已經填平了。

元鳳二年❶，於淋池之南起桂臺，以望遠氣。東引太液❷之水。有一連理樹，上枝跨於渠水，下枝隔岸而南，生與上枝同一株。帝常以季秋之月，泛蘅蘭雲鷁之舟，窮晏係夜❸，釣於臺下。以香金為鉤，緗絲為綸，丹鯉為餌，釣得白蛟，長三丈，若大蛇，無鱗甲。帝曰：「非祥也。」命太官❹為鮓❺，肉紫骨青，味甚香美，班賜群臣。帝思其美，漁者不能復得，知為神異之物。

【注釋】❶元鳳二年　即西元前七九年，元鳳為漢昭帝的第二個年號。此段原在「宣帝地節元年」後，據齊校移於此。❷太液　池名，在漢建章宮。❸窮晷係夜　夜以繼日。晷，白晝。❹太官　秦漢時掌宮廷膳食的官員。❺鮓　將魚醃製。

【語譯】元鳳二年，在淋池的南面築起桂臺，來觀望遠方的氣象。從東面引來太液池的水。有一株連理樹，上方的一條根枝跨過渠水長在對岸，下方的一條根枝相隔長在岸的南邊，下面的根枝與上面的根枝原本同根。昭帝常在季秋時節，乘坐刻畫著蘅蕪、蘭草、雲朵、鷁鳥的小船，夜以繼日，在臺下垂釣。用香金做魚鉤，纙絲做魚線，紅鯉為魚餌，釣到一條白蛟，長有三丈，如同大蛇，沒有鱗片。昭帝說：「這不是好東西。」命令太官醃製，魚肉是紫色的而魚骨是黑色的，滋味非常鮮美，分賜給群臣。昭帝留戀魚的美味，釣魚的人卻再也沒釣到，方知其為神異之物。

宣帝地節元年❶，樂浪❷之東，有背明之國，來貢其方物❸。言其鄉在扶桑之東，見日出於西方。其國昏昏常暗，宜種百穀，名曰「融澤」，方三千里，五穀皆良，食之後天而死。有浹日❹之稻，種之十旬而熟；

有翻形稻❺，言食者死而更生，夭而有壽；有明清稻，食者延年也；清腸稻，食一粒歷年不饑。有搖枝粟，其枝長而弱，無風常搖，食之益髓；有鳳冠粟，似鳳鳥之冠，食者多力；有游龍粟，葉屈曲似游龍也❻；有瓊膏粟，白如銀❼。食此二粟，令人骨輕❽。有繞明豆，其莖弱，自相縈纏；有挾劍豆，其莢形似人挾劍，橫斜而生；有傾離豆，言其豆見日，葉垂覆地，食者不老不疾❾。有延精麥，延壽益氣；有昆和麥，調暢六府❿；有輕心麥，食者體輕；有醇和麥，為麴以釀酒，一醉累月，食之凌冬可袒；有含露麥，穟中有露，味甘如飴。有紫沉麻⓫，其實不浮；有雲冰麻，實冷而有光，宜為油澤；有通明麻，食者夜行不持燭。是苣藤⓬也，食之延壽，後天而老。其北有草，名虹草，枝長一丈，葉如車輪，根大如轂，花似朝虹之色。昔齊桓公伐山戎⓭，國人獻其種，乃植於庭，云霸者之瑞也。有宵明草⓮，夜視如列燭，晝則無光，自消滅也。有紫菊，謂之「日精」，一莖一蔓，延及數畝，味甘，食者至死不飢渴。

有焦茅，高五丈，燃之成灰，以水灌之，復成茅也，謂之「靈茅」。有黃渠草，映日如火，其實⑮堅韌若金，食者焚身不熱；有夢草，葉如蒲，莖如著，採之以占吉凶，萬不遺一；又有聞遐草，服者耳聰，葉⑯如桂，莖如蘭。其國獻之，多不生實，葉多萎黃，詔並除焉。

【注釋】❶宣帝地節元年　西元前六九年。宣帝，西漢第八位皇帝。地節，宣帝的第一個年號。❷樂浪　郡名，漢武帝滅朝鮮所置，故官署所在地即今朝鮮平壤。❸方物　本地產物；土產。❹浹日　古代以干支紀日，稱自甲至癸一周十日為「浹日」。❺翻形稻　齊治平注：「翻，反覆也。翻形即返形，故食翻形稻可以『死而更生，夭而有壽』。」❻有遊龍粟二句　《初學記》卷二十七：「東極之東，有龍枝之粟。言其枝屈曲似游龍，食之善走。」❼有瓊膏粟二句　《初學記》卷二十七：「東極之東，有瓊脂粟。言質白如玉，柔滑如膏，食之盡壽不病。」❽食此二粟二句　《太平御覽》卷八四一、《初學記》卷二十七另有佚文，綜錄如下：「東極之東，有雲渠粟。叢生，葉似扶蕖，食之益顏色。粟莖赤多黃，皆長二丈，千株叢生。」「員嶠之山名環邱，上有方湖千里，多大鶴，高一丈，群飛於湖際，銜采不周之粟于環邱之上。粟生穗，高五丈，其粒皎然如玉也。」❾食者句　此句下《初學記》卷二十七尚有「豆莖皆大若指而綠，一莖爛熳數畝」數語。❿六府　即六腑。⓫有紫沉麻　以下言麻的文句，《太平御覽》卷八四一、《初學記》卷二十七另有佚文，綜錄如下：「有飛明麻，葉黑，實如玉。風吹之如塵，亦名明塵麻。」「東極之東，有紫實之麻，粒如粟，色紫。迮為油，則汁如清水，食之目視鬼魅也。」「有倒葉麻，如倒苣。紅紫色，亦名紅冰麻，言冰寒乃有實，食之令人顏色白潔。」⓬苣藤　即胡麻，又名芝麻。⓭齊桓公伐山戎　《史記・齊太公世家》載：「山戎伐燕，齊桓公救燕，遂伐山戎，至於孤竹而返。」山戎，春秋時期北方的少數民族之一。⑭宵明草　《太平廣記》、《太平御覽》皆作「銷明草」。《太平廣記》卷四〇八引作：「銷明草，夜視如列星，晝則光自銷滅也。」⑮實　此字原無，據《太平廣記》補。⑯葉　原作「香」，據《太平廣記》改，意更勝。

【語譯】宣帝地節元年，樂浪郡的東方，有一個背明國，來進貢土產。他們說自己的國家在扶桑的東方，他們看太陽是從西方升起。他們的國家常年昏暗，適宜種植各種莊稼，有一個名叫「融澤」的地方，方圓三千里，五穀都很優良，吃了壽比天高。有一種浹日稻，種下十旬就可成熟；有一種翻形稻，說吃了它的人可以死而復生，短命也可長壽；有一種明清稻，吃了它的人可以延年益壽；有一種清腸稻，吃一粒可以幾年都不會感到飢餓。有一種搖枝粟，它的枝條長而柔軟，就算無風自己也常常搖晃擺動，吃了它有益於滋養骨髓；有一種鳳冠粟，形狀似鳳鳥的冠羽，吃了它的人會力大無窮；有一種遊龍粟，枝葉彎曲好似遊龍；有一種瓊膏粟，像銀子一樣白。吃了這兩種粟米，使人變得身輕如燕。有一種繞明豆，它的莖柔弱，相互糾結；有一種挾劍豆，其豆莢形狀像人握著劍，往橫斜方向生長；有一種傾離豆，聽說這種豆見到日光，葉子就垂下覆蓋地面，吃了它的人不衰老也不得病。有一種延精麥，能夠延壽益氣；有一種昆和麥，能夠調節舒暢五臟六腑；有一種輕心麥，吃了它的人身體輕快；有一種醇和麥，用它做酒麴釀酒，能醉倒幾個月，喝了它寒冬可以袒露身體；有一種含露麥，禾穗裡面有露水，味道甘甜如糖水。有一種紫沉麻，它的果實不浮於水；有一種雲冰麻，果實冰冷而有光澤，適宜榨油；有一種通明麻，吃了它的人夜間行路不需持燭。這些都是胡麻，吃了可以延年益壽，壽命比天還長。他們國家的北方有一種草，叫做虹草，枝莖長有一丈，草葉如同車輪，草根大小有如車輪中心的圓木，開的花似旱晨彩虹的顏色。從前齊桓公攻伐山戎，山戎國的人進獻了它的種子，於是栽種在庭院裡，說是稱霸的祥瑞。有一種宵明草，夜晚看它如同擺列了燈燭，白天則沒有光亮，是自己熄滅的。有一種紫菊，叫做「日精」，一根莖一條蔓，就能夠延及數畝，味道甘甜，吃了它的人至死也不會感到飢渴。有一種焦茅，高五丈，燃燒後變成灰燼，拿水澆灌它，又能夠變成茅草，因此把它叫做「靈茅」。有一種黃渠草，在陽光下彷彿火焰，它的果實堅韌如金，吃了它的人有火燒身體也不會覺得熱；有一種夢草，葉子如蒲草，枝莖如蓍草，採來占卜吉凶，萬無一失；又有一種聞遐草，吃了它的人聽力敏銳，葉子像桂花，枝莖像蘭草。背明國進獻來的這些花草，多數不結果實，葉子多枯黃，下詔都剷除了。

二年，含塗國貢其珍怪。其使云：「去王都七萬里。鳥獸皆能言語❶。雞犬死者，埋之不朽。經歷數世，其家人遊於山阿海濱，地中聞雞犬鳴吠，主乃掘取，還家養之，毛羽雖禿落更生，久乃悅澤❷。」

【注釋】❶鳥獸句　《太平御覽》卷九一八作「人善服鳥獸，雞犬皆使能言」。❷悅澤　光潤悅目。漢焦贛《易林・訟之師》：「鳧得水沒，喜笑自啄，毛羽悅澤。」

【語譯】宣帝地節二年，含塗國進貢他們國家的珍奇怪異之物。他們的使者說：「我們距離王都有七萬里。鳥獸都能夠說話。死掉的雞犬，埋葬而不會朽爛。經歷幾代，有一家的僕人在山陵水邊遊玩，聽到地下有雞鳴犬吠的聲音，主人於是將牠們挖了出來，帶回家飼養，羽毛雖然脫落禿光但又長了出來，時間長了外觀就又光潤好看了。」

張掖郡❶有郅族❷之盛，因以名也。郅奇，字君珍，居喪盡禮。所居去墓百里，每夜行，常有飛鳥銜火夾之，登山濟水，號泣不息，未嘗以險難為憂，雖夜如晝之明也。以淚灑石則成痕，著朽木枯草，必皆重茂。以淚浸地即鹹，俗謂之「鹹鄉」。至昭帝，嘉其孝異，表銘其邑曰「孝感鄉」，四時祭祀，立廟焉。

【注釋】❶張掖郡　漢置，在今甘肅張掖西北。❷郅族　《古今姓氏書辯證．五質》記載：「郅，商時國名。後世因以為氏。」

【語譯】張掖郡有個郅族家族興盛，因而十分有名望。郅奇，字君珍，居喪期間能夠竭盡禮儀。他住的地方距離墓地有百里，每當夜間行走時，常有飛鳥銜著火陪伴他，登山涉水，號啕大哭不止，從未懼怕艱難險阻，雖然是夜裡卻如同白晝一般明亮。他的淚水滴在石頭上就會留下痕跡，灑在朽木枯草上，一定都重新發芽繁茂。淚水浸溼地面土就會變鹹，民間叫它「鹹鄉」。到昭帝時，讚許他因孝心而出現的奇異之事，為表彰他將其居住的地方命名「孝感鄉」，四時都祭祀，並立了宗廟。

錄曰：夫心跡所至，無幽不徹，理著於微，冥昧自顯。玄曦迴魯陽之戈❶，嚴霜感匹夫之歎❷，在於凡倫，尚昭神跡。況求之精爽❸，以會蒸蒸❹之心，木石為之玄感❺，鳥獸為之馴集。偉元哀號，春花以之改葉❻；叔通晨興，朝流欻生橫石❼；辛繕表跡於棲鸞❽，衛農示德於夢虎❾。郅氏之行，類斯道焉。按漢昭帝時，有黃鵠下太液池，今云淋池，蓋一水二名也。宣帝之世，有嘉穀玄稷之祥，亦不說今之所生，豈由神農、后稷❿播厥之功，抑亦王子所稱，非近俗所食。詮其名，華而不實。及乎飛走之類，神木怪草，見奇而說，萬世之瑰偉也。

【注　釋】❶玄曦句　落日被魯陽公揮舞的兵器逼退三舍。玄曦，落日。魯陽公，戰國時期楚魯陽邑公。《淮南子》云：「魯陽公與韓搆難，戰酣，日暮，援戈而撝之，日為之反三舍。」❷嚴霜句　濃霜因感動於鄒衍的嘆息而在五月降下。嚴霜，濃霜。匹夫，指鄒衍。鄒衍，戰國時期齊國人，生卒年不詳。《後漢書・劉瑜傳》引

《淮南子》：「鄒衍事燕惠王，盡忠。左右譖之，王系之，（衍）仰天而哭，五月為之下霜。」❸精爽　魂魄。❹蒸蒸　孝德之厚美。❺玄感　冥冥中的感應、感覺。❻偉元二句　王裒為亡父哭泣哀號，春天的花木因之枯萎。晉人王裒，字偉元，性至孝。父為司馬昭所殺。《晉書・王裒傳》載：「痛父非命，未嘗西向而坐，示不臣朝廷也。於是隱居教授，三征七辟皆不就。廬于墓側，旦夕常至墓所拜跪，攀柏悲號，涕淚著樹，樹為之枯。」偉元，原作「元偉」，據齊校改。❼叔通二句　叔通即隗叔通。揚雄《蜀中記》：「隗叔通，棘人也，性至孝。母每食必須江水，通每汲，江中石為之出。今江中有石，號孝子石。」《孝子傳》曰：「隗通，字君相。母好飲江水，常乘舟檝置之，深浚艱辛。忽有橫石特起，直趨江脊，後取水無復勞劇。」❽辛繕句　辛繕的孝行招來鸞鳥棲息。《孝子傳》曰：「辛繕，字幼文，母喪，精廬旁有大鳥，頭高五尺，雞首鷰頷，蛇頸魚尾，備五色舉而青，棲於門樹。」❾衛農句　一作「衛農」。《搜神記》載：「衛農，字剽卿，東平人也。少孤，事繼母至孝。常宿於他舍，值雷風，頻夢虎齧其足，農呼妻相出於庭，叩頭三下。屋忽然而壞，壓死者三十餘人，唯農夫妻獲免。」《太平御覽》引《列女傳》記此事作「衛農」。❿后稷　周的祖先。出任堯時的農官，教民種植作物，被後人尊為農神。《尚書・舜典》：「汝后稷，播時百穀。」

【語譯】附錄：那誠心所到之處，沒有幽冥不被照亮的，道義在微小處彰顯，神靈自然會顯現。落日因魯陽公揮舞兵器而退避三舍，有感於鄒衍的哀嘆而五月降下霜雪，在凡世間尚能顯示神跡。何況向神靈祈求，以實現自己的孝心，樹木石頭會為之感動，鳥獸會為之馴服而前來棲息。王裒為亡父泣涕哀號，春天的花木因此枯萎；隗叔通為母親早起取水，早晨的江水憑空為他生出石頭墊腳；辛繕的孝行招來鸞鳥棲息，衛農因侍奉繼母的孝行感動老虎前來託夢使其躲過災難。郅氏的行為，和這些相似啊。漢昭帝時，有黃色的天鵝落在太液池，今天叫做淋池，大概是一水二名。宣帝的時代，有奇異的黑色穀子的祥瑞，並非今天生長的作物，莫不是神農、后稷播種的功勞，或者如同王嘉所說，不是我們現在平常所吃的糧食。考查那奇異的黑色穀子的名目，皆華美而不實際。那些飛禽走獸，神木怪草，描寫得非常奇異，是萬世的瑰寶啊。

漢成帝❶好微行，於太液池旁起宵遊宮，以漆為柱，鋪黑綈之幕，器服乘輿，皆尚黑色。既悅於暗行，憎燈燭之照。宮中美御，皆服皂衣，自班婕妤❷以下，咸帶玄綬，衣珮雖加❸錦繡，更以木蘭紗綃罩之。至宵遊宮，乃秉燭。宴幸既罷，靜鼓自舞，而步不揚塵。好夕出遊。造飛行殿，方一丈，如今之輦，選羽林❹之士，負之以趨。帝於輦上，覺其行快疾，聞其中若風雷之聲❺，言其行疾也，名曰「雲雷宮」。所幸之宮❻，咸以氈綈藉地，惡車轍馬跡之喧也❼。雖惑於微行暱宴，在民無勞無怨。每乘輿返駕，以愛幸之姬寶衣珍食，捨於道傍，國人之窮老者皆歌「萬歲」。是以鴻嘉、永始❽之間，國富家豐，兵戈長戢❾。故劉向、谷永指言切諫❿，於是焚宵遊宮及飛行殿，罷宴逸之樂。所謂從繩⓫則直⓬，如轉圜⑬焉。

【注釋】❶漢成帝　劉驁，西漢第九位皇帝，西元前三三—前七年在位。❷班婕妤　西漢女辭賦家，漢成帝的妃子。後趙飛燕得寵，其退侍太后於長信宮，作賦自傷。❸加　原作「如」，據《太平廣記》改。❹羽林　禁衛軍名。漢武帝時選隴西、天水、安定、北地、上郡、西河等六郡良家子宿衛建章宮，稱建章營騎。後改名羽林騎，取為國羽翼，如林之盛之意。❺聞其中句　《太平廣記》作「但覺耳中若聞風雷之聲，以其疾也」。❻所幸之宮　《太平廣記》作「所行之處」。❼也　此字原無，據《太平廣記》補。❽鴻嘉永始　漢武帝第四、五個年號，當西元前二〇—前一二年。❾戢　收藏。❿故劉向句　劉向，成帝時任光祿大夫。敢於直言進諫，議論批評時政得失。谷永，成帝時任光祿大夫。通曉儒家經典，屢次應詔對策。針對成帝荒淫好色，敢於直言進諫。⓫繩　墨繩。木工畫直線的工具。⓬直　原作「正」，《太平廣記》作「直」，《荀子．勸學篇》：「木受繩則直。」，據改。⓭轉圜　轉動圓形器物。常用以代指便易迅速之事。《漢書．梅福傳》：「昔高祖納善若不及，從諫若轉圜。」

【語譯】漢成帝喜歡在黑闇中行走，在太液池旁築起宵遊宮，用漆塗刷樑柱，掛起黑綈做的幕帳，所有器物衣服車輛，都愛用黑色。正因喜歡在暗處行走，所以厭惡燈燭的光亮。宮中的美女侍臣，都穿黑色服裝，在班婕妤地位之下的人，都佩戴黑色綬帶，即使衣飾上繡有彩色的圖案，也變通用木蘭的紗網罩著。到宵遊宮，才點起燈燭。宴飲結束，輕輕擊鼓獨自起舞，而舞步不會帶起塵土。喜好夜間出遊。造了一座飛行殿，一丈見方，像今天的輦，挑選羽林騎中的人，扛著它快步行走。成帝在輦上，感覺它行走得非常快，聽到輦裡面彷彿發出風雷的聲音，是形容它走得快啊，因此命名為「雲雷宮」。成帝所到的宮殿，都用厚實的氈綈鋪地，厭惡車輪馬蹄的喧鬧。成帝雖然沉迷於在黑闇中行走和宴飲，但百姓不憂愁也不抱怨。每當乘坐的車輛返回，把寵愛嬪妃的貴重衣服和美味食物施捨給路邊的人，城內窮困及年老的人都歡呼「萬歲」。於是鴻嘉、永始年間，國富民豐，武器皆收起。所以劉向、谷永直言進諫，然後漢成帝便燒毀了宵遊宮和飛行殿，放棄了宴飲玩樂。這就是所說的按照墨繩就會畫得直，聽從進諫如同轉圜快捷啊。

帝常以三秋閒日，與飛燕❶戲於太液池，以沙棠❷木為舟，貴其不沉沒也。以雲母飾於鷁首，一名「雲舟」。又刻大桐木為虯龍，雕飾如真，以夾雲舟而行。以紫桂為柂枻❸。及觀雲棹水，玩擷菱蕖，帝每憂輕蕩，以驚飛燕，令佽飛❹之士，以金鎖纜雲舟於波上。每輕風時至，飛燕殆欲隨風入水。帝以翠纓結飛燕之裙，遊倦乃返。飛燕後漸見疏❺，常怨曰：「妾微賤，何復得預纓裙之遊？」今太液池尚有避風臺，即飛燕結裙之處。

【注釋】❶飛燕　趙飛燕，漢成帝皇后，原名宜主，精通音樂，因舞姿輕盈如燕飛鳳舞，故人們稱其為「飛燕」。❷沙棠　樹木名。木材可造船。《山海經．西山經》：「（昆侖之丘）有木焉，其狀如棠，黃華赤實，其味如李而無核，名曰沙棠；可以禦水，食之使人不溺。」❸枻　短槳。❹佽飛　漢代官名。少府屬下左弋，自武帝太初元年改名為「佽飛」，掌弋射。❺遊倦二句　此二句原無，據《稗海》本補。

**【語譯】**漢成帝常在深秋閒暇的日子，與趙飛燕在太液池嬉戲，用沙棠木做舟，是看重它不會沉沒。在船上雕刻的鷁鳥頭部用雲母裝飾，所以也叫做「雲舟」。又用大桐木刻成虬龍，雕飾得如同真的，用來伴著雲舟划行。用紫桂做舵和槳。在欣賞彩雲及划水，把玩、採摘菱角及荷花的時候，成帝總是擔心船的輕輕搖擺，會驚嚇到趙飛燕，故命令掌管弋射的人，用金屬鎖鏈把雲舟繫在水面。每當輕風吹來，趙飛燕似乎要隨風落入水中。成帝用綠色的帶子繫住飛燕的裙子，玩累了才返回。趙飛燕後來被疏遠，常抱怨說：「我是卑微低賤之人，何時能夠再參加用帶子繫住裙子的遊樂？」現在太液池還有避風臺，就是趙飛燕當年繫裙子的地方。

錄曰：夫言端扆❶拱默❷者，人君之尊也。是故興居有節，進止有度，出則太師奏登車之禮，入則少師薦升堂之儀，列旌門❸以周衛，修清宮以宴息。成帝輕南面之位，微遊姬幸，好惑神仙之事，谷永因而抗諫。《書》不云乎：「弗矜❹細行，終累大德。」斯之謂矣。

【注釋】❶端扆　端坐寶座。扆，帝王的座位。❷拱默　拱手緘默。指垂拱無為。亦作「拱嘿」。❸旃門　古代帝王出行，張帷幕為行宮，宮前樹旃旗為門，稱旃門。《周禮・天官・掌舍》：「為帷宮，設旃門。」賈公彥疏：「食息之時，則張帷為宮，樹立旃旗以表門。」❹矜　慎重。

【語譯】附錄：通常所說的端坐君位垂拱無為，是做人君的尊嚴。因此生活起居有節制，進止有法度，在外有太師稟奏登車的禮節，在內有少師執行升堂的禮儀，擺列旃門來保衛，修整清掃宮室來讓君王休息。成帝輕視君位，微服出行狎暱男寵，沉迷於神仙之事，谷永因而直言進諫。《尚書》不是說嗎：「在小事上不謹慎，終究會敗壞大德。」講的就是這個道理吧。

哀帝❶尚淫奢，多進諂佞。幸愛之臣，競以妝飾妖麗，巧言取容。董賢❷以霧綃單衣，飄若蟬翼。帝入宴息之房，命賢更易輕衣小袖，不用奢帶脩裙，故使宛轉便易也。宮人皆效其斷袖。又曰，割袖恐驚其眠❸。

【注釋】❶哀帝　劉欣，西漢第十位皇帝，西元前二七—前一年在位。以成帝之侄繼位。❷董賢　漢哀帝的男寵。官至大司馬，操縱朝政，建宅第、造墳墓，費錢以萬萬計，所有財物價值達四十三萬萬錢。哀帝死後，亦失勢自殺。❸割袖句　《漢書・董賢傳》：「常與上臥起。嘗晝寢，偏藉上袖，上欲起，賢未覺，不欲動賢，乃斷袖而起。」

【語譯】漢哀帝追求淫蕩奢侈的生活，臣子大多是一些諂媚奸佞的人。寵愛的臣子，競相以妖麗的裝扮，動聽的言語博取其歡心。董賢穿著像霧一樣薄的單衣，輕飄飄的有如蟬的翅膀。哀帝進入臥房，讓董賢改穿短小衣袖的輕便衣服，不用大帶長裙，是為轉動身體方便啊。宮女也都仿效他剪短了衣袖。還有另外一種說法，哀帝剪斷衣袖是怕驚擾了董賢的睡眠。

【研析】雖然前面幾卷的內容或神奇或誇誕，我們似乎可以見怪不怪了。但這一部分裡面的植物、作物種類之多、形狀之奇特、功能之神奇還是震撼了我們。作物有水稻、小麦、穀子、豆子、麻，植物有草、茅、菊、荷、菱角。這些作物、植物幾乎都有強身健體、延年益壽的功效。甚至吃上一粒清腸稻就能幾年不餓。這是今天多少科學家夢寐以求或者不曾幻想過的事呀。這固然體現了古人想像力的豐富，但更說明了道家對長生不老的渴望，及對神仙境界的執著追求。而表彰郅奇純孝一事則反映了漢代施行的「以孝治國」政策下，統治者對孝道的弘揚。成帝好微行與趙飛燕遊樂二節在敘事之中也描繪了一些精妙、奢華的器物，帝王生活之豪奢於此可窺一斑，文中云帝王如此，百姓竟「不勞不怨」，真是莫大的諷刺。

## 後漢

明帝❶母❷陰貴人❸夢食瓜甚美。帝使求諸方國❹。時燉煌❺獻異瓜種，恆山❻獻巨桃核。瓜名「穹隆」，長三尺，而形屈曲，味美如飴。父老❼云：「昔道士從蓬萊山❽得此瓜，云是崆峒❾靈瓜，四劫❿一實，東王公⓫、西王母遺於此地，世代遐絕⓬，其實頗在⓭。」又說：「巨桃霜下結花，隆暑方熟，亦云仙人所食。」帝使植於霜林園。園皆植寒菓，積冰之節，百菓方盛，俗謂之「相陵」，與霜林之聲訛也。后曰：「王母之桃，王公之瓜，可得而食，吾萬歲矣，安可植乎？」后崩，內侍者見鏡奩⓮中有瓜、桃之核，視之涕零，疑非其類耳。

【注釋】❶明帝　東漢光武帝劉秀之子。❷母　此字原無，據齊校補。❸陰貴人　名麗華，光武帝后，初封貴人，生明帝。❹方國　四方諸侯之國。❺燉煌　漢郡名，即今甘肅敦煌。❻恆山　古郡名。在今河北。❼父老　對老年人的尊稱。❽蓬萊山　傳說中的海上仙山。❾崆峒　古山名。相傳是黃帝問道於廣成子的地方。❿四

劫　佛教名詞。古印度傳說世界經歷若干萬年毀滅一次，再重新開始，這樣一個週期叫做「一劫」。一劫包括成、住、壞、空四個時期，稱為「四劫」。⑪東王公　東王公與西王母同為道教的主要神祇。東王公，又稱「東華帝君」，是男仙的領袖。⑫遐絕　長久；久遠。⑬在　《稗海》本作「存」。⑭鏡奩　鏡匣。

【語譯】東漢明帝的母親陰貴人做夢吃到一種瓜，味道十分甘美。明帝派人到各諸侯國尋找所夢之瓜。當時敦煌郡進獻一種奇異的瓜種，恆山郡奉送一種巨桃的果核。瓜叫「穹隆」，三尺長，形狀彎曲，味道甘美有如糖飴。聽老年人說：「以前有位道士在蓬萊山尋得這種瓜，說這種瓜是產自崆峒山的神瓜，每四劫結一顆果，東王公、西王母當年把這種瓜丟在這裡，累世久遠，瓜的果實有一些還在。」這位老年人又說：「巨桃結霜時開花，盛夏時節才成熟，也有人說是仙人所食用。」明帝派人將瓜種和桃核種植在霜林園裡。霜林園內種植的全是寒果，結冰時節，各種寒果成熟豐收，民間稱該園為「相陵」，是「相陵」和「霜林」二者的讀音相近訛傳而成的。皇后說：「西王母的桃、東王公的瓜，能得到這樣的桃瓜來吃，我就能活一萬歲了，怎麼能把它種出來呢？」皇太后駕崩，宮內侍者看見鏡匣裡有瓜種、桃核，忍不住落下眼淚，然亦懷疑不是神瓜仙桃。

章帝永寧元年❶，條支國❷來貢異瑞。有鳥名鵁鶄❸，形高七尺，解人語。其國太平，則鵁鶄群翔。昔漢武帝時，四夷賓服❹，有獻馴鵁鶄，若有喜樂事，則鼓翼翔鳴。按莊周云「雕陵之鵲」❺，蓋其類也。《淮南子》云：「鵲知人喜。」❻今之所記，大小雖殊，遠近為異，故略舉焉。

【注釋】❶章帝句　章帝，名炟，在位十九年。章帝時無「永寧」年號，疑「永寧」二字有誤。《佩文韻府》卷三十六引本文作「漢章帝時」。❷條支國　也作「條枝國」，古西域國名，領有今敘利亞及幼發拉底河以東之地。❸鳷鵲　傳說中的異鳥。❹賓服　服從。❺莊周句　《莊子・山木》：「莊周遊乎雕陵之樊，覩一異鵲，自南方來者，翼廣七尺，目大運寸，感周之顙，而進於栗林。」❻淮南子二句　《淮南子・氾論訓》：「乾鵲知來而不知往。」注云：「乾鵲，鵲也，人將有來事憂喜之徵則鳴，此知來也。」

【語譯】漢章帝永寧元年，條支國進貢珍異祥瑞寶物。有種鳥叫鳷鵲，高七尺，能聽懂人話。國家太平時，鳷鵲就成群在天空飛翔。以前漢武帝時，四方順服朝廷，有人進獻經過馴養的鳷鵲，要是有喜慶之事，這種鳥就鼓動翅膀飛翔鳴叫。莊周所說「雕陵之鵲」，可能就是這種鳥。《淮南子》載：「鵲鳥能預知人的喜事。」現在各種書所記載的鳷鵲，形體大小雖有所不同，地域遠近亦有差異，因此略舉幾例。

安帝❶好微行，於郊坰❷或露宿，起帷宮❸，皆用錦罽❹文❺綉。至永初三年，國用不足，令吏民入錢者得為官❻。有瑯琊❼王溥，即王吉❽之後。吉先為昌邑❾中尉❿。溥⓫奕世⓬衰凌，及安帝時，家貧不得仕，乃挾竹簡插筆，於洛陽市傭⑬書。美於形貌，又多文辭。來僦⑭其書者，丈夫贈其衣冠，婦人遺其珠玉，一日之中，衣寶盈車而歸。積粟千廩⑮，九族宗親，莫不仰其衣食，洛陽稱為善筆而得富。溥先時家貧，穿井得鐵印，銘曰：「傭力得富，錢至億庾⑯。一土三田，軍門主簿⑰。」後以一億錢輸官，得中壘校尉⑱。三田一土，「壘」字也；中壘校尉掌北軍⑲壘門⑳，故曰軍門主簿。積善降福，神明報焉。

【注釋】❶安帝　名祜，章帝孫，在位十九年。❷郊坰　遠郊。❸帷宮　古代帝王出行時以帷幕布置成的行宮。❹罽　毛織氈類。❺文　彩色交錯。❻至永初三年　三年，原作「二年」，據《太平廣記》改。《後漢書・安帝紀》記載，永初三年，「三公以國用不足，令吏人入錢穀得為關內侯、虎賁羽林郎、五大夫、府官吏、緹騎、營士各有差」。❼瑯琊　古郡名。東漢改為國，在今山東。❽王吉　字子陽。先為昌邑王劉賀中尉，後昌邑王以荒淫被廢，吉以嘗諫王得免死，後宣帝召為博士、諫大夫。❾昌邑　指昌邑王劉賀。劉賀，漢武帝的孫子，五歲襲父爵為昌邑王，十九歲繼昭帝位，僅二十七天即因荒淫無度、不保社稷而被廢，史稱漢廢帝。❿中尉　古代武官名。漢諸王國皆置中尉，掌其國之治安。⓫溥　此字原無，據《太平廣記》補。⓬奕世　累世。⓭傭　受雇為人幹活。⓮僦　租賃；雇傭。⓯千廩　原作「于廩」，《太平廣記》作「十廩」，據毛校改。廩，糧倉，也泛指倉庫。⓰庾　古計量單位。合二斗四升。一說十六斗為一庾。《左傳》：「粟五千庾。」杜預注：「庾，十六斗，凡八千斛。」⓱主簿　古官職名。漢代中央及郡縣官署多置此官，典領文書，辦理事務。⓲中壘校尉　漢代八校尉之一。校尉，古軍職名。分掌宿衛京師各部隊的將領。⓳北軍　漢代守衛京師的屯衛兵。因屯守長安城內北部，故稱。⓴壘門　軍營的正門。

【語　譯】安帝喜好微服出門遠行，有時在遠郊露宿，搭起帷幕行宮，選用的都是色彩斑斕的錦氈織品。到永初三年，國家經費不足，便讓那些能出錢的官吏庶民捐官。瑯琊有位叫王溥的人，是王吉的後代。王吉原先做過昌邑王中尉。在王吉後幾代時王溥家開始衰落，到安帝時，因家境貧困不能捐官入仕，就挾著竹簡插上筆，在洛陽市集上替人寫字賺錢。王溥容貌俊美，而且文辭豐富。雇他寫字的人，男子就贈送王溥衣帽，女子就留下珠寶玉器，一天之內，衣物寶珠就堆積了滿車而回。積蓄的糧食堆滿千百座穀倉，同姓的九族，沒有不依靠王溥資助衣食的，洛陽人稱讚王溥擅長寫書賣字而使家產富足。原先王溥家境貧寒時，鑿井得到一方鐵印，印上刻著：「受雇出賣勞力使家境富足，錢財積至億庾。一土三田，擔任軍門主簿之職。」後來王溥給官府捐送一億錢財，得到中壘校尉的官職。三田一土，是個「壘」字；中壘校尉掌管北軍壘門，因此說是軍門主簿。積德行善天神降福，神明也會回報他的善舉。

靈帝初平三年❶，遊於西園。起裸遊館千間，采綠苔而被階，引渠水以繞砌，周流澄澈。乘船以遊漾，使宮人乘之，選玉色輕體者❷，以執篙檝，搖漾於渠中。其水清澄，以盛暑之時，使舟覆沒，視宮人玉色❸。又奏〈招商〉❹之歌，以來涼氣也。歌曰：「涼風起兮日照渠，青荷晝偃❺葉夜舒，惟日不足樂有餘。清絲流管歌玉鳧❻，千年萬歲喜難踰。」渠中植蓮，大如蓋，長一丈，南國所獻；其葉夜舒晝卷，一莖有四蓮叢生，名曰「夜舒荷」；亦云月出則舒也，故曰「望舒荷」。帝盛夏避暑於裸遊館，長夜飲宴。帝嗟曰：「使萬歲如此，則上仙也。」宮人年二七已上，三六以下，皆靚妝，解其上衣，惟著內服，或共裸浴。西域所獻茵墀香，煮以為湯❼，宮人以之浴浣畢❽，使以餘汁入渠，名曰「流香渠」。又使內豎❾為驢鳴。於館北又作雞鳴堂❿，多畜雞，每醉迷於天曉，內侍競作雞鳴，以亂真聲也。乃以炬燭投於殿前，帝乃驚悟。及董卓破京師，散⓫其美人，焚其宮館。至魏咸熙⓬中，先所投燭處，夕夕有光如星。後人以為神光，於此地立小屋，名曰「餘光祠」，以祈福。至魏明末，稍掃除矣。

【注　釋】❶靈帝句　靈帝劉宏乃章帝玄孫，繼恆帝立，在位二十二年，改元四次：建寧、熹平、光和、中平。無初平年號。按初平乃獻帝年號，此誤。❷者　此字原無，據《稗海》本補。❸玉色　美女的容顏。此指暴露的身體。此字下原有「者」字，據《太平廣記》刪。❹招商　招涼風之意。商，秋季。古人把五音與四季相配，商音配秋，因以商指秋季，故名招商。❺偃　低下。此指葉子捲曲。❻玉鳧　鳧鴨形的玉雕。借指裸體的美女。❼湯　熱水。❽畢　此字原無，據《稗海》本補。❾內豎　古代傳達王命之小吏。此指宦官。❿於館北句　《太平廣記》作「又欲內監為雞鳴，於館北起雞明堂」，《後漢書・靈帝紀》及〈五行志〉載「靈帝於宮中西園駕四白驢，躬自操轡，驅馳周旋，以為大樂」。⓫散　《太平廣記》作「收」。⓬咸熙　魏元帝曹奐年號，魏至此而亡。齊校云：觀本書卷七魏文帝迎薛靈芸節，亦有「咸熙元年」云云，蓋子年誤以為咸熙為魏文帝年號，故本節末又有「至魏明末」之語也。

【語　譯】靈帝在中平三年，到西園去遊玩。建千間裸遊館，採集綠苔覆蓋在臺階上，引來渠水環繞著裸遊館，四周水流清澈。乘船在水渠內遊蕩，讓宮女乘坐船上，挑選美豔苗條的宮女，來撐篙搖槳，在水渠內搖船蕩漾。渠水清澈，在盛夏時節，把船弄沉，乘機看宮女落水後暴露的形體。又演奏〈招商〉之歌，引來清涼之氣。歌中唱道：「涼風吹來太陽照耀渠水，碧綠的荷葉白天捲曲夜裡舒展，只是時間苦短餘興未滅。絲管奏樂美女歌唱，千秋萬歲歡喜無盡。」水渠中種植著蓮花，葉大如傘蓋，長一丈，是南方進獻的；蓮花的葉子夜晚舒展白天捲曲，一根莖上結四朵花，稱為「夜舒荷」；也有一說是月亮升起葉子就舒展開，因此叫「望舒荷」。靈帝盛夏時在裸遊館避暑，整夜飲酒歡宴。靈帝感嘆說：「要是能萬年如此，那就成神仙了。」宮女年齡在十四歲以上，十八歲以下，都濃妝豔抹，脫掉上衣，只穿著內衣，有時一同裸身而浴。西域進獻茵墀香，把這種香放在熱水中煮，宮女用這種熱水洗完之後，將剩餘的熱水倒入水渠，稱為「流香渠」。又讓宮內的宦官學驢叫。在裸遊館北側建雞鳴堂，飼養許多雞，每每喝酒醉到大亮時，內宮宦官爭相裝雞叫，與真正的雞鳴報曉相混。直到在宮殿前放置點燃的火把，靈帝才驚醒過來。直到董卓攻破京師，遣散宮女，焚燒宮館。魏咸熙年間，先前放置火把的地方，夜間有如星光一樣閃爍。後人認為是神光，在那裡建起一間小屋，叫做「餘光祠」，用來祈福。到魏末時期，神光才漸漸消失。

錄曰：明、章兩主，丕承❶前業，風被四海，威行八區，殊邊異服❷，祥瑞輻湊❸。安、靈二帝，同為敗德。夫悅目快心，罕不淪乎情慾，自非遠鑒興亡，孰能移隔下俗。傭才❹緣心，緬乎嗜慾，塞諫任邪，沒情於淫靡。至如列代亡主，莫不憑威猛以喪家國，肆奢麗以覆宗祀，詢考先墳❺，往往而載，僉❻求歷古，所記非一。販爵鬻官，乖❼分職❽之本，露宿郊居，違省方❾之義。成、安二帝，載世雖遠，而亂政攸❿同。驗之史牒⓫，訊諸前記，迷情狗馬，愛好龍鶴⓬，非明王之所聞示於後也。內窮淫酷，外盡禽荒⓭，取悅耳目，流貽萬世。是以牝妖⓮告禍，漢靈以巷伯傾宗⑮。酒池裸逐之醜⑯，鳴雞長夜之惑⑰，事由商乙⑱，遠仿燕丹，異代一時，可為悲矣。

【注釋】❶丕承　很好地繼承。舊謂帝王承天受命。❷異服　異方邊遠之地。《周禮·夏官·職方氏》：「王畿其外方五百里曰侯服，又其外方五百里曰甸服。」❸輻湊　形容人或物聚集，像車輻集中於車轂一樣。❹傭才　即庸才。傭，同「庸」。❺墳　泛指古書、典籍。❻僉　皆；遍。❼乖　背離。❽分職　謂設官分職，各司其事。❾省方　巡視四方。《易·觀卦》：「先王以省方觀民設教。」注：「天子巡省四方，觀視民俗而設其教也。」❿攸　語助詞，無義。⓫史牒　也作「史諜」。即史冊。⓬迷情狗馬二句　謂君王玩物喪志。《史記·殷本紀》載紂「益收狗馬奇物，充仞宮室」。《史記·夏本紀》載夏帝孔甲命劉累為之豢龍。又《左傳·閔公二年》記「衛懿公好鶴，鶴有乘軒者」。⓭內窮淫酷二句　謂沉溺於女色、田獵而荒廢政務。《書·五子之歌》：「內作色荒，外作禽荒。」禽，通「擒」。指田獵。⓮牝妖　母妖。此指惑人美女。⓯漢靈句　漢靈帝在位期間，由於他寵信宦官，朝政被宦官趙忠、張讓把持，政治腐敗達於極點。巷伯，宦官；太監。因居宮巷，掌宮內事，故稱。⓰酒池句　《史記·殷本紀》記載紂「以酒為池，懸肉為林，使男女倮相逐其間，為長夜之飲」。⓱鳴雞句　《燕丹子》記燕太子丹從秦歸，「夜到關，關門未開，丹為鷄鳴，眾雞皆鳴，遂得逃歸」。⓲商乙　齊校云此承上「酒池裸逐之醜」言，當作「商辛」，即紂。

【語譯】附錄：漢明、漢章二位皇帝，繼承先祖基業，聲名震懾四海，威勢施行八方，偏遠異域之國，出現的祥兆有如車輻聚集於車轂一樣多。漢安、漢靈二位皇帝，同樣都是傷風敗德的君王。追求賞心悅目恣意行事的君王，很少有不沉淪於欲望的，當然不能借鑒國家興亡的歷史，如何能改變民間的陋習呢。才能平庸是緣於內心，貪圖感官嗜好和欲望，阻塞進諫任用奸佞，縱情於淫蕩頹廢之中。至於歷代亡國君主，沒有誰不是憑靠威權苛政終究導致國家淪喪，放縱於奢華腐化以至宗族覆滅，考證先人典籍，上面多有記載，遍尋歷代史書，所記載的不只一人一事。賣官鬻爵，背離設官分職的本義，露宿郊野行居宮外，違背巡視四方的意圖。漢成、漢安二位皇帝，在位時間雖然長久，但朝政同樣腐敗。求證史冊，考察先前的記載，喜好狗馬、愛好龍鶴這樣的行為，不是英明君王所能留傳下來使後代聽聞的。在朝內極盡淫欲，在朝外沉迷田獵，只追求耳目的愉悅，為後世所鄙棄唾罵。因此迷戀美女招致禍患，漢靈帝因為重用宦官而使宗室傾滅。蓄酒成池赤裸在池內追逐的醜態，夜晚假扮雞鳴的行為，前者模仿商紂，後者仿效燕太子丹，不同時代的事發生在一個君王身上，實在可悲。

獻帝伏皇后❶，聰惠❷仁明，有聞於內則❸。及乘輿為李傕所敗❹，晝夜逃走，宮人奔竄，萬無一生。至河，無舟楫，后乃負帝以濟河，河流迅急，惟覺腳下如有乘踐，則神物之助焉。兵戈逼岸，后乃以身擁遏❺於帝。帝傷趾，后以綉拭血，刮玉釵以覆於瘡，應手則愈。以淚漘❻帝衣及面，潔靜如浣。軍❼人嘆伏❽：雖亂猶有明智婦人。精誠之至，幽祇⑨之所感矣。

【注釋】❶伏皇后　名壽。漢獻帝被董卓挾持到長安，伏壽應召入宮。興平二年，立為皇后。年長漢獻帝四歲。❷惠　同「慧」。❸內則　本為《禮記》篇名。內容為婦女在家庭內必須遵守的規範和準則。借指婦職；婦道。❹及乘輿句　《後漢書・皇后紀》：「(獻)帝尋而東歸，李傕、郭汜等追敗乘輿於曹陽，帝乃潛夜渡河走，六宮皆步行出營。」乘輿，古代特指天子或諸侯所乘坐的車子。後泛指皇帝用的器物。借指帝王。傕，也作「傕」。李傕原為董卓部將。董卓死後，李傕與郭汜等合兵圍長安。挾持漢獻帝，執掌王權四年。❺擁遏　阻塞；阻攔。❻湔　洗。❼軍　原作「車」，據毛校改。❽伏　通「服」。❾祇　地神。

【語譯】漢獻帝皇后伏壽，聰慧仁愛，在婦道上有美名。等到漢獻帝被李傕打敗，漢獻帝連夜逃跑，宮中嬪妃奔走逃竄，萬人之中幾乎沒有一人存活。逃到黃河邊，沒有舟船可乘，伏皇后背著漢獻帝渡河，河流湍急，伏皇后覺得腳下好像踩到什麼東西載著她前行，如有神助。追兵逼近岸邊時，伏皇后用身體護住漢獻帝以阻擋兵箭。漢獻帝腳趾受傷，伏皇后用繡帕擦拭血汙，從玉釵上刮下粉末敷在傷口上，手到則傷口即癒。伏皇后用淚水給漢獻帝洗衣和洗臉，有如用水洗過一樣潔淨。軍中的人感嘆佩服說：即使在動亂之時還有這樣明達理智的婦人。因為她真心誠意地服侍漢獻帝，神靈都被她的行為所感動。

錄曰：夫丹石可磨，而不可奪其堅色；蘭桂可折，而不可掩其貞芳。

伏后履純明❶之姿，懷忠亮❷之質，臨危授命❸，壯夫未能加焉，知死不吝，馮媛❹之儔也。求之千古，亦所罕聞。漢興，至於哀、平、元、成，尚以❺宮室，崇苑囿，而西京❻始有弘侈❼，東都❽繼其繁奢，既❾違采椽不斲❿之製，尤異靈沼遵儉之風⓫。考之皇圖⓬，求之志錄⓭，千家萬戶之書⓮，臺衛城隍之廣，自重門構宇以來，未有若斯之費溢也。孝哀廣四時之房，靈帝脩裸遊之館，妖惑為之則神怨，工巧為之則人虐⓯，夷國淪家，可為慟矣！及夫靈瑞、嘉禽、豔卉、殊木，生非其壤，詭色訛音⓰，不稟正朔之地⓱，無涉圖書所記，或緣德業以來儀⓲，由時俗以具質⓳，咸得而備詳矣。歷覽群經，披求方冊，未若斯之宏麗矣。

【注釋】❶純明　純樸賢明。❷忠亮　忠誠堅貞。❸授命　貢獻自己的生命。原作「受命」，據齊校改。取《論語・憲問》中「見利思義，見危授命」之意。朱熹注：「授命，言不愛其生，持以與人也。」❹馮媛　漢元帝妃子，曾經以身擋熊，有救駕之功。後以「馮媛當熊」為愛君之典。❺以　與下句「崇苑囿」對文，疑此字衍。❻西京　古都名。西漢都長安，東漢改都洛陽，因稱洛陽為東京，長安為西京。❼弘侈　奢侈；豪華。❽東都　古都名。此處指東漢都洛陽。❾既　原作「即」，形近致誤，據齊校改。❿采椽不斲　屋頂的椽子也未加砍削。形容住房質樸簡陋，比喻生活簡樸。采椽，櫟木或柞木椽子。斲，用刀、斧等砍。《韓非子・五蠹》：「堯之王天下也，茅茨不翦，采椽不斲。」⓫尤異靈沼句　《孟子・梁惠王》：「文王以民力為臺為沼，而民歡樂之，謂其臺曰『靈臺』，謂其沼曰『靈沼』。」按《詩・大雅・靈臺》有「經始勿亟」語，說者謂「文王心恐煩民」，又有「不日成之」語，則可知其儉。⓬皇圖　指《三輔黃圖》。古代地理書籍。記載秦漢時期三輔的城池、宮觀、陵廟、明堂、辟雍、郊畤等。⓭志錄　記載事件言行的冊籍。⓮千家萬戶句　齊校以為「此句與下『臺衛城隍之廣』對偶，當亦指宮室之侈盛而言，按《史記・孝武帝紀》：『作建章宮，度為千門萬戶。』疑即用其語，句中當有訛誤」。所言極是。疑「書」為「奢」之訛。⓯妖惑二句　齊校云：「《史記・秦本紀》載，戎王使由余於秦，秦繆公示以宮室、積聚。由余曰：『使鬼為之，則勞神矣；使人為之，亦苦民矣。』此『神怨』、『人虐』二句即用其語。」⓰詭色訛音　顏色名稱都發生訛變。⓱不稟正朔之地　指域外他族。稟正朔，遵從奉行王朝的年號和曆法，表示對王朝的順從。正朔，指一年的第一天，古代用正朔來代表曆法或皇帝的年號。⓲來儀　指吉祥徵兆。鳳凰來儀之省語。鳳凰來舞，儀表非凡。⓳質　古同「贄」。禮物。

【語　譯】附錄：丹石可以被打磨，但不能改變它堅硬的本性和赤紅的顏色；蘭花桂樹能被砍斷，卻不能掩蓋它堅硬的木質和芬芳的氣息。伏皇后做出賢明的舉動，懷有忠貞的品質，在危難關頭貢獻自己的生死，即使是壯士也比不過她，面對死亡毫不退縮，是像馮媛一樣的女子啊。遍尋千年歷史，像她一樣的女子也很少聽聞。自漢室興起，到漢哀帝、漢平帝、漢元帝、漢成帝時期，崇尚興建宮室，追求修建花園，在西漢時期的長安開始有奢侈的跡象，東漢時期的洛陽繼承了奢靡的風氣，不但違背了堯舜時不雕琢椽子的製作方式，更背離周文王修建靈沼時遵奉的簡樸風氣。查證《三輔黃圖》，探求民間志錄，千門萬戶的奢侈，亭臺城池的廣闊，自從人類修門建屋以來，沒有像這樣浪費的。孝哀帝建築四季的宮殿，靈帝修建裸遊館，如果讓神鬼出力來建造則神鬼抱怨，要是由能工巧匠來修建則平民受苦，喪國亡家，令人痛心！那些靈異瑞兆、美麗禽獸、豔麗花卉、特殊樹木，不是生長在中原的土壤上，顏色怪異名稱詭變，是產自異域外邦，在圖冊書籍上沒有記錄，或者是因為祖先的德行功業感召它們來到中原，由於當時習俗而當作禮物進貢，才使這些東西都出現且被詳細記錄。瀏覽眾多經典，翻閱各類圖冊，沒有這樣富麗輝煌的物種記載。

郭況，光武皇后之弟也，累金數億，家僮四百餘人，以黃金為器，工冶之聲，震於都鄙❶。時人謂：「郭氏之室，不雨而雷。」言其鑄鍛之聲盛也。庭中起高閣長廡❷，置衡石❸於其上，以稱量珠玉也。閣下有藏金窟，列武士以衛之。錯雜寶以飾臺榭，懸明珠於四垂，晝視之如星，夜望之如月。里語曰：「洛陽多錢郭氏室，夜月晝星富無匹。」其寵者皆以玉器盛食，故東京謂郭家為「瓊廚金穴❹」。況小心畏慎，雖居富勢，閉門優遊❺，未曾干世事，為一時之智也。

【注釋】❶都鄙　京城和邊邑。❷廡　有頂蓋之長廊。❸衡石　此指秤具。衡，秤桿。石，重量單位。一百二十斤為一石。❹金穴　《後漢書・皇后紀》：「況遷大鴻臚，帝數幸其第，會公卿諸侯親家飲燕，賞賜金錢縑帛，豐盛莫比。京師號況家為『金穴』。」❺優遊　遊玩。

【語譯】郭況是光武帝皇后的弟弟，家中累積有幾億黃金，僮僕四百多人，用黃金製作器具，家中鍛冶金錠的聲音，響震京都城郊。有人說：「郭家的房屋，不下雨卻有雷聲。」說的是他家鍛造聲之大。庭院中建有高閣長廊，在上面放秤，用來秤量珠寶玉器。樓閣下建有藏金窟，兩旁安排武士守衛。用各種寶物來裝飾亭臺樓榭，在四角懸掛夜明珠，白天看起來像星星，夜裡望去好像月亮。俚語說：「洛陽城中財富最多的是郭家，珠寶夜裡如月亮白天像星星，家業富足無人能比。」郭況寵愛之人都用玉器盛裝食物，因此東京洛陽稱郭家為「玉廚房黃金庫」。郭況為人小心謹慎，雖然家業富有、權勢強大，卻閉門過著悠閒的生活，不曾干預朝政，是那個時代的智者。

錄曰：夫后族之盛，專挾內主之威，皆以黨嬖❶強盛，肆囂於天下，妖幸侵政，擅椒房❷之親。在昔魏冉，富傾嬴國❸；漢世王鳳，同拜五侯❹。館第僭❺於京都，嬙姬❻麗於宮掖。瑰賂南金❼，彌玩於王府；緹繡雕文❽，被飾於土木。高廊洞門❾，極夏屋❿之盛，文馬朱軒⓫，窮車服之靡，自古擅驕，未有如斯之例。雖三歸移於管室⓬，八佾陳於季庭⓭，方之為劣矣。郭況內憑姻寵，外專聲利⑭，遠採山丹之穴，積陶朱、程鄭⑮之產，未足稱其盛歟？豈不恃其戚里⑯，矜其財勢，秉溫恭之正，守道持盈⑰，而自兢慎，是⑱可謂知幾其神乎！

【注釋】❶嬖　受寵愛。❷椒房　指後宮。漢時，后妃之宮以椒和泥塗壁，取其繁衍多子之義，故稱椒房。❸在昔魏冉二句　魏冉，戰國秦昭王母宣太后弟，一生四任秦相，封穰侯，「以太后故，私家富重於王室」。後被罷職，「使歸陶，因使縣官給車牛以徙，千乘有餘。到關，關閱其寶器，寶器珍怪多於王室」。嬴國，戰國時秦國君為嬴姓。❹漢世王鳳二句　王鳳，元帝王皇后弟，嗣父爵為陽平侯。成帝時任大司馬大將軍領尚書事。五侯，王鳳的五個弟弟。《漢書・元后傳》：「河平二年，上悉封舅譚為平阿侯，商成都侯，……五人同日封，故世謂之『五侯』。」❺僭　超越本分。古代指地位在下而冒用在上的名義、禮儀或器物。❻嬙姬　指妃子。嬙、姬，均為古代宮廷中的女官。❼瑰賂南金　指各種珍寶。瑰賂，猶寶物、寶貝。南金，南方出產的銅。後亦借指貴重之物。《詩・魯頌・泮水》：「元龜象齒，大賂南金。」毛傳：「南謂荊揚也。」孔穎達疏：「金即銅也。」❽緹繡雕文　指彩繪雕刻。❾高廊洞門　此句與「文馬朱軒」對偶。廊，原作「廓」，齊校疑「廓」為「廊」之誤字。❿夏屋　大屋。⓫文馬朱軒　謂駿馬高車。文馬，毛色有絢麗色澤的馬。朱軒，紅漆的車子。古代為顯貴所乘。⓬雖三歸句　《管子・山至數》：「則民之三有歸於上矣。」三歸，即市租，按比例應該繳納給公家的商業稅。桓公稱霸，遂以三歸賞管仲。管室，謂管仲之室。⓭八佾句　《論語・八佾》：「孔子謂季氏，八佾舞於庭，是可忍也，孰不可忍也！」朱熹注：「季氏，魯大夫季孫氏也。佾，舞列也，天子八，諸侯六，大夫四，……季氏以大夫而僭用天子之樂。」⓮聲利　原作「聲厲」，齊校云應作「聲利」，謂名利也。⓯陶朱程鄭《史記・貨殖列傳》載范蠡以經營而積巨萬，程鄭因冶鑄而致富貴。陶朱，即陶朱公，范蠡之化名。⑯戚里 皇戚所居之地。⑰持盈 謂保守成業。⑱是 原作「足」，據齊校改。

【語譯】附錄：皇后家族的興盛，都是專門依仗帝王的權威，憑藉受寵后妃黨羽的強大勢力，在天下肆虐橫行，以妖豔獲取寵倖而干預朝政，因是受寵妃子的親戚而獨攬專權。戰國時的魏冉，家財富有的程度勝過秦國；漢代的王鳳，一天之內兄弟五人同被封侯。府第超過京都宮殿，姬妾比皇帝後宮還豔麗。各種珍寶，都可以在王府欣賞到；各種彩繪雕刻的圖案，裝飾在土木建築上。高大雄偉的門庭，是豪華建築中的極品，駿馬高車，達到車輿儀仗的極致，自古以來的擅權驕縱者，也沒有像這樣的先例。即使管仲的三歸之富，季氏的八佾庭舞，比起他們也自嘆不如。郭況在朝廷內憑藉姻親而得寵，在朝廷外有很高的聲望，還到遠方開採山中的礦石，積累成像陶朱公、程鄭一樣的家產，還不足以稱為富有嗎？郭況竟不仰仗親戚，炫耀他的財富，而是秉承溫良恭儉的做法，遵循君子之道保守成業，尚小心謹慎、惶恐不安，真可以說他的聰明幾乎接近神靈！

劉向於成帝之末❶，校書❷天祿閣❸，專精覃思❹。夜有老人，著黃衣，植❺青藜杖，登閣而進，見向暗中獨坐誦書。老父乃吹杖端，爛然火明❻，因以見向，說開闢❼已前。向因受〈洪範〉五行之文❽，恐辭說繁廣忘之，乃裂裳及紳❾，以記其言。至曙而去，向請問姓名。云：「我是太一❿之精，天帝聞金卯之子⓫有博學者，下而觀焉。」乃出懷中竹牒⓬，有天文地圖之書，「余略授子焉」。至向子歆，從向受其術，向亦不悟此人焉。

【注釋】❶劉向句　劉向，字子政，西漢經學家、目錄學家、文學家。《漢書》有傳，記載成帝即位之初，即「詔向領校中『五經』祕書」。此言「於成帝之末」，誤。❷校書　整理圖書。❸天祿閣　漢代保存圖書的處所。《三輔黃圖》：「天祿閣，藏典籍之所，蕭何所造。」❹專精覃思　謂聚精凝神。覃，深。❺植　拄；倚。❻爛然火明　原作「煙燃」，意難解，據《稗海》本改。❼開闢　謂盤古開天闢地，指宇宙的開始。❽向因受句　原作「五行《洪範》之文」，據《太平廣記》改。《漢書・劉向傳》：「向見《尚書・洪範》，……乃集合上古以來歷春秋、六國至秦、漢符瑞災異之記，推跡行事，連傳禍福，著其占驗，比類相從，各有條目，凡十一篇，號曰《洪範五行傳論》，奏之。」❾紳　古代士大夫束在衣外的大帶。❿太一　星名。即帝星。因離北極星最近，又名北極二。⓫金卯之子　指劉向。金卯，隱指「劉」姓。《漢書・王莽傳》：「夫『劉』之為字，卯金刀也。」⓬竹牒　竹簡。牒，供寫字用的竹片或木片。

【語譯】劉向在漢成帝初年，在天祿閣校勘典藏，聚精凝神地沉思。一天夜裡來了一位老人，身著黃色衣裳，手拄青藜杖，登上天祿閣走進屋子，看見劉向獨自坐在黑暗中讀書。老人就向杖端吹口氣，立時燈火通明，才在劉向面前現身，跟劉向解說開天闢地以前的事情。劉向因此學習了《洪範》五行的內容，因為擔心文辭複雜內容廣博而記不住，就撕裂衣裳和衣帶，記錄老人所說的話。到天亮時老人才離開，劉向詢問老人的姓名。老人說：「我是太一星神，天帝聽說『卯金刀』的兒子博學多才，所以派我下凡來看看。」老人就從懷中拿出竹簡，是記載有關天文地理的書，說「我只將書中的內容簡略地講給你聽」。到劉向的兒子劉歆的時候，跟隨劉向學習這些知識，劉向也沒能完全領悟那位老人所教授的知識。

賈逵❶年五歲，明惠❷過人。其姊韓瑤❸之婦，嫁瑤無嗣而歸居焉，亦以貞明❹見稱。聞鄰中讀書，旦夕抱逵隔籬而聽之。逵靜聽不言，姊以為喜。至年十歲，乃暗誦「六經❺」。姊謂逵曰：「吾家貧困，未嘗有教者入門，汝安知天下有《三墳》❻、《五典》❼而誦無遺句耶？」逵曰：「憶昔姊抱逵於籬間聽鄰家讀書，今萬不遺一。」乃剝庭中桑皮以為牒❽，或題於扉屏，且誦且記。期年❾，經文通遍。於閭里❿每有觀者，稱云振古⓫無倫。門徒來學，不遠萬里，或襁負⓬子孫，舍於門側，皆口授經文，贈獻者積粟盈倉。或云：「賈逵非力耕所得，誦經舌⓭倦，世所謂舌耕⓮也。」

【注　釋】❶賈逵　東漢經學家、天文學家。❷明惠　聰明智慧。惠，同「慧」。❸韓瑤　正史中無此人之記載。《三國演義》中西涼大將韓德次子名韓瑤。❹貞明　堅貞清白的節操。❺六經　指儒家的六種經典著作，即《詩》、《書》、《易》、《禮》、《春秋》、《樂》。❻三墳　傳說中最早的古書，指的是伏羲、神農、黃帝之書。現已亡佚。❼五典　傳說中的古書，指少昊、顓頊、高辛、堯、舜之書。現已亡佚。❽牒　供寫字用的竹片或木片。❾期年　一週年；一整年。❿閭里　里巷；平民聚居之處。⓫振古　自古。⓬襁負　用布包裹小孩而負於背。⓭舌　原作「口」，據毛校改。⓮舌耕　以舌代耕。指靠教書為生。

【語　譯】賈逵五歲時，就聰慧過人。他的姐姐是韓瑤的妻子，嫁給韓瑤後沒能生育而回了娘家，她以堅貞清白的節操為鄉里所稱道。姐姐聽到鄰里有人讀書，無論白天還是晚上都抱著賈逵隔著籬笆聽。賈逵安靜地聽著並不講話，姐姐很高興。賈逵十歲那年，就能夠默背「六經」。姐姐對賈逵說：「我們家家境貧寒，不曾請教書先生來家裡，你怎麼會知道天下有《三墳》、《五典》這樣的書還能背誦得一句不漏呢？」賈逵說：「記得以前姐姐抱著賈逵在籬笆間聽鄰居讀書，現在萬句都不會忘掉一句。」賈逵剝下院中的桑樹皮作成書簡，有時也在門扉和屏風上題字，一邊背誦一邊記錄。一年後，經文全都背誦完了。每每閭里中來觀看的人，都稱譽賈逵的才學自古以來無人能比。有門徒前來求學，有的人不遠萬里前來，有的人甚至抱著兒子或孫子，住在他家門旁，賈逵都是親口傳授經文，學生們饋贈的糧食堆積滿倉。有人說：「賈逵不是憑藉耕作得到糧食，是依靠口舌背誦經書而得，這就是世人所說的『舌耕』。」

何休❶木訥多智，《三墳》、《五典》，陰陽❷算術❸，〈河〉〈洛〉❹讖緯❺，及遠年古諺，歷代圖籍，莫不咸誦也。門徒有問者，則為注記，而口不能說。作《左氏膏肓》、《公羊墨守》、《穀梁廢疾》❻，謂之「三闕❼」。言理幽微，非知機藏往❽，不可通焉。及鄭康成鋒起而攻之❾，求學者不遠千里，贏❿糧而至，如細流之赴巨海。京師謂康成為「經神」，何休為「學海」。

【注　釋】❶何休　東漢經學家。為人質樸多智，精研「六經」。❷陰陽　古代指有關日、月等天體運轉規律的學問。❸算術　指操作計算器具的技術，也泛指一切與計算有關的數學知識。算，中國古代一種竹製的計算器具。❹河洛　〈河圖〉、〈洛書〉。❺讖緯　漢代流行的神學迷信。讖，是巫師或方士製作的一種隱語或預言，作為吉凶的符驗或徵兆。緯，指方士化的儒生編集起來附會儒家經典的各種著作。❻作左氏膏肓句　原作《公羊廢疾》、《穀梁墨守》。〈何休傳〉稱：「休善曆算，與其師博士羊弼，追述李育意以難一傳，作《公羊墨守》、《左氏膏肓》、《穀梁廢疾》。」，據改。❼三闕　三座高大的碑石。闕，本為皇宮門前兩邊供瞭望的樓。此取其高大莊嚴之意。❽知機藏往　頭腦機敏，學識淵博。藏往，謂多識前言往行。藏，蓄。❾及鄭康成句　鄭玄，字康成，東漢末年的經學大師，遍注儒家經典。《後漢書・鄭玄傳》：「時任城何休好《公羊》學，遂著《公羊墨守》、《左氏膏肓》、《穀梁廢疾》；玄乃發《墨守》，鍼《膏肓》，起《廢疾》。休見而嘆曰：『康成入吾室，操吾矛，以伐我乎！』」❿贏　背；擔負。原作「羸」，形近而誤。

【語譯】何休言語遲鈍但頭腦敏銳，《三墳》、《五典》，陰陽算術，〈河圖〉、〈洛書〉讖緯之術，以及遠古流傳的諺語，歷代圖書與典籍，沒有不能背誦的。有門徒發問請教時，就寫成文字，而不用口說。何休著有《左氏膏肓》、《公羊墨守》、《穀梁廢疾》，稱為「三闕」。書中所記述的道理幽深微妙，如果頭腦不夠機敏、學識不夠淵博，是讀不懂他的著作的。直到鄭康成寫出一系列文字駁難何休時，才有求學者不遠千里而來，背着糧食到他家，有如涓涓細流奔赴大海一樣。京都人稱鄭康成為「經神」，何休為「學海」。

任末❶年十四時，學無常師，負笈❷不遠險阻。每言：「人而不學，則何以成？」或依林木之下，編茅為庵❸，削荊為筆，剋❹樹汁為墨。夜則映星望月，暗則縷麻蒿❺以自照。觀書有合意者，題其衣裳，以記其事。門徒悅其勤學，更以靜❻衣易之。非聖人之言不視。臨終誡曰：「夫人好學，雖死若存；不學者雖存，謂之行尸走肉耳！」〈河〉〈洛〉祕奧，非正❼典籍所載，皆注記於柱壁及園林樹木，慕好學者，來輒寫之。時人謂任氏為「經苑」。

【注釋】❶任末　字叔本，東漢蜀郡繁（今成都新都新繁）人。是當時著名的經學家和教育家。❷負笈　背著書箱。指遊學外地。❸庵　圓形小草屋。❹剋　通「刻」。割；雕刻。❺麻蒿　植物名。古人點燃後用於照明。❻靜　古同「淨」。清潔。❼正　平常。

【語譯】任末十四歲時，沒有固定學習的老師，遊學不畏路遠艱險。每次都說：「人要是不學習，怎麼能取得成就呢？」有時靠在樹下，用茅草編成小屋，把荊條削成筆，割樹取樹汁製成墨。夜晚的照明就藉著星月，光線暗時就點燃麻蒿線來照明。讀書時遇到符合心意的詞句，就抄寫在衣服上，記述書中之事。弟子喜歡任末勤奮好學，用乾淨的衣服換下他的衣服。如果不是聖人的文字就不讀。臨終時任末告誡弟子說：「人如果好學，雖然死去還像活著一樣；不學習的人雖然活著，只能算是行屍走肉罷了！」〈河圖〉、〈洛書〉中神祕深奧之處，正規典籍中沒有記載，他都寫在房屋的柱子、牆壁以及園林中的樹木上，慕任末之名來求學的人，到這裡往往就抄寫下來。當時的人稱任末為「經苑」。

曹曾❶，魯人也。本名平，慕曾參❷之行，改名為曾。家財巨億，事親盡禮，日用三牲❸之養❹，一味❺不虧於是。不先親而食❻新味也。為客於人家，得新味則含懷而歸。不畜雞犬，言喧囂驚動於親老❼。時亢旱❽，井池皆竭。母思甘清之水，曾跪而操瓶，則甘泉自涌，清美於常。學徒有貧者，皆給食。天下名書，上古以來，文篆❾訛落者，曾皆刊正❿，垂⓫萬餘卷。及國難既夷⓬，收天下遺書⓭於曾家，連車繼軌，輸於王府。諸弟子於門外立祠，謂曰「曹師祠」。及世亂，家家焚廬，曾慮先文湮沒，乃積石為倉以藏書，故謂曹氏為「書倉」。

【注釋】❶曹曾　字伯山，秦朝濟陽人。從歐陽歙受《尚書》，門徒三千人，位至諫議大夫。❷曾參　春秋末年魯國人。勤奮好學，頗得孔子真傳。以孝著稱，相傳《孝經》即其所著。❸三牲　古時祭祀用的供品，分大三牲（豬、牛、羊）和小三牲（雞、鴨、魚）兩種。❹養　供養；奉養。❺一味　一種食物；一味菜餚。❻食　原作「不食」，據齊校文義刪「不」字。❼親老　家中長輩。❽亢旱　大旱。❾文篆　文字。❿刊正　即校正。⓫垂　接近。⓬國難既夷　指漢光武帝平定海內。⓭收天下遺書　《後漢書．儒林列傳》：「昔王莽、更始之際，天下散亂，禮樂分崩，典文殘落。及光武中興，愛好經術，未及下車，而先訪儒雅，採求闕文，補綴漏逸。」

【語譯】曹曾，是魯國人。本名叫平，因仰慕曾參的品行，改名為曾。家中財富億萬，侍奉長輩恪守禮節，每日用三牲供養父母，一道菜都不曾虧欠過。從來不在雙親未食用前先品嘗新鮮菜餚。有在別人家做客時，分得新菜色就放在懷中回家。不飼養雞犬，他說雞鳴犬吠會驚擾家中長輩。有一年大旱，水井池塘都枯竭了。他的母親想喝甘甜清潔的水，曹曾就跪在地上拿著瓶子，甘甜的泉水就從地上湧出來，比普通的泉水清潔甘美很多。學生中有家境貧寒的，都供給他們食物。天下有名的書，從上古到現在，文字有訛變脫落的，曹曾都對書籍進行校勘考證，累積近萬餘卷。

到漢光武帝平定國亂，漢光武帝向曾家收集天下遺失的書籍，車輛相連軌道相接，運送到王府。眾弟子在門外設立祠堂，稱為「曹師祠」。天下發生戰亂後，家家房舍被焚，曹曾擔心先人書籍被燒毀佚失，就用石頭建成倉庫藏書，因此稱曹曾為「書倉」。

錄曰：觀乎劉向顯學於漢成時，才包三古，藝該九聖❶，懸日月以來，其類少矣。逮❷乎後漢，賈、何❸、任、曹之學，並為聖神，通❹生民❺到今，蓋❻斯而已。若顏淵之殆庶幾❼；關美❽、張霸❾，何足顯大儒哉！至如五君❿之徒，孔門之外未有也，方之入室⓫，彼有慚焉。賈氏之姊，所謂知識⓬婦人鑒乎聖也。

【注釋】❶才包三古二句　言其學問空前絕後。包，蓋；超過；勝出。三古，泛謂古代。該，包括；容納。九聖，未詳，九為多數，蓋泛指古代聖人。❷逮　及；達到。❸何　原無此字，齊校云此〈錄〉通讚劉向、賈逵、何休、任末、曹曾，故下文云「五君之徒」，故補。❹通　全；普遍。❺生民　猶言人類誕生。❻蓋　副詞，表示推測，相當於「大概」、「大約」。❼若顏淵句　《易．繫辭》：「子曰：『顏氏之子，其殆庶幾乎！有不善未嘗不知，知之未嘗復行也。』」❽關美　人名，其事無考。❾張霸　字伯饒，蜀郡成都人，七歲通《春秋》，後習《嚴氏公羊春秋》，遂博覽「五經」。❿五君　指劉向、賈逵、何休、任末、曹曾五人。⓫方之入室　《論語・先進》：「由也升堂矣，未入於室也。」堂，房屋的正廳。室，堂後的正室。升堂指剛剛入門，入室指獲得更多的教誨。⑫知識　能瞭解辨識事物。

【語　譯】附錄：我們看到劉向的才學在漢成帝時得以成為顯學，學識勝過三古，才能融匯歷代先賢，自日月懸於天空以來，這類人才很少有。到後漢時期，賈逵、何休、任末、曹曾的學問，並稱為儒學大家，從遠古到現在，大概只有他們幾個人罷了。像顏淵的學識還算與他們差不多；關美、張霸，怎麼能稱得上大儒呢！至於這五位大儒，除孔門弟子之外沒有這樣的人了，如果這幾個人得以進入孔子室，那孔門弟子也要羞愧了。賈逵的姐姐，稱得上是位有見識的婦人，能鑒識賈逵是聖賢之人。

【研　析】本卷漢明帝母親夢瓜一節頗為有趣，作者採用了先揚後抑的手法，先大談兩種瓜果奇異的養生功效，然後以皇太后駕崩陡然一轉，神奇的瓜桃並沒有使人長生不老，篤信仙道的人們不得不懷疑所得瓜種是否是「正果」？反映出人們對長生與養生的追求與求之不得的困惑。而選取的劉向、賈逵、何休、任末、曹曾等諸文士之事，基本上都有歷史影跡。劉向校書是西漢第一次大規模的圖書整理工作。何休、鄭玄之事反映了東漢時期的重要學術思想紛爭——今古文學派之爭。任末、曹曾均為一代大儒，對學問孜孜不倦，表明當時經學對人們的影響之深。作者選取這些文人是因為當時人以其學問成就為奇，故對其成就加以神話渲染。在肯定其努力的基礎上，不忘加入神異的元素。如劉向校書篳路藍縷，艱辛可想而知。但古語有言「精誠所至，金石為開」，文中所言太一精登門授書即是此意，只不過在道士筆中此語變作了「精誠所至，神仙下界」。

# 卷七

## 魏

文帝❶所愛美人❷，姓薛名靈芸，常山❸人也。父名鄴，為酇鄉❹亭長❺，母陳氏，隨鄴舍❻於亭❼傍。居生窮賤，至夜，每聚鄰婦夜績❽，以麻蒿❾自照。靈芸年至十五❿，容貌絕世，鄰中少年夜來竊窺⓫，終不得見。咸熙元年⓬，谷習出守常山郡，聞亭長有美女而家甚貧。時文帝選良家子女，以入六宮⓭。習以千金寶賂⓮聘之，既得，乃以獻文帝。靈芸聞別父母，歔欷累日，淚下霑衣。至升車就路之時，以玉唾壺⓯承淚，壺則紅色。既發常山，及至京師⓰，壺中淚凝如血。帝以文車⓱十乘[18]迎之，車皆鏤金為輪輞[19]，丹畫其轂[20]，軛[21]前有雜寶[22]為龍鳳，銜百子鈴[23]，鏘鏘和鳴，響於林野。駕青色駢蹄[24]之牛，日行三百里。此牛尸屠國所獻，足如馬蹄也。道側燒石葉[25]之香，此石重疊，狀如雲母[26]，其光氣[27]辟惡厲之疾。此香腹題國所進也。靈芸未至京師數十里，膏燭[28]之光，相續不滅，車徒[29]咽路[30]，塵起蔽於星月，時人謂為「塵宵」。又築土為臺，基高三十丈，列燭於臺下，名曰「燭臺」，遠望如列星之墜地。又於大道之傍，一里一銅表[31]，高五尺，以誌里數。故行者歌曰：「青槐夾道多塵埃，龍樓鳳闕望崔嵬[32]。清風細雨雜香來，土上出金火照臺。」此七字是妖辭[33]也。為銅表誌里數於道側，是土上出金之義。以燭置臺下，則火在土下之義。漢火德王，魏土德王[34]，火伏[35]而土興，土上出金，是魏滅而晉興也。靈芸未至京師十里，帝乘雕玉之輦[36]，以望車徒之盛，嗟曰：「昔者言『朝為行雲，暮為行雨[37]』，今非雲非雨，非朝非暮。」改靈芸之名曰「夜來」，入宮後居寵愛。外國獻火珠[38]龍鸞之釵。帝曰：「明珠翡翠尚不能勝㊴，況乎龍鸞之重！」乃止不進。夜來妙於鍼工㊵，雖處於深帷㊶之內，不用燈燭之光，裁製立成。非夜來縫製，帝則不服。宮中號為「鍼神」也。

【注釋】❶文帝 曹丕，曹操長子，字子桓。建國稱魏，都洛陽。❷美人 自漢至明，對後宮妃嬪的稱號。❸常山 古郡名。舊治在今河北正定南。❹鄮鄉 古縣名。治所在今河南永城西鄮。❺亭長 古時十里一亭，為基層行政單位，設亭長，主追捕盜賊。❻舍 居住。❼亭 古代設於路旁的公房，供旅客留宿。❽績 把麻搓捻成線或繩。❾麻藁 植物名。古人點燃後用於照明。❿年至十五 《太平御覽》作「年十七」。⓫鄰中少年句 《太平廣記》作「閭中少年多以夜時來窺」。⓬咸熙元年 西元二六四年。咸熙，魏元帝曹奐年號。此以咸熙為文帝年號，誤。⓭六宮 此指古代皇后的寢宮，其中正寢一，燕寢五，合為六宮。⓮寶賂 貴重的財禮。⓯唾壺 小型痰具。⓰京師 指魏都洛陽。⓱文車 彩繪的馬車。⓲乘 量詞。相當於「輛」。⓳輪輞 古代車輪周圍的框。⓴轂 古代車輪中心的圓木，中間有孔，可以插入車軸。㉑軛 車轅前端套在牲口頸上的橫木。㉒雜寶 各色珍寶。㉓百子鈴 古代車上所繫的一種成串的鈴。㉔駢蹄 指牛蹄二趾相連如一。此二字原無，據《稗海》本補。㉕石葉 古香料名。㉖雲母 礦石名。㉗光氣 光輝；光彩。㉘膏燭 塗有油脂的火把。㉙車徒 車輛及士兵。㉚咽路 堵塞道路。㉛銅表 銅製的柱子。㉜崔嵬 高聳貌。㉝妖辭 隱語。㉞漢火德王二句 王，稱王。此以金木水火土五行相生相剋為帝王嬗代之應。漢屬火德；魏屬土德。㉟伏 隱退。㊱輦 秦漢以後專指帝王后妃所乘之車。㊲朝為行雲二句 宋玉〈高唐賦〉敘楚懷王遊於高唐，夢見與巫山神女相會。神女云：「妾在巫山之陽，高丘之阻，旦為朝雲，暮為行雨，朝朝暮暮，陽臺之下。」㊳火珠 亦稱「火齊珠」。寶珠的一種。㊴勝 禁得住。㊵鍼工 女紅。㊶深帷 深重的帷幕。

【語　譯】魏文帝最寵愛的嬪妃，姓薛名叫靈芸，是常山人。她父親叫薛鄴，擔任酇鄉的亭長，母親陳氏，母女倆跟隨薛鄴在鄉裡的亭傍居住。家裡生活貧困，到晚上，母親總是將鄰家婦女聚集起來搓麻捻線，點燃麻蒿用以照明。靈芸長到十五歲時，姿容無雙，鄰家青年男子夜裡常來偷窺，最終都沒能看到她的容貌。咸熙元年，谷習出任常山郡太守，聽聞亭長家育有美女而且生活貧困。當時魏文帝挑選良家女子，入後宮充當嬪妃。谷習用千兩黃金、豐厚的珍寶作聘禮，聘定後，就將靈芸獻給魏文帝。靈芸聽說要離開父母，終日哭泣嘆息，淚水沾溼衣裳。登車趕路時，只能用玉製的唾壺來承接眼淚，壺就變成紅色。從常山出發，等到達京師時，壺中眼淚凝結如血。魏文帝用十輛彩車迎接靈芸，車輪外框都是用雕鏤的黃金裝飾而成，車轂用紅顏料塗染，車軛前有用各種寶物打製成的龍鳳，口中銜有百子鈴鐺，車輛行進時鈴鐺相互撞擊而發出清越的聲音，響徹山野。駕車的是青色的駢蹄牛，每日能行進三百里。駢蹄牛是尸屠國進獻的，牛蹄和馬蹄一樣二趾相連。道路兩側燃燒著石葉香，這種石頭岩層重疊，外形好似雲母，發出的光彩能祛除厲疾重病。這種香料是腹題國進獻的。靈芸到距洛陽幾十里的地方時，油脂火把發出光亮，火光連續不滅，車輛隨從堵塞道路，揚起的塵土遮蔽星月，當時人稱為「塵宵」。還用土築成臺，臺基高三十丈，在臺下布有火把，稱為「燭臺」，遠遠望去好似成排的星星墜落在地上。又在大路兩側，每隔一里設置一銅柱，銅柱有五尺高，上面標記里程。因此路人唱道：「兩旁栽有青槐的道路上揚起許多塵土，遙望皇城宮殿高大巍峨，清風細雨夾雜著香氣飄來，土上立起銅表而火把的光芒照亮土臺。」最後七個字是隱語。因為標明里程數的銅表立於道路兩側，是土上生出金的意思。而將火把放在土臺下面，就是火在土下面的意思。漢朝以火德稱王，魏國以土德稱王，火德轉弱土德就興盛，土上生出金，預示的是魏國滅亡晉代興盛。靈芸距洛陽還有十里遠時，魏文帝就乘坐著用玉石雕飾的龍輦，遙望遠處車輛隨從的隆重場面，嘆道：「古人說『早晨是雲霞，黃昏變為雨』，現在既不是雲也不是雨，既不在清晨也不在傍晚。」遂將靈芸的名字改成「夜來」，進入後宮倍受寵愛。外國進貢用龍鳳火珠製成的釵鈿。魏文帝說：「明珠翡翠這樣的珠寶戴在頭上都覺得重，更何況這麼重的龍鳳釵呢！」就不讓人拿給夜來。夜來擅長鍼線活，即使是在厚厚的帷幕裡，不借用燈燭火把的光亮，很快就能剪裁縫製完成。不是夜來縫製的衣服，魏文帝不穿。宮中稱夜來為「鍼神」。

錄曰：五常❶之運，迭相生死，起伏因循，顯於言端❷。童謠信於春秋❸，讖辭❹煩❺於漢末，或著明先典，或託見圖記。僉❻詳〈河〉、〈洛〉❼，應運不同。唐堯以炎正禪虞，大漢以火德授魏❽，世歷沿襲，得其宜矣。夫升名藉寵，因事而來。既而柔曼之質見進，亦以裁縫之妙要寵，媚斯婉約，榮非世載，取或一朝，去彼疑賤，延此華軒❾。

【注釋】❶五常　即「五行」。原作「五帝」，據齊校改。❷言端　指始發之言。❸童謠句　《左傳・僖公五年》載，晉獻公伐虢，問卜偃何時能攻下。卜偃引童謠預言得勝，後果然滅了虢。❹讖辭　指帶有預言性質的話。❺煩　多。❻僉　副詞，都。❼河洛　〈河圖〉、〈洛書〉的簡稱。❽唐堯二句　《三國志・魏書・文帝紀》注引《獻帝傳》載蘇林、董巴上表曰：「魏之氏族，出自顓頊，與舜同祖，見於《春秋》世家。舜以土德承堯之火，今魏亦以土德承漢之火，於行運，會於堯、舜受之次。」授，原作「受」，據齊校改。❾華軒　指古之尊貴者所乘的華美車子。以下當有脫文。

【語　譯】附錄：五行陰陽的運轉，生死輪迴，事物興衰所遵循的規律，都顯現在讖緯預言之中。預示魏國將滅亡的童謠在春秋時得到驗證，西漢末年讖語頻繁出現，這些讖語有的記載在古人典籍上，有的記錄在各種圖書裡。〈河圖〉、〈洛書〉都有詳細的記載，只是適合的時運不同而已。以火德稱王的唐堯將帝位禪讓給以土德稱王的虞舜，而以火德稱王的漢代也將帝位傳給以土德稱王的魏國，世間歷代沿襲著五行相生相剋的規律，各個朝代都能夠得到適宜的發展。至於社會地位提升的文士及懷揣璧玉的權貴，都是因為某件事而獲得名利。美女憑藉曼妙柔美的姿態接近帝王，也有因為裁縫技巧精巧而得到寵愛，嫵媚妖嬈風姿綽約，博取歷史罕見的榮耀，有人甚至取得朝權，脫離卑微貧賤的出身，乘坐豪華的車輛。

魏明帝❶起凌雲臺❷，躬自❸掘土，群臣皆負畚鍤❹，天陰凍寒，死者相枕。洛❺、鄴❻諸鼎，皆夜震自移。又聞宮中地下，有怨歎之聲。高堂隆❼等上表諫曰：「王者宜靜以養民，今嗟歎之聲，形於人鬼，願省薄❽奢費，以敦❾儉樸。」帝猶不止，廣求瑰異，珍賂❿是聚，飭⓫臺榭累年而畢。諫者尤多，帝乃去煩⓬歸儉，死者收而葬之。人神致感，眾祥皆應。太山⓭下有連理⓮文石⓯，高十二丈，狀如柏樹，其文彪發⓰，似人雕鏤，自下及上皆合，而中開廣六尺，望若真樹也。父老⓱云：「當秦末，二石相去百餘步，蕪沒無有蹊徑⓲。及魏帝之始，稍覺相近，如雙闕⓳。」土石⓴陰類，魏為土德，斯為靈徵㉑。苑囿㉒及民家草樹，皆生連理。有合歡草，狀如蓍㉓，一株百莖，晝則眾條扶疏㉔，夜則合為一莖，萬不遺一，謂之「神草」。沛國㉕有黃麟㉖見於戊己㉗之地，皆土德之嘉瑞㉘。乃修戊己之壇，黃星炳㉙夜。又起昴畢㉚之臺，祭祀此星，魏之分野，歲時修祀焉。

【注釋】❶魏明帝　曹叡，字元仲。魏文帝曹丕之子。❷凌雲臺　《河南通志》：「凌雲臺在河南府城寧陽門外，魏文帝築，高十三丈，登之可見孟津。」河南府，在今河南洛陽。❸躬自　親自。❹畚鍤　土筐、鐵鍬。❺洛　古地名。在今河南洛陽。❻鄴　古地名。在今河南安陽北。❼高堂隆　字升平，泰山平陽人。魏明帝臣。

累遷至散騎常侍。❽省薄　儉約。❾敦　推崇；崇尚。❿珍賂　珍寶財物。⓫飭　修整；整治。⓬煩　通「繁」。奢侈。⓭太山　即泰山。⓮連理　異根草木，枝幹連生。此指石樹根枝連生。古以為吉祥之兆。⓯文石　有紋理的石頭。⓰彪發　鮮明煥發。⓱父老　指年長者。⓲蹊徑　指小路。⓳如雙闕　《太平廣記》「闕」下有「形」字。按說者亦以此為魏代漢的讖語。《太平御覽》卷八十八引《漢武故事》記載劉徹曾言：「六七四十二代漢者，當塗高也。」《三國志・魏書・文帝紀》裴松之注引太史丞許芝對魏王解釋曰：「當塗高者，魏也；象魏者，兩闕是也。當道而高者魏，魏當代漢。」古代的宮殿前面通常都建有兩個高大的臺觀叫做「闕」，因其巍峨高大，又諧音叫做「魏」。二闕之間有道路。⓴石　原作「干」，據《太平御覽》改。㉑靈徵　祥瑞的徵兆。㉒苑囿　古代畜養禽獸供帝王玩樂的園林。㉓蓍　蓍草。古人用其莖占卜。㉔扶疏　枝葉繁茂四散貌。㉕沛國　故治在今江蘇沛縣東。㉖黃麟　傳說中的瑞獸麒麟。因其身上鱗片閃耀金色，故稱。㉗戊己　古以十天干配五方，戊己屬中央，於五行屬土。㉘嘉瑞　祥瑞。㉙炳　照耀。㉚昴畢　原作「昴畢」，據《辭海》本改。昴宿與畢宿的並稱。同屬白虎七宿。古人以昴畢為冀州的分野。

【語　譯】魏明帝興建凌雲臺時，親自動手挖土，眾大臣都背著筐拿著鍬，當時天寒地凍，死去的人堆疊在一起。洛陽和鄴城兩地的國鼎，都在夜裡振動發生移位。又聽見宮中地下，傳來愁怨嘆息的聲音。高堂隆等大臣上表勸諫說：「帝王應該休養生息讓黎民安定，現在這嘆息的聲音，好像是死者的靈魂發出的，希望皇上能縮減奢侈的花費，勉勵儉樸的社會風氣。」魏明帝還是不停止興建，四處收羅瑰麗珍寶，聚奇納異，繼續修建凌雲臺數年後才完工。進諫的臣子越來越多，魏明帝才收斂奢侈浪費的作風施行儉樸之風，把死者屍體收殮埋葬。百姓和神靈都被感動，出現各種祥瑞徵兆。泰山下有一塊石根相連的彩色石頭，高十二丈，外形好似柏樹，色彩斑斕熠熠發光，好似人工雕琢鏤刻而成，石頭從下往上都合在一起，而中間分開有六尺寬，遠望像真樹一樣。年長之人說：「秦代末年，二塊石頭相距一百餘步，雜草叢生沒有小徑。魏氏稱帝初年，二塊石頭開始靠近，外形好像兩座宮闕。」土石屬陰，魏國是土德，這是一種靈異的預兆。當時皇帝苑囿和民間庭院內的草樹，也都生出連理枝。有種合歡草，外形像蓍草，一株草有一百根莖，白天枝條疏落分散，夜裡合成一根莖，即使是有一萬根莖也不會遺落一根，被稱為「神草」。沛國見到黃色的麒麟出現在戊己之地，這些都是預示土德的興盛吉兆。魏明帝修建戊己之壇，黃色的星星在夜空裡閃爍。又興建昴畢臺，祭祀這個星次，這個星次對應的地域正是魏國，所以魏明帝每年都修繕祭臺按時祭祀。

任城王彰❶，武帝之子也，少而剛毅，學陰陽緯候❷之術，誦「六經」❸、〈洪範〉❹之書數千言。武帝謀伐吳、蜀，問彰取便利行師❺之決❻。王善左右射，學擊劍，百步中髭髮。時樂浪❼獻虎，文如錦斑，以鐵為檻❽，梟殷❾之徒，莫敢輕❿視。彰曳虎尾以繞臂⓫，虎弭耳⓬無聲。莫不服其神勇。時南越⓭獻白象子⓮在帝前，彰手頓⓯其鼻，象伏不動。文帝鑄萬斤鍾，置崇華殿，欲徙之，力士百人不能動；彰乃負之而趨⓰。四方聞其神勇，皆寢兵⓱自固⓲。帝曰：「以王之雄武，吞併巴蜀⓳，如鴟⓴銜腐鼠耳！」彰薨㉑，如漢東平王葬禮㉒。及喪出，空中聞數百人泣聲。送者皆言，昔亂軍相傷殺者，皆無棺槨，王之仁惠，收㉓其朽骨，死者歡於地下㉔，精靈知感，故人美王之德。國史撰《任城王舊事》三卷，晉初藏於祕閣㉕。

【注　釋】❶任城王彰　曹彰，字子文。魏武帝曹操子。其鬍鬚黃色，被曹操稱為「黃鬚兒」。黃初中封任城王。❷緯候　讖緯之學。多指天象符瑞、占驗災異之術。❸六經　指儒家的六種經典著作，即《詩》、《書》、《易》、《禮》、《春秋》、《樂》。❹洪範　《尚書》篇名。❺行師　用兵；出兵。❻決　決斷；決定。❼樂浪　古國名。❽檻　獸籠；關牲畜野獸的柵欄。❾梟殷　桀驁不馴。《稗海》本作「驍勇」。❿輕　此字原無，據《稗海》本補。⓫臂　原作「背」，據《太平廣記》改。⓬弭耳　垂耳。服從之義。⓭南越　亦作「南粵」。今廣東廣西一帶。⓮白象子　小白象。古代以白色的象為吉祥象徵。⓯頓　叩；磕。⓰趨　快步走。⓱寢兵　息兵；停止戰爭。⓲自固　鞏固自身的地位，確保自己的安全。⓳巴蜀　《太平廣記》作「吳蜀」。⓴鴟　鷂鷹。㉑薨　古代稱諸侯之死。㉒如漢東平王句　《三國志．魏書》載曹彰葬時，葬禮甚隆，「賜鑾輅龍旂，虎賁百人，如漢東平王故事」。東平王，劉蒼，漢光武帝第八子，明帝、章帝皆尊寵之。㉓收　原作「取」，據《太平廣記》改。㉔下　此字原無，據《稗海》本補。㉕祕閣　古代宮中收藏珍貴圖畫之處。

【語　譯】任城王曹彰，是魏武帝曹操的兒子，年少時性格剛毅，學習陰陽讖緯之類的神術，能背誦「六經」、〈洪範〉之類的書幾千字。魏武帝謀劃討伐吳、蜀兩國時，常常問曹彰有利進軍的策略。任城王擅長用左右兩隻手射箭，學過擊劍，在百步之內可擊中人的鬍鬚頭髮。當時樂浪國進獻一隻猛虎，花紋有如織錦般斑斕，把猛虎裝在鐵籠中，即使是那些桀驁不馴的勇士也不敢輕視牠。曹彰卻敢扯著虎尾纏繞在自己的臂膀上，猛虎竟然垂下耳朵不敢作聲。沒有人不佩服曹彰的神勇威猛。那時南越人進獻一頭小白象給武帝，曹彰用手按住牠的鼻子，白象就伏地不動。魏文帝曾鑄造一口萬斤重的大鐘，安置在崇華殿，曾想把鐘移走，一百個大力士都不能搬動；曹彰卻能背著鐘快步前行。四方諸侯聽說曹彰如此神勇英武，都引兵回國固守邊防。魏武帝對曹彰說：「以你這樣雄壯威武，若是我魏國想吞併巴蜀，就像鴟鷹銜起死老鼠一樣簡單！」曹彰死後，他的葬禮如同漢朝東平王一樣隆重。出殯時，彷彿聽到半空中有數百人在哭泣。送殯的人都說，過去殺死的敵方將士，死者都沒有棺槨收殮，曹彰為人仁慈，就派人收殮骸骨，死者在地下感到欣慰，魂靈也知道感恩，因此人人都讚頌曹彰的美德。魏國史書裡也撰寫了《任城王舊事》三卷，晉朝初年這部書收藏在祕閣。

建安三年❶，胥徒國獻沉明石雞，色如丹，大如燕，常在地中，應時而鳴，聲能遠徹❷。其國聞鳴，乃殺牲以祀之❸，當鳴處掘地，則得此雞。若天下太平，翔飛頡頏❹，以為嘉瑞，亦謂❺「寶雞」。其國無雞❻，聽地中候晷刻❼。道家云：「昔仙人桐君❽採石，入穴數里，得丹石雞，舂碎為藥，服之者令人有聲氣❾，後天而死。」昔漢武帝元鼎❿元年，西方貢珍怪，有琥珀燕，置之靜室，自於室中鳴翔，蓋此類也。〈洛書〉云：「皇圖之寶，土德之徵，大魏之嘉瑞。」

【注　釋】❶建安三年　即西元一九八年。建安，漢獻帝年號。❷遠徹　響徹遠方。❸乃殺牲句　古人祭祀神靈以獻食為主要方法。用於祭祀的肉食動物叫「犧牲」，最常用的是牛羊豬三牲。❹頡頏　鳥上下飛貌。❺謂　原作「為」，據《稗海》本改。❻雞　此下原有「犬」字，據《太平廣記》刪。❼晷刻　時刻；時間。❽桐君　傳說為黃帝時大臣，頗識藥性。曾採藥於浙江桐廬的東山，結廬桐樹下。人問其姓名，則指桐樹示意，遂被稱為桐君。著有《藥性》及《採藥歌》。❾聲氣　聲勢氣概。❿元鼎　原作「寶鼎」，齊校云當作「元鼎」。《漢書‧武帝紀》：「元鼎四年六月，得寶鼎后土祠旁，作〈寶鼎之歌〉。」此文蓋因此致誤。寶鼎乃三國吳國國君孫皓年號。

【語　譯】建安三年，胥徒國進獻沉明石雞，石雞的毛色丹紅，形狀大小像燕子，一般是在地下，按照時辰鳴叫，聲音能傳到很遠的地方。該國人聽到雞鳴，就殺牛羊豬三牲以祭祀鬼神，從石雞鳴叫的地方向下挖掘，就能挖得石雞。如果天下太平，石雞在天上盤旋飛翔，是吉祥的預兆，故又稱為「寶雞」。該國沒有雞，聽地下石雞報時以辨認時間。道家說：「古代有位叫桐君的仙人到山裡採石，進山洞幾里後，挖得一隻丹紅色的石雞，把石雞舂成碎屑製藥，服用這種藥讓人變得有聲氣，比天還長壽。」從前漢武帝元鼎元年時，西方進貢珍稀的異物，有一隻琥珀燕，把它放在靜室之中，琥珀燕自己就在室內鳴叫飛翔，大概和石雞是同類動物。〈洛書〉中記載：「皇家圖冊中的珍寶，是土德興盛的徵兆，即預示著魏國強大的祥瑞徵兆。」

明帝❶即位二年，起靈禽❷之園，遠方國所獻異鳥殊獸❸，皆畜此園也。昆明國貢嗽金鳥。國人❹云：「其地去燃洲九千里，出此鳥，形如雀而色黃，羽毛柔密，常翱翔海上，羅❺者得之，以為至祥。聞大魏之德，被❻於荒遠，故越山航海，來獻大國。」帝得此鳥，畜於靈禽之園，飴❼以真珠❽，飲以龜腦❾。鳥常吐金屑如粟，鑄之可以為器。昔漢武帝時，有人獻神雀，蓋此類也。此鳥畏霜雪，乃起小屋處之，名曰「辟寒臺」，皆用水精❿為戶牖，使內外通光。宮人爭以鳥吐之金用飾釵珮，謂之「辟寒金」。故宮人相嘲曰：「不服辟寒金，那得帝王心？⓫」於是媚惑者，亂爭此寶金為身飾，及行臥皆懷挾以要⓬寵幸也。魏氏喪滅，池臺鞠為煨燼⑬，嗽金之鳥，亦自翱翔。

【注釋】❶明帝　魏明帝曹叡。❷靈禽　珍禽；神鳥。❸殊獸　原作「珍獸」，據《稗海》本改。❹國人　謂昆明國使者。「國」字原無，據《太平廣記》補。❺羅　張網捕鳥。❻被　施及。❼飴　餵養。❽真珠　即珍珠。❾龜腦　古代傳說中仙人所服的烏龜的腦髓。❿水精　即水晶。⓫不服二句　《稗海》本、《太平廣記》此下尚有「不服辟寒鈿，那得帝王憐」二句。⓬要　通「邀」。⓭池臺句　鞠，盡。煨燼，燃燒後的殘餘物。《太平御覽》「池臺」上有「珍寶」二字。《太平廣記》作「珍寶池臺，鞠為茂草」。

【語　譯】魏明帝即位第二年，建造一座靈禽園，遠方異國進獻的珍禽異獸，都畜養在這個園內。昆明國進貢一種嗽金鳥。該國人說：「距離燃洲九千里的地方，出產這種鳥，樣子像雀而顏色是黃色，羽毛柔軟細密，常常在海上飛翔，捕鳥的人網羅到這種鳥，認為是十分祥瑞的徵兆。聽聞魏國的聖德，施及到遙遠的國度，因此翻山越嶺飄洋過海，把這種鳥進獻給魏國。」魏明帝收下這隻鳥，養在靈禽園內，餵牠吃珍珠，給牠喝龜腦。這種鳥常常吐出像穀粒大小的金屑，金屑可以鑄成各種器皿。以前漢武帝時，有人進獻神異的雀鳥，大概和這種鳥是同類。這種鳥畏懼霜雪，於是為牠建造小屋，稱為「辟寒臺」，屋子的窗戶都是用水晶做成，便於小屋裡外通光。宮中嬪妃爭相用鳥吐出的金屑裝飾釵珮，稱為「辟寒金」。因此宮中嬪妃相互戲弄說：「身上不佩戴辟寒金，怎麼能贏得帝王的歡心？」從此想邀媚求寵的人，紛紛爭相將這種寶金製成配飾，甚至行走睡臥時都懷揣著以博取帝王的寵倖。魏國滅亡，池臺全都化成灰燼，嗽金鳥也都各自飛走了。

咸熙二年❶，宮中夜有異獸，白色光潔，繞宮而行。閹宦見之，以聞於帝。帝曰：「宮闈❷幽密，若有異獸，皆非祥也。」使宦者伺之，果見一白虎子❸，遍房而走。候者以戈❹投之，即中左目。比❺往取視，惟見血在地，不復見虎。搜檢宮內及諸池井，不見有物。次❻檢寶庫中，得一玉虎頭枕，眼有傷，血痕尚溼。帝該古博聞❼，云：「漢誅梁冀❽，得一玉虎頭枕，云單池國所獻，檢其頷下，有篆書字，云是帝辛❾之枕，嘗與妲己❿同枕之，是殷時遺寶也。」又按〈五帝本紀〉⓫云，帝辛殷代之末。至咸熙多歷年所⓬，代代相傳。凡珍寶久則生精靈，必神物憑⓭之也。

【注釋】❶咸熙二年　當西元二六五年。咸熙，魏元帝曹奐年號。然元年十二月晉代魏，改元泰始，封曹奐為陳留王。此稱「二年」有誤。❷宮闈　帝王的後宮；后妃的住所。❸白虎子　小白虎。❹戈　古代的一種兵器。橫刃，用青銅或鐵製成，裝有長柄。❺比　等到。❻次　依次。❼該古博聞　詳知古代知識，學問淵博。該，通「賅」。完備；包括一切。❽梁冀　東漢順帝梁皇后兄。在沖帝、質帝、桓帝在位期間，專斷朝政二十餘年。後桓帝借用宦官的勢力將其鏟除。❾帝辛　即殷紂王。❿妲己　紂王之寵妃，助紂為虐。周武王滅紂，與紂王同被斬殺。⓫五帝本紀 《史記》篇名。按《史記．五帝本紀》不記紂事，事見〈殷本紀〉。⓬所 表示約數的詞尾。⓭憑 依託。

【語譯】咸熙二年，宮中夜晚出現異獸，此獸渾身潔白光潤，繞著宮室而走。宦官見到這種異獸後，就告訴元帝。元帝說：「帝王的後宮，如果出現這種異獸，都是不吉祥的徵兆。」派宦官埋伏在那裡，果然看到一隻小白虎，在各個房間跑動。等在那裡的人把戈投向小白虎，正中小白虎的左眼。等到走近一看，只看見地上的血，再也沒看到小白虎。搜尋宮內各處以及水井池塘，都沒看見小白虎。依次檢查寶庫，找到一個玉虎形枕頭，眼睛的地方受了傷，血痕還是溼的。元帝博古通今，說：「漢代末年誅殺梁冀時，得到　個玉虎形枕頭，說是單池國進獻的，查看玉虎的下巴，寫有篆字，說是商紂王的枕頭，曾與妲己一同枕過，是殷代遺留的寶物。」按照〈五帝本紀〉的記載，紂王是殷的末代君主。到咸熙年間已經過多年，寶物代代相傳。凡是珍異寶物時間長了就會產生靈性，一定是神靈依附在寶物中了。

魏禪晉之歲❶，北闕❷下有白光如鳥雀之狀，時飛翔來去。有司❸聞奏帝所。使❹羅之，得一白燕❺，以為神物，於是以金為樊❻，置於宮中。旬日❼不知所在。論者云：「金德之瑞❽。昔師曠時，有白燕來巢❾。」檢〈瑞應圖〉❿，果如所論。白色叶於金德⓫，師曠晉國人⓬也，古今之義相符焉。

【注釋】❶魏禪晉之歲　指西元二六五年十二月。司馬炎逼迫魏元帝曹奐禪位，建立晉朝。❷闕　古代宮殿、祠廟或陵墓前的高臺，通常左右各一，臺上起樓觀。二闕之間有道路。❸有司　指官吏。古代設官分職，各有專司，故稱。❹使　原作「所」，《稗海》本作「使」，據《太平廣記》作「有司即聞奏，帝使羅者張之」改。❺白燕　白尾的燕子。古代以為祥瑞之鳥。❻樊　關鳥獸的籠子。❼旬日　十日。❽金德之瑞　《太平廣記》作「論者以晉金德之瑞」。❾昔師曠二句　師曠，春秋晉國人。精通星算音律。《初學記》引〈瑞應圖〉：「師曠鼓琴，通於神明，而白鵠翔集。」白燕來巢之事無考。❿瑞應圖　古代以為帝王修德，時世清平，天就降祥瑞以應之，而以瑞應故事為主題的圖畫與文字稱之為「瑞應圖」。為帝王授意臣子所作。⓫白色叶於金德　古人以五行配五色，金尚白。⓬晉國人　原作「晉時人」，因師曠為春秋時晉國人，故徑改。

【語譯】魏元帝禪讓給司馬氏那一年，北邊宮闕下發出好似鳥雀形狀的白光，時常飛來飛去。官吏向魏元帝進奏此事。魏元帝派人捕捉牠，得到一隻白尾燕，認為是神異靈物，於是用金子製成鳥籠，放置在宮中。十天後白尾燕不知去向。有人議論說：「這是金德的祥瑞徵兆。以前師曠時代，有白燕來築巢。」查閱〈瑞應圖〉，果然如同大家所議論的。白色正合於金德，師曠是春秋時期晉國人，古今的意義是相符合的。

薛夏❶，天水❷人也，博學絕倫。母孕夏時，夢人遺❸之一篋❹衣云：

「夫人必產賢明之子也，為帝王之所崇。」母記所夢之日。及生夏，年及弱冠❺，才辯過人。魏文帝與之講論，終日不息❻，應對如流，無有疑滯❼。帝曰：「昔公孫龍❽稱為辯捷，而迂誕❾誣妄❿；今子所說，非聖人之言不談，子游、子夏⓫之儔，不能過⓬也。若仲尼在魏，復為入室焉。⓭」帝手制⓮書與夏，題云「入室生」。位至祕書丞⓯。居生⓰甚貧，帝解御衣以賜之，果符先⓱所夢。名冠當時，為一代高士。

【注釋】❶薛夏　字宣聲。因博學多才，為曹操、曹丕所賞識，與隗禧等七人同被推為儒宗。❷天水　在今甘肅天水縣。❸遺　給予；贈送。❹篋　小箱子。❺及生夏二句　原作「及生夏之年以弱冠」，據《太平廣記》改。弱冠，古時二十歲行冠禮，始稱弱冠。❻終日不息　《太平廣記》此下尚有「辭華旨暢」一句。❼疑滯　遲疑不決；猶豫不定。❽公孫龍　戰國趙國人，古代邏輯學家，以堅白同異之辯著名。《漢書．藝文志》著錄〈公孫龍子〉十四篇，今存六篇。❾迂誕　迂闊荒誕；不合事理。❿誣妄　謂以不實之詞矇騙人。⓫子游子夏　均為孔子弟子，以文學著稱。子游，姓言，名偃。子夏，姓卜，名商。⓬過　超出。⓭若仲尼二句　此言若孔子復生，薛夏當為其入室弟子，與游、夏同列。入室，語出《論語．先進》：「由也升堂矣，未入於室也。」邢昺疏：「言子路之學識深淺，譬如自外入內，得其門者。入室為深，顏淵是也；升堂次之，子路是也。」後以比喻學問或技藝得到師傳，造詣高深。⓮手制　親筆。⓯祕書丞　官名。古代掌文字書籍等事之官。⓰居生生活；起居。⓱先　原作「元」，據《稗海》本改。

【語譯】薛夏，天水人，博古通今學識蓋世。薛夏母親懷他時，夢見有人贈給她一箱衣服說：「夫人必生下賢明的兒子，將被帝王所重視。」母親記下作夢的日子。等生下薛夏，長到二十歲時，學問口才過人。魏文帝與他談文論道，整日不休息，應答如流，沒有被難倒和遲疑不決的時候。文帝說：「以前公孫龍才思敏捷以雄辯著稱，但是思想迂腐荒誕不經；而現在你所說的話，不是聖人的話不講，即使是子游、子夏這樣的人，也比不過你。如果孔子來到魏國，也會將你收為入室弟子。」魏文帝親筆題字給薛夏，寫的是「入室生」。薛夏官至祕書丞。生活一直很貧困，魏文帝脫下自己的衣服賜給他，果然應驗了原先那個胎夢。名冠天下，成為當代英才。

田疇❶，北平❷人也。劉虞❸為公孫瓚❹所害，疇追慕無已，往虞墓設雞酒❺之禮，慟哭之音，動於林野，翔鳥為之悽鳴，走獸為之吟伏。疇臥於草間❻，忽有人通❼云：「劉幽州來，欲與田子泰言平生之事。」疇神悟❽遠識，知是劉虞之魂，既近而拜，疇泣不自支。因相與進雞酒，疇醉，虞曰：「公孫瓚求❾子甚急，宜竄伏❿以避害！」疇拜曰：「聞君臣之義⓫，生則盡禮，今見君之靈，願得同歸九地⓬，死且不朽，安可逃乎！」虞曰：「子萬古之貞士⑬也，深慎爾儀！」奄然⑭不見，疇亦醉醒。

【注釋】❶田疇　字子泰。初為劉虞從事，在董卓挾持漢獻帝時，奉劉虞之命前往長安向獻帝表明效忠之意。返回時劉虞已經被公孫瓚所殺。後隨曹操討伐烏丸，計破烏丸軍。❷北平　北平郡。晉時設置。故址在今北京遵化西。❸劉虞　字伯安。東漢末年太傅、幽州牧，漢室宗親。因與公孫瓚意見不合，討伐公孫瓚，兵敗被殺。❹公孫瓚　字伯珪。東漢末年占據幽州一帶，漢末群雄之一。後為袁紹所敗，自殺。❺雞酒　雞和酒。❻草間　原作「田間」，據《太平廣記》改。❼通　敘說；陳述。❽神悟　猶穎悟。謂理解力高超出奇。❾求　尋找；捕捉。《太平廣記》此上有「購」字。❿竄伏　逃匿；隱藏。⓫君臣之義　《論語・八佾》：「定公問：『君使臣，臣事君，如之何？』孔子對曰：『君使臣以禮，臣事君以忠。』」是孔子對君臣關係的重要見解。⓬九地　指地下。此指人死後魂魄所居住的地方。《太平廣記》作「九泉」。⓭貞士　志節堅定、操守方正之士。⓮奄然　忽然。

【語譯】田疇，北平郡人。劉虞被公孫瓚殺害後，田疇無比追思敬慕，趕到劉虞墓前擺設雞和酒以盡到禮數，哀慟哭泣的聲音震動山野，飛鳥為此悲鳴，野獸也因此而低吟。田疇倒臥在草叢間，忽然聽見有人告訴他：「劉幽州來了，他想和田子泰談談生平之事。」田疇穎悟而有遠見灼識，知道那是劉虞的魂靈，就走近跪拜，田疇哭泣得幾乎不能自已。他們一同吃雞喝酒，田疇喝醉了，劉虞說：「公孫瓚正在四處追捕你，你應該躲藏起來避開追殺！」田疇跪下磕頭說：「我聽說君臣大義，只要活著就要盡到為臣之禮，今天見到您的魂靈，希望能與您一起前往九泉，那樣的話就是死了名聲也會長存於世，怎麼能逃走呢！」劉虞說：「你是千秋萬古的忠貞之士，言行舉止要慎重！」話說完魂靈忽然就不見蹤影，田疇的酒也醒了。

曹洪❶，武帝從弟❷，家盈產業，駿馬成群。武帝討董卓，夜行失馬，洪以其所乘馬讓帝。其馬號曰「白鵠」。此馬走時，惟覺耳中風聲，足似不踐地。至汴水❸，洪不能渡，帝引洪上馬共濟❹，行數百里，瞬息而至。馬足毛不溼。時人謂為乘風而行，亦一代神駿也。諺曰：「憑空虛躍，曹家白鵠。」

【注　釋】❶曹洪　字子廉。《三國志・魏書》本傳稱洪家富而性吝嗇。又注引《魏略》記載曹操自嘆家資不敵曹洪。❷從弟　堂弟。❸汴水　水名。流經河南、安徽入淮河。❹帝引洪上馬句　〈曹洪傳〉云：「遂步從到汴水，水深不得渡，洪循水得船，與太祖俱濟，還奔譙。」無共乘一馬事。

【語　譯】曹洪，魏武帝的堂弟，萬貫家財，良馬成群。魏武帝討伐董卓，夜裡行軍時丟失坐騎，曹洪把自己乘坐的馬讓給魏武帝。曹洪的馬稱作「白鵠」。這匹馬跑起來，只感覺兩耳風聲作響，馬蹄好像不著地一樣。到了汴水，曹洪無法過河，魏武帝就拉曹洪上馬一起渡河，幾百里的路程，一下子就到了。馬蹄附近的毛都沒有被沾溼。當時的人說這馬是乘著風前行的，也是一代神異駿馬。諺語說：「凌雲駕霧一躍而過，是曹家的白鵠馬。」

錄曰：王者廓❶萬宇以為邦家，因海岳以為城池，固是安民養德，垂拱❷而治焉。去乎遊歷之費，導於敦教❸之道，無崇宮室，有薄林園。采椽不斲❹，陶唐❺如斯昭儉；卑宮菲食❻，伯禹❼以之戒奢。迄乎❽三代❾之王，失斯道矣。傷財弊力，以驕麗相誇，瓊室之侈，璧臺之富❿，窮神工之奇妙，人力勤苦。至於春秋，王室凌廢，城者作謳⓫，疲於勤勞。晉築虒祁⓬之宮，為功勳於民怨，宋興澤門之役，勞者以為深嗟⓭。姑蘇積費於前⓮，阿房奮竭於後⓯，自以業固河山，名超萬世，覆滅宗祀，由斯哀哀。竊觀明帝，踐中區⓰之沃盛，威靈所懾，比強列代，禎祥神寶，史不絕書，殊方珍貢，府⓱無虛月，鼎據三方，稱雄四海。而聖教⓲微於堯、禹，歷代劣於姬、漢⓳，東鯁⓴閩、吳，西病㉑邛蜀，師旅歲興，財力日費，不能遵養㉒黎元㉓，遠瞻前橅，宮室窮麗，池榭肆其宏廣，終取夷滅，數其然哉！任城㉔淵謀㉕神勇，智周祥藝㉖，雖來丹㉗、逢蒙㉘劍射之好，不能加也。田疇事死如生，守以貞節㉙，精誠之至，通於神明。曹洪忠烈為心，愛親憂國。此穆滿㉚之駿，方之「白鵠」，可謂齊足㉛者也。

【注釋】❶廓　開拓；擴大。❷垂拱　垂衣拱手。謂帝王無為而治也。《書・武成》：「惇信明義，崇德報功，垂拱而天下治。」❸敦教　注重禮教。❹采椽不斲　柞木的椽子也未加砍削。形容住房質樸簡陋，比喻生活儉樸。《韓非子・五蠹》：「堯之王天下也，茅茨不翦，采椽不斲。」采，柞木。❺陶唐　即帝堯。❻卑宮菲食　謂使宮室簡陋，飲食菲薄。舊時用以稱美朝廷自奉節儉的功德。語出《論語・泰伯》：「禹，吾無間然矣！菲飲食，而致孝乎鬼神；惡衣服，而致美乎黻冕；卑宮室，而盡力乎溝洫。」❼伯禹　大禹。❽乎　原作「今」，據毛校改。❾三代　指夏、商、周。❿瓊室二句　指桀、紂的奢侈。《文選・張衡・東京賦》：「夏癸之瑤臺，殷辛之瓊室。」注引《汲冢古文》：「夏桀作傾宮、瑤臺，殫百姓之財；殷紂作瓊室，立玉門也。」此處璧臺即指瑤臺。⓫城者作謳　《左傳・宣公二年》：「宋城，華元為植，巡功。城者謳曰……」城者，築城之人。謳，徒歌也。⓬虒祁　原作「祈褫」，齊校云當作「虒祁」。《左傳・昭公八年》，晉平公築虒祁之宮，師曠曰：「今宮室崇侈，民力彫盡，怨讟並作，莫保其性。」⓭宋興二句　《左傳・襄公十七年》：「宋皇國父為大宰，為平公築臺，妨於農收，……築者謳曰：『澤門之皙，實興我役。』」注：「澤門，宋東城南門也。皇國父白皙而居近澤門。」⓮姑蘇句　《史記集解・吳太伯世家》引《越絕書》曰：「闔廬起姑蘇臺，三年聚材，五年乃成，高見三百里。」姑蘇臺，又名姑胥臺，遺址在江蘇吳縣西南姑蘇山上。⓯阿房句　《史記・秦始皇本紀》：

「（始皇）乃營作朝宮渭南上林苑中。先作前殿阿房，東西五百步，南北五十丈，上可以坐萬人，下可以建五丈旗。……」阿房宮工程浩大，勞役無數。⓰中區　中原地區。⓱府　國家收藏重要文件和財物的地方。⓲聖教　舊稱堯、舜、文、武、周公、孔子的教導。⓳姬漢　周朝和漢朝。周為姬姓，故稱。⓴鯁　假借為「骾」。魚刺卡在喉嚨裡。㉑病　苦惱；困擾。㉒遵養　謂順應時勢或環境而積蓄力量。㉓黎元　亦稱「黎玄」。黎民百姓。㉔任城　原誤作「任成」，據齊校改。任城王，即曹彰。㉕淵謀　深遠的謀略。㉖祥藝　謂明悉各種技藝。祥，通「詳」。㉗來丹　原作「來舟」，據《列子．湯問》載來丹用寶劍為父報仇事改。㉘蓬蒙　亦作「逢蒙」，古之善射者，相傳為后羿的徒弟。《孟子．離婁》：「逢蒙學射於羿，盡羿之道，思天下惟羿為愈己，於是殺羿。」㉙直節　謂守正不阿的操守。㉚穆滿　指周穆王。《文選．王融．三月三日曲水詩序》：「穆滿八駿，如舞瑤水之陰。」劉良注：「穆滿，周穆王也。」㉛齊足　指雙方不分上下，勢均力敵。

【語　譯】附錄：帝王開拓四方疆土建立國家，以大海山岳作為城池，本來這就是為安定百姓以養聖德，無為而治。削減遊山玩水的費用，引導敦厚純樸的民風，不興建宏偉的宮殿王室，只建造規模較小的園林。柞木的椽子也不雕琢，唐堯就是如此開明儉樸；住處簡陋食物菲薄，大禹就是用這樣的做法戒除奢華之風。到夏商周三代的王侯，已經敗壞這種儉樸的風氣。耗費國財損傷人力，相互誇耀驕奢華麗，玉室的奢華，瑤臺的富麗，極盡鬼斧神工，僕役勤勞又肯出力。到春秋時，王族勢力衰微，築城的人常常作歌訴苦，因勞役繁重而精疲力竭。晉平公修建祈褫宮，因為這項工程而引發民怨，宋平公派皇國父築臺，使得役夫們嘆息不止。前有姑蘇臺耗費巨資，後有阿房宮費盡民力，他們自以為奠定的基業如同江山牢固，揚名萬代，王室的傾覆滅亡，哀嘆悔恨就是從這裡開始的。我看魏明帝，占據中原廣闊沃土，威名聲望震懾四方，比歷代帝王都強大，各種預示著祥瑞的寶物，史書中記載不斷，各方朝貢而來的珍品，庫府內從無短缺，形成三方鼎立的局面，在四海之內稱雄。但魏國的道德教育不如唐堯、大禹時代，各代的政治風氣都遜色於周朝、兩漢，魏國東面的閩、吳總是如鯁在喉，西方受到邛蜀的困擾，每年都興起戰亂，國庫民力日漸消耗，不能讓黎民休養生息，仿效上古帝王儉樸之風，宮殿皇室富麗雄偉，池塘樓榭極盡恢弘寬廣，最終自取滅亡，是命中注定這樣的吧！任城王曹彰深謀遠慮神勇無敵，智慧超群武藝樣樣精通，即使是來丹、蓬蒙這樣的射劍高手，也比不過他。田疇對待死去的朋友和活著時一樣，恪守正直的節操，精誠所至，感動神靈。曹洪為臣忠貞不渝，愛護親人憂慮國事。那周穆王的神駿，如果與曹洪的「白鵠」相比，可以說兩馬並駕齊驅。

【研 析】這一部分記魏國事，突出的一點是文中吉凶之兆、讖緯鬼魂頻現。讖緯如薛靈芸一節「土上出金火照臺」的歌謠，暗示晉將代魏。鬼魂如魏明帝築凌雲臺時在地下發出怨嘆之聲；曹彰死，空中的哭泣之聲；田疇一節劉虞鬼魂現身。吉兆如沉明石雞預示魏將稱王。凡此種種，凌雲臺一節對此有集中體現：魏明帝大興土木，凍餒而死者眾多，於是天怒人怨：先是國鼎自行移位，後是宮中常有鬼魂怨嘆之聲。在魏明帝接受進諫，「去煩歸儉」後又出現了連理文石、連理樹、合歡草、黃麟等嘉瑞之物。再如咸熙二年記殷紂王遺留的玉虎枕化作精怪的事，全篇充滿鬼怪靈異氣氛。讀來稍覺驚悚，似乎可以找尋到一點《聊齋》的影子。

# 卷八

## 吳

孫堅❶母妊❷堅之時，夢腸出繞腰，有一童女負之，繞吳閶門❸外，又授以芳茅一莖❹。童女語曰：「此善祥也，必生才雄之子。今賜母以土，王於翼、軫❺之地，鼎足❻於天下。百年中應以異寶授於人❼也。」語畢而覺❽，日起筮❾之。筮者曰：「所夢童女負母繞閶門，是太白❿之精，感化來夢。」夫帝王之興，必有神跡自表，白氣者，金色。及吳滅而踐⓫晉祚⓬，夢之徵⓭焉。

【注釋】❶孫堅　字文臺，三國吳郡富春（今浙江富陽）人。孫權、孫策之父。❷妊　懷孕。❸閶門　皇宮的正門。❹莖　量詞。❺翼軫　星宿名，屬二十八宿之南方朱雀。古人把二十八星宿與各國或各州域相對應，這就是分野。翼、軫分野在故楚地。此指三國時吳地。❻鼎足　鼎有三足，比喻三方並峙之勢。❼應以異寶授於人　原作「應於異寶授於人」，齊校云「於」當作「以」。該句意謂吳亡於晉。❽覺　睡醒。❾筮　用著草占卦。❿太白　星名，太白星。古代指金星。⓫踐　就任；升任。⓬祚　帝位。⓭徵　徵驗。按晉為金德，故曰徵驗。

【語譯】孫堅的母親在懷孫堅的時候，曾夢見自己的腸子從身體裡跑出來，盤繞在腰間。有一個小女孩背著她，繞到吳的皇宮正門外，又贈給她一株有香氣的茅草。小女孩說：「這是吉祥的徵兆，你一定會生出有雄才大略的兒子。現在賜給你土地，他將在吳地稱王，成為三分天下鼎足而立的一方。一百年之內應該將這奇異的寶物交給他人。」小女孩的話說完，孫堅的母親就醒了，天一亮她便去占卦。占卦的人說：「夢見小女孩背著你繞著吳宮在門外行走，是太白星受到某種感化而前來託夢。」每當有帝王降生時，一定會有神靈顯現。白氣是金色，因此也叫太白金星。到吳國滅亡，晉帝登位，所夢的事得到了驗證。

錄曰：按《吳書》❶云：「孫堅母懷堅之時，夢腸出繞閶門。」與王之說為異。夫西方金位，以叶❷晉德，興亡之兆，後而效❸焉。蓋表吳亡而授晉也。夫六夢八徵❹，著明《周易》，授蘭懷日❺，事類而非。

及吳氏之興❻年，嘉禾❼之號，芳茅之徵信矣。至晉太康元年❽，孫皓送六金璽云：「時無玉工，故以金為印璽。」夫孫氏擅割江東，包卷百越❾，吞席漢陽❿，威懾中夏⓫，富強之業，三雄比盛。時有未賓⓬而兵戈⓭歲起，每梗心於邛蜀⓮，憤慨於燕魏⓯，四方未夷⓰，有事征伐，因之以師旅⓱，遵之以儉素，去其⓲遊侈之費，塞茲雕靡⓳之塗，不欲使四方民勞，非無玉工也。固能輕彼池山，賤斯棘寶⓴，漢鄙盈車之屑㉑，燕棄璞於衡廡㉒，沉河底谷，義昭攸㉓古，務崇儉約，豈非高歟！及乎吳亡時，以六代㉔金璽歸晉，堅母之夢驗矣。

【注釋】❶吳書　指《三國志‧吳書‧孫破虜討逆傳》注引韋昭《吳書》。❷叶　同「協」。相符。❸效驗　證。❹六夢八徵　指六種夢和夢到的八件事。六夢，《周禮‧春官‧占夢》：「以日月星辰占六夢之吉凶：一曰正夢，二曰噩夢，三曰思夢，四曰寤夢，五曰喜夢，六曰懼夢。」八徵，《列子‧周穆王》：「覺有八徵，夢有六候。奚謂八徵？一曰故，二曰為，三曰得，四曰喪，五曰哀，六曰樂，七曰生，八曰死。此者八徵，形所接也。」❺授蘭懷日　古代以為生貴子的吉祥胎夢。授蘭，也作「蕙蘭夢」，據《左傳‧宣公三年》：「鄭文公有賤妾曰燕姞，夢天使與己蘭，曰：『余為伯鯈，余，而祖也，以是為而子。』……生穆公，名之曰蘭。」後以

「蕙蘭夢」 謂婦女懷孕，望得貴子。懷日，也作「夢日」。據《漢書‧外戚傳上‧孝景王皇后》：「王夫人夢日入其懷，以告太子，太子曰：『此貴徵也。』」古代夢日是生貴子的吉兆。❻興 興旺；興盛。❼嘉禾 西元二三二—二三八年。孫權稱帝後的第三個年號。❽太康元年 西元二八〇年。太康是晉武帝司馬炎的第三個年號。❾百越 也稱「越」、「百粵」。古族名。秦漢以前分布於長江中下游以南，部落眾多。❿漢陽 在今福建浦城北。⓫中夏 也稱「中原」、「中土」、「中州」。地區名。狹義的指今河南一帶，因其地在古九州之中而得名。⓬賓服從。⓭兵戈 戰爭。⓮邛蜀 指劉備建立的蜀漢政權。邛，中國古州名。在今四川成都西南。此指今四川一帶，當時是劉備的勢力範圍。⓯燕魏 指曹魏政權。建安十九年，漢天子冊封曹操為魏公。曹操逝世後，曹丕逼迫漢獻帝禪位，代漢稱帝，改國號大魏。勢力範圍在今河北一帶，古稱燕。⓰夷 鏟平；消除。⓱師旅 軍隊的通稱。古代軍隊的編制有師有旅，五百人為一旅，五旅為一師。⓲其 原作「以」，據毛校改。⓳雕靡 奢靡浪費。⓴棘竇 原作「棘實」，齊校疑為「棘竇」之誤。棘，垂棘，地名。春秋晉地，以產美玉著稱。㉑漢鄙句 漢桓寬《鹽鐵論‧相刺》：「故玉屑滿篋，不為有寶；詩書負笈，不為有道。」葛洪《抱朴子‧自敘》云：「余抄輟眾書，撮其精要。或曰：『玉屑盈車，不如全璧。』」㉒燕棄璞句 《太平御覽》卷五十一引《闞子》：「宋之愚人得燕石於梧臺之東，歸西藏之，以為大寶。周客聞而觀焉，主人端冕玄服以發寶，華匱十重，緹巾十襲。客見之，盧胡而笑曰：『此燕石也，與瓦甓不異。』」主人大怒，藏之愈固。」㉓攸 助詞。㉔代 齊校以為衍文。

【語譯】附錄：據《吳書》記載：「孫堅的母親懷孫堅時，曾夢見腸子從腹中流出來，環繞著皇宮門。」這與王嘉所記載的不同。西方屬金位，符合晉朝所屬的金德，吳國興亡的徵兆，後來得到驗證。這個夢大概預示吳國滅亡之後，王權將交付晉朝。六夢八徵之說，在《周禮》上有清楚的記載，夢見接受蘭草、日入懷抱，雖然同屬得貴子的預兆但表徵卻不同。到孫吳興盛時，年號改為嘉禾，芳茅的夢兆還是可信的。到晉武帝太康元年，孫皓送來六塊金印說：「當時沒有刻玉的工匠，所以用金子製成印璽。」孫氏獨自割據江東，席捲百越，吞併漢陽，威震中原，富國強兵的基業，在三個國家中最為興盛。當時有一些不肯歸服的諸侯，每年都有戰事，每每對邛蜀的勢力感到憂心，對燕魏的勢力感到氣憤不平，四方沒有平定，有戰事而要東征西討，因此要派遣軍隊，遵循儉樸的方針，省去各種遊玩奢侈的費用，堵塞這種雕刻華麗細緻的道路，不想使各地百姓勞苦，並不是沒有刻玉的工匠。本來就能輕視那些城池，鄙視垂棘產的璧玉，如同漢王鄙棄滿車的玉屑，燕王把璞玉扔在廊屋，拋沉到河谷下面，顯揚古人的美德，致力於推崇儉樸的風氣，這些難道不高尚嗎！到吳國滅亡時，孫皓把替代玉璽的六塊金製印璽交予晉王，孫堅母親的夢得到驗證。

吳主❶趙夫人，丞相達❷之妹。善畫，巧妙無雙。能於指間以綵絲織雲霞龍蛇之錦，大則盈尺，小則方寸，宮中謂之「機絕」。孫權常嘆魏、蜀未夷，軍旅之隙，思得善畫者使圖山川地勢軍陣之像。達乃進❸其妹。權使寫九州方岳❹之勢。夫人曰：「丹青之色，甚易歇滅，不可久寶；妾能刺繡，作列國方帛之上，寫以五岳河海城邑行陣之形。」既成，乃進於吳主，時人謂之「針絕」。雖棘刺沐猴❺，雲梯飛鳶❻，無過此麗也。權居昭陽宮，倦暑，乃褰❼紫綃之帷，夫人曰：「此不足貴也。」權使夫人指其意思焉。答曰：「妾欲窮慮盡思，能使下綃帷而清風自入，視外無有蔽礙，列侍者飄然自涼，若馭風而行也。」權稱善。夫人乃析髮，以神膠續之。神膠出鬱夷國❽，接弓弩之斷弦，百斷百續也。乃織為羅縠❾，累月而成，裁為幔，內外視之，飄飄如煙氣輕動，而房內自涼。時權常在軍旅，每以此幔自隨，以為征幕❿。舒之則廣縱一丈，卷之則可納於枕中，時人謂之「絲絕」。故吳有「三絕」，四海無儔⓫其妙。後有貪寵求媚者，言夫人幻耀⓬於人主，因而致⓭退黜⓮。雖見疑墜⓯，猶存錄其巧工。吳亡，不知所在。

【注釋】❶吳主　指孫權。❷達　趙達，生卒年不詳，南郡（今河南洛陽）人。深得九宮算數之奧妙，能夠準確地進行預測。在江東避亂，但是因為過於愛惜自己的法術而遭到冷淡的待遇。《三國志・吳書》載：「達雖在吳軍中，然未嘗為丞相。」❸進　推薦。❹方岳　四方之山岳。古指東岳泰山、西岳華山、南岳衡山、北岳恒山。❺棘刺沐猴　在棘刺的尖端雕刻的獮猴。原作「棘刺木猴」，據晉左思〈魏都賦〉：「造沐猴於棘刺。」改。棘，植物名，酸棗。沐猴，獮猴。「木」當作「沐」。❻飛鳶　古代的飛行器。鳶，又作「鳶」。《列子・湯問》：「夫班輸之雲梯，墨翟之飛鳶，自謂能之極也。」❼褰　揭起；撩起。❽鬱夷國　指嵎夷。在今山東濱海地區。❾縠　皺紗。用細紗織成的皺狀絲織物。❿征幕　行軍時所用帳幕。⓫儔　相比。⓬幻耀　也作「眩耀」、「炫耀」。誇耀。⓭致　招致。⓮退黜　亦作「退絀」。廢免；罷退。⓯墜　此謂失寵。

【語　譯】吳主孫權的趙夫人，是丞相趙達的妹妹。她善於繪畫，所繪之畫構思巧妙，舉世無雙。她還能用手以五彩絲線織成有雲霞龍蛇圖案的錦帛，大幅的有一尺寬，小幅的只有一寸見方。宮中稱之為「機絕」。孫權常慨嘆魏、蜀兩國尚未平定，在行軍打仗的空閒時間裡，很想得到一位擅長繪畫的人，讓他繪製出一幅有山川地勢，行軍布陣的地圖。於是趙達推薦了他的妹妹。孫權先讓她描繪出中國九州大山的地形圖，夫人說：「顏料的顏色，太容易褪滅，不能長久保存；我擅長刺繡，能把各國地形都織在方形的絲帛之上，上面繡著五岳、河海、城邑以及行軍布陣的圖形。」地圖繡好後，就進獻給孫權，當時人們稱之為「針絕」。即使是魏人在棘刺尖端雕刻的獮猴，公輸班製造的雲梯，墨翟研製出能飛行的木頭鳥，也沒有比這塊錦帛更瑰麗的。孫權住在昭陽宮，因暑熱而感困倦，他撩起紫綃的帷帳想進去休息，夫人說：「這紫綃帷帳算不上珍貴。」孫權讓夫人解釋這話的意思。夫人回答說：「我正在絞盡腦汁，想做一種帳幔，即使放下來也能讓清風吹入，從裡面往外看並沒有障礙，周圍的侍者也感覺清風涼爽，如同乘風飛行一般。」孫權說好。夫人於是把一根根頭髮剖析為更細的髮絲，用神膠黏接在一起。神膠出產自鬱夷國，可以黏接弓弩的斷弦，斷一百次可以接一百次。夫人用頭髮編織成皺紗，數月織成，將皺紗裁成帳幔，無論從裡面看，還是從外面看，都飄飄然有如煙氣緲緲飛動，而房屋內自然涼爽。當時孫權常常行軍打仗，每次都將這幅帳幔隨身攜帶，作為行軍帳幕。把這幅帷幔鋪開，長寬都有一丈，捲起來卻可以放在枕頭裡，當時人們都稱之為「絲絕」。因此說吳國有「三絕」，天下沒有什麼比它們更珍稀奇特的。後來有爭寵求媚的人，說夫人在孫權面前誇耀自己，因此趙夫人被孫權逐出王宮。雖然趙夫人被疑忌而失去寵愛，但是她那些超凡絕倫的手藝被記載在史書上。吳國滅亡後，就不知道趙夫人的下落了。

吳主潘夫人❶，父坐法❷，夫人輸入織室，容態少儔，為江東絕色。同幽者百餘人，謂夫人為神女，敬而遠之。有司❸聞於吳主，使圖其容貌。夫人憂戚不食，減瘦改形。工人寫其真狀以進，吳主見而喜悅，以虎魄❹如意撫按即折。嗟曰：「此神女也，愁貌尚能惑人，況在歡樂！」乃命雕輪❺就織室，納於後宮，果以姿色見寵。每以夫人游昭宣之臺，志意幸愜，既盡酣醉，唾於玉壺中，使侍婢瀉於臺下，得火齊❻指環，即掛石榴枝上，因其處起臺，名曰環榴臺。時有諫者云：「今吳、蜀爭雄，『還劉』之名，將為妖矣！」權乃翻其名曰榴環臺。又與夫人遊釣臺，得大魚。王大喜，夫人曰：「昔聞泣魚❼，今乃為喜，有喜必憂，以為深戒！」至於末年，漸相譖毀❽，稍見離退。時人謂「夫人知幾其神」。吳主於是罷宴❾，夫人果見棄逐❿。釣臺基今尚存焉。

【注釋】❶潘夫人　孫亮的母親，後封皇后。《三國志‧吳書‧妃嬪傳》：「吳主權潘夫人，會稽句章人也。父為吏，坐法死。夫人與姐俱輸織室，權見而異之，召為後宮。」❷坐法　犯法獲罪。❸有司　官吏。❹虎魄　也作「虎珀」、「琥珀」。樹脂入地多年，經過石化而成。❺雕輪　指雕花彩飾華美的車。❻火齊　《演繁露續》：「天竺有火齊，如雲母而色紫，裂之則薄如蟬翼，積之則紗縠之重。」❼泣魚　比喻因失寵和被遺棄而悲傷。典出《戰國策‧魏策》，魏王的寵妃龍陽君與魏王同船垂釣。龍陽君得魚卻傷心流淚，魏王問其故，對曰：「臣始得魚甚喜，後得又益大，直欲棄前所得矣，今臣得拂枕席，而四海之內，美人甚多，聞臣得幸，必褰裳而趨王，臣亦猶臣前所得之魚也，臣亦將棄矣，安能無涕乎！」❽譖毀　說壞話誣陷人。❾宴　遊樂。❿夫人句　《三國志‧妃嬪傳》：「潘夫人因生孫亮而立之為后，然其生性險惡，後因積怨終被諸宮人縊死。」

【語譯】吳主孫權的潘夫人，因父親犯法，她被送進宮中的紡織房，潘夫人姿容秀美很少有人比得上，堪稱江東的絕代佳人。當時，一起幽禁宮中的有百餘人，都說潘夫人是仙女，因敬畏而不敢靠近她。有官吏告訴了孫權這件事，孫權讓人畫出潘夫人的容貌。潘夫人因憂傷而吃不下飯，身體消瘦，容貌也變了。畫工把她的形像如實的畫出來，送進宮中，孫權看見畫像，十分喜歡，把琥珀如意按在畫像上，如意竟然斷了。孫權感嘆說：「真是仙女啊，憂愁時的容貌尚且能讓人心動，更何況高興的時候呢！」於是命人駕著彩車前往紡織房，將她納入後宮，果然以姿色受到孫權的寵倖。孫權常與夫人到昭宣臺遊玩，心情非常歡暢，一次夫人酒醉，吐到玉壺裡，讓婢女倒到臺下，婢女在壺裡得到一枚火齊指環，就把它掛在石榴樹枝上，孫權就在那裡築起亭臺，起名叫環榴臺。當時有人進諫說：「現在吳、蜀兩國爭奪天下，『還劉』的名字，將成為不祥的讖語！」孫權就把名字顛倒過來叫榴環臺。又有一次，孫權與夫人去釣臺遊玩，捕到一條大魚。孫權十分高興，然而夫人說：「過去聽說過龍陽君得魚而泣的故事，今天您卻很高興，有喜必有憂，所以深以為戒！」到潘夫人晚年，逐漸有人先後詆毀她，孫權也漸漸地疏遠了她。當時人們說「潘夫人料事如神」。孫權不再到潘夫人處遊樂，她果然被拋棄驅逐。釣臺的地基至今還存在。

錄曰：趙、潘二夫人，妍明伎藝，婉孌❶通神，抑亦漢遊❷洛妃❸之儔，荊巫雲雨❹之類；而能避妖幸❺之嬖❻，睹❼進退之機。夫盈則有虧，道有崇替❽，居盛必衰，理固明矣。語乎榮悴❾，譬諸草木，華落張弛❿，勢之必然。巧言萋斐⓫，前王之所信惑。是以申、褒⓬見列於前周，班、趙⓭載詳於往漢。異代同聞，可為嘆也！

【注釋】❶婉孌　柔媚。❷漢遊　指漢水女神。劉向《列仙傳》：「江妃二女者，不知何所人也。出遊於江漢之湄，逢鄭交甫。見而悅之，不知其神人也。謂其僕曰：『我欲下請其佩。』……遂手解佩交甫。交甫悅受，而懷之中當心。趨去數十步，視佩，空懷無佩。顧二女，忽然不見。」❸洛妃　指洛水女神。《文選・司馬相如・上林賦》：「若夫青琴、宓妃之徒，絕殊離俗。」李善注引如淳曰：「宓妃，伏羲氏女，溺死洛，遂為洛水之神。」❹荊巫雲雨　楚地巫山之女神。宋玉述楚王遊高唐，夢巫山神女與之幽會。〈高唐賦〉：「昔者先王嘗游高唐，怠而晝寢，夢見一婦人曰：『妾巫山之女也，為高唐之客，聞君游高唐，願薦枕席。』王因幸之。去而辭曰：『妾在巫山之陽，高丘之岨，旦為朝雲，暮為行雨。朝朝暮暮，陽臺之下。』」❺妖幸　指以姿色得幸於君的嬪妃美人。❻嬖　寵愛。❼睹　明白；懂得。❽崇替　興廢；盛衰。❾榮悴　榮枯。常用來比喻人世的盛衰。❿張弛　也作「張施」。謂弓弦拉緊和放鬆。常用來比喻事物的進退、起落、興廢等。⓫萋斐　也作「萋菲」。原指花紋錯雜貌。後比喻羅織他人罪名。《詩・小雅・巷伯》：「萋兮斐兮，成是貝錦；彼譖人者，亦已大甚！」⓬申褒　分別指申皇后和褒姒。據《史記・周本紀》載周幽王「廢申后及太子，以褒姒為后」。⓭班趙　分別指班婕妤和趙飛燕。班婕妤，漢成帝的妃子，善詩賦，有美德。據《漢書・外戚傳》：「趙氏姊弟驕妒，婕妤恐久見危，求共養太后長信宮，上許焉。婕妤退處東宮。」

【語　譯】附錄：趙、潘二位夫人，姿容美麗技藝精妙，體態柔媚聰明過人，估計可能是漢水女神和洛水女神的同伴，與楚王夢中幽會的巫山神女相似；她們能夠避開因美麗姿色所受到的寵愛，懂得進退的時機。月亮有圓，也有缺，世道有興盛，也有衰敗，處於興盛頂端必將衰敗，這個道理本來就很清楚。說到興盛與衰敗，比如那些花草樹木，花開花落、樹榮樹枯，這是萬物發展的必然趨勢。花言巧語、羅織罪狀，以前的帝王受到迷惑。因此，西周時有周幽王寵倖褒姒，而廢棄申后的記載，西漢時有漢成帝寵倖趙飛燕，斥退班婕妤的詳細記錄。不同的時代有著相同的傳聞，實在令人感嘆不已！

黃龍元年❶，始都武昌。時越巂❷之南，獻背明鳥，形如鶴，止不向明，巢常對北，多肉少毛，聲音百變，聞鐘磬笙竽❸之聲，則奮❹翅搔頭。時人以為吉祥。是歲，遷都建業❺，殊方多貢珍奇。吳人語訛❻，呼背明為「背亡鳥」❼，國中以為大妖。不及百年，當有喪亂背叛滅亡之事，散逸奔逃，墟❽無煙火。果如斯言。後此鳥不知所在。

【注釋】❶黃龍元年　西元二二九年。黃龍是吳主孫權的第二個年號。❷越巂　也作「越西」。漢郡名，在今四川西昌東南。❸鐘磬笙竽　四種樂器。鐘，古代打擊樂器，青銅製。磬，古代打擊樂器，用石或玉雕成。懸掛於架上，擊之而鳴。笙，古代吹奏樂器，一般用十三根長短不同的竹管製成。竽，古代吹奏樂器，像笙，一般用三十六根長短不同的竹管製成。❹奮　鳥類振羽展翅。❺建業　原為秦漢時秣陵縣地，古屬吳地。孫權移都秣陵，改名建業。即今江蘇南京。❻訛　變化。❼呼背明句　按古音與今音不同，「明」古音讀如「茫」，與「亡」音相近，故言「背明」為「背亡」。❽墟　廢址；古城。

【語譯】黃龍元年，孫權在武昌建都。當時在越巂郡的南方，有人獻上一隻背明鳥，鳥的外形像鶴，棲息時從不面向明亮的地方，築的巢總是面向北方，肉多毛少，聲音多變，聽到鐘、磬、笙、竽這些樂器的聲音，就振羽展翅、搖頭擺首。當時人們認為這鳥是吉祥的徵兆。這一年，孫權遷都到建業，各地進貢許多奇珍異寶。在吳地出於諧音的變化，把背明鳥叫作「背亡鳥」。國人認為這是非常不吉利的現象。不到一百年，確實有發生喪亂、叛變、滅亡的事情，人民四散奔逃，廢棄的城址沒有了炊煙，果真如「背亡鳥」的名字一樣。後來這隻鳥不知道去了什麼地方。

張承❶之母孫氏，懷承之時，乘輕舟遊於江浦之際。忽有白蛇長三尺，騰入舟中。母祝❷曰：「若為吉祥，勿毒噬我！」縈❸而將還，置諸房內，一宿視之，不復見蛇，嗟而惜之。鄰中相謂曰：「昨見張家有一白鶴聳翮❹入雲。」以告承母，母使筮❺之。筮者曰：「此吉祥也。蛇、鶴延年之物；從室入雲，自下升高之象也。昔吳王闔閭葬其女❻，殉以美女、珍寶、異劍，窮江南之富。未及十年，雕雲❼覆於溪谷，美女遊於冢上，白鶴❽翔於林中，白虎嘯於山側❾，皆昔時之精靈，今出於世，當使子孫位超臣極，擅名❿江表。若生子，可以名曰白鶴⓫。」及承生，位至丞相、輔吳將軍⓬，年踰九十⓭，蛇、鶴之祥也。

【注　釋】❶張承　字仲嗣，徐州彭城（今江蘇徐州）人。吳國大臣張昭之子。❷祝　向鬼神祝禱。❸縈　纏繞；盤旋。❹翮　鳥羽的莖狀部分，中空透明。❺筮　用蓍草占卦。❻闔閭葬其女　《吳越春秋・闔閭內傳》載吳王的女兒滕玉自殺後，「闔閭痛之，葬於國西閶門。外鑿池積土，文石為槨，題湊為中，金鼎、玉杯、銀樽、珠襦之寶，皆以送女」。原作「闔閭葬其妹」，「妹」當為「女」之誤。❼雕雲　彩色的雲。❽鶴　原作「鵠」，據齊校以為古書中鵠、鶴二字多混用。由前文「昨見張家有一白鶴聳翮入雲」以及「蛇、鶴延年之物」推斷，此節「鵠」字均當作「鶴」。❾白虎嘯於山側　闔閭死，亦葬於閶門外。《越絕書》記載：「吳王闔閭葬山下，經三日，白虎蹲踞其上，故名虎丘。」❿擅名　享有名聲。⓫鶴　原作「鵠」，據齊校改。⓬輔吳將軍　據《三國志》記載張承乃張昭之子，昭、承俱未嘗為丞相，輔吳將軍乃昭之官爵，而承則為奮威將軍，封都鄉侯。⓭年踰九十　據《三國志》記載張承年六十七而卒。

【語　譯】張承的母親孫氏，懷張承時，乘坐輕舟在江邊遊玩。忽然有一條三尺長的白蛇，躍進船中。他的母親祝禱說：「如果是吉祥之物，就不要用毒牙咬我！」然後把蛇盤繞起來帶回家，放在房內，一晚後去看蛇，就再也沒看見蛇，她感慨並嘆惜。鄰居們相互議論說：「昨天看見一隻白鶴從張家振翅飛入雲霄。」有人把這件事告訴了張承的母親，張承母親命人去占卦。占卦的人說：「這是吉祥的徵兆。蛇和鶴是延年益壽的動物；從房屋內升入雲中，是由下升高的現象。過去吳王闔閭埋葬他女兒時，用美女、珍寶、蓋世名劍來殉葬，把江南各地的財物都收盡了。不到十年，彩色的雲朵飄浮在溪谷之上，美女在墳堆之間遊玩，白色的鶴在樹林中飛翔，白色的老虎在高山旁長嘯，這些都是以往的精靈，現在出現了，能使您子孫的官位超過大臣的最高職位，名揚江東。如果生的是兒子，可以起名叫白鶴。」等到張承出生後，官位做到丞相、出任奮威將軍，活到九十歲，蛇、鶴是吉祥的徵兆啊。

錄曰：國之將亡，其兆先見。《傳》❶曰：「明神降之，觀其德也。❷」及歸命面縛❸來降，斯為效矣。蛇、鵠者，蟲禽之最靈，張氏以為嘉瑞。《吳越春秋》、百家雜說云：吳王闔閭，崇飾厚葬，生埋美人，多藏寶物。數百年後，靈鵠❹翔於林壑，神虎嘯於山丘，湛盧之劍飛入於楚❺。收魂❻聚怪，富麗以極，而詭異失中❼，不如速朽。昔宋桓❽、盛姬❾，前史譏其驕惑❿，嬴博⓫楊孫⓬，君子貴其合禮。觀夫遠古，指⓭詳中代，求諸事跡，儉泰相懸。至如末世，漸相誇僑，生滋淫湎⓮，死則同殉，委⓯積珍寶，埃塵滅身，乖於同穴，可謂歎歟！

【注釋】❶傳　指《左傳》。❷明神二句　《左傳・莊公三十二年》：「秋七月，有神降於莘。惠王問諸內史過曰：『是何故也？』對曰：『國之將興，明神降之，監其德也；將亡，神又降之，觀其惡也。』」❸歸命面縛　古代亡國之君的受降儀式，雙手反綁於背而面向前。❹鵠　此字原無，從齊校據上文「蛇、鵠者，蟲禽之最靈」補。❺湛盧之劍句　《吳越春秋・闔閭內傳》：「湛盧之劍，惡闔閭之無道也，乃去而出，水行如楚。」

楚昭王臥而寤得吳王湛盧之劍於床。」湛盧，寶劍名。❻魂　齊校疑當作「瑰」。因本書多以「瑰」、「怪」形容珍寶之物。❼失中　不合準則。❽宋桓　指桓魋，春秋時期宋國大司馬。《禮記・檀弓上》：「昔者夫子居於宋，見桓司馬自為石槨三年而不成，夫子曰：『若是其靡也，死不如速朽之愈也。』」❾盛姬　西周周穆王的妃子。《穆天子傳》：「天子乃命盛姬之喪，視皇后之葬法。」❿驕惑　驕慢昏惑。⓫嬴博　春秋齊國二邑名，吳季札葬子於其間。季札，又稱公子札，春秋時吳國貴族。封於延陵（今江蘇常州），稱延陵季子。《禮記・檀弓下》載「延陵季子適齊，於其反也，其長子死，葬於嬴博之間」。⓬楊孫　楊王孫，漢武帝時人。《漢書・楊胡朱梅雲傳》：「及病且終，先令其子，曰：『吾欲裸葬，以反吾真，必易吾意。死則為布囊盛屍，入地七尺，既下，從足引脫其囊，以身親土。』」⓭指　原作「恒」，據毛校改。⓮淫湎　放縱；過度。⓯委　累積。

【語譯】附錄：國家將要滅亡的時候，會先顯現出徵兆。《左傳》上說：「聖明的神靈降臨，觀察國家君主的德行。」等到君主被捆綁雙手歸降時，預兆才能應驗。蛇和鶴，是蟲、鳥之中最有靈性的動物，張母認為牠們代表祥瑞。《吳越春秋》和百家雜說都記載著：吳王闔閭，崇尚厚葬，活埋美女，殉葬許多寶物。幾百年之後，靈異的鶴飛翔在深林狹谷，神奇的老虎長嘯在山丘之間，湛盧劍也飛到楚王那裡。闔閭收集奇珍異寶，墓穴富麗堂皇達到極致，然而卻怪異不符合喪葬的制度，還不如迅速腐爛。古時的宋大司馬桓魋和周穆王的妃子盛姬，史料譏諷其驕慢昏惑，季札的兒子和楊王孫，君子都尊重他們合乎禮儀。遠觀上古，詳察中世，考求各類事實，儉樸和豪華之風相差懸殊。到了末代，逐漸開始相互炫耀強盛，生時有過度放縱之風氣，死後與財寶共眠，珍寶堆積，而屍首消蝕在塵埃之中，和他當初與珍寶同室永伴的想法正相反，可以說足令後人嘆息！

呂蒙❶入吳，吳主勸其學業，蒙乃博覽群籍❷，以《易》為宗。嘗❸在孫策座上酣醉，忽臥，於夢中誦《周易》一部，俄而❹驚起。眾人皆問之。蒙曰：「向❺夢見伏羲❻、周公❼、文王❽，與我論世祚興亡之事，日月貞明之道❾，莫不窮精極妙。未該玄旨，故空誦其文耳。」眾座皆云：「呂蒙囈語❿通《周易》。」

【注釋】❶呂蒙　字子明，汝南郡富陂縣（今安徽阜陽南）人。仕吳至南郡太守，封孱陵侯。❷吳主二句　《三國志・呂蒙傳》注引《江表傳》：孫權勸說呂蒙學習，呂蒙以軍務繁忙推託，孫權曰：「卿言多務，孰若孤？……光武當兵馬之務，手不釋卷。孟德亦自謂老而好學。卿何獨不自勉勖邪？」「蒙始就學，篤志不倦，其所覽見，舊儒不勝。」❸嘗　原作「常」，據齊校改。❹俄而　不久；突然間。❺向　剛才。❻伏羲　是傳說中人類文明的始祖，被尊為「三皇」之首。❼周公　姓姬，名旦，因其采邑在周，故稱周公。西周時期的政治家、軍事家、思想家、教育家，被尊為「元聖」，儒學先驅。❽文王　姓姬，名昌。季歷之子，武王之父，諡號文王。中國歷史上的明君聖人。《史記》記載「文王拘而演《周易》」。❾日月句　謂日月能固守其運行規律而常明。《易・繫辭》：「天地之道，貞觀者也；日月之道，貞明者也。」貞，通「正」。❿囈語　夢話。

【語譯】呂蒙來到吳國，吳主孫權勉勵他用心學習，呂蒙就廣泛閱讀各種經書，以《易經》為主。呂蒙曾經在孫策的酒宴上喝醉，很快就睡著了，在夢中背誦出整部《周易》，過一會兒自己驚醒過來。大家都問他。呂蒙說：「剛才夢見了伏犧、周公、文王，他們與我討論國家興亡大事，及有關日月能固守其運行規律而常明的道理，沒有一句不精妙絕倫。我還沒能領悟其深奧的含義，所以只是背誦書中的文字罷了。」在座的人都說：「呂蒙說夢話而通曉了《周易》。」

錄曰：夫精誠之至，叶❶於幽冥❷，與日月均其明，與四時齊❸其契❹，故能德會三古❺，道合神微❻。若鄭君之感先聖❼，周盤之夢東里❽，跡❾同事異，光被遐策❿，索隱⓫鉤深⓬，妙於玄旨。孔門群說，未若呂生之學焉。

【注釋】❶叶　同「協」。和洽；相合。❷幽冥　指陰間。❸齊　相等。❹契　相符；符合。❺三古　泛指古代。❻神微　神奇微妙。❼鄭君句　指鄭玄夢孔子事。《後漢書・鄭玄傳》載鄭玄夢見孔子對他說：「起來吧。今年歲星在辰位，明年在巳位。」這年正是庚辰年，即龍年，本來是辛巳年，即蛇年。當時有讖語說歲在龍蛇對賢者不利，鄭玄於是知道自己將要離開人世了。先聖，指孔子。鄭玄，字康成，東漢末高密（今山東高密）人。著名經學家，遍注群經，精通曆算。遠祖名鄭國，字子徒，是孔子的弟子。❽周盤句　盤，當作「磐」。周盤即周磐，東漢人，光武帝初為天水太守。《後漢書・周磐傳》載：周磐曾夢見他的老師東里先生和他講起幽闇的房屋的一角，於是周磐知道自己的壽命將盡了。❾跡　業績；事蹟。❿遐策　史冊。⓫索隱　探求隱微奧祕的道理。⓬鉤深　探索深奧的意義。

【語譯】附錄：只要具有誠心，可與陰間相通，可與日月齊輝，可與四季相符，因此信念能通曉遠古先賢，思想能與神奇微妙的世界相通。就像鄭玄夢見先聖孔子，周磐夢見先師東里，事蹟相同而人事有別，遍及史冊，探求隱蔽而細微的跡象，探索深奧的道理，通曉玄妙的意旨。即使是孔門的所有學生，也比不上呂蒙所學的知識。

孫和❶悅❷鄧夫人，常置膝上。和於月下舞❸水精❹如意❺，誤傷夫人頰，血流汙褲，嬌姹❻彌❼苦。自❽舐其瘡❾，命太醫合藥❿。醫曰：「得白獺髓，雜玉與琥珀屑，當滅此痕。」即購⓫致⓬百金，能得白獺髓者，厚賞之。有富春⓭漁人云：「此物知人欲取，則逃入石穴。伺⓮其祭魚⓯之時，獺有鬥⓰死者，穴中應有枯骨，雖無髓，其骨可合玉舂為粉，噴於瘡上，其痕則滅。」和乃命合⓱此膏，琥珀太多，及差⓲而有赤點如朱，逼⓳而視之，更益其妍⓴。諸嬖人㉑欲要寵，皆以丹脂點頰而後進幸㉒。妖惑㉓相動㉔，遂成淫俗㉕。

【注釋】❶孫和　字子孝，孫權第三子。曾被立為太子，後被廢黜為南陽王。❷悅　欣喜；喜歡。❸舞　玩弄。❹水精　水晶。❺如意　象徵祥瑞的器物。用金、玉、竹、骨等製作而成，頭為靈芝形或雲形，柄微曲，供指劃用或玩賞。❻嬌姹　嬌聲驚呼。姹，通「詫」。驚呼。❼彌　充滿。❽自　親自。指孫和。❾瘡　也作「創」。傷口；外傷。❿合藥　調配藥物。⓫購　懸賞徵求。⓬致　求取。⓭富春　地名，今浙江富陽。⓮伺　等待；等候。⓯祭魚　也稱「獺祭」、「獺祭魚」。獺生性貪食，常捕魚陳列在水邊，如同陳列供品祭祀，故謂之祭魚。⓰鬥　對打；格鬥。⓱合　製作。⓲差　通「瘥」。病癒。⓳逼　接近；靠近。⓴妍　美麗。原作「研」，據毛校改。㉑嬖人　帝王所偏愛的姬妾。㉒進幸　特指為帝王侍寢。㉓妖惑　惑人的媚態。㉔相動　相互作用。㉕淫俗　不良的風俗。

【語　譯】孫和喜歡鄧夫人，常常把她抱在膝上。有一次，孫和在月下擺弄水晶如意時，誤傷鄧夫人面頰，流下的血弄髒衣褲，鄧夫人充滿痛苦地驚呼。孫和親自用舌頭舔鄧夫人的傷口，命太醫調配藥劑。太醫說：「找到白色水獺的骨髓，參雜玉和琥珀的碎末，應當能去除這個疤痕。」孫和立即懸賞百金，能找到白獺骨髓的人，重金賞賜。富春一個漁夫說：「這種動物知道人要去抓牠，就逃入石洞中。等到牠捕魚的時機，水獺有爭鬥而死的，洞中應該有枯骨，雖然沒有骨髓，骨頭可以和玉搗碎和成粉末，噴在傷口上，就可除去疤痕。」孫和命人調配這種藥膏，因為琥珀太多，等到病好後留下像朱砂一樣的小紅點，走近一看，鄧夫人更漂亮了。各嬪妃想要得到寵愛，都用紅胭脂點在面頰然後才去侍寢。這種想辦法迷惑人的狐媚風氣相互促動，便形成一種不良風俗。

孫亮❶作琉璃屏風，甚薄而瑩澈❷，每於月下清夜舒❸之。常與愛姬四人，皆振古❹絕色：一名朝姝，二名麗居，三名洛珍，四名潔華。使四人坐屏風內，而外望之，如無隔，惟香氣不通於外。為四人合❺四氣香，殊方異國所出，凡經踐躡❻宴息❼之處，香氣沾衣，歷年彌盛，百浣不歇，因名曰「百濯香」。或以人名香，故有朝姝香，麗居香，洛珍香，潔華香。亮每遊，此四人皆同輿席，來侍皆以香名前後為次，不得亂之。所居室名為「思香媚寢」。

【注釋】❶孫亮　字子明，孫權幼子。權死繼位。❷瑩澈　瑩潔透明。❸舒　展開；伸展。❹振古　遠古；往昔。❺合　製作。❻踐躡　踩踏；行走。❼宴息　休息。

【語譯】孫亮曾製作一扇琉璃屏風，屏風很薄，晶瑩剔透，總是在明月的夜晚展開屏風。常常和四位愛姬一起，她們都是遠古以來的絕頂美色：第一名叫朝姝，第二名叫麗居，第三名叫洛珍，第四名叫潔華。孫亮讓四人坐在屏風裡，從外看進去，好像沒有阻擋，只是香氣不能傳到外邊。孫亮為四位女子調配四種香料，配方特殊且不同，都是出自異域，凡是經過四位女子走過或者休息的地方，香氣就能沾到衣服上，經過一年香氣還是那樣濃郁，洗了上百次，香氣也不會消失，因此命名為「百濯香」。有人用四位女子的名字命名這四種香料，因此有朝姝香、麗居香、洛珍香、潔華香。孫亮每次出遊，都與這四位女子同車而行，同席而眠，侍侯孫亮都按照香名的順序，不允許打亂次序。四位女子所住的房間稱為「思香媚寢」。

【研　析】這一部分記吳國事，除奇人異物，可注意者有三：一為奇夢，孫堅母親的胎夢。此處描寫孫堅母親的胎夢，乃由《三國志・孫破虜討逆傳》注引三國時吳國韋昭《吳書》載孫堅母親懷他時，以曾夢見「腸出繞吳昌門」一句衍生而成。文中加入童女贈芳茅的情節，既強調了孫堅出身的不凡，也增加了故事性，顯示了小說虛構情節的根本特點。二為奇技，即趙夫人之三絕。文中對趙夫人「三絕」明顯有誇誕成分，但極其細緻的描寫，卻表現了作者非凡的想像力，令人稱絕。三為奇事，一介武夫呂蒙竟然在睡夢中得到遠古聖王指引，熟記《周易》。雖然本文中宣揚的是「神力」，但亦對求學之人有所啟發——如果一心向學，終能精誠所至金石為開。

# 蜀

先主❶甘后❷，沛❸人也，生於微賤。里❹中相者云：「此女後貴，位極宮掖❺。」及后長而體貌特異，至十八，玉質柔肌，態媚容冶。先主召入綃帳中，於戶外望者如月下聚雪。河南❻獻玉人，高三尺，乃取玉人置后側，晝則講說軍謀，夕則擁后而玩玉人。常稱玉之所貴，德比君子❼，況為人形，而不可玩乎？后與玉人潔白齊潤，觀者殆相亂惑。嬖寵者非惟嫉於甘后，亦妒於玉人也。后常欲琢毀壞之，乃誡先主曰：「昔子罕❽不以玉為寶，《春秋》❾美之；今吳、魏未滅，安以妖玩經懷。凡淫惑生疑，勿復進焉！」先主乃撤玉人，嬖者皆退。當斯之時，君子議以甘后為神智❿婦人焉。

【注　釋】❶先主　指劉備。❷甘后　劉備夫人，後主劉禪之母。❸沛　地名。在今江蘇徐州西北部。❹里　也作閭里。古代以二十五家為一里。❺宮掖　指皇宮。掖，指掖庭。宮中的旁舍；嬪妃居住的地方。❻河南指河南國。南朝宋、齊、梁時封據有今青海黃河以南一帶的吐谷渾政權為河南王，即稱其境為河南。吐谷渾政權成立於王嘉死後，故學者多疑為南朝人偽作。❼常稱玉之所貴二句　指因玉很貴重，古代的君子都把玉比擬道德。《禮記・聘義》記載孔子說：「夫昔者，君子比德於玉焉。……《詩》云：『言念君子，溫其如玉。』故君子貴之也。」❽子罕　即樂喜，春秋宋正卿。據《左傳・襄公十五年》記載有人獻玉，子罕不受。子罕曰：「我以不貪為寶，爾以玉為寶，若以與我，皆喪寶也。」成語「子罕辭寶」由此而來。❾春秋　儒家經典著作，是中國現存最早的一部編年體史書。❿神智　才智卓越。

【語　譯】劉備的甘皇后，是沛地人，出身寒微低賤。閭里中看相的人說：「這位姑娘日後必將顯貴，會成為後宮中地位最高的人。」等到甘皇后長大後體態容貌不凡，到十八歲時，甘皇后肌膚柔軟潔白如玉，姿態嬌媚，容顏豔麗。劉備將她召入紗帳中，從門外觀看甘皇后的皮膚白皙如同月光輝映的積雪。河南有人進獻一座玉雕人像，高三尺，於是把這個玉人放在甘皇后身邊，白天劉備談論軍事謀略，夜裡則抱著甘皇后賞玩玉人。人們常說玉貴重，因此用玉來比喻君子的道德，何況是雕成人形的玉，難道不可以賞玩嗎？甘皇后與玉人同樣潔白潤澤，看見的人都會心慌意亂而受到誘惑。向劉備獻媚求寵的人不但妒忌甘皇后，也嫉妒玉人。甘皇后常想將玉人毀掉，於是她告誡劉備說：「以前子罕不把玉當作寶物，《春秋》讚美他的行為；現在吳國、魏國都還未消滅，怎麼能把這怪異的玩物抱在懷裡。凡是能荒淫迷惑人的東西，不要再接受進獻了！」於是劉備撤走玉人，討好取寵的人全都疏離退卻。當時，有見識的人都議論說甘皇后是位才智卓越的婦人。

糜竺❶用陶朱❷計術❸，日益億萬之利，貲擬王家，有寶庫千間。竺性能賑生卹死，家內馬廄屋仄❹有古塚❺，中有伏尸，夜聞涕泣聲。竺乃尋其泣聲之處，忽見一婦人袒背而來，訴云：「昔漢末妾為赤眉❻所害，叩棺見剝，今袒在地，羞晝見人，垂❼二百年。今就將軍乞深埋，并弊衣以掩形體。」竺許之，即命之為棺槨❽，以青布為衣衫，置於塚中。設祭既畢，歷一年，行於路曲❾，忽見前婦人，所著衣皆是青布，語竺曰：「君財寶可支一世，合遭火厄❿，今以青蘆杖一枚長九尺，報君棺槨衣服之惠。」竺挾杖而歸。所住鄰中常見竺家有青氣如龍蛇之形。或有人謂竺曰：「將非怪也？」竺乃疑此異，問其家僮。云：「時見青蘆杖自出門間，疑其神，不敢言也。」竺為性多忌，信厭術⓫之事，有言中忤⓬，即加刑戮，故家僮不敢言。竺貲財如山，不可算計，內以方諸⓭盆鉼，設大珠如卵，散滿於庭，謂之「寶庭」，而外人不得窺。數日，忽青衣童子數十人來云：「糜竺家當有火厄，萬不遺一，賴君能恤斂枯骨，天道不辜君德，故來禳⑭卻此火，當使財物不盡；自今以後，亦宜防衛！」竺乃掘溝渠周繞其庫。旬日，火從庫內起，燒其珠玉十分之一，皆是陽燧⑮旱燥自能燒物。火盛之時，見數十青衣童子來撲火，有青氣如雲，覆於火上，即滅。童子又云：「多聚鸛鳥之類，以禳火災；鸛能聚⑯水於巢上也。」家人乃收鵁鶄⑰數千頭養於池渠中，以厭火。竺歎曰：「人生財運有限，不得盈溢，懼為身之患害。」時三國交鋒，軍用萬倍，乃輸其寶物車服⑱，以助先主；黃金一億斤，錦繡⑲氈罽⑳積如丘壠㉑，駿馬萬匹。及蜀破後，無復所有，飲恨而終。

【注釋】❶糜竺　字子仲，東海朐（今江蘇連雲港）人。《三國志・蜀書・糜竺傳》記載糜竺「祖世貨殖，僮客萬人，貲產巨億」。糜，原誤作「縻」。❷陶朱　陶朱公，指范蠡，字少伯，楚國宛（今河南南陽）人。春秋末年越國大夫，以經商致富。❸計術　生財之道；致富手段。❹屋仄　側室。仄，通「側」。❺古塚　古代的墳墓。❻赤眉　即赤眉軍，為新莽末年農民起義軍。❼垂　將近。❽棺槨　棺，棺材。槨，棺材外的套棺。❾路曲　原作「路西」，據《稗海》本改。❿厄　災難。⓫厭術　厭勝之術，以詛咒厭服他人或凶災之法術。⓬忤　違逆；抵觸。⓭方諸　古代在月下承露取水的器具。⓮禳　古代以祭禱消除災禍的一種活動。⓯陽燧古代利用日光取火的凹面銅鏡。⑯聚　此字原無，據《稗海》本補。⑰鳺鶄　水鳥，即池鷺。⑱車服　車輿禮服。⑲錦繡　花紋色彩精美鮮豔的絲織品。⑳氈罽　毛織氈類。㉑丘壠　墳墓。此指土堆。

【語譯】麋竺運用陶朱公的生財手段，每日可增收億萬的利潤，財物可與王侯之家相比，家中擁有上千間藏珍寶的庫房。麋竺本性樂於賑濟生者，撫恤死者，家中馬廄的側屋內有一座古墳，墳中有一具屍體，夜裡能聽見哭泣聲。麋竺就尋找發出哭聲的地方，忽然看見一位婦人袒露著後背走過來，哭訴說：「在漢代末期時我被赤眉軍所害，他們砸開棺材後剝去我的衣服，現在我在地下袒露身體，白天時羞於見人，已將近二百年。現在乞求將軍把我的屍骨深埋，並用衣服遮掩身體。」麋竺應允她的請求，立即命人訂製棺槨，用黑布做成衣服，放入墳墓中。祭祀完畢，經過一年，麋竺走到轉彎處時，突然見到前面有位婦人，身上穿的衣服全是黑色，她告訴麋竺說：「你的財富能夠使用一輩子，命中注定會遭受火災，現在用一根長九尺的綠蘆杖，報答你送給我棺槨及衣服的恩惠。」麋竺攜帶著綠蘆杖回家。與麋竺相鄰而居的人經常能看見他家冒出像龍蛇形狀的青氣。有人對麋竺說：「這不是妖怪嗎？」麋竺也懷疑這事有怪異之處，問家僮。家僮說：「有時能看見綠蘆杖自行從門中間飛出，懷疑這綠蘆杖是神靈，所以不敢說。」麋竺本性好忌多疑，迷信法術，有說話違抗他的人，就動刑殺人，因此家僮不敢說。麋竺家貨物財寶堆積如山，數量無法計算，用方諸、盆、瓶盛放，放置像雞蛋那麼大的珠子，散亂地堆滿庭院，庭院被稱作「寶庭」，但外人沒有辦法看到。幾日後，忽然有幾十個黑衣童子來說：「麋竺家應該發生火災，萬貫家財不剩一件，由於你能夠撫恤死者，上天不辜負你的德行，所以前來驅避這場大火，讓財物不被燒盡；從今以後，也應該做好防衛！」糜竺就圍繞著庫房挖掘溝渠。十日後，庫房內起火，珠寶玉器被燒掉十分之一，都是因取火用的銅鏡在極乾燥的情況下點燃了易燃物。大火燒得旺盛之時，看見數十位黑衣童子前來滅火，有像雲一樣的青氣，覆蓋在大火之上，火就被撲滅了。童子又說：「多養些鸛鳥之類，能驅避火災；鸛鳥能在巢穴上聚水。」家人就收集養了數千隻鵁鶄在池塘水渠裡，以壓服大火。糜竺感嘆說：「人一生的財運有限度，不能盈滿過溢，否則恐怕財富就會招來禍害。」當時三國各方交戰，軍需費用數以萬倍，糜竺就將他的財寶、車輛、衣服送給劉備作為軍用：黃金一億斤，織錦繡緞、毛織氈類堆積如山，駿馬一萬匹。等到蜀國滅亡後，糜竺不再擁有財產，含恨而死。

周群❶妙閑❷算術❸讖說❹，遊岷山❺採藥，見一白猿，從絕峰而下，對群而立。群抽所佩書刀❻投猿，猿化為一老翁，握中有玉版長八寸，以授群。群問曰：「公是何年生？」答曰：「已衰邁也，忘其年月，猶憶軒轅❼之時，始學曆數❽，風后❾、容成❿，皆黃帝之史，就余授曆數。至顓頊⓫時，考定日月星辰之運，尤多差異。及春秋時，有子韋⓬、子野⓭、裨竈⓮之徒，權略⓯雖驗，未得其門。邇來世代興亡，不復可記，因以相襲。至大漢時，有洛下閎⑯，頗得其旨。」群服其言，更精勤算術，乃考校年曆之運，驗於圖緯，知蜀應滅。及明年，歸命奔吳。皆云：「周群詳陰陽之精妙也。」蜀人謂之「後聖」。白猿之異，有似越人⑰所記，而事皆迂誕⑱，似是而非。

【注釋】❶周群　字仲直，巴西閬中（今四川閬中）人。《三國志・蜀書・周群傳》：「父舒，字叔布，少學術於廣漢楊厚，名亞董扶、任安……群少受學於舒，專心候業。」❷閑　通「嫻」。熟悉；熟練。❸算術　指操作計算器具的技術，泛指一切與計算有關的數學知識。算，一種竹製的計算器具。❹讖說　秦漢間巫師、方士編造的預示吉凶的隱語。❺岷山　位於今甘肅西南、四川北部。❻書刀　古人記事，以筆書寫於竹簡，誤則以刀削之，漢謂之書刀。❼軒轅　傳說中古代帝王黃帝的名字，中華民族始祖。❽曆數　曆法。觀測天象以推算年時節候的方法。❾風后　古代傳說為黃帝的宰相，精通天文曆法及兵法。❿容成　又稱容成公。相傳為黃帝史臣，發明曆法。⓫顓頊　傳說的五帝之一，黃帝之孫。是一位有文治之功的帝王。⓬子韋　宋景公的太史兼司星官，主管觀察天象的官員。⓭子野　師曠，字子野，春秋晉國人。精通星算音律。⓮裨竈　春秋時期鄭國大夫。精通象緯學。⓯權略　權謀，謀略。⓰洛下閎　字長公，西漢人，天文學家。《史記》、《漢書》作「落下閎」。落下，今四川閬中。⓱越人　也作「越女」。《吳越春秋・句踐陰謀外傳》記載，越女與袁公比劍，袁公旋飛上樹，變為白猿。事與周群遇白猿相類。⓲迂誕　迂闊荒誕；不合事理。

【語譯】周群精通算術和讖語，有一次到岷山採藥，看見一隻白猿，從山的最高峰走下來，站在周群面前。周群抽出攜帶的書刀投向白猿，白猿化作一位老人，手中握著八寸長的玉片書簡，交給周群。周群問：「老人家是哪年出生的？」老人回答說：「我現已衰老年邁，忘記出生年月，只記得我在軒轅時代，開始學習曆法，風后和容成公都是黃帝的史臣，向我學習曆法。到顓頊時代，人們對於考查日月星辰的運行規律，還有很多不同觀點。到春秋時期，子韋、子野、裨竈這些人，他們的權謀才略雖然能預知未來，但對於曆法尚未入門。近來世代興衰更迭，沒有什麼可以記述的，因此沿襲以往。到漢代，有位洛下閎，深得曆法要旨。」周群信服老人所言，更專心勤勉於算術之學，考核校定曆法的變化，用各種圖冊緯記來驗證，知道蜀國應當滅亡。到了第二年，周群奔赴吳國。眾人都說：「周群詳識陰陽之術的精妙。」蜀國人稱他為「後聖」。白猿的靈異，與越人所記述的相似，但故事都迂闊荒誕，似真而實假。

錄曰：孫和、孫亮、劉備，並惑於淫寵之玩，忘於軍旅之略，猶比強大魏，剋伐無功，可為嗟矣！周群之學，通於神明，白猿之祥，有類越人問劍之言，其事迂誕，若是而非也。夫陰陽遞生，五行迭用，由❶水火相生，亦以相滅。《淮南子》云「方諸向月津為水」，以厭火災乎❷。糜氏富於珍奇，削方諸為鳥獸之狀，猶土龍以祈雨也❸。鵁鶄之音，與方諸相亂，蓋聲之訛矣。羽毛之類，非可禦烈火，於義則為乖❹，於事則違類，先《墳》舊《典》❺，說以甚詳❻焉。

【注　釋】❶由　通「猶」。❷孚　為人所信；使人信服。❸猶土龍句　古人認為龍能興雲降雨。土龍，以土塑成龍形。據《後漢書・禮儀志》記載，漢時求雨，有興土龍、立土人等方法。❹乖　違背；相反。❺先墳舊典　《墳》、《典》指的是《三墳》、《五典》，另還有《八索》、《九丘》，都是指中國最古老的書。三墳，三皇之書。五典，五帝之典。八索，八王之法。九丘，九州亡國之戒。《尚書・序》：「伏羲、神農、黃帝之書，謂之《三墳》，言大道也。少昊、顓頊、高辛、唐、虞之書謂之《五典》，言常道也。」❻說以甚詳　原作「說以其詳」，齊校疑作「說以甚詳」。「以」通「已」。「其」、「甚」，字形相近而訛。

【語　譯】附錄：孫和、孫亮、劉備，都受到荒淫驕寵玩樂的蠱惑，忘卻軍事戰略，還想和強大的魏國一較高下，攻伐沒取得成果，實在令人嘆惜！周群的學問，通達神靈之界，白猿的吉祥徵兆，與對越女與袁公比劍，袁公化為白猿的記述類似，事情迂闊荒誕，似真實假。陰陽交替互生，五行更迭運行，猶如水與火相輔而生，也相剋相滅。《淮南子》所載「方諸面向月亮能潤澤出水」，可用來壓服火災的說法是可信的。麋竺家富有珍奇異寶，把方諸器皿削成鳥獸的形狀，就好像是用土龍來祈雨一樣。鵷鶵的讀音，與方諸的讀音相混，可能是讀音發生訛變。羽毛之類的東西，不可能防禦烈火，與道理相背，與事實相違，先前的《三墳》和《五典》，已經記述得非常詳細。

【研　析】此部分記蜀國事。值得一評的是麋竺一節。此節寫鬼魂報恩，文中敘述了麋竺聞鬼夜哭

——尋鬼——女鬼現身求告——埋鬼——女鬼再現身並贈青蘆杖——黑衣童子預告火災——黑衣童子撲滅大火等一系列情節。《搜神記》中也記載有婦人助麋竺脫火厄事，與本文記述不同。《搜神記》曰：「竺嘗從洛歸，未達家數十里，路傍見一婦人，從竺求寄載。行可數里，婦謝去，謂竺曰：『我天使也，當往燒東海麋竺家，感君見載，故以相語。』竺因私請之，婦曰：『不可得不燒。如此，君可馳去，我當緩行，日中火當發。』竺乃還家，遽出財物，日中而火大發。」兩文相較，王嘉在情節的曲折性和怪異氣氛的營造上更勝一籌。而與《聊齋》相比，雖在敘述上有粗陳梗概之弊，但故事框架毫不遜色。

# 卷九

## 晉時事

武帝❶為撫軍時，府內後堂砌❷下忽生草三株，莖黃葉綠，若總❸金抽翠，花條苒弱❹，狀似金䔲❺。時人未知是何祥草，故隱蔽不聽❻外人窺視。有一羌人，姓姚名馥，字世芬，充廄養馬，妙解陰陽之術，云：「此草以應金德❼之瑞。」馥年九十八，姚襄❽則其祖也。馥好讀書，嗜酒，每醉時好言帝王興亡之事。善戲笑，滑稽❾無窮，常嘆云：「九河❿之水不足以漬麴蘗⓫，八藪⓬之木不足以作薪蒸⓭，七澤⓮之麋不足以充庖俎⓯。凡人稟天地之精靈，不知飲酒者，動肉含氣耳，何必木偶於心識乎[16]？」好啜濁糟[17]，常言渴於醇酒。群輩常弄狎之，呼為「渴羌」。及晉武踐位，忽見馥立於階下[18]，帝奇其倜儻，擢為朝歌[19]邑宰[20]。馥辭曰：「老羌異域之人，遠隔山川，得遊中華，已為殊幸，請辭朝歌之縣，長充養馬之役，時賜美酒，以樂餘年。」帝曰：「朝歌紂之故都，地有美酒，故使老羌不復呼渴。」馥於階下高聲而對曰：「馬圉[21]老羌，漸染皇化，溥天[22]夷貊[23]，皆為王臣，今若歡酒池之樂，更為殷紂之民乎？」帝撫玉几大悅，即遷酒泉[24]太守[25]。地有清泉，其味若酒。馥乘醉而拜受之，遂為善政，民為立生祠[26]。後以府地賜張華[27]，猶有草在，故茂先〈金莖賦〉云：「擢九莖[28]於漢庭，美三株於茲館。貴表祥乎金德，比名類乎相亂。」至惠帝[29]永熙[30]元年，三株草化為三樹，枝葉似楊樹，高五尺，以應「三楊」擅權之事。時有楊駿、楊瑤、楊濟三弟兄，號曰「三楊」[31]。馬圉醉羌所說之驗。

【注釋】❶武帝　司馬炎。西晉開國君主，諡號武皇帝。❷砌　臺階。❸總　指由細絲聚合成一束。❹苒弱　柔弱。❺金莖　草名。❻聽　隨便。❼金德　《魏書．禮志一》：「晉承魏，土生金，故晉為金德。」❽姚襄　字景國，五胡十六國前期人物，羌人。姚弋仲之子，姚萇之兄。姚弋仲，十六國時羌族首領。姚萇，字景茂，後秦開國君主。齊校云：按文中記述姚襄為姚馥之祖，則姚萇亦為其祖，王嘉為姚萇所殺，不應預知其孫之事。若解此名為「則姚襄之祖也」，按《晉書．載記》姚襄之祖名柯回，不名馥。疑另有其人，或文中有誤。❾滑稽　猶「俳諧」。言語滑利，出口成章，詞不窮竭。❿九河　古代的九條河。《爾雅．釋水》記載九條河為徒駭、太史、馬頰、覆鬴、胡蘇、簡、潔、鉤盤、鬲津。⓫麴糵　酒麴，釀酒用的發酵物。⓬八藪　古代八個湖澤。藪，湖澤的通稱。⓭薪蒸　柴火。⓮七澤　古時楚地（今湖北境內）諸湖泊。以雲夢澤（今洞庭湖）最為著稱，其餘六澤未詳其名。⓯庖俎　指廚房。俎，割肉用的砧板。⓰何必句　此句《稗海》本作「何必土木之偶而無心識乎」。⓱好啜濁糟　《稗海》本作「好啜濁嚼糟」。啜，吃。糟，酒滓。⓲忽見句　此句「忽」下原有「思」字，齊校以為因形近而衍，據《太平廣記》徑刪。⓳朝歌　古稱「沫邑」，商末易名朝歌，曾為殷紂行都和衛國國都，在今河南鶴壁淇縣朝歌鎮。⓴邑宰　縣邑之長。即縣令。㉑馬圉　也作「馬圄」。養馬的人。㉒溥天　天下。㉓夷貊　古代對東方和北方民族之稱。泛指各少數民族。㉔酒泉　古郡名。晉時治所在福祿（今甘肅酒泉）。上古時為羌戎居住地。㉕太守　漢朝設立的一郡最高行政主管。㉖生祠　指為還活著的人修建祠堂。㉗張華　字茂先，西晉文學家。晉武帝時為中書令，封壯武郡公。㉘九莖　《漢書．宣帝紀》：「金芝九莖，產於函德殿銅池中。」後以「九莖」指芝草。㉙惠帝　司馬衷，字正度。西晉第二位皇帝。㉚永熙　原作「元熙」，當作「永熙」，晉惠帝無元熙年號。永熙元年即西元二九〇年。㉛時有楊駿二句　楊駿，字文長。官至車騎將軍，封臨晉侯。惠帝時，輔政外戚楊駿與弟楊瑤、楊濟獨攬大權，稱為「三楊」。楊瑤，《晉書》作「珧」，字文琚，位及衛將軍。楊濟，字文通，官至太子太傅。

【語　譯】晉武帝任撫軍時，府內後庭院臺階下忽然長出三株草，莖是黃色而葉子是綠色的，宛如從整束金絲抽出的綠葉，花枝柔軟，形狀有如金𦮅草。當時的人不知道這是哪一種祥瑞之草，所以將草隱藏起來不隨便讓外人看見。有一位羌人，姓姚名馥，字世芬，在馬廄裡養馬，精通陰陽之術，他說：「這些草應驗著金德的祥瑞。」姚馥當年九十八歲，姚襄是他的祖先。姚馥喜愛讀書，嗜好喝酒，每次喝醉都喜歡講古代帝王興盛衰亡的事。愛開玩笑，出口成章，他常嘆息說：「九河的水都用來浸泡酒麴也不夠，八藪的樹木都用作柴火來燒酒也不夠，七澤的麋鹿都放在廚房以供佐酒也不夠。所有人都稟承天地的靈氣而生，不會喝酒的人，有如一團能喘氣會走動的肉，何必要做一個沒有思想意識的木偶呢？」姚馥愛吃濃濁的酒滓，常說自己想喝美酒是因為口渴。同伴們經常戲弄他，稱他「渴羌」。到晉武帝登基為王時，忽然看到站在臺階下的姚馥，武帝很欣賞姚馥的灑脫不羈，要提拔他去做朝歌縣令。姚馥推辭說：「我是異域的羌族人，與中原遠隔千山萬水，能來到中原，已經是特別榮幸了。請換掉朝歌縣令的官職，讓我能長期擔任餵馬的職務，時常賜我好酒，安享晚年。」晉武帝說：「朝歌是紂王的故都，那裡產有美酒，所以才能讓你不再叫嚷渴酒。」姚馥在臺階下高聲應答說：「我這位養馬的老羌人，已漸漸被皇家禮數教化，普天下各民族，都是帝王的臣子，今天我如果享受酒池之樂，不就是紂王的臣民了嗎？」晉武帝撫著玉几，十分高興，立即升遷姚馥為酒泉太守。酒泉那裡有一眼清泉，泉水的味道像酒。姚馥藉著酒興拜謝晉武帝，因為姚馥實施善政，老百姓為他立了生祠。後來晉武帝把自己原來的府地賜給張華，當時那三株草還在，所以張茂先的〈金𦮅賦〉記載：「芝草長在漢王庭院，三株秀美之草生在撫軍館。可貴的是這草預兆著金德之祥瑞，因為名字相似而生出禍亂。」到晉惠帝永熙元年，三株草變成了三棵樹，樹的枝葉像楊樹，高五尺，應驗「三楊」獨攬朝中大權之事。當時楊駿、楊瑤、楊濟三兄弟，號稱「三楊」。這也應驗了養馬的醉酒羌人姚馥的說法。

錄曰：不得中行，狂狷可也❶。淳于❷、優孟❸之儔❹，因俳說❺以進諫。至如姚馥，才性容貌，不與華同，片言竊諷，媚❻足規範。及其俳諧詭譎❼，推辭指誡，因物而刺，言之者無罪，抑亦東方曼倩❽之儔歟！夫心胃之速朽❾，故有腐腸爛腸❿之嗜，是以「五味令人口爽⓫」，老氏⓬以為深誡；未若甘茲桂石，美斯松草⓭，含吐煙霞，咀食沆瀣⓮，迅千齡於一朝，方塵劫⓯於俄頃，胡可淫此酣樂，忘彼久視者乎？夫物有事異而名同者，自非窮神達理，莫能遙照；豈可假於詖辭⓰，專求於邪說。天命有兆，歷運攸歸，何可妄信於謠訛，指怪於纖草？將溺所聞，信諸厥⓱術，可為嗟乎！

【注釋】❶不得中行二句　《論語・子路》：「不得中行而與之，必也狂狷乎！」中行，正中而行。狂，積極進取，敢作敢為。狷，謹言慎行，有所不為。❷淳于　指淳于髡。姓淳于，因受髡（剃去頭髮）刑而名髡。戰國齊國人，滑稽多辯，被齊威王任為大夫。❸優孟　春秋楚國人，擅長滑稽諷諫。❹儔　同伴。❺俳說　詼諧戲謔的語言。❻媚　喜悅。引申作戲笑。❼詭譎　奇異。❽東方曼倩　東方朔，字曼倩，西漢平原厭次（今山東陵縣東北）人。文學家。漢武帝時官至太中大夫，性詼諧滑稽。❾速朽　原作「逸朽」，齊校以為當作「速朽」。❿腐腸爛腸　謂酗酒之害。⓫五味令人口爽　《道德經・第十二章》：「五味令人口爽。」五味，泛指各種味道和各種味道調和而成的美味食物。爽，損傷；敗壞。⓬老氏　即老子。⓭未若甘茲二句　桂、石、松、草，均指養生修仙者服食之物。桂石，桂漿與石腦。⓮沆瀣　夜間的水氣；露水。⓯劫　佛教名詞。古印度傳說世界經歷若干萬年毀滅一次，重新再開始。這樣一個週期叫做一「劫」。⓰詖辭　偏頗不正的言論。⓱厥　那；那些。

【語　譯】附錄：不能夠遵守中庸之道，那麼積極進取或拘守不為也可以。如淳于髡、優孟這些人，用詼諧的語言來進諫。再如姚馥，才學、稟性、容貌，都和中原人不同，片言隻語喻意譏諷，戲笑之中恪守規範。他以詼諧奇異之語，推辭告誡，藉物諷喻，說這樣話的人沒有罪過，可能是東方朔之類的人吧！只有想使內臟快些腐爛的人，才有這腐腸爛腸的飲酒嗜好，因此說「啖食美味久而令人食欲不振」，老子認為嗜酒是大忌；它不像甘甜的桂石，美味的松草，吐納朝霞，細嚼露水，一千年的時間比一個早晨還快，人世間毀滅於瞬息之間，怎可沉浸在酗酒的樂趣中，忘記那些延年益壽之道呢？世間有本質不同而同名的，如果不探求幽妙的道理，不能有所預見；怎麼可以憑偏頗之言，專門尋求旁門邪說。天命有預兆，時運有依歸，怎麼可以妄自相信謠傳訛說，怪罪於纖細小草？沉迷於道聽塗說，相信那些歪術，可嘆啊！

咸寧四年❶，立芳蔬園於金墉城❷東，多種異菜。有菜名曰「芸薇」，類有三種，紫色者最繁，味辛，其根爛熳❸，春夏葉密，秋蕊冬馥，其實若珠，五色，隨時而盛，一名「芸芝」。其色紫者為上蔬，其味辛；色黃者為中蔬，其味甘；色青者為下蔬，其味鹹。常以三蔬充御膳。其葉可以藉❹飲食，以供宗廟祭祀，亦止人渴飢。宮人採帶其莖葉，香氣歷日不歇。

【注釋】❶咸寧四年　即西元二七八年。咸寧，晉武帝司馬炎的第二個年號。❷金墉城　曹魏時期所建，在今河南洛陽東。❸爛熳　也作「爛漫」。散亂；分散。❹藉　墊；包裹。

【語譯】晉武帝咸寧四年，在金墉城東面建造一座芳蔬園，種植許多奇異的蔬菜。有種蔬菜名叫「芸薇」，分為三個品種，紫色的芸薇枝葉繁茂，味道辛辣，根鬚散亂，春夏時節枝葉稠密，秋季吐蕊開花冬季香氣濃郁，果實像珍珠，共有五色，任何時候都很茂盛，另有個名字叫「芸芝」。紫色的芸薇為上品，味道辛辣；黃色的芸薇為中品，味道甘甜；青色的芸薇為下品，味道很鹹。常用這三種蔬菜製作帝王的飲食。芸薇的葉子可以用來包裹食物，供應宗廟祭祀使用，葉子還可以解渴充飢。宮人採摘後佩帶芸薇的莖葉，香氣數日不消散。

錄曰：〈大雅〉云：「言采其薇❶。」此之類也。《草木疏》❷云：「其實如豆。」昔孤竹二子❸避世，不食周粟，於首陽山❹采薇而食，疑似卉；或云神類非一，彌相惑亂。可以療飢，其色必紫，百家雜說，音旨❺相符。論其形品，詳斯香色，雖移植芳圃，芬美莫儔。故薰蘭❻有質，物性無改，產乖本地，逾見芬烈，譬諸薑桂❼，豈因地而辛❽矣！當此一代，是謂仙蔬，實為神異。

【注釋】❶言采其薇　《詩・召南・草蟲》：「陟彼南山，言采其薇。未見君子，我心傷悲。」薇，即野豌豆。文中作〈大雅〉有誤。❷草木疏　指陸璣《毛詩草木鳥獸蟲魚疏》。二卷。是中國第一部有關動植物的專著，內容專釋《詩經》中的動植物。❸孤竹二子　商末孤竹君之二子。相傳孤竹君遺命要立次子叔齊為繼承人。孤竹君死後，叔齊讓位給伯夷，伯夷不受，叔齊也不願登位，先後逃到周國。周武王伐紂，二人叩馬諫阻。武王滅商後，他們恥食周粟，採薇而食，餓死於首陽山。封建社會視二人為抱節守志之典範。❹首陽山　今甘肅渭源首陽山。❺音旨　讀音和意義。❻薰蘭　香蘭。❼薑桂　生薑、肉桂。❽因地而辛　《韓詩外傳・卷七》：「宋玉因其友見楚襄王，襄王待之無以異，乃讓其友。友曰：『夫薑桂因地而生，不因地而辛。』」

【語譯】附錄：《詩經・大雅》記載：「採摘薇菜。」芸薇就屬於薇菜一類。《毛詩草木鳥獸蟲魚疏》中注釋「薇」：「薇菜的果實像豆子。」以前孤竹君的二個兒子伯夷和叔齊隱避世事，不吃周朝的食物，在首陽山上採薇菜吃，估計薇菜長得像草；也有人說薇菜是靈異之物，說法不一樣，十分混亂。可以充飢的芸薇，顏色一定是紫色的，儘管各家說法紛亂，但讀音和意義都相同。細論芸薇的形狀品性，詳察芸薇的香氣顏色，雖然移植到芳蔬園，芸薇的芬芳美麗還是無花可比的。因此說蘭草的本質，物質的原性無法改變，即使生長改變了最初的地方，香氣也一樣濃烈，比如生薑和肉桂，豈會因為換了土地就更加辛辣！在這個時代，芸薇被稱為仙蔬，實在是很神奇。

張華❶為九醞酒，以三薇漬麴糵❷，糵出西羌❸，麴出北胡❹。胡中有指星麥，四月火星❺出，麥熟而穫❻之。糵用水漬麥三夕而萌芽，平旦雞鳴而用之，俗人呼為「雞鳴麥」。以之釀酒，醇美，久含令人齒動；若大醉，不叫笑搖蕩，令人肝腸消爛，俗人謂為「消腸酒」。或云醇酒可為長宵之樂，兩說聲❼同而事異也。閭里歌曰：「寧得醇酒消腸，不與日月齊光。」言耽此美酒，以悅一時，何用保守靈而取長久。至懷帝❽末，民間園圃❾皆生蒿棘❿，狐兔遊聚。至元熙⓫元年，太史令高堂沖⓬奏熒惑犯紫微⓭，若不早避，當無洛陽。乃詔內外四方及京邑諸宮觀林衛⓮之內，及民間園囿，皆植紫薇⓯，以為厭勝⓰。至劉、石、姚、苻⓱之末，此蒿棘不除自絕也。

【注釋】❶張華　字茂先，范陽方城（今河北固安）人。晉武帝時為中書令，封壯武郡公。❷麴蘗　酒麴。發霉的穀物稱為麴，發芽的穀物稱為蘗，都用於製酒。❸西羌　古代西部的少數民族，分布在今甘肅、青海、四川一帶，以遊牧為主。後漸與西北地方的漢族及其他民族融合。❹北胡　指匈奴。古代對北方和西方各少數民族泛稱為胡。❺火星　星名。即心宿二。指大火。心宿是與夏季第一個月相對應的星宿。❻穫　原作「獲」，據毛校改。❼聲　此字原無，據《稗海》本補。❽懷帝　司馬熾，字豐度，西晉第三位皇帝。❾園圃　種植果木菜蔬的園地。❿蒿棘　蒿草與荊棘。泛指野草。⓫元熙　懷帝在位六年，年號永嘉，此作「元熙」誤。⓬太史令高堂沖　原作「太史令高堂忠」，當作「太史令高堂沖」。《晉書・天文志下》：「永嘉三年正月庚子，熒惑犯紫微，……是時太史令高堂沖奏乘輿宜遷幸；不然，必無洛陽。」太史令，也稱太史，官職名。掌管記載史事，編寫史書，兼管國家典籍、天文曆法、祭祀等。各朝的官職範圍不盡相同。⓭熒惑犯紫微　古人以為紫微是天子所居，熒惑犯紫微，對君王不利。熒惑，古指火星，因隱現不定，令人迷惑，故名。《史記・天官書》：「熒惑為勃亂，殘賊、疾、喪、饑、兵。」《晉書・天文志上》：「紫宮垣十五星，其西蕃七，東蕃八，在北斗北。一曰紫微，大帝之座也，天子之常居也，主命主度也。」⓮衛　指衛城。城市或地區由築壘或加固而成作為避難地方的高地。⓯紫薇　花木名。又稱滿堂紅、百日紅。落葉小喬木，樹皮滑澤，夏、秋之間開花，淡紅紫色或白色，美麗可供觀賞。⓰厭勝　古代一種巫術。謂能以詛咒制勝，壓服人或物。⓱劉石姚苻　分別指劉淵（匈奴族）、石勒（羯族）、姚弋仲（羌族）、苻洪（氐族）。西晉王朝衰弱空虛之際，匈奴、鮮卑、羯、羌、氐等胡人的遊牧部落趁機大規模南下，割據一方，建立胡人政權。苻，原作「符」，據《晉書》改。

【語譯】張華釀造九醞酒，用三種薇菜與酒麴浸泡在一起，酒蘗出於西羌，酒麴來自北胡。胡地種有一種指星麥，四月份火星出現，麥子成熟而能收穫。酒蘗是用水浸漬麥子三夜後發芽，第四天清晨雞鳴時用來釀酒，當地人稱這種蘗為「雞鳴麥」。用它釀造的酒，酒味醇厚美味，長時間含在口中令人牙齒搖動；如果喝得太醉，不呼喊狂笑以活動身體，就會使人肝腸燒爛，當地人稱為「消腸酒」。也有人說醇酒可長夜歡飲，兩種說法不同但說的是同一種酒。鄉里的歌謠唱道：「寧可喝醇酒燒斷腸，不與日月爭短長。」說的是沉迷美酒，能愉悅一時，何必要保守性靈而追求延年益壽呢。到晉懷帝末年，民間菜園內都長出蒿草荊棘，狐狸野兔穿梭遊玩聚集其間。到元熙元年，太史令高堂沖上奏說火星沖犯紫微星，如果不盡早避開，洛陽將失陷。朝廷便詔令在內外各地以及京城宮館、樹林、衛城內，以及民間菜園，都種植紫薇，以鎮壓邪氣。到劉淵、石勒、姚弋仲、苻洪戰亂的末期，園中蒿草荊棘不用剷除就滅絕了。

晉太康元年❶，白雲起於灞水❷，三日而滅。有司奏云：「天下應太平。」帝問其故，曰：「昔舜時黃雲興於郊野，夏代白雲蔽於都邑，殷代玄雲覆於林藪，斯皆應世❸之休徵❹，殊鄉絕域應有貢其方物❺也。」果有羽山❻之民獻火浣布❼萬疋。其國人稱：「羽山之上❽，有文石，生火，煙色以隨四時而見，名為『淨火』。有不潔之衣，投於火石之上，雖滯汙漬涅❾，皆如新浣。」當虞舜時，其國獻黃布；漢末獻赤布❿，梁冀⓫製衣，謂之「丹衣」。史家云：「單衣今縫掖⓬也。」字異聲同，未知孰是。

【注釋】❶太康元年　即西元二八〇年。太康，晉武帝司馬炎第三個年號。❷灞水　古河流名。屬黃河水系，發源於今陝西藍田東，流入渭河。❸應世　順應世運。❹休徵　吉祥徵兆。❺方物　本地產物；土產。❻羽山　古地名。在今江蘇東海和山東臨沭交界，另一說在山東郯城東北。傳說羽山是舜殺禹父鯀的地方。❼火浣布　即今石棉布。由於具有不燃性，在火中能去汙垢，所以中國早期史書中常稱之為「火浣布」或「火烷布」。❽上　原作「山」，據《太平御覽》改。❾滯汙漬涅　凝有汙垢，被黑色染料浸漬。汙，汙垢。涅，礬石，用作黑色染料。此作染黑之意。❿漢末獻赤布　東漢火德，故尚赤色。《後漢書・光武帝紀上》載，建武二年「始正火德，色尚赤」。⓫梁冀　字伯卓，東漢安定烏氏（今甘肅平涼西北）人。在沖帝、質帝、桓帝在位期間，專斷朝政二十餘年。後桓帝借用宦官的勢力將其鏟除。⓬縫掖　也作「逢掖」、「縫腋」。大袖單衣，古儒者所服。《禮記・儒行》鄭注：「逢猶大也，大掖之衣，大袂禪衣也。」按禪衣即單衣。

【語譯】晉武帝太康元年，灞水上升起一片白雲，三日之後才消失。有官吏啟奏說：「天下將太平無事。」晉武帝問原因，官吏說：「以前舜帝時在郊外出現黃雲，夏朝時都城被白雲所遮蔽，殷商時樹林沼澤上覆蓋著黑雲，這些都是順應世運的吉祥徵兆，表示奇鄉異域將進貢特產。」果然羽山人進獻一萬足火浣布。該國人說：「羽山上面，有帶紋理的石頭，能夠自燃，煙火會隨著四季變更而顯現不同的顏色，名叫『淨火』。有不乾淨的衣服，扔到火石上面，衣服上面即使凝汙納垢或被顏料浸染，都如同新洗過一樣。」在虞舜時期，該國曾進獻黃布；漢末曾進獻紅布，梁冀用這種布製成衣服，稱為「丹衣」。史學家說：「單衣就是現在的寬袖單衣。」字不同讀音相同，不知「丹衣」與「單衣」哪種說法對。

錄曰：帝王之興，叶❶休祥之應，天無隱祥，地無蓄寶，是以因神物以表運，見星雲以觀德。按《周官》❷有馮相氏❸，以觀祥錄之數。晉以金德，故白雲起於灞水。《山海經》及《異物志》云：「燃洲之獸，生於火中，以毛織為布，雖有垢膩，投火則潔淨也。」❹兩說不同，故皆錄焉。

【注　釋】❶叶　同「協」。和洽；相合。❷周官　也稱《周禮》、《周官經》。儒家經典之一。記載周王室官制和戰國時各種制度。❸馮相氏　古代掌管天文之官，掌天象辨災祥。《周禮》謂春官之屬。鄭玄注：「馮，乘也；相，視也，世登高臺，以視天文之次序。」❹山海經及異物志云六句　齊校云：「《三國志・魏書・三少帝紀》注引《異物志》曰：『斯調國有火州，在南海中。其上有野火，春夏自生，秋冬自死。有木生於其中而不消也，枝皮更活，秋冬火死則皆枯瘁。其俗常冬采其皮以為布，色小青黑；若塵垢汙之，便投火中，則更鮮明也。」按此文與蕭《錄》所引不同。又蕭《錄》并舉《山海經》，而現存《山海經》無「火浣布」的記載，疑當作《十洲記》或《神異經》。《後漢書・西南夷列傳》有「火毳」，注謂即火浣布，並引《神異經》曰：「南方有火山，長四十里，廣四五里。生不燼之木，晝夜火燃，得烈風不猛，暴雨不滅。火中有鼠，重百斤，毛長二心餘，細如絲，恒居火中，時時出外，而色白，以水逐沃之即死。績其毛，織以作布。用之若汙，以火燒之，則清潔也。」《山海經》，戰國和西漢時期歷史地理著作，夾雜大量神話傳說和奇聞怪事。《異物志》，專門記載周邊地區及國家新異物產的典籍。宋以後亡佚，後人有輯本。

【語譯】附錄：歷代帝王的興起，都應合祥瑞的徵兆，上天不會隱藏吉祥之兆，大地不會蓄存寶藏，因此各種神異之物表徵著國運，觀察星雲天象能察知君主品德。按照《周官》上記載有馮相氏這樣的官吏，能觀察出祥瑞徵兆知曉世事。西晉屬金德，因此白雲從灞水上升起。《山海經》及《異物志》記載：「燃洲有一種野獸，在火中出生，用牠的毛織成布，雖然沾染上汙垢和油膩，投入火中就能變乾淨。」兩種說法不相同，所以都記錄下來。

因墀國❶獻五足獸，狀如師子❷；玉錢千緡❸，其形如環，環重十兩，上有「天壽永吉」之字。問其使者五足獸是何變化，對曰：「東方有解形之民，使頭飛於南海，左手飛於東山，右手飛於西澤，自臍以下，兩足孤立。至暮，頭還肩上，兩手遇疾風飄於海外，落玄洲❹之上，化為五足獸，則一指為一足也。其人既失兩手，使傍人割裏肉以為兩臂，宛然如舊也。」因墀國在西域之北，送使者以鐵為車輪，十年方至晉。及還，輪皆絕銳，莫知其遠近也。

【注釋】❶因墀國　古國名。❷師子　即獅子。❸千緡　即千串。一般每串有一千枚錢幣。緡，原指古代穿銅錢所用之繩。此處作量詞。❹玄洲　神話傳說中的十洲之一。

【語譯】因墀國進獻一隻五足獸，外形像獅子；進獻一千串玉製錢幣，玉製錢幣的形狀有如環形，玉環重十兩，上面刻有「天壽永吉」的字樣。詢問使者五足獸是怎麼變化來的，使者回答：「東方有能分解形體的居民，能讓自己的頭飛向南面的海，左手飛到東面的山上，右手飛到西面的湖澤中，從肚臍以下，只有兩隻腳孤零零站在原地。到傍晚，頭飛回肩上，兩隻手遇到猛烈的風飄向海外，落在玄洲上面，化成五足獸，一根手指變成一隻腳。這人失去了兩隻手，就讓旁邊的人割下身上的肉做成兩隻手臂，好像原來的手臂一樣。」因墀國在西域的北面，送使者用鐵製成的車輪，十年才來到晉國。等要返回時，才發現車輪全被磨光了，沒有人知道因墀國有多遠。

泰始❶元年，魏帝❷為陳留王之歲，有波斯國❸人來朝，以五色玉為衣，如今之鎧。其使不食中國滋味❹，自齎❺金壺，壺中有漿，凝如脂，嘗一滴則壽千歲。其國有大楓木成林，高六七十里，善算者以里計之，雷電常出樹之半。其枝交蔭於上，蔽不見日月之光。其下平淨掃灑，雨霧不能入焉。樹東有大石室，可容萬人坐。壁上刻為三皇❻之像：天皇十三頭，地皇十一頭，人皇九頭，皆龍身。亦有膏燭之處。緝❼石為床，床上有膝痕深三寸。床前❽有竹簡長尺二寸，書大篆❾之文，皆言開闢以來事，人莫能識。或言是伏羲畫卦之時有此書，或言是倉頡❿造書之處。傍有丹石井，非人之所鑿，下及漏泉⓫，水常沸湧，諸仙欲飲之時，以長綆⓬引汲⓭也。其國人皆多力，不食五穀，日中無影，飲桂漿⓮雲霧。羽毛為衣，髮大如縷，堅韌如筋，伸之幾至一丈，置之自縮如蠡⓯。續人髮以為繩，汲丹井之水，久久方得升合之水。水中有白蛙，兩翅，常來去井上，仙者食之。至周，王子晉⓰臨井而窺，有青雀銜玉杓以授子晉，子晉取而食之，乃有雲起雪飛。子晉以衣袖揮雲，則雲雪自止。白蛙化為雙白鳩⓱入雲，望之遂滅。皆波斯國之所記，蓋其人年不可測也。使圖其國山川地勢瑰異之屬，以示張華。華云：「此神異之國，難可驗信。」以車馬珍服送之出關。

【注　釋】❶泰始　原作「太始」，應作「泰始」，晉武帝司馬炎第一個年號，泰始元年即西元二六五年。❷魏帝　指魏元帝曹奐，字景明，乃曹操之孫。❸波斯國　原作「頻斯國」，齊校疑為「波斯國」。❹滋味　美味。❺齎　攜帶。❻三皇　傳說中上古三位帝王，說法不一。天皇、地皇、人皇之說出自《藝文類聚》引《春秋緯》。❼緝　堆積。❽床前　原作「床上」，據《稗海》本改。❾大篆　漢字書體的一種，筆畫較繁複。❿倉頡　古代傳說中的漢字創造者。《說文解字・序》：「黃帝之史倉頡，見鳥獸蹏迒之迹，知分理之可相別異也，初造書契。」⓫漏泉　自流水泉。⓬綆　汲水用的井繩。⓭汲　從井裡打水。⓮桂漿　指牛羊乳之類的飲料。⓯蠡　貝殼做的瓢。⓰王子晉　春秋時周朝人，周靈王太子。姓姬，名晉。因勸諫父王不決洛河之水以免生靈塗炭，而被貶為庶人。死後百姓感其恩德，呼為「王子」。好吹笙，作鳳鳴。遊伊、洛之間，後乘白鶴仙去。⓱鳩　鳥名。泛稱鳩鴿科的鳥。

【語　譯】晉武帝泰始元年，也就是魏元帝曹奐被廢為陳留王那年，有位波斯國使者前來朝拜，用五色玉石縫製的衣服，就好像現在的鎧甲。使者不吃中國的食物，自己帶著一把金壺，壺中裝有漿液，凝結如脂，食用一滴漿液就能增壽千年。波斯國有成片如林的巨大楓樹，樹高六七十里，善於計算的人能用里來計量樹的高度，雷電常常出現在樹一半的高度。楓樹的樹枝在天空中交織成樹蔭，樹蔭遮蔽之下看不見日月的光芒。樹蔭之下清掃得平坦乾淨，雨水和霧氣無法進入。楓樹的東面有一座寬大的石室，能容納一萬人坐。室內的牆壁上刻有三皇的畫像：天皇有十三顆頭，地皇有十一顆頭，人皇有九顆頭，三皇的身體都是龍身。旁邊也有放燈燭的地方。用石頭堆砌成床，床上有膝蓋跪出的痕跡深三寸。在石床的前面堆放著一尺二寸高的竹簡，竹簡上書寫著大篆體的文字，記載的是開天闢地以來所發生的事情，沒有人認識這種文字。有人說伏羲創製八卦時就有這書簡，也有人說這是倉頡造字的地方。石室旁邊有一口用紅色石頭砌的井，不是人力開鑿而成的，井下與漏泉相通，井內的水總是噴湧著，諸位仙人想要飲用時，用很長的井繩引入井中取水。頻斯國的人力氣都非常大，不吃五穀，正午時站在太陽下沒有影子，飲用桂漿般的雲霧。用羽毛縫製成衣服，頭髮很長如同絲線，堅韌如筋，將頭髮拉開幾乎有一丈長，鬆開手頭髮自動收縮成貝殼的樣子。連接人髮做成井繩，汲取紅井內的水，但是要花很長時間才能汲得一升水。井水中有一種白蛙，白蛙長有兩隻翅膀，經常在井上飛來飛去，仙人以這種蛙為食物。到周朝時，周靈王太子王子晉走到井邊窺視，有一隻青雀口中銜有一把玉杓飛來交給王子晉，王子晉接過玉杓取水喝下，天空就聚來雲、飛起雪。王子晉揚起衣袖揮向雲彩，雲散雪停。白蛙也變成一雙白鳩飛入雲中，王子晉向天空望去竟不見白鳩蹤影。這些事情都是波斯國記述的，這位來使的年齡無法推測。來使畫出該國的山川、地勢、瑰寶所在，送給張華看。張華說：「這是一個神奇的國家，很難驗證相信。」張華送給來使車馬和珍貴華服並送他出關。

張華❶字茂先，挺❷生聰慧之德，好觀祕異圖緯之部，捃採❸天下遺逸，自書契❹之始，考驗❺神怪，及世間閭里❻所說，造《博物志》❼四百卷，奏於武帝。帝詔詰問：「卿才綜萬代，博識無倫，遠冠羲皇❽，近次夫子❾。然記事採言，亦多浮妄，宜更刪翦，無以冗長成文。昔仲尼刪《詩》《書》，不及鬼神幽昧之事，以言怪力亂神❿；今卿《博物志》，驚所未聞，異所未見，將恐惑亂於後生，繁蕪於耳目，可更芟⓫截浮疑，分為十卷！」即於御前賜青鐵硯⓬，此鐵是于闐國所出，獻而鑄為硯也；賜麟角筆，以麟角為筆管，此遼西國所獻；側理紙萬番⓭，此南越⓮所獻。後人言「陟里」與「側理」相亂⓯，南人以海苔為紙，其理縱橫邪側，因以為名。帝常以《博物志》十卷置於函中，暇日覽焉。

【注釋】❶張華　字茂先，范陽方城（今河北固安）人。西晉文學家。❷挺　突出；傑出。❸捃採　拾取；採集。❹書契　文字。契，刀刻。古代用刀筆刻字。《易．繫辭下》：「上古結繩而治，後世聖人易之以書契。」❺考驗　考查驗證；稽考檢驗。❻閭里　古代以二十五家為一里。❼博物志　張華撰。分類記載異境奇物及古代瑣聞雜事，也宣揚神仙方術。原書已佚，今本由後人搜輯而成。❽羲皇　伏羲，也稱「犧皇」、「包犧」。神話中人類的始祖。❾夫子　孔門尊稱孔子為夫子，後因以特指孔子。❿怪力亂神　語出《論語・述而》：「子不語怪、力、亂、神。」謂指怪異、勇力、悖亂、鬼神之事。⓫芟　割草。此指刪除文字。⓬青鐵硯　一種珍貴的硯臺。據說是用于闐出產的鐵鑄成。⓭番　計算紙張的單位。⓮南越　也稱「南粵」，在今兩廣地。⓯後人言陟里二句　《正字通》云：「海藻本名陟厘，南越以海苔為紙，其理倒側，故名側里紙。王子年曰：『本陟厘紙，漢人語訛耳。』」

【語　譯】張華字茂先，非常聰明富有智慧，喜好閱讀神祕奇異的圖冊與讖緯之書，收集天下的遺聞逸事，從有文字記載開始，考查書中神怪之事，以及世間街巷的各種傳說，編成《博物志》共四百卷，奏請晉武帝審閱。晉武帝詔見張華並詢問：「你的才華能綜述萬代之事，知識淵博無以倫比，遠可追述到羲皇時代，近能及夫子。但是記述的故事與選取的言論，大多浮華虛妄，應該進一步加以刪減，不應篇幅過於冗繁綿長。以前孔子刪減《詩》、《書》，不言及鬼神幽靈的事情，所謂不說怪異、勇力、悖亂、鬼神的事情；現在卿所寫的《博物志》，都是聞所未聞、見所未見的奇異之事，恐怕此後會產生惑亂，混淆視聽，可以更改刪截浮泛可疑之事，分成十卷！」於是在御前賜於張華青鐵製的硯臺，這種鐵出產自于闐國，該國將青鐵進貢到朝廷裡用其鑄成硯臺；賜給張華麟角筆，筆管是用麟角做成，麟角是遼西國進獻來的；賜給張華側理紙一萬番，側里紙是南越進獻的。後人稱這種紙為「陟里」，語音與「側理」相混淆，南越人用海苔製成紙張，紙的紋理縱橫交錯傾斜側偏，因此稱為側理紙。晉武帝將《博物志》十卷書稿放在匣子中，閒暇時拿出閱覽。

惠帝❶永熙二年❷，改為永平元年，常山郡❸獻傷魂鳥，狀如雞，毛色似鳳。帝惡其名，棄而不納；復愛其毛羽。當時博物者云：「黃帝殺蚩尤❹，有貙虎誤噬一婦人❺，七日氣不絕，黃帝哀之，葬以重棺石槨。有鳥翔其塚上，其聲自呼為傷魂，則此婦人之靈也。」後人不得其令終者，此鳥來集其國園林之中。至漢哀、平之末❻，王莽❼多殺伐賢良，其鳥亟❽來哀鳴。時人疾❾此鳥鳴❿，使常山郡國彈射驅之。至晉初，干戈始戢⓫，四海攸歸，山野間時見此鳥。憎其名，改「傷魂」為「相弘⓬」。及封孫皓為歸命侯⓭，相弘之義，叶於此矣。永平之末，死傷多故，門嗟巷哭，常山有獻，遂放逐之。

【注釋】❶惠帝　晉惠帝司馬衷，字正度。❷永熙二年　原作「元熙二年」。史書記載，惠帝永平之前的年號為「永熙」，據改永熙二年即西元二九一年。❸常山郡　地名，在今河北正定南。❹黃帝殺蚩尤　傳說黃帝與蚩尤大戰於涿鹿，後蚩尤為黃帝所殺。黃帝，傳說中的華夏祖先。蚩尤，傳說中遠古作亂和製造兵器之人。❺有貙句　《列子．黃帝篇》：「黃帝與炎帝戰於阪泉之野，帥熊、羆、狼、豹、貙、虎為前驅。」貙，一種猛獸。體大如狗，毛紋似貍。❻至漢哀句　漢哀帝，劉欣，西漢第十一位皇帝。諡號孝哀皇帝。平，漢平帝，劉衎，西漢第十二位皇帝。諡號孝平皇帝。❼王莽　字巨君，漢元帝皇后的侄子。魏郡元城（今河北大名東）人。篡漢平帝之位，改國號「新」。❽亟　屢次。❾疾　憎惡。❿鳴　原作「名」，承上句鳴叫，疑當作「鳴」，涉後文「憎其名」而誤。⓫戢　止息。⓬相弘　即用弓箭相驅逐。弘，弓聲。⓭及封句　西晉滅東吳，東吳君王孫皓被遣送洛陽，廢為歸命侯，並被命令永久居住於其地。

【語譯】晉惠帝永熙二年，改年號為永平元年，常山郡進獻傷魂鳥，鳥的外形像雞，羽毛的顏色好似鳳凰。晉惠帝厭惡鳥的名字，把鳥扔掉不接受牠；但惠帝又喜歡傷魂鳥的羽毛。當時有見多識廣的人說：「黃帝殺蚩尤時，有貔虎誤傷並吞噬一位婦人，那婦人七日後還沒斷氣，黃帝可憐她，用雙重棺材和石槨來安葬她。有鳥在婦人的墳墓上飛翔，鳥的叫聲聽起來好似傷魂，那就是婦人的靈魂。」後代有人不得善終時，傷魂鳥就聚集在其國的園林中。到漢哀帝、漢平帝末年，王莽殺害許多賢良之士，傷魂鳥屢次飛來發出哀鳴。當時的人憎惡傷魂鳥的鳴叫，讓常山郡的國人用彈弓射殺驅趕牠。到西晉初年，戰火開始平息，四海統一，山野之間有時能看見傷魂鳥。當時人們討厭傷魂鳥的名字，改「傷魂」為「相弘」。待孫皓投降被廢為歸命侯時，相弘驅趕的寓義，與這件事符合。永平年末，由於死傷的人非常多，街巷裡到處都是哀嘆和哭聲，常山郡有人進獻傷魂鳥，於是晉惠帝就將那個人流放到了邊遠的地方了。

泰始❶十年，有浮支國獻望舒草❷，其色紅，葉如荷，近望則如卷荷，遠望則如舒荷，團團似蓋。亦云，月出則荷舒，月沒則葉卷。植於宮中，因穿池廣百步，名曰望舒荷池。愍帝❸之末，移入胡，胡人將種還胡中，至今絕矣；池亦填塞。

【注　釋】❶泰始　原作「太始」，據史書記載，司馬炎的年號應作「泰始」。泰始十年，即西元二七四年。❷望舒草　也稱「望舒荷」、「夜舒荷」。一種月出而葉屏的荷花。❸愍帝　晉愍帝司馬鄴，字彥旗。西晉的末代皇帝，為匈奴劉聰所殺。

【語　譯】泰始十年，浮支國進獻望舒草，紅色，葉子像荷葉，由近處望就像捲曲的荷葉，從遠處望則像舒展的荷葉，葉子圓圓的好像車蓋。也有人說，月亮出來時荷葉舒展，月亮隱沒則荷葉捲曲。將望舒草種植在宮中，為此開鑿出寬一百步的池塘，稱為望舒荷池。晉愍帝末年，望舒草又移植到胡地，胡人帶著望舒草返回胡地，現在望舒草已經滅絕；望舒荷池也被填平。

祖梁國❶獻蔓金苔❷，色如黃金，若螢❸火之聚。大如雞卵，投於水中，蔓延於波瀾之上，光出照日，皆如火生水上也。乃於宮中穿池，廣百步，時觀此苔，以樂宮人。宮人有幸者，以金苔賜之，置漆盤中，照耀滿室，名曰「夜明苔」；著衣襟則如火光。帝慮❹外人得之，有惑百姓，詔使除苔塞池。及皇家喪亂，猶有此物，皆入❺胡中。

【注釋】❶祖梁國　當為古國名。《太平廣記》卷四一三作「晉梨」，《太平御覽》卷一〇〇〇作「祖梨」。❷蔓金苔　又名「夜明苔」。傳說中能發光的一種苔蘚。❸螢　原作「縈」，據《稗海》本改。❹慮　擔心。❺入　原作「在」，據《稗海》本改。

【語譯】祖梁國進獻蔓金苔，顏色金黃，如螢火聚焦。蔓金苔大小同雞蛋，投入水中，蔓金苔就漂浮在水波之上，散發的光芒與日光相輝映，好像火從水中升起。於是在宮中修造池塘，寬一百步，晉惠帝時常來觀看蔓金苔，用它來取悅宮人。宮人有得到寵倖的，就將蔓金苔賜給她，放置到漆盤中，蔓金苔映照出的光芒能照亮整個房間，也被稱為「夜明苔」；將蔓金苔戴在衣襟上則有如發出火光。晉惠帝惟恐宮廷之外的人得到蔓金苔，用來迷惑百姓，所以詔令除去蔓金苔並填塞池塘。等到西晉滅亡，還有這種蔓金苔，全都移入胡地。

石季倫❶愛婢名翔風❷，魏末於胡中得之。年始十歲，使房內❸養之。至十五，無有比其容貌，特以姿態見美。妙別❹玉聲，巧觀金色。石氏之富，方比王家，驕侈當世，珍寶奇異，視如瓦礫，積如糞土，皆殊方異國所得，莫有辨❺識其出處者。乃使翔風別其聲色，悉知其處。言西方北方，玉聲沉重而性溫潤，佩服者益人性靈；東方南方，玉聲輕潔而性清涼，佩服者利人精神。石氏侍人，美艷者數千人，翔風最以文辭擅愛。石崇嘗語之曰：「吾百年❻之後，當指白日，以汝為殉❼。」答曰：「生愛死離，不如無愛，妾得為殉，身其何朽！」於是彌見寵愛。崇常擇美容姿相類者十人，裝飾衣服大小一等❽，使忽視不相分別，常侍於側。使翔風調玉以付工人，為倒龍之珮，縈金為鳳冠之釵，言刻玉為倒龍之勢，鑄金釵象鳳皇之冠。結袖繞楹❾而舞，晝夜相接，謂之「恒舞❿」。欲有所召，不呼姓名，悉聽珮聲，視釵色，玉聲輕者居前，金色艷者居後，以為行次而進也。使數十人各含異香，行而語笑，則口氣從風而颺。又屑⓫沉水之香⓬，如塵末，布象床上，使所愛者踐之，無迹者賜以真珠百琲⓭，有迹者節其飲食，令身輕弱。故閨中相戲曰：「爾非細骨輕軀，那得百琲真珠？」及翔風年三十，妙年者爭嫉之，或者云「胡女不可為群」，競相排毀。石崇受譖潤⓮之言，即退翔風為房老⓯，使主群少，乃懷怨而作五言詩曰：「春華誰不美，卒傷秋落時。突烟還自低，鄙退豈所期！桂芳徒自蠹，失愛在娥眉⑯。坐見芳時歇，憔悴空自嗤！」石氏房中並歌此為樂曲，至晉末乃止。

【注釋】❶石季倫　石崇，字季倫。西晉渤海南皮（今河北南皮東北）人。官至侍中，《晉書》記載：「財產豐積，室宇宏麗。」與外戚王愷、羊琇等鬥富。❷翔風　《紺珠集》和《太平廣記》中都作「翾風」。❸房內　猶「房中」，指婦人。❹妙別　善於分別。❺辨　原作「辯」，據《太平廣記》改。❻百年　死的婉詞。❼殉　隨葬。❽一等　完全相同。❾楹　堂屋前部的柱子。❿恒舞　此詞出自《書・伊訓》，乃伊尹告誡官員不得沉迷歌舞，否則會喪家亡國。石崇取此為舞名，可見他對聖賢之言的蔑視。⓫屑　碎屑，此用作動詞。⓬沉水之香　指沉香。沈懷遠《南越志》記載：「交阯密香樹，彼人取之，先斷其積年老木根；經年，其外皮幹俱朽爛，木心與枝節不壞，堅黑沉水者，即沉香也。」⓭琲　《說文新附》解：「珠五百枚為琲。」《集韻》解：「珠百枚曰琲；一說，珠十貫為一琲。」⓮譖潤　日積月累的讒言。《論語・顏淵》記載：「浸潤之譖。」鄭注：「譖人之言，如水之浸潤，漸以成之也。」⓯房老　年老色衰的婢妾。《負暄雜錄・房老》：「婢妾年久而位高者，謂之房長。」《表異錄》：「婢妾年久而衰退者謂之房長，亦曰房老。」⓰娥眉　美女。指嫉妒者。

【語譯】石崇的愛婢名叫翔風，魏末在胡地得到她。當年她才十歲，命令婦人調教她。翔風十五歲時，容貌豔麗無人能比，尤其是姿態非常嬌美。翔風善於分辨玉器的聲音，通曉觀察黃金顏色的技巧。石崇家境富裕，能與王室之家相比，是當世最富有的一家，家中所囤積的奇珍異寶，都視作是瓦礫，像糞土一樣堆積在院子中，這些奇珍異寶都來自異域，沒有人能分辨出這些珍寶的產地。石崇讓翔風來辨別珍寶的聲音和顏色，她知曉所有珍寶的產地。翔風說出自西方和北方的玉，發出的聲音沉重而且玉性溫潤，佩帶這種玉能增益人的靈性；出自東方和南方的玉，發出的聲音輕脆而且玉性散發涼意，佩帶著這種玉能使人神清氣爽。石崇的侍女，嬌豔美麗的有幾千人，翔風因最擅長文辭而受到寵愛。石崇曾經對她說：「我百年之後，一定對太陽發誓，讓你殉葬。」翔風回答說：「活著時相愛但死去後分離，不如不曾相愛，我如果能為你殉葬，身體就不會腐朽！」於是她更加被寵愛。石崇經常選取十個美豔姿態相似的婢女，裝飾和衣服都一模一樣，讓別人乍看之下無法分別，常讓這十位婢女服侍在他身旁。讓翔風調製美玉交給工人，打造成倒龍珮，編結金絲製成鳳冠釵，倒龍珮就是將玉刻成龍頭朝下形狀的玉珮，鳳冠釵就是將金釵打造成像鳳凰頭冠一樣的金釵。石崇還讓這十位婢女衣袖相連並繞著柱子跳舞，晝夜不停，稱之為「恒舞」。如果想要召喚哪一位婢女，不叫姓名，而是仔細傾聽玉珮發出的聲音，觀察金釵的顏色，玉聲輕柔的站在前列，金釵顏色豔麗的站在後列，按照這樣的次序來行進。石崇又讓幾十個人口中含有異香，行走談笑，口中的香氣就飄散到空中。又將沉香碾成碎屑，像塵土一樣，放在象牙床上，讓石崇所寵愛的婢女到床上踩沉香屑，不會留下痕跡的人就賜她一百琲真珠，留下痕跡的人就讓她節制飲食，使自己的身體變得輕弱。因此妻妾們相互開玩笑說：「你沒有纖細筋骨和輕盈身軀，怎麼能得到一百琲真珠呢？」等到翔風三十歲時，妙齡少女爭寵嫉妒她，有人說「不可以和胡女在一起」，爭相排擠詆毀她。石崇聽信讒言穢語，命令翔風退為房老，管理那些小丫頭，翔風心懷怨恨而作一首五言詩：「春天的花誰不以為美麗，但最終秋天葉落而悲傷。直上的孤煙還會自行低落，怎麼會料到自己被鄙視斥退！桂樹花香卻招來蠹蟲，我因為別人的嫉妒而失去寵愛。坐等芳華隨風而逝，斯人憔悴獨自嘆息！」自此石崇房中一直以這首詩為詞來作曲，直到西晉滅亡才沒人再唱這首歌。

石虎❶於太極殿❷前起樓，高四十丈，結珠為簾，垂五色玉珮，風至鏗鏘，和鳴清雅。盛夏之時，登高樓以望四極，奏金石絲竹❸之樂，以日繼夜。於樓下開馬埒❹射場，周迴四百步，皆文石❺丹沙及彩畫於埒旁。聚金玉錢貝之寶，以賞百戲之人。四廂置錦幔，屋柱皆隱起❻為龍鳳百獸之形，雕斲❼眾寶，以飾楹柱，夜往往有光明。集諸羌氐❽於樓上。時亢旱，舂雜寶異香為屑，使數百人於樓上吹散之，名曰「芳塵」。臺上有銅龍，腹容數百斛❾酒，使胡人於樓上噀酒，風至，望之如露❿，名曰「粘雨臺」，用以灑塵。樓上戲笑之聲，音震空中。又為四時浴室，用鍮石珷玞⓫為堤岸，或以琥珀為瓶杓。夏則引渠水以為池，池中皆以紗縠⓬為囊，盛百雜香，漬於水中。嚴冰之時，作銅屈龍數千枚，各重數十斤，燒如火色，投於水中，則池水恒溫，名曰「燋龍溫池」。引鳳文錦步障⓭縈蔽浴所，共宮人寵嬖者解媟服⓮宴戲，彌於日夜，名曰「清嬉浴室」。浴罷，洩水於宮外。水流之所，名「溫香渠」。渠外之人，爭來汲取，得升合⓯以歸，其家人莫不怡悅。至石氏破滅，燋龍猶在鄴城⓰，池今夷塞矣。

【注　釋】❶石虎　字季龍，石勒之侄。羯族。十六國後趙的國君，廟號太祖，謚號武帝。❷太極殿　其址不詳。《晉書・載記》：「石虎於襄國起太武殿。」❸金石絲竹　古樂器。即鐘、磬、琴、管。❹馬埒　跑馬場。埒，周圍矮牆。❺文石　有紋理的石頭。❻隱起　隱含。❼鏨　雕飾。❽氐　為古代西北少數民族。原作「互」，齊校疑應作「氐」。❾斛　量器名，古時以十斗為一斛，後又以五斗為一斛。❿露　《太平廣記》卷二三三作「雲霧」。⓫鍮石珷玞　黃銅和似玉之石。鍮石，黃銅。珷玞，像玉的美石。⓬紗縠　有皺紋的紗。⓭步障　遮蔽寒風塵土之帳幕。《世說新語》：「王愷作紫絲布步障四十里，石崇作錦步障五十里以敵之。」⓮媟服　同「褻服」。指貼身的內衣。⓯合　量詞。《漢書・律曆志上》：「十合為升。」⓰鄴城　古城。舊址在今河北邯鄲臨漳西南。

【語　譯】石虎在太極殿前建造一座高樓，樓高四十丈，編結珍珠作門簾，門簾上垂掛著五色玉珮，風一吹就發出鏗鏘之聲，玉珮和鳴之聲清雅悅耳。盛夏時，登上高樓眺望四方，用鐘、磬、琴、管演奏樂曲，日以繼夜不停止。在高樓下設有跑馬場和射箭場，場地周長為四百步，四周的矮牆都是用帶有紋理的石頭、紅色的沙土和彩畫堆砌繪製而成。還有堆積黃金、美玉、錢幣、貝殼等寶物，用來賞賜表演歌舞和雜技的藝人。側面四周的房間內都掛有織錦圍幔，柱子都建造成龍鳳百獸的形狀而隱藏起來，雕琢各種寶物，用來裝飾房前的柱子，夜裡柱子常常發出光亮。樓上還聚集了一些羌族人。當時天氣非常乾旱，將各種寶物和奇異香料舂成碎屑，讓幾百人從樓上將這些碎屑吹散開來，稱為「芳塵」。樓臺上還有用銅鑄造的龍，龍腹內能盛裝幾百斛酒，讓胡人從樓上向下噴酒，風吹過，從遠處望去就像雨露，稱為「粘雨臺」，用來灑消塵土。樓上傳出的戲笑之聲，在空中迴蕩。還建造有四季都能使用的浴室，用黃銅和玉石築成堤岸，還用琥珀製成汲水的瓶杓。夏天就將水渠裡的水引到堤內成為池塘，池中都是用有皺紋的紗縫製成的香囊，裡面裝有上百種香料，並將香囊浸泡在池水中。嚴寒結冰時，鑄造數千隻銅製屈龍，每隻龍重幾十斤，將屈龍燒到和火一樣的顏色，投入池水中，就能使浴池中的水保持恆溫，稱為「燋龍溫池」。用鳳凰花紋的織錦縫製成的幔帳遮蔽洗澡的地方，石虎和宮人及寵愛的姬妾脫去內衣在浴池內嬉戲玩樂，日夜不停，稱為「清嬉浴室」。洗浴之後，將池水洩到宮外。水流經的地方，稱為「溫香渠」。渠外的人，爭相來汲取渠中之水，汲一升或一合水帶回家，家中的人沒有不高興的。等到石虎被打敗時，燋龍還在鄴城，但池子現已被鏟平並填塞。

錄曰：居室見妒，故❶亦姦巧之恆情，因嬌涵嬖，而斐錦❷之辭入。至於惑聽邪諂，豈能隔於求媚；憑歡藉幸，緣私❸嫟❹而相容。是以先寵未退，盛衰之萌兆矣；一朝愛退，皎日之誓忽焉。清奏薄言❺，怨刺之辭乃作。石崇叨❻擅時資，財業傾世，遂乃歌擬〈房中〉❼，樂稱「恒舞❽」，季庭管室❾，豈獨古之貶乎！石虎席卷西京❿，崇麗妖虐，外僭和鸞文物之儀⓫，內修三英⓬、九華⓭之號，靈祥遠貢，光耀舊都；珠璣丹紫，飾備於土木。自古以來，四夷侵掠，驕奢僭暴，擅位偷安，富有之業，莫此比焉。

【注釋】❶故　通「固」。本來。❷斐錦　即紋錦，此喻嫉女進讒如羅織之美錦。原作「菲錦」，當作「斐錦」。❸私　原作「和」，形近而誤，據齊校改。❹嫟　親暱；相狎近。❺薄言　發語辭。此處蓋指《邶風・柏舟》中所記載：「薄言往愬，逢彼之怒。」指怨婦之詞。❻叨　同「饕」。貪。原作「功」，據毛校改。❼房中　周代始創的一種樂歌。由后妃吟唱，故稱「房中樂」。《詩考》所記：「自〈關雎〉至〈芣苢〉，后妃房中之樂。」❽恒舞　此詞出自《書・伊訓》乃伊尹告誡官員不得沉迷歌舞，否則會喪家亡國。❾季庭管室　指季氏八佾舞於庭，管仲有三歸，皆為逾越禮制。佾，奏樂舞蹈的行列，也表示社會地位的舞樂等級、規格。周禮規定，只有天子可用八佾。春秋末期魯國季氏，世代為卿，權重勢大，國君實際已在他們的控制之下。管仲，名夷吾，史稱管子。春秋時期齊國著名的政治家、軍事家。三歸，是國家按比例征收的營業稅，齊桓公賜給了管仲。⑩西京　西漢都長安，東漢改都洛陽，因稱長安為西京，洛陽為東京。⑪外僭和鸞句　謂石虎僭用帝王車駕儀仗。僭，超越身分，地位在下者冒用在上者的名義或器物等。和鸞，古代車上的鈴鐺。按古代帝王車上有鈴，以為行進時之節拍。掛在車前橫木上稱「和」，掛在軛首或車架上稱「鸞」。⑫三英　石虎所建宮殿名。⑬九華　石虎所建宮殿名。《清一統志》記載：「後趙石虎建，以三三為位，故謂之九華。」故址在今河南臨漳西。

【語　譯】附錄：同居一室而心生妒嫉，本來奸詐就是女人常見的性情，因為嬌寵沉湎於美人之中，而聽信妒女讒言。會被讒諂之言所迷惑，又怎麼能阻隔他人的獻媚；憑藉歡愛被寵倖，依靠私下的親昵而被收容。因此在先前的寵愛還未退去時，興衰的徵兆已經萌芽；一旦愛情消失，白日裡所發下的誓言就都無影無蹤。被拋棄的女人吟誦怨婦之詞，創作出幽怨、憤恨的詩句。石崇貪取獨攬資產錢財，家業富有財傾當世，模擬〈房中〉而作歌，模仿「恒舞」而編舞樂，季氏和管仲的奢華生活，豈止只有古代社會貶低斥責！石虎將長安城的財寶劫掠一空，喜愛妖冶美女，外出時逾越禮儀限制而使用帝王的車駕禮儀，在家裡修建三英宮、九華宮，從遠方進貢而來靈異祥瑞的珍寶，珠光寶氣閃耀在於長安城；紅紫相間的珠璣，雕飾在土木建築上。自古以來，多少人劫掠四方，驕奢越位又橫暴，篡奪王位苟且安生，家業富有，但沒有人能比得上石虎。

【研　析】本卷言晉時事。多取異域殊物，描寫其神奇之處，較之他卷，神怪的內容較少，博物的性質較突出。其中有記草木的，如芸薇草、望舒草、蔓金苔；有記異獸的，如五足獸、傷魂鳥；有記奇室豪宅的，如波斯國之石室、石虎所造高樓；還有九醞酒、火浣布、側理紙等奇異的發明與製造。作者在對事物的記述中，有的引入人物故事，在博物中增添了小說的意味。如三株神草，草形奇異似金蔓草，是晉武帝建立以金德為稱的西晉王朝的徵兆，而三株草又變化為三棵楊樹，轉而預示外戚三楊將擅權專政。顯然，這是一個道家幻化與神跡顯露的故事，由草引出姚馥與酒泉的傳說，饒有故事性。翔風一節也是寫人敘事的傑作。翔風幼時即被石崇自胡地買入，不僅容貌超俗，更多才多藝，深得石崇寵愛，石崇甚至與之海誓山盟，然而，翔風年過三十，即色衰愛弛，只能作怨歌以自嘆見捐。敘事娓娓，使人唏噓。而波斯國之石室與石虎所造高樓雖然從建築風貌上有質樸與華靡兩種風格，但筆法上卻都呈現出細膩的特點。而芸薇草、望舒草、蔓金苔、九醞酒、火浣布、側理紙等或存於自然界，或為現實生活所有，幾乎沒有故事性，屬於博物性質。但我們從中可以瞭解到當時的奇花異草以及釀酒、紡織、造紙的技術水準。

# 卷十

## 崑崙山

崑崙山有崑陵❶之地，其高出日月之上。山有九層，每層相去萬里。有雲色❷，從下望之，如城闕之象。四面有風，群仙常駕龍乘鶴，遊戲其間。四面風者，言東南西北一時俱起也。又有祛塵之風，若衣服塵汙者，風至吹之，衣則淨如浣濯。甘露濛濛似霧，著草木則滴瀝如珠。亦有朱露，望之色如丹，著木石赭然，如朱雪灑焉；以瑤器承之，如飴❸。

崑崙山者，西方曰須彌山❹，對七星❺之下，出碧海之中，夜望水上，火焰如燭❻。上有九層，第六層有五色玉樹，蔭翳五百里。第三層有禾毯❼，一株滿車。有瓜如桂，有柰❽冬生，如碧色，以玉井水洗食之，骨輕柔能騰虛也。第五層有神龜，長一尺九寸，有四翼，萬歲則升木而居，亦能言。第九層山形漸小狹，下有芝田蕙圃，皆數百頃，群仙種耨❾焉。傍有瑤臺十二，各廣千步，皆五色玉為臺基。最下層有流精霄闕❿，直上四十丈。東有風雲雨師闕⓫。南有丹密雲，望之如丹色，丹雲四垂周密。西有螭⓬潭，多龍螭，皆白色，千歲一蛻其五臟。此潭左側有五色石，皆云是白螭腸化成此石。有琅玕璆琳⓭之玉，煎可以為脂。北有珍林別出，折枝相扣，音聲和韻。南有赤陂⓮紅波，九河分流⓯，千劫⓰一竭，千劫水乃更生也。

【注釋】❶崑陵　即「崑崙山」。古代傳說為神仙所居之地。《十洲記》載「崑崙，號曰崑崚」。❷有雲色　《太平御覽》卷八作「從上來一層有雲氣五色」。❸飴　用米和麥芽熬成的糖漿。❹須彌山　原為古印度神話中的山名，後為佛教所採用。指諸山之王，世界之心，大海之中。高三百三十六萬里。山頂為帝釋天所居，山腰為四天王所居。四周有九山八海、四大部洲。❺七星　指北斗七星：一天樞，二天璿，三天璣，四天權，五玉衡，六開陽，七搖光。此七星位於北方，聚成斗形，故總稱北斗七星。❻夜望二句　此二句原無，據《太平御覽》補。後文「蔭翳五百里」下原有「夜至水上，其火如燭」，與上下文不連屬，據齊校刪。❼穟　通「穗」。❽柰　果名，蘋果。原作「奈」，當為「柰」之誤。《本草綱目》：「柰與林檎，一類二種，實似林檎而大，一名頻婆。」林檎俗稱「花紅」、「沙果」。頻婆，梵語的音譯，即蘋果。❾耨　耨耕。❿闕　皇宮門前兩邊供瞭望的樓。原作「間」，據毛校改。⓫闕　原作「聞」，據毛校改。⓬螭　傳說中一種無角龍。古代建築或工藝品上常用它的形狀作裝飾。⓭琅玕璆琳　泛指美玉。《爾雅．釋地》：「西北之美者，有崑崙虛之璆琳、瑯玕焉。」瑯，同「琅」。⓮陂　山坡。⓯九河分流　此句原在「南有」句上，齊校以為此句與上下文均不連屬，疑誤顛倒，故移至「南有」句下。九河，指古代的九條大河。《爾雅．釋水》記載為徒駭、太史、馬頰、覆鬴、胡蘇、簡、潔、鉤盤、鬲津等九條河。古人認為黃河發源於崑崙，後分流為九條河。⓰劫　佛教名詞。「劫波」的略稱。意為極久遠的時節。古印度傳說世界經歷若干萬年毀滅一次，重新再開始，這樣一個週期叫做一「劫」。

【語　譯】崑崙山上有崑陵，崑陵高於日月之上。崑陵共九層，每層相距萬里。崑陵上空飄著五色雲，從下向上望去，有如城牆宮闕。四面都有風吹來，眾仙人常駕馭飛龍騎乘仙鶴，在崑陵之間遊樂嬉戲。四面風，是說風從東南西北四個方向同時刮起。還有能洗滌塵汙的風，倘若衣服沾染汙垢，此風吹過後，衣服就好似水洗過一般潔淨。有一種甘露像霧氣般迷茫不清，從草木上滴落下來形狀猶如珍珠。還有一種朱露，遠望是紅色，遇木石則變成紅褐色，有如紅雪飄灑其上；用玉器盛起，又有如飴糖。崑崙山，西方人稱須彌山，位在北斗七星之下，聳立碧海中央，夜望海面，發出如燭火般的火焰。崑崙山有九層，第六層有五色玉樹，樹蔭綿延五百里。第三層種有穀子，一株就能裝滿一車。有一種瓜其植株有似桂樹，還有一種叫「柰」的水果，在冬天生長，顏色碧綠，用玉井的水清洗後食用，骨骼變得輕柔能騰雲駕霧。第五層有神龜，一尺九寸長，有四隻翅膀，活到一萬歲就爬上樹居住，還會說話。第九層山形逐漸變窄，下有靈芝田、蘭蕙園，都有幾百頃，仙人們在那裡耕作。旁有十二座瑤臺，每座瑤臺寬千步，用五色玉石作臺基。最下層有流精霄闕，高四十丈。東面是風雲雨師闕。南方有紅色濃雲，遠望如朱砂樣的紅色，紅雲四面下垂嚴密無縫。西面有螭潭，聚集許多龍螭，都是白色，一千年蛻換一次五臟。潭左側有五色石，都說是由白螭龍的腸子變化而成。還有美玉琅玕璆琳，煎後可化為油脂。北面另外有片珍異別致的樹林，折斷樹枝相互敲擊，發出的聲音和於韻律。南面有沿赤色的山坡流下紅色的河水，分成九條河流，每千劫乾涸一次，千劫河水再度重生。

【研析】此篇通過對崑崙仙山的描寫，讓我們第一次切實地看到了那遙不可及的神仙世界。它遠離人世，高高的在日月之上。在祥風吹拂之下，仙人往來穿梭遊戲其中。更有「祛塵風」能夠潔淨衣服。這裡的一切都不同尋常：樹木不但巨大而且能夠發光；穀子碩果累累，一株穀穗就能裝滿一車；水果也打破了常規，冬天照常生長。那些人間罕見的珍貴植物在這裡被伺候的像種普通的菜一樣平常。神龜會人言，龍螭安然生活在潭水中。還有寬廣的瑤臺、高大的樓闕。渴了有甘露，餓了有仙果，休閒時可以擺弄能夠奏響音樂的樹枝。崑崙山的神奇在於山有九層，各層都有獨特的景物，可惜本篇散佚缺失，只存留下其中四層的文字，其他幾層就當作是一種缺失的美，算是作者留給我們的想像空間吧。

## 蓬萊山

蓬萊山❶亦名防丘，亦名雲來，高二萬里，廣七萬里。水淺，有細石如金玉，得之不加陶冶，自然光淨，仙者服之。東有鬱夷國❷，時有金霧。諸仙說此上常浮轉低昂，有如山上架樓，室常向明以開戶牖❸，及霧滅歇，戶皆向北。其西有含明之國❹，綴❺鳥毛以為衣，承露而飲，終天登高取水，亦以金、銀、蒼環❻、水精❼、火藻❽為階。有冰水、沸水❾，飲者千歲。有大螺名躶步❿，負其殼露行，冷則復入其殼；生卵著石則軟，取之則堅，明王出世，則浮於海際焉。有葭⓫，紅色，可編為席，溫柔如罽毳⓬焉。有鳥名鴻鵝，色似鴻⓭，形如禿鶖⓮，腹內無腸，羽翮⓯附骨而生，無皮肉也。雄雌相眄則生產⓰。南有鳥，名鴛鴦，形似雁，徘徊雲間，棲息高岫⓱，足不踐⓲地，生於石穴中，萬歲一交則生雛，千歲銜毛學飛，以千萬為群，推其毛長者高翥⑲萬里。聖君之世，來入國郊。有浮筠之簳⑳，葉青莖紫，子大如珠，有青鸞㉑集其上。下有沙礰，細如粉，柔風至，葉條翻起，拂細沙如雲霧。仙者來觀而戲焉，風吹㉒竹葉，聲如鐘磬㉓之音。

【注釋】❶蓬萊山　傳說中的海上仙山。《山海經．海內北經》中載「蓬萊山在海中」。《列子．湯問》載「渤海之東……有五山焉，一曰岱輿，二曰員嶠，三曰方壺，四曰瀛洲，五曰蓬萊」。❷鬱夷國　指「嵎夷」、「隅夷」。在今山東東部濱海地區。另一種說法，古代神話傳說中日出處。❸戶牖　門窗。牖，窗戶。❹含明之國　即日出之國。《黃庭經》：「肝神龍煙字含明」，注云：「日出東方，故曰含明。」❺綴　縫製。❻蒼環　即青色玉環。❼水精　即水晶。❽火藻　其意不明，當為金銀水晶一類的礦物。❾冰水沸水　均指泉。沸水，指溫泉。❿躶步　此螺負殼露體而行，故名。躶，同「裸」。赤體也。⓫葭　初生的蘆葦。⓬罽毹　氈毛。毹，鳥獸體表之細毛。⓭鴻　大雁。⓮禿鶖　古書上的一種水鳥。頭和頸上都沒有毛，性貪惡，食魚、蛇、鳥雛等。⓯翮　鳥翎的莖；翎管。⓰雄雌相眄句　《莊子．大運》：「夫白兒鳥之相視，眸子不運而風化。」王先謙《集解》：「風讀如『馬牛其風』之風，謂雌雄相誘也。化者，感而成孕。」眄，看；相視。⓱岫　山穴。⓲踐　踩；踐踏。⓳翥　鳥向上飛。⓴浮筠之簳　彩色似玉的細竹。浮筠，玉的顏色。簳，細竹。㉑青鸞　古代傳說中鳳凰一類的神鳥。赤色多者為鳳，雌性；青色多者為鸞，雄性。多為神仙坐騎。㉒風吹　原作「吹風」，據《太平御覽》改。㉓鐘磬　古代打擊樂器。懸掛於架上，擊之而鳴。

【語　譯】蓬萊山也稱防丘山，又叫雲來山，高二萬里，面積七萬里。四周海水很淺，水中細小石子有如金玉，找到這樣的小石子不用冶煉，石子天生光潔，仙人服用這種石子。東面有個鬱夷國，常常飄有金色的霧。各位神仙說這個國家常常能飄浮轉動，時而沉落，時而上升，好像是在山上建樓，房間總是向著光明的方向開設門窗，等到霧氣散盡，門窗都向著北方。西面有含明國，該國人用鳥的羽毛縫製成衣服，接露水來飲用，登高到天上取水，還用金、銀、青色玉環、水晶、火藻建造臺階。有涼泉水、溫泉水，飲用這種水的人能活到一千歲。有種大螺名叫躶步，背負著螺殼裸露著身體爬行，冷就再鑽入螺殼內；躶步產下的卵落到石頭上是軟的，取下來就變得堅硬，如果有英明的君王降臨世間，躶步就會在海邊漂浮。有種蘆葦，初生時是紅色，可以編製成席，席子溫暖柔軟有如氈毛。有種鳥叫鴻鵝，顏色類似大雁，形狀有如禿鶖，肚內沒有腸子，翎管生長在骨頭上，沒有皮和肉。雄鳥和雌鳥對視就可以產下後代。南面有種鳥，名叫鴛鴦，外形好像大雁，徘徊於雲間，棲息在高山洞穴，腳不踩地，出生在石穴之中，每萬年交配一次而產下幼鳥，千年後幼鳥含著毛學習飛翔，千萬隻鳥聚成一群，推選其中毛最長的鳥高飛萬里。有聖明的君王降世，這種鳥就飛到該國郊野。還有一種彩色似玉的細竹，葉是綠色莖為紫色，果實大如珍珠，有青鸞聚集在竹上。地下有沙礰，細如粉末，輕風吹來，竹葉翻動，吹拂起的細沙有如雲霧。仙人來觀看並在其間遊戲，風吹竹葉，有如鐘磬的聲音。

【研　析】蓬萊仙山以山東的蓬萊島為原型，因其常現海市蜃樓而被神化。文中的鬱夷國飄浮轉動的樓宇大概就是一種海市奇觀。作者描繪此山突出長生不老的理念。山上的泉水，喝了能活一千歲；鴛鴦鳥萬歲一交，千歲始學飛翔，其壽命之長令人不敢想像。這些是道家以服食養生追求長生久世的臆想。末尾浮筠之榦一段文字，指細竹的氣質超凡脫俗，頗有點仙風道骨的意味。

## 方丈山

方丈之山❶，一名巒雉。東有❷龍場，地方千里，玉瑤為林，雲色皆紫。有龍，皮骨如山阜，散百頃，遇其蛻骨之時，如生龍。或云：「龍常鬥此處，膏血如水流。膏色黑者，著草木及諸物如淳漆也。膏色紫者❸，著地凝堅，可為寶器。」燕昭王❹二年，海人乘霞舟❺，以雕壺盛數斗膏，以獻昭王。王坐通雲之臺❻，亦曰通霞臺，以龍膏為燈，光耀百里，烟色丹紫，國人望之，咸言瑞光，世人遙拜之。燈以火浣布❼為纏❽。

山西有照石❾，去石十里，視人物之影如鏡焉。碎石片片，皆能照人，而質❿方一丈，則重一兩。昭王舂此石為泥，泥⓫通霞之臺，與西王母⓬常遊居此臺上。常有眾鸞鳳鼓舞，如琴瑟和鳴，神光照耀，如日月之出。臺左右種恆春之樹⓭，葉如蓮花，芬芳如桂，花隨四時之色。昭王之末，仙人貢焉，列國咸賀。王曰：「寡人得恆春矣，何憂太清⑭不至。」恆春一名「沉生」，如今之沉香也。有草名濡葤⑮，葉色如紺⑯，莖色如漆，細軟可縈，海人織以為席薦⑰，卷之不盈一手，舒之則列坐方國⑱之賓。莎蘿⑲為經。莎蘿草細大如髮，一莖百尋⑳，柔軟香滑，群仙以為龍、鵠之轡㉑。有池方百里，水淺可涉，泥色若金而味辛，以泥為器，可作舟矣。百煉可為金㉒，色青，照鬼魅猶如石鏡，魑魅不能藏形矣㉓。

【注釋】❶方丈之山　也作「方丈山」、「方壺山」。傳說中的海上仙山。❷東有　原作「東方」，據《太平廣記》改。❸者　原作「先」，《稗海》本作「光」，齊校以為按上文「青色黑者」例，當作「者」，據改。❹燕昭王　戰國時期燕國第三十九任君主，即位後改革政治，招徠人才，使燕國達到鼎盛時期。❺霞舟　裝飾華美的船。❻通雲之臺　即通霞臺，後世也稱「招賢臺」、「黃金臺」。燕昭王所建。傳說他曾用方丈山的照石粉來粉刷牆壁，異常華美。❼火浣布　以火浣洗之布。❽纏　圍繞；纏繞。此指纏繞成燈芯。《南史》曰：「（火浣布）或作燈炷，用之不知盡。」《太平御覽》卷八七一「纏」字下有「炷」字，下又有「光滿於宮內」一句。❾照石　傳說中一種能映現人、物的神奇之石。❿質　斧質。用作動詞，砍。⓫泥　用作動詞，用泥或似泥的東西塗抹。⓬西王母　古代神話中的道教所信奉的女神。⓭恆春之樹　也稱「長春樹」。傳說中異木名。其花隨四時之色而更生。南朝梁任昉《述異記》：「燕昭王種長春樹，葉如蓮花，樹身似桂樹，花隨四時之色，春生碧花，春盡則落；夏生紅花，夏末則凋；秋生白花，秋殘則萎；冬生紫花，遇雪則謝。故號為長春樹。」⓮太清　道家三清境之一。道教中天界最高的仙境稱為「太清」。《抱朴子‧雜應》：「上昇四十里，名曰太清，太清之中，其氣甚剛。」⓯蘣　即葌，香草；蘭草。原作「蘣」，毛校作「蘣」。《山海經‧中山經》：「吳林之山，其中多葌草。」郝懿行《箋疏》：「《眾經音義》引《聲類》云：『葌，蘭也。』又引《字書》云：『葌與蕑同，蕑即蘭也。』是葌乃香草。」⓰紺　深青帶紅的顏色。《說文》：「紺，帛深青揚赤色。」⓱席薦　席子和草薦。泛指鋪墊物。薦，草席。⓲方國　四方諸侯之國；四鄰之國。《詩‧大雅‧大明》：「厥德不回，以受方國。」鄭玄注：「方國，四方來附者。」⓳莎蘿　古代草本植物名，無考。⓴尋　古長度單位。八尺為一尋。㉑轡　駕馭牲口的韁繩。㉒金　指青銅。㉓照鬼魅二句　《太平御覽》引此句作「照鬼魅猶如照面，不得藏形也」。

【語　譯】方丈山，也叫巒雉山。山的東面有一處龍場，方圓千里，美玉瓊瑤成林，雲都是紫色。龍場內有龍，龍的皮骨堆積有如山丘，散放占據了百頃之地，每逢龍蛻骨的時候，蛻下來的皮骨有如活生生的真龍。有人說：「龍常常在這個地方打鬥，油脂和血液流淌如水。黑色的油脂，沾染到草木以及各種物品上就像塗上厚厚的黑漆。紫色的油脂，流到地上就凝結變堅固，可製成寶器。」燕昭王二年，臨海而居的人乘坐著裝飾華美的船，用雕有花紋的壺盛放幾斗龍油，進獻給昭王。昭王坐在通雲臺，也稱為通霞臺，用龍的油脂來點燈，燈光能照耀百里，煙是紫紅色，國人看到龍燈的光，都說是祥瑞之光，世間人都遙拜龍燈。龍燈用火浣布纏製成燈芯。山的西面有塊照石，距離照石十里的地方，看照石所映照出的人物影像有如鏡子般真切。照石的碎片，都能照人，而劈下一丈見方的照石，重量只有一兩。燕昭王把這種石頭搗成泥，塗抹在通霞臺，和西王母常常在通霞臺上遊玩居住。常常有很多鸞鳳聚集起舞，有如琴和瑟聲調和諧，龍燈神光照耀，如日月升起。通霞臺的左右兩側種有恆春樹，樹葉好似蓮花，芬芳香氣有如桂花，恆春花隨四時更替而改變顏色。燕昭王末年，仙人進貢恆春樹，各國都來祝賀。燕昭王說：「寡人已得到恆春樹，何必憂慮不能到達太清仙境。」恆春樹也叫「沉生」，就是現在的沉香。還有一種草叫濡𦶟，草葉深青帶紅，草莖漆黑，濡𦶟草細小柔軟可以纏繞，臨海而居的人用濡𦶟草編織席子，捲起來的大小不滿一個手掌，舒展開則能坐下四方諸侯國的賓客。濡𦶟草席用莎蘿連綴而成。莎蘿草細長如頭髮，一根莖長百尋，莎蘿草柔軟芳香滑順，諸仙用莎蘿草作為駕馭龍、鵠的韁繩。方丈山上還有百里見方的池塘，水很淺能徒步走過，水底的泥是金色而有辛辣味，用這種泥打造器具，可以造船。千錘百煉後可打造成青銅，顏色是青色，用它來照鬼魅猶有石鏡的功用，魑魅無法隱藏身形。

【研　析】本篇介紹方丈山的物產時常與燕昭王聯繫起來，將仙山與歷史人物糾結在一起，是本文不同於他篇之處。大概是因為方丈山中能夠做燈油的龍膏、猶如鏡子般的照石、四季都開花的恆春樹、細柔的濡𦶟草、莖葉奇長的莎蘿草、可以提煉青銅的池泥等等，均有其物，只不過是因為比較少見，古人不能做出合理的解釋和自如的運用，而加以神話或者誇誕。把莎蘿草作為仙人駕馭龍、鵠的韁繩，反映出古人對神奇的自然充滿離奇想像，彷彿孩童一般天真。

## 瀛洲

瀛洲[1]一名魂洲，亦曰環洲。東有淵[2]洞，有魚長千丈，色斑，鼻端有角，時鼓舞群戲。遠望水間有五色雲；就視，乃此魚噴水為雲，如慶雲[3]之麗，無以加也。有樹名影木[4]，日中視之如列星[5]，萬歲一實，實如瓜，青皮黑瓤，食之骨輕。上如華蓋[6]，群仙以避風雨。有金巒之觀，飾以眾環，直上干雲[7]。中有青瑤几[8]，覆以雲紈[9]之素[10]，刻碧玉為倒龍之狀，懸火精[11]為日，刻黑玉為烏[12]，以水精[13]為月，青瑤為蟾兔[14]。於地下為機棙[15]，以測昏明，不虧弦望[16]。時時有香風泠然[17]而至，張袖受之，則歷年不歇。有獸名嗅石，其狀如麒麟，不食生卉，不飲濁水，嗅石則知有金玉，吹石則開，金沙寶璞[18]，粲然而可用。有草名芸苗，狀如菖蒲，食葉則醉，餌[19]根則醒。有鳥如鳳，身紺[20]翼丹，名曰「藏珠」，每鳴翔而吐珠累斛㉑。仙人常以其珠飾仙裳，蓋輕而耀於日月也。

【注釋】❶瀛洲　傳說中的仙山。《史記・秦始皇本紀》：「齊人徐市等上書，言海中有三神山，名曰蓬萊、方丈、瀛洲，僊人居之。」❷淵　《說文》：「淵，回水也。」此指深潭、深池。❸慶雲　五色雲；有祥瑞之兆的雲。❹影木　古代傳說中的樹木名。❺列星　羅布天空定時出現的恒星。《公羊傳・莊公七年》：「恒星者何？列星也。」何休注：「恒，常也，常以時列見。」❻華蓋　此指帝王或貴官車上的傘蓋。謂影木枝葉交蔽如傘。另有一意指古星名。❼干雲　高入雲霄。❽几　原作「瓦」，據《太平御覽》改。❾紈　白色的細絹。❿素　未染色的絲綢。⓫火精　疑即火玉，傳說能發熱的紅色寶玉。漢王充《論衡・說日》：「夫日，火之精也；月，水之精也。」⓬烏　日烏，也稱「陽烏」、「金烏」、「三足烏」。古人認為太陽裡住著一隻三足烏鴉。原作「鳥」，據毛校改。⓭水精　水晶，也叫「水玉」。《山海經》記載：「堂庭之山多水玉。」郭璞注：「水玉，水精也。」⓮蟾兔　相傳月中有兔及蟾蜍。《後漢書・天文志》注引張衡《靈憲》云：「月者，陰精之宗，積而成獸，像兔。羿請無死之藥於西王母，姮娥竊之以奔月，姮娥遂託身於月，是為蟾蜍。」⓯機棙　機關。⓰弦望　月相從全月到新月的週期。弦，農曆每月初七、八或二十二、三，月亮半圓，形似弓弦，故名。望，農曆每月十五，月圓。⓱泠然　清涼貌；寒涼貌。⓲寶璞　包藏著玉的礦石。⓳餌　餵。⓴紺　深青帶紅的顏色。㉑斛　古代量器。方形，口小底大。

【語譯】瀛洲也叫魂洲，還稱作環洲。瀛洲東面有深潭，潭裡有千丈長的魚，色彩斑斕，鼻子前端有長角，有時魚群一同嬉戲。遠遠望去潭水間有五彩雲；靠近一看，是這種魚噴水而成為雲彩，和祥雲一樣美麗，沒有可與之相媲美的。有一種樹叫影木，在正午觀看這種樹映在地上的樹影有如天上的恆星，一萬年結一顆果實，果實像瓜，皮是青色瓤為黑色，吃這種瓜骨骼會變輕。樹端有如帝王的傘蓋，仙人們在樹下躲避風雨。有座金巒觀，裝飾著很多玉環，高聳入雲。內有青色玉几，上面鋪著白色的絹絲，碧玉雕刻成倒龍的形狀，懸掛用紅寶石做成的太陽，黑玉雕刻成的日烏，水晶磨製的月亮，青玉雕琢的蟾蜍與兔子。地下建有機關，能夠測定晝夜，月圓月缺都不會錯過。不時有清涼的香風吹來，張開袖子收納香風，香氣經年不消散。有種叫嗅石的野獸，外形像麒麟，不吃生草，不喝汙濁的水，一聞就知道哪塊石頭藏有珍寶，吹口氣石頭就裂開，石裡藏的金沙和玉，金燦明亮可直接取用。有一種草叫芸苗，外形如菖蒲，吃了葉子會醉倒，餵根則會甦醒過來。有一種鳥像鳳凰，身體是深青帶紅色翅膀為紅色，名叫「藏珠」，每次鳴叫飛翔就能夠連續吐出幾斛寶珠。仙人常用寶珠來裝飾仙衣，寶珠十分輕盈散發出日月一樣的光芒。

【研　析】瀛洲，傳說中的海上三山之一。《史記·封禪書》記載「諸仙人不死藥皆在焉，黃金、白銀為闕」。本篇大概就是以此為藍本，故瀛洲是諸名山中唯一一個金碧輝煌的地方，不惟金巒觀的描寫盡顯富麗堂皇，連山中的鳥獸也能尋金吐珠。李白詩云「海上談瀛洲，煙濤微茫信難求」，以李白的浪漫都覺得瀛洲飄渺難求，本文作者卻借助於自己的想像，為我們描繪了這個神仙世界。

# 員嶠山

員嶠山❶，一名環丘。上有方湖，周迴千里。多大鵲，高一丈，銜不周之粟❷。粟穗高三丈，粒皎如玉。鵲銜粟飛於中國❸，故世俗間往往有之。其粟，食之歷月不飢。故《呂氏春秋》❹云：「粟之美者，有不周之粟焉。」東有雲石，廣五百里，駮駱❺如錦，扣❻之片片，則蓊然❼雲出。有木名猗桑，煎椹❽以為蜜。有冰蠶❾長七寸，黑色，有角有鱗，以霜雪覆之，然後作繭，長一尺，其色五彩，織為文錦，入水不濡❿，以之投火，經宿不燎。唐堯之世，海人獻之，堯以為黼黻⓫。西有星池千里，池中有神龜，八足六眼，背負七星、日、月、八方之圖，腹有五岳⓬、四瀆⓭之象。時出爛石⓮上，望之煌煌如列星矣⓯。有草名芸蓬，色白如雪，一枝二丈，夜視有白光，可以為杖。南有移池國，人長三尺，壽萬歲，以茅為衣服，皆長裾大袖，因風以昇煙霞，若鳥用羽毛也。人皆雙瞳，修眉長耳，飡⑯九天之正氣，死而復生，於億劫⑰之內，見五岳再成塵。扶桑⑱萬歲一枯，其人視之如旦暮也。北有浣腸之國，甜水繞之，味甜如蜜，而水強流迅急，千鈞⑲投之，久久乃沒。其國人常行於水上，逍遙於絕岳之嶺，度天下廣狹，繞八柱⑳為一息，經四軸㉑而暫寢，拾塵吐霧，以算歷劫之數，而成阜丘，亦不盡也。

【注釋】❶員嶠山　古代傳說中的仙山。❷不周之粟　《呂氏春秋·本味》：「飯之美者，玄山之禾，不周之粟。」不周，古代傳說中山名。《山海經·西山經》：「又西北三百七十里曰不周之山。」郭璞注：「此山形有缺，不周匝處，因名云。」粟，即穀子。❸中國　上古華夏族建國於黃河流域一帶，以為居天下之中，故稱。❹呂氏春秋　書名。也稱《呂覽》。戰國末年秦國丞相呂不韋召集門客集體編纂而成。雜家代表著作。❺駮駱　《太平御覽》卷五十二作「駮落」。色彩斑駁貌。❻扣　同「叩」。敲擊。❼蓊然　旺盛貌。❽椹　同「葚」。桑樹的果實。❾冰蠶　古代傳說中的一種蠶。❿濡　沾濕。⓫黼黻　古禮服上繡飾之紋。黑白相間花紋為黼；黑青相間花紋為黻。《書·益稷》傳：「黼，若斧形；黻，為兩巳相背。」⓬五岳　中國五大名山的總稱。古書中記述略有不同。常見的說法指東岳泰山、南岳衡山、西岳華山、北岳恆山、中岳嵩山。傳說為群神居所，歷代帝王多前往祭祀。⓭四瀆　古人對四條獨流入海的大川總稱。即黃河、長江、淮河、濟水。⓮爛石　傳說中一種神奇的石頭。「爛」字原無，據《太平御覽》補。⑮望之煌煌句　《太平御覽》此句下有「於冥昧當雨之時，而光色彌明。此石常浮於水邊，方數百里，其色多紅。燒之，有煙數百里，昇天則成香雲；香雲遍潤，則成香雨」云云。又有「爛石色紅似肺，燒之有香煙聞數百里，煙氣昇天，則成香雲」，應為此節佚文。⑯飡　同「餐」。⑰劫　佛教術語。古印度傳說世界經歷若干萬年毀滅一次，重新再開始，這樣一個週期叫做一劫。⑱扶桑　古神話傳說中的樹名。《山海經・海外東經》：「湯谷上有扶桑，十日所浴。」⑲鈞　古代的重量單位。一鈞等於三十斤。⑳八柱　古代神話中的支天之柱。《河圖括地象》：「崑崙山為天柱，氣上通天。崑崙者地之中也，地下有八柱。」㉑軸　古代傳說中大地的軸，有三千六百個。

【語譯】員嶠山，也叫環丘。山上有一座方湖，方圓千里。山上有許多大喜鵲，高一丈，銜回不周山所產的穀物。穀穗高三丈，穀粒潔白如玉。喜鵲銜著穀子飛回中原，因此民間也常常有這種穀物。這種穀物，吃後幾個月都不會覺得飢餓。所以《呂氏春秋》記載：「口味香美的穀物，當屬不周山所產的穀物。」員嶠山東面有雲石，占地五百里，石紋色彩斑斕好似織錦，敲擊雲石，就會湧出很多雲朵。有一種樹叫猗桑，煎熬桑椹能製成蜜糖。有一種冰蠶長七寸，黑色，長角且身上帶鱗，用霜雪覆蓋冰蠶，然後冰蠶會因此作繭，繭長一尺，蠶絲有五種色彩，用蠶絲織成彩色的織錦，浸入水中不會溼，投入火中，經過幾晚也不會燃燒。唐堯時代，海上漁民進獻這種織錦，堯用來縫製禮服上的花紋。員嶠山西面有星池方圓千里，池中有神龜，八隻腳六隻眼，後背有七星、日、月、八方的圖案，腹部有五岳、四瀆的圖像。有時出現在爛石上，遠遠望去有如羅布天空的恆星。有一種草叫芸蓬，顏色雪白，一枝二丈長，夜裡會發出白光，可用來作成手杖。南面有移池國，人的身高三尺，壽命可達萬年，用茅草縫製衣服，衣襟很長並且衣袖寬大，藉著風勢能飛升到雲霞上，襟袖的作用好像鳥的羽毛一樣。移池國人眼睛都是兩個眼珠，眉毛耳朵都修長至可垂肩，以天空最高處的正氣為食，死後能復生，在億萬年的劫難內，看到五岳再次變成塵土。扶桑樹每一萬年枯萎一次，但該國人把扶桑枯榮一次的萬年看作朝夕之間的事。北面有浣腸國，甜水環繞該國，水味甜如蜜，但水流湍急洶湧，將千鈞重的東西投入水中，很久才會沉沒。浣腸國人常在水上行走，在險絕山岳的峰頂悠閒自得，測量天地的寬度，每繞過八根天柱就休息一下，經過四根地軸才暫時睡一覺，撿拾塵土噴吐煙霧，來計算災難劫數，噴出的土堆積成山丘，也未能計算窮盡。

【研　析】員嶠山之奇不在景而在物、在事。其中移池國人看五岳成塵，視扶桑樹萬歲一枯如朝夕的記載，與晉朝葛洪《神仙傳・麻姑》所云「麻姑自說云，接待以來，已見東海三為桑田」類似，既是古人對於長生不死的渴望，也是古人超越生死對浩瀚無涯的時空俯視。此著墨不多而文筆灑脫。

# 岱輿山

岱輿山❶，一名浮析❷，東❸有員淵千里，孟夏之月，水常沸騰❹，以金石投之，則爛如土矣。孟冬水涸，中有黃烟從地出❺，起數丈，烟色萬變。山人掘之，入地❻數尺，得燋石如炭，或❼有碎火，如俗間之火。❽以蒸燭❾投之，則然❿而青色，深掘則火轉盛。有草名莽煌，葉圓如荷，去之十步，炙人衣則燋⓫，刈⓬之為席，方冬彌溫，以枝相摩，則火出矣。南有平沙千里，色如金，若粉屑，靡靡⓭常流，鳥獸行則沒足。風吹沙起若霧，亦名金霧，亦曰金塵。沙著樹粲然，如黃金塗矣。和之以泥，塗仙宮，則晃昱⓮明粲也。西有舃⓯玉山，其石五色而輕，或似履⓰舃之狀，光澤可愛，有類人工。其黑色者為勝，眾仙所用焉。北有玉梁⓱千丈，駕玄流之上，紫苔覆漫，味甘而柔滑，食者千歲不飢。

玉梁之側，有斑斕自然雲霞龍鳳之狀。梁去玄流千餘丈，雲氣生其下。傍有丹桂、紫桂、白桂，皆直上千尋⑱，可為舟航，謂之「文桂之舟」。亦有沙棠⑲、豫章⑳之木，長千尋，細枝為舟，猶長十丈。有七色芝生梁下，其色青，光輝燿，謂之「蒼芝」。熒火㉑大如蜂，聲如雀，八翅六足。梁有五色蝙蝠，黃者無腸，倒飛，腹向天；白者腦重，頭垂自掛；黑者如烏㉒，至千歲形變如小燕；青者毫毛長二寸，色如翠；赤者止於石穴，穴上入天，視日出入恆在其上。有獸名嗽月，形似豹，飲金泉之液，食銀石之髓。此獸夜噴白氣，其光如月，可照數十畝。軒轅㉓之世獲焉。有遙香草，其花如丹，光耀入日㉔，葉細長而白，如忘憂之草，其花葉俱香，扇馥數里，故名遙香草。其子如薏㉕中實，甘香，食之累月不飢渴，體如草之香，久食延齡萬歲。仙人常採食之。

【注釋】❶岱輿山　傳說中的古代仙山。❷一名浮析　此四字原無，據《太平御覽》補。❸東　此字原無，據《太平御覽》補。❹孟夏二句　原作「常沸騰」，按下文云「孟冬水涸」，故據《太平御覽》補。孟夏，夏季

315 岱輿山

的第一個月，即農曆四月。❺孟冬二句　《太平御覽》作「孟冬之月稍燋涸，有黃色烟從地中出」。❻地　此字原無，據《太平御覽》補。❼或　原作「滅」，據《太平御覽》改。❽如俗間句　此句據《太平御覽》補。❾蒸燭　古指以麻苧、竹木等製成的火炬。蒸，細小的木柴枯枝。❿然　同「燃」。⓫炙人衣則燋　《太平御覽》「衣」下有「服」字，又下多「鳥獸不敢近也」一句。⓬刈　用鐮刀割取草或穀類。⓭靡靡　綿延不絕。⓮晃昱　光明；明亮。⓯舄　此字原無，據毛校補。古代一種有兩層底的鞋子。⓰履　鞋子。⓱梁　橋樑。⓲尋　古長度單位。八尺為一尋。⓳沙棠　木名。《山海經‧西山經》：「昆侖之丘……有木焉。其狀如棠，華黃赤實，其味如李而無核，名曰沙棠。」⓴豫章　木名。枕木與樟木的並稱。《史記‧司馬相如列傳》：「其北則有陰林巨樹，楩柟豫章。」張守節《正義》中引溫活人之言：「豫，今之枕木也；章，今之樟木也。」一說，豫章即樟木。㉑熒火　即螢火蟲。㉒烏　原作「鳥」，按齊校以為烏鴉色黑，故謂蝙蝠之黑者如之，當作「烏」，故據改。㉓軒轅　即黃帝。上古帝王之一。《史記‧五帝本紀》：「黃帝者，少典之子，姓公孫，名軒轅。」㉔入目　原作「入月」，毛校作「入目」。㉕薏　薏米。

【語　譯】岱輿山，另有一名浮析，東面有一處員淵方圓千里，潭水在初夏時常沸騰，把金石投入深潭中，金石會熔化成泥土。初冬時潭水乾涸，地中冒出黃煙，煙氣幾丈高，顏色千變萬化。居住在山裡的人挖掘潭中泥土，向地下深挖幾尺，就能得到像炭一樣的燒焦石頭，有時候石頭上還帶有火星，若把火把投入潭中，潭水就會燃燒變成黑色，向深處繼續挖掘火勢就變得旺盛。有種草叫莽煌，葉子圓圓的有如荷葉，在距離十步的地方，人的衣服就會烤焦，割下這種草織成席子，在冬天時席子會更加溫暖，將莽煌的枝葉相互摩擦，就會產生火花。岱輿山南面有方圓千里的平沙，金色，有如細粉，綿延不絕地流動，飛鳥走獸走在沙上腳會被淹沒。風吹來揚起霧一般的沙塵，也稱作金霧，又叫作金塵。沙土落到樹上會閃閃發亮，有如黃金塗在樹上。將沙子與泥和在一起，塗在仙宮上，宮殿就變得輝煌明亮。西面有座島玉山，山上有輕盈的五彩石，有的石頭樣子像鞋，外觀光滑潤澤可愛，好似經過人工打造。黑色的石頭是上品，諸仙選用這些石頭。北面有座千丈長的玉橋，架在黑水河上，河水上覆蓋蔓延著紫苔，紫苔味道甘甜而柔軟細滑，食用紫苔後千年都不會感到飢餓。玉橋側面，有色彩斑斕外形好似龍鳳的天然雲霞。玉橋距離黑水河面有千餘丈，橋下有雲氣生起。玉橋旁邊有紅桂樹、紫桂樹、白桂樹，所有的樹都筆直挺拔高千尋，可以用這種樹建造船，稱為「文桂之舟」。還有沙棠樹、豫章樹，樹高千尋，即使選用最細的樹枝來造船，船身還有十丈長。玉橋下有七色靈芝，黑色的靈芝，發出耀眼的光芒，稱為「蒼芝」。和蜜蜂一樣大的螢火蟲，鳴叫聲如雀，有八片翅膀六隻腳。玉橋上有五色蝙蝠，黃色的蝙蝠沒有腸子，倒著飛，肚子朝向天；白色的蝙蝠頭重，頭向下自行倒垂；黑色的蝙蝠有如烏鴉，長到千年後外形和雛燕一般大；青色的蝙蝠毫毛有二寸長，色如翠玉；紅色的蝙蝠住在石穴中，石穴上方直通天空，所看到的日出和日落都在石穴的上方。有一種野獸叫嗽月，外形似豹，飲用金泉水，吃銀石髓。這種野獸晚上噴出白氣，發出有如月亮一樣的光芒，能照亮幾十畝之內的地方。在軒轅時代抓到過這種野獸。還有遙香草，花色火紅，光芒閃耀入目，葉子細長呈白色，樣子像忘憂草，遙香草的花和葉子都有香氣，香氣可傳到幾里的範圍，因此叫遙香草。遙香草的種子和薏米的果實一樣，香甜，吃遙香草的種子後能幾個月都不覺得飢餓口渴，身體也散發和草一樣的香味，長期食用能增壽萬年。仙人們常採遙香草的種子吃。

【研　析】本文描寫岱輿山的奇特景物。在描寫諸仙山各篇中，此篇最有條理。作者總體上按照東南西北的順序，在介紹北面玉橋時又按照水面、橋側、橋旁、橋上的順序將奇草異獸一一羅列開來。讀者彷彿跟隨一名景點的講解員，隨其手勢移動視線，不停地咂舌於造物的神奇，暗自豔羡神仙生活。

# 昆吾山

昆吾山❶，其下多赤金❷，色如火。昔黃帝伐蚩尤❸，陳兵於此地，掘深百丈，猶未及泉，惟見火光如星。地中多丹❹，鍊石為銅，銅色青而利。泉色赤。山草木皆勁❺利，土亦剛❻而精。至越王句踐❼，使工人以白馬白牛祠❽昆吾之神，採金鑄之，以成八劍之精：一名掩日，以之指日，則光晝暗。金陰也❾，陰盛則陽滅。二名斷水，以之劃水，開即不合。三名轉魄❿，以之指月，蟾兔⓫為之倒轉。四名懸翦，飛鳥游過觸其刃⓬，如斬截焉。五名驚鯢，以之泛海，鯨鯢⓭為之深入。六曰滅魂，挾之夜行，不逢魑魅⓮。七名卻邪，有妖魅者，見之則伏。八名真剛，以切玉斷金，如削土木矣。以應八方之氣鑄之也。其山有獸，大如兔，毛色如金，食土下之丹石，深穴地以為窟；亦食銅鐵，膽腎皆如鐵。

其雌者色白如銀。昔吳國武庫之中，兵刃鐵器，俱被食盡，而封署⑮依然。王令檢其庫穴，獵得雙兔，一白一黃，殺之，開其腹，而有鐵膽腎，方知兵刃之鐵為兔所食。王乃召其劍工，令鑄其膽腎以為劍，一雌一雄，號「干將」者雄，號「鏌鋣」者雌⑯。其劍可以切玉斷犀⑰，王深寶之，遂霸其國。後以石匣埋藏。及晉之中興，夜有紫氣⑱衝斗牛⑲。張華使雷煥⑳為豐城㉑縣令，掘而得之。華與煥各寶其一。拭以華陰㉒之土，光耀射人。後華遇害，失劍所在。煥子佩其一劍，過延平津㉓，劍鳴飛入水。及入水尋之，但見雙龍纏屈於潭下，目光如電，遂不敢前取矣。

【注釋】❶昆吾山　傳說中的古代仙山。《山海經·中山經》：「又西二百里曰昆吾之山，其上多赤銅。」郭璞注：「此山出名銅，色赤如火，以之作刃，切玉如割泥也。」❷赤金　指銅礦石。❸黃帝伐蚩尤　傳說中，黃帝與蚩尤大戰與涿鹿（今河北涿鹿、懷來一帶）之野，後蚩尤為黃帝所殺。❹丹　應指丹石，紅色的石頭。❺勁　原作「劍」，據《稗海》本改。❻剛　原作「鋼」，據《太平廣記》改。❼越王句踐　春秋末年越國君。曾被吳打敗，後臥薪嘗膽，轉弱為強，滅吳國，稱霸諸侯。❽祠　祭祀。❾金陰也　按五行說，金主陰。《太平廣記》「陰」下有「物」字。❿魄　月魄，農曆每月之初始見的月光。⓫蟾兔　蟾蜍和玉兔，古人以為兩物是月中精靈，故以之代稱月亮。⑫飛鳥句　《稗海》本「遊」下有「蟲」字。《太平廣記》作「飛鳥遊蟲遇觸其刃」。⑬鯨鯢　鯨，雄鯨。鯢，雌鯨。⑭魑魅　謂能害人的山澤神怪。泛指鬼怪。⑮封署　封條印記。⑯號干將二句　鏌鋣，即莫邪。《吳越春秋》：「干將，吳人；莫邪，干將之妻也。干將作劍，莫邪斷髮翦爪，投於爐中，金鐵乃濡，遂以成劍。陽曰干將，陰曰莫邪。」《吳地記》又謂吳王闔閭使干將鑄劍，其妻竄入爐中，鐵汁乃出，遂成二劍，雄號干將，雌號莫邪。⑰犀　犀角。⑱紫氣　指寶物的光氣或祥瑞之氣。《晉書・張華傳》：「斗牛之間，常有紫氣。」原作「紫色」，據齊校改。⑲斗牛　指吳越地區。因其當斗、牛二宿之分野，故稱。《星經》：「南斗、牽牛，吳越分野。」⑳雷煥　東晉人，善星曆占卜。㉑豐城　今江西豐城。別名「劍邑」。㉒華陰　今陝西華陰。㉓延平津　古代津渡名。晉時屬延平縣（今福建南平東南），名延平津。因雷煥子失劍於此，又有劍津、龍津、劍溪等名。

**【語　譯】**昆吾山，山下蘊藏很多銅礦石，礦石顏色火紅。從前黃帝討伐蚩尤時，曾駐兵在此，向地下挖掘百丈，還沒有挖到泉水，只看見地下有火光像星星一樣閃爍。地下有許多紅色石頭，能冶煉成銅，銅青色而用其打造的武器十分鋒利。泉水是紅色的。山上的草木都非常強勁尖利，土壤也剛勁堅硬。越王句踐時，派工匠用白馬白牛祭祀昆吾山神，開採礦石加以鑄造，打造成八把精靈寶劍：第一把寶劍叫掩日，用它指向太陽，太陽光就會變暗。金屬陰，陰氣盛則陽氣衰滅。第二把寶劍叫斷水，用這把寶劍劃過水面，水面被劃開後就不會合起來。第三把寶劍叫轉魄，用它指向月亮，月亮上的月亮都會倒轉。第四把寶劍叫懸翦，小鳥飛過觸到寶劍劍刃，如同被剪斷般分為兩截。第五把寶劍叫驚鯢，將劍浮在海上，雄鯨和雌鯨就都沉入深海。第六把寶劍叫滅魂，把寶劍夾在腋下走夜路，不會遇到鬼怪。第七把寶劍叫卻邪，凡是妖魔鬼怪，看到這把寶劍就會順服。第八把寶劍叫真剛，用它來切玉斷金，就好像切削土木一樣。這八把寶劍是應合八方之氣鑄造而成的。昆吾山有種野獸，體形和兔子一樣大，金色的毛，吃地下的紅色礦石，挖掘很深的洞做為巢穴；這種野獸也吃銅鐵，牠的膽、腎都像鐵造的。雌獸是銀白色。以前吳國武器庫中，兵器刀刃等鐵器，全都被吃光，但是武器庫的封條官印原封未損。吳王派人檢查武器庫，抓到一對兔子，一隻白色一隻黃色，把兔子殺了，剖開肚子，裡面有像鐵一樣的膽和腎，才知道兵刃的鐵都被兔子吃了。吳王召來鑄劍工匠，命令工匠用兔子的膽腎鑄劍，一把雌劍一把雄劍，雄劍叫做「干將」，雌劍叫做「鏌鋣」。這兩把劍能切斷玉石和犀牛角，吳王非常珍愛這兩把劍，終於稱霸諸國。後來吳王用石匣將劍掩埋隱藏。西晉興盛時，夜晚曾有祥瑞紫氣直衝吳越地區。張華派雷煥到豐城擔任縣令，挖掘並找到寶劍。張華與雷煥各保存一把並當做寶貝。用華陰的土來擦拭寶劍，光芒閃耀照人。後來張華遇害，寶劍不知道失落到何處。雷煥的兒子佩帶一把寶劍，經過延平津時，寶劍長鳴一聲飛入水中。等下水去尋找寶劍時，只看見兩條龍相互纏繞盤屈在深潭下，龍的目光有如閃電，於是不敢上前去取劍。

【研析】劍在中國文化中是正義、力量、權力的象徵，所謂寶劍贈英雄，故關於鑄劍、佩劍、舞劍就有了許多動人的傳說。本篇我們見識了大量的古代寶劍。作者述說越王八劍的名稱和神奇，一氣呵成，似有雷霆萬鈞之勢。後面轉而講述干將、莫邪劍的由來，從昆吾山上吃銅鐵的兔子，到兔子吃掉吳王武器庫中的兵器而被捉，到用其膽腎鑄成寶劍，到吳越地區的劍氣沖天，到劍入水化作蛟龍，情節緊張而節奏舒緩，每次故事轉折都出人意表，雖知是故事，卻又不禁回味咀嚼。

昆吾山本是一座蘊藏豐富銅礦的山脈，《山海經・中山經》：「又西二百里曰昆吾之山，其上多赤銅。」在本文中沒有飄渺的空中樓閣，沒有飛來飛去的仙人影跡，也沒有奇花異木。這樣的一座山本與神仙道術無緣，但卻因為它所產的銅鑄成的寶劍背後的動人故事，這座山也被賦予了靈性。

# 洞庭山

洞庭山[1]浮於水上，其下有金堂數百間，帝女[2]居之。四時聞金石絲竹[3]之聲，徹於山頂。楚懷王[4]之時，舉[5]群才賦詩於水湄，故云瀟湘[6]洞庭之樂，聽者令人忘去[7]，雖〈咸池〉、〈九韶〉[8]，不得比焉。每四仲[9]之節，王常繞山以遊宴，各[10]舉四仲之氣以為樂章。仲春律中夾鐘[11]，乃作輕風流水之詩，讌於山南，律中蕤賓[12]，乃作皓露秋霜之曲。後懷王好進姦雄，群賢逃越。屈原[13]以忠見斥，隱於沅湘[14]，披蓁[15]茹草，混同禽獸，不交世務，採柏實[16]以合桂膏[17]，用養心神；被王逼逐，乃赴清泠之水[18]。楚人思慕，謂之水仙。其神遊於天河，精靈時降湘浦。楚人為之立祠，漢末猶在。其山又有靈洞，入中常如有燭於前。中有異香芬馥，泉石明朗。採藥石[19]之人入中，如行[20]十里，迥然天清霞耀，花芳柳暗，丹樓瓊宇，宮觀異常。乃見眾女，霓裳冰顏，豔質與世人殊別。來邀採藥之人，飲以瓊漿金液㉑，延入㉒璇室㉓，奏以簫管絲桐㉔。餞令還家，贈之丹醴㉕之訣。雖懷慕戀，且思其子息㉖，卻㉗還洞穴，還若燈燭導前，便絕饑渴，而達舊鄉。已見邑里㉘人戶，各非故鄉鄰，唯尋得九代孫。問之，云：「遠祖入洞庭山採藥不還，今經三百年也。」其人說於鄉里，亦失所之。

【注釋】❶洞庭山　傳說中的古代仙山。據文意推測，似今洞庭湖的君山。❷帝女　原作「玉女」，《太平廣記》和《太平御覽》皆作「帝女居之」。《山海經・中山經》載：「洞庭之山……帝之二女居之。」故據改。❸金石絲竹　泛指各種樂器。金，指金屬製造的鐘一類樂器。石，指石製的磬。絲，指絃類樂器。竹，指管類樂器。❹楚懷王　戰國時楚國國君。在位時任用佞臣，排斥賢良，致使國事日非。終因貪婪成性，耗盡國力，身死異國。❺舉　《稗海》本作「與」。❻瀟湘　指湘江。因湘江水清深故名。瀟，水清而深之貌。❼去　原作「老」，《太平御覽》作「去」，意更勝，據改。❽咸池九韶　皆為樂名。咸池，也稱〈大咸〉。周代六舞之一，用以祭祀地神。九韶，也叫〈簫韶〉、〈九韶〉、〈九招〉。《書・益稷》：「〈簫韶〉九成，鳳凰來儀。」❾四仲　農曆四季的第二個月，仲春為二月，仲夏為五月，仲秋為八月，仲冬為十一月。❿各　此字原無，據《稗海》本補。⓫仲春句　律即律管，古代用來校正樂音標準的管狀儀器。以管的長短來確定音階。從低音排列，統稱十二律。

十二律各有其名。古人律曆相配，十二律與十二月相應，謂律應。夾鐘，也作「夾鍾」，十二律中第四律。十二月與十二地支相配，夏曆正月為建寅之月，由此順推夏曆以寅月為一年之，夾鐘在卯位，故為農曆二月。《禮記・月令》：「仲春之月，其音角，律中夾鍾。」⓬律中蕤賓　律，原作「時」，據《稗海》本改。十二律中第七律。蕤賓在午位，為農曆五月。《禮記・月令》：「仲夏之月，其音徵，律中蕤賓。」齊校云：「按前文言『各舉四仲之氣以為樂章』，本段只言仲春、仲夏，未及仲秋、仲冬，且『皓露秋霜之曲』，亦非仲夏所當奏。疑必有脫文。」⓭屈原　戰國時期楚國人，先後任左徒、三閭大夫。因遭毀謗而被流放，最終投汨羅江而死。⓮沅湘　沅水和湘水的並稱。⓯蓁　通「榛」。叢生的荊棘。⓰柏實　柏樹結的果實。可入藥。傳說服用它可使身體輕健、益壽延年。⓱桂膏　傳說中的一種脂膏。⓲水　《稗海》本和《太平廣記》皆作「淵」。⓳藥石　煉丹石。⓴如行　謂隨光前行。㉑瓊漿金液　指美酒。㉒延入　引進；引入。㉓璇室　玉飾的宮室。傳說中仙人的居所。璇，毛校作「瑤」。㉔簫管絲桐　泛指管絃樂器。簫管，排簫和大管。絲桐，琴。古人削桐為琴，熟絲為絃。㉕丹醴仙酒。㉖子息　子女。㉗郤　原作「郤」，據《稗海》本改。㉘邑里　鄉里。

【語　譯】洞庭山漂浮在水上，山下有幾百間金碧輝煌的房屋，有帝女居住在那裡。四季都能聽到金石絲竹等各種樂器的聲音，樂聲響徹山頂。楚懷王時，召集許多富有才學的士人在水邊賦詩，因此有人說瀟湘洞庭的樂曲，聽後能使人忘記歸去，即使是〈咸池〉、〈九韶〉這樣的樂曲，也不能與之相比。每到各個季節的仲月，楚懷王經常在山的四周遊樂飲宴，分別以四季的仲月節氣做樂章。仲春用夾鐘韻律，吟詠微風流水的詩句，在山的南面舉辦宴會；仲夏用蕤賓韻律，創作皓露秋霜的樂曲。後來楚懷王喜歡接近狡猾多詐的人，賢臣們紛紛逃走。屈原因忠誠被摒棄，隱居在沅湘地區，身披荊棘和吃草充飢，和飛禽走獸混居在一起，不參與世間的俗務，採摘柏實與桂膏混合成藥丸，用來滋養心靈與精神；後來被楚懷王逼迫並驅逐，因而投入清泠的江水。楚國人思慕屈原，稱他為水中的神仙。屈原的精神在天上銀河遊蕩，靈魂有時在湘水邊盤桓。楚國人為屈原設立祠堂，漢末時祠堂還在。洞庭山還有一個靈洞，走進靈洞後時常感覺好像有燭火在前方指引。洞中有濃郁的特殊香氣，泉水和岩石清楚明亮。採煉丹石的人進入洞中，隨光前行十里，忽然天空清澈霞光照耀，鮮花芬芳綠柳垂蔭，紅樓玉棟，宮殿建築物與人間不同。看見許多女子，身穿霓裳面容潔淨、清瑩如冰，美豔麗質和世間的人不同。她們邀請採藥人，飲用美酒，將他引入用美玉搭建的房間，女子們用簫管絲桐等管絃樂器奏樂。為採藥人餞行讓他回家，還贈送給採藥人製作仙酒的祕訣。採藥人雖然眷戀這裡，但他想念子女，返回洞中，好像有燈火燭光在前面引路，就不吃不喝，回到故鄉。見到鄉里的人，每家都不是故鄉鄉里原來的人，只找到了自己的第九代子孫。採藥人問他，回答說：「遠祖到洞庭山去採藥沒回來，現在已經過了三百年。」採藥人把自己的經歷說給鄉里聽，後來也沒人知道他到什麼地方去了。

【研　析】洞庭，即神仙洞府也。唐李思密《湘君廟紀略》：「洞庭蓋神仙洞府之一也，以其洞府之庭，故曰洞庭。」洞庭山的原型應是坐落於湖南洞庭湖中的君山，其地雲遮霧繞，氣象萬千，頗有些許神祕色彩。又因此處為故楚地，自然與楚懷王和屈原聯繫在一起。作者一改楚辭的風格，避開楚懷王的昏庸，突出他在瀟湘洞庭演奏美妙的樂曲，營造人間仙境；淡化了屈原的愛國之志、孤憤之情，他放逐的生活變成了道家修煉養氣之道，這是方士對屈原那段歷史的另類解讀，我們可以從中看到追求長生的方士與寧死不屈的政治家的區別。採藥人入靈洞與陶淵明〈桃花源記〉

的情節頗為相似，但出洞後所見景色、人物卻非樸素的田園，而是華美富麗的洞天福地，這是安貧守志的隱士與希冀修鍊成仙的道士的不同。

錄曰：按〈禹貢〉❶山海、正史說名山大澤，或不列書圖，著於雜編❷之部。或有乍❸無，或同乍異，故使覽者迴惑❹而疑焉。至如《列子》❺所說，員嶠、岱輿，瑰奇❻是聚，先《墳》❼莫記。蓬萊、瀛洲、方丈，各有別名；崑吾神異，張騫亦云焉❽。略華戎不同寒暑，律人獨禽至其異氣❾，雲水草木，怪麗殊形，考之載籍❿，同其生類。非夫貴遠體大，則笑其虛誕。俟⓫諸宏博⓬，驗斯靈異焉。

【注釋】❶禹貢 《尚書》中的一篇。中國最早的地理著作。假託夏禹治水後的政區制度，將中國分成九州，對黃河流域的山嶺、河流、藪澤、土壤、物產、貢賦、交通等，記述較詳。❷雜編 如雜家、雜史之類。原作「編雜」，齊校疑作「雜編」。❸乍 或者。❹迴惑 疑惑；彷徨。❺列子 道教經典之一。相傳戰國列禦寇著。已亡佚。今本《列子》八篇，內容多為民間故事、寓言和神話傳說。《列子‧湯問》：「其中有五山焉：一曰岱輿，二曰員嶠，三曰方壺，四曰瀛洲，五曰蓬萊。其山高下周旋三萬里，其頂平處九千里，山之中間相去七萬里，以為鄰居焉。其上臺觀皆金玉，其上禽獸皆純縞，珠玕之樹皆叢生，華實皆有滋味，食之皆不老不死。」

❻瑰奇　指珍貴奇異之物。❼墳　指《三墳》。中國最古老的書。三皇（伏羲、神農、黃帝）之書。❽張騫句　齊校按《漢書·張騫傳》無昆吾神異之事。《隋書·經籍志》史部地理類有《張騫出關志》，已亡佚，或在其中。張騫，西漢人。兩次奉命出使西域。❾律人句　此句難解，疑有訛脫。律人，約束他人。獦，同「獵」。打獵。❿載籍　書籍；典籍。⓫俟　等候。⓬宏博　指知識廣博之士。

【語譯】附錄：按《尚書·禹貢》篇對山海的記載、正史中所記述的著名的高山和湖海，可能未列入書目或圖表，只有記述在雜史中。書中也許有收錄也許沒有，或者記載內容有相同也有不同，因此使閱讀的人困惑而產生疑問。至於《列子》記載，員嶠山、岱輿山，是聚集瑰麗奇寶的地方，先前的《三墳》並無記述。蓬萊山、瀛洲山、方丈山，都各自有不同的名字；昆吾山的神奇怪異，張騫也曾有記述。觀察到中原與少數民族氣候不同，約束他人獵殺飛禽必然產生怪異靈氣，飛雲流水花草樹木，奇異絢麗外形特殊，考證古書中的記載，原來同屬一類。若不是重視遠古以來，體察天地之大的人，則會笑王嘉的記述荒誕。等待各位博學之士，來驗證這些靈異的記述。

# 附錄

## 拾遺記序

《拾遺記》者，晉隴西安陽人王嘉字子年所撰，凡十九卷，二百二十篇，皆為殘缺。當偽秦之季，王綱遷號，五都淪覆，河洛之地，沒為戎墟，宮室榛蕪，書藏堙毀。荊棘霜露，豈獨悲於前王；鞠為禾黍，彌深嗟於茲代！故使典章散滅，黌館焚埃，皇圖帝冊，殆無一存，故此書多有亡散❶。文起羲、炎已來，事訖西晉之末，五運因循，十有四代。王子年乃搜撰異同，而殊怪必舉，紀事存樸，愛廣尚❷奇。憲章稽古之文，綺綜編雜之部。《山海經》所不載，夏鼎或之未存❸，乃集而記矣。辭趣過誕，意❹旨迂闊，推理陳跡，恨為繁冗；多涉禎祥之書，博采神仙之事，妙萬物而為言，蓋絕世而弘博矣！世德陵夷，文頗缺略。綺更刪其繁紊，紀其實美，搜刊幽祕，捃採殘落，言匪浮詭，事弗空誣。推詳往跡，則影徹經史；考驗真怪，則葉附圖籍。若其道業遠者，則辭省樸素；世德近者，則文存靡麗。編言貫物，使宛然成章。數運則與世推移，風政則因時迴改。至如金繩鳥篆之文，玉牒蟲章之字，末代流傳❺，多乖曩跡，雖探研鐫寫，抑多疑誤。及言乎政化，訛乎禎祥，隨世❻代而次之。土地山川之域，或以名例相疑；草木鳥獸之類，亦以聲狀相惑。隨所載而區別，各因方而釋之，或變通而會其道，寧可採於一說。今搜檢殘遺，合為一部，凡一十卷，序而錄焉。

蕭綺撰

【注釋】❶散　原作「百」，據毛校改。❷尚　原作「向」，據毛校改。❸或之未存　原作「未之或存」，據毛校改。❹意　原作「音」，據毛校改。❺流傳　原作「傳流」，據毛校改。❻世　此字原無，據毛校改。

# 拾遺記後序

《晉書・藝術傳》曰：王嘉，字子年，隴西安陽人也。輕舉止，醜形貌，外若不足，而內聰慧明敏❶。便滑稽好語笑，不食五穀，不衣美麗，清虛服氣，不與世人交遊。隱於東陽谷，鑿崖穴而居，弟子受業者百人❷，亦皆穴處。石季龍之末，棄其徒眾，至長安，潛隱於終南山，結庵廬而止。門人聞而候之❸，乃遷於倒獸山。堅❹累徵不赴，公侯已下咸躬往參詣，好尚之士無不師宗之。問當世事，皆隨問而對。好為譬喻，狀如戲調；言未然之理❺，辭如讖記，當時鮮能曉悟之，過了皆驗。堅將南征，遣使者問之。嘉曰：「金剛火強。」乃乘使者馬，正衣冠，徐徐東行百步，而策馬馳返，脫衣服，棄冠履而歸，下馬踞牀，一無所言。使者還以告，堅不悟，復遣問之，曰：「吾世祚云何？」嘉曰：「未央。」咸以為吉。明年癸未，敗於淮南，所謂未年而有殃也。人候之者，至心則見之，不至心則隱形不見。衣服在架，履杖猶在地，或取其衣者，終不及，企而取之，衣架踰高，而屋亦不大，履杖之物亦如之。及姚萇之入長安，禮嘉如苻堅故事，適❻以自隨，每事諮之。萇既與苻堅❼相持，問嘉曰：「吾得殺苻堅定天下不？」嘉曰：「略得之。」萇怒曰：「得當云得，何略之有！」遂斬之。先釋道安疾殛，使謂嘉曰：「世故力殷，可以同行矣。」嘉答曰：「師先行，吾負債於人，未果去得。」俄然道安亡而嘉戮❽，可謂「負債」乎。苻登聞嘉死，設壇哭之，贈太師，謚文定公❾。及姚萇死，其子興，字子略，方殺堅以定天下，「略得」之謂也。嘉死之日，人有隴上見之。其所造《三章❿歌讖》，事過皆驗，累世又⓫傳之。又著《拾遺記》十卷，其事多詭怪，今行於世。

【注釋】❶內聰慧明敏　《晉書》作「而聰睿內明」。❷百人　《晉書》作「數百人」。❸門人間而候之　《晉書》作「門人聞而復隨之」。❹堅　《晉書》作「苻堅」，是。文中第一次出現的人物，姓名應完整，故據改。❺理　《晉書》作「事」。❻適　《晉書》作「逼」。❼苻堅　《晉書》作「苻登」，是。姚萇入長安時，苻堅已兵敗被殺多時。後文之「堅」，亦是「登」之誤。❽俄然句　《晉書》作「俄而道安亡，至是而嘉戮死」。❾謚文定公　《晉書》作「謚曰文」。❿三章　《晉書》作「牽三」。⓫又　《晉書》作「猶」，是。二字音近而訛。

# 古籍今注新譯叢書

書種最齊全　注譯最精當

【哲學類】

新譯四書讀本　謝冰瑩等編譯
新譯學庸讀本　王澤應注譯
新譯孝經讀本　賴炎元、黃俊郎注譯
新譯易經讀本　郭建勳注譯　黃俊郎校閱
新譯乾坤經傳通釋　黃慶萱著
新譯禮記讀本　姜義華注譯　黃俊郎校閱
新譯儀禮讀本　顧寶田等注譯　黃俊郎校閱
新譯孔子家語　羊春秋注譯　周鳳五校閱
新譯老子讀本　余培林注譯
新譯老子解義　吳怡著
新譯莊子讀本　黃錦鋐注譯
新譯莊子讀本　張松輝注譯
新譯莊子本義　水渭松注譯
新譯莊子內篇解義　吳怡著
新譯列子讀本　莊萬壽注譯
新譯管子讀本　湯孝純注譯　李振興校閱
新譯墨子讀本　李生龍注譯　李振興校閱
新譯公孫龍子　丁成泉注譯　黃志民校閱
新譯晏子春秋　陶梅生注譯　葉國良校閱
新譯鄧析子　徐忠良注譯　劉福增校閱
新譯荀子讀本　王忠林注譯
新譯尹文子　徐忠良注譯　黃俊郎校閱
新譯尸子讀本　水渭松注譯　陳滿銘校閱
新譯韓非子　賴炎元、傅武光注譯
新譯呂氏春秋　朱永嘉等注譯　黃志民校閱
新譯韓詩外傳　孫立堯注譯
新譯淮南子　熊禮匯注譯　侯迺慧校閱
新譯春秋繁露　朱永嘉、王知常注譯
新譯新書讀本　饒東原注譯　黃沛榮校閱
新譯新語讀本　王毅注譯　黃俊郎校閱
新譯潛夫論　彭丙成注譯　陳滿銘校閱
新譯論衡讀本　蔡鎮楚注譯　周鳳五校閱
新譯申鑒讀本　林家驪等注譯　周鳳五校閱
新譯人物志　吳家駒注譯　黃志民校閱
新譯張載文選　張金泉注譯
新譯近思錄　張京華注譯

新譯傳習錄　李生龍注譯
新譯明夷待訪錄　李廣柏注譯　李振興校閱

## 文學類

新譯詩經讀本　滕志賢注譯
新譯楚辭讀本　傅錫壬注譯
新譯文心雕龍　羅立乾注譯
新譯世說新語　劉正浩等注譯
新譯昭明文選　周啟成等注譯
新譯古文觀止　謝冰瑩等注譯
新譯古文辭類纂　黃　鈞等注譯
新譯樂府詩選　溫洪隆注譯
新譯古詩源　馮保善注譯
新譯千家詩　邱燮友等注譯
新譯詩品讀本　成　林等注譯
新譯花間集　朱恒夫注譯
新譯南唐詞　劉慶雲注譯
新譯唐詩三百首　邱燮友注譯
新譯宋詞三百首　汪　中注譯
新譯元曲三百首　賴橋本等注譯
新譯明詩三百首　趙伯陶注譯
新譯清詩三百首　王英志注譯

新譯唐人絕句選　卞孝萱等注譯
新譯唐才子傳　戴揚本注譯
新譯拾遺記　石　磊注譯
新譯搜神記　黃　鈞注譯
新譯唐傳奇選　束　忱等注譯
新譯宋傳奇小說選　束　忱注譯
新譯明傳奇小說選　陳美林等注譯
新譯容齋隨筆　朱永嘉等注譯
新譯明散文選　周明初注譯
新譯人間詞話　馬自毅注譯
新譯白香詞譜　劉慶雲注譯
新譯幽夢影　馮保善注譯
新譯菜根譚　吳家駒注譯
新譯小窗幽記　馬美信注譯
新譯郁離子　吳家駒注譯
新譯歷代寓言選　黃瑞雲注譯
新譯賈長沙集　林家驪注譯
新譯揚子雲集　葉幼明注譯
新譯曹子建集　曹海東注譯
新譯阮籍詩文集　林家驪注譯
新譯嵇中散集　崔富章注譯
新譯陸機詩文集　王德華注譯

|  |  |
|---|---|
| 新譯陶淵明集 | 溫洪隆注譯 |
| 新譯江淹集 | 羅立乾等注譯 |
| 新譯初唐四傑詩集 | 李福標注譯 |
| 新譯駱賓王文集 | 黃清泉注譯 |
| 新譯王維詩文集 | 陳鐵民注譯 |
| 新譯孟浩然詩集 | 楊　軍注譯 |
| 新譯李白詩全集 | 郁賢皓注譯 |
| 新譯杜甫詩選 | 張忠綱等注譯 |
| 新譯岑參高適詩選 | 孫欽善等注譯 |
| 新譯昌黎先生文集 | 周啟成等注譯 |
| 新譯柳宗元文選 | 卞孝萱等注譯 |
| 新譯白居易詩文選 | 陶　敏等注譯 |
| 新譯元稹詩文選 | 郭自虎注譯 |
| 新譯李賀詩集 | 彭國忠注譯 |
| 新譯杜牧詩文集 | 張松輝注譯 |
| 新譯李商隱詩選 | 朱恒夫等注譯 |
| 新譯范文正公選集 | 王興華等注譯 |
| 新譯蘇洵文選 | 羅立剛注譯 |
| 新譯蘇軾文選 | 滕志賢注譯 |
| 新譯蘇軾詞選 | 鄧子勉注譯 |
| 新譯蘇轍文選 | 朱　剛注譯 |
| 新譯曾鞏文選 | 高克勤注譯 |
| 新譯王安石文選 | 沈松勤注譯 |
| 新譯柳永詞集 | 侯孝瓊注譯 |
| 新譯李清照集 | 姜漢椿等注譯 |
| 新譯陸游詩文集 | 韓立平注譯　彭國忠校閱 |
| 新譯歸有光文選 | 鄔國平注譯 |
| 新譯薑齋文集 | 平慧善注譯 |
| 新譯顧亭林文集 | 劉九洲注譯 |
| 新譯袁枚詩文選 | 王英志注譯 |
| 新譯聊齋誌異選 | 任篤行等注譯 |
| 新譯閱微草堂筆記 | 嚴文儒注譯 |

## 歷史類

|  |  |
|---|---|
| 新譯史記 | 韓兆琦注譯 |
| 新譯漢書 | 吳榮曾注譯 |
| 新譯後漢書 | 魏連科注譯 |
| 新譯三國志 | 吳樹平注譯 |
| 新譯資治通鑑 | 韓兆琦、張大可注譯 |
| 新譯史記—名篇精選 | 韓兆琦注譯 |
| 新譯尚書讀本 | 吳　璵注譯 |
| 新譯尚書讀本 | 郭建勳注譯 |
| 新譯逸周書 | 牛鴻恩注譯 |
| 新譯左傳讀本 | 郁賢皓等注譯　傅武光校閱 |

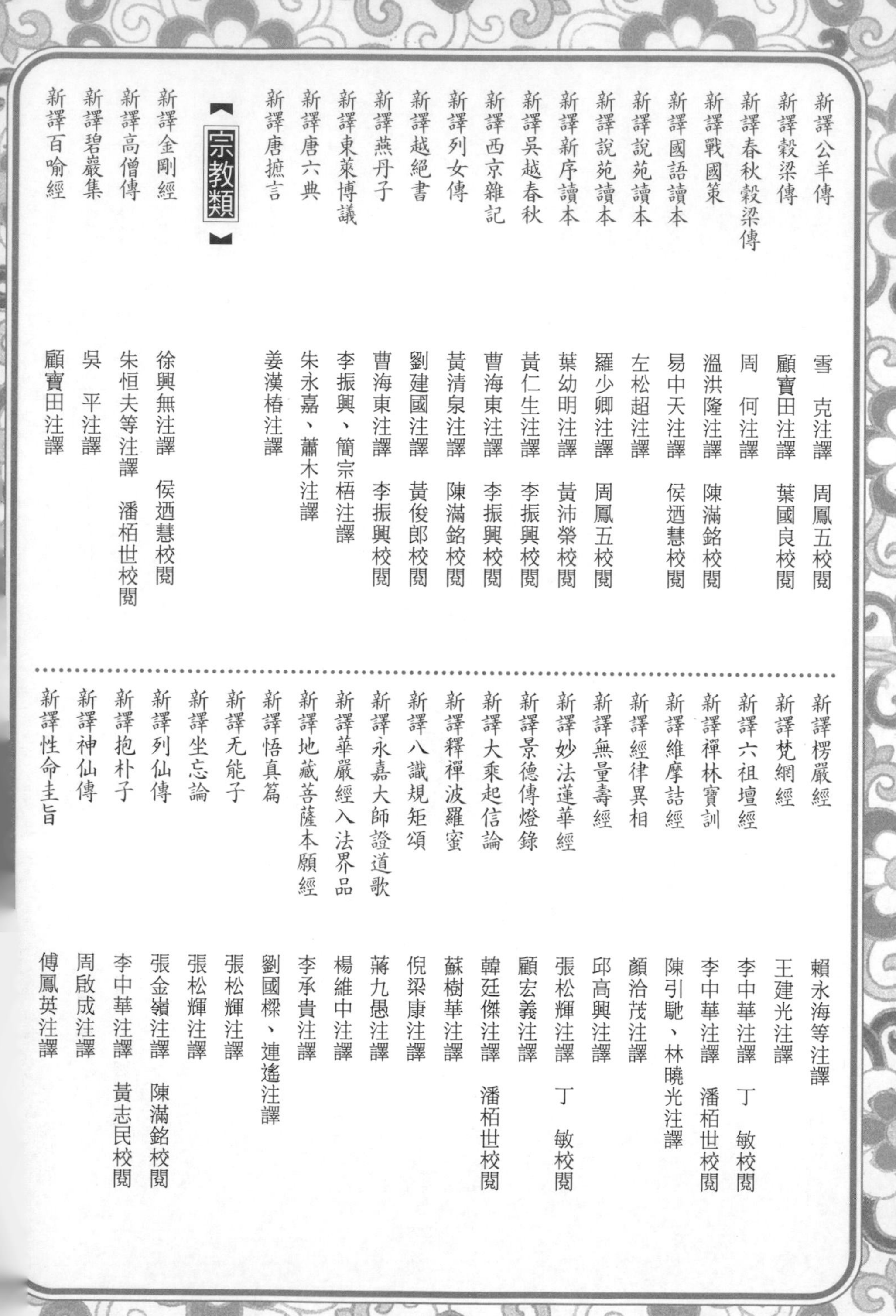

新譯公羊傳　雪　克注譯　周鳳五校閱
新譯穀梁傳　顧寶田注譯　葉國良校閱
新譯春秋穀梁傳　周　何注譯
新譯戰國策　溫洪隆注譯　陳滿銘校閱
新譯國語讀本　易中天注譯　侯迺慧校閱
新譯說苑讀本　左松超注譯
新譯說苑讀本　羅少卿注譯　周鳳五校閱
新譯新序讀本　葉幼明注譯　黃沛榮校閱
新譯吳越春秋　黃仁生注譯　李振興校閱
新譯西京雜記　曹海東注譯　李振興校閱
新譯列女傳　黃清泉注譯　陳滿銘校閱
新譯越絕書　劉建國注譯　黃俊郎校閱
新譯燕丹子　曹海東注譯　李振興校閱
新譯東萊博議　李振興、簡宗梧注譯
新譯唐六典　朱永嘉、蕭木注譯
新譯唐摭言　姜漢椿注譯

## 【宗教類】

新譯金剛經　徐興無注譯　侯迺慧校閱
新譯高僧傳　朱恒夫等注譯　潘栢世校閱
新譯碧巖集　吳　平注譯
新譯百喻經　顧寶田注譯
新譯楞嚴經　賴永海等注譯
新譯梵網經　王建光注譯
新譯六祖壇經　李中華注譯　丁　敏校閱
新譯禪林寶訓　李中華注譯　潘栢世校閱
新譯維摩詰經　陳引馳、林曉光注譯
新譯經律異相　顏洽茂注譯
新譯無量壽經　邱高興注譯
新譯妙法蓮華經　張松輝注譯　丁　敏校閱
新譯景德傳燈錄　顧宏義注譯
新譯大乘起信論　韓廷傑注譯　潘栢世校閱
新譯釋禪波羅蜜　蘇樹華注譯
新譯八識規矩頌　倪梁康注譯
新譯永嘉大師證道歌　蔣九愚注譯
新譯華嚴經入法界品　楊維中注譯
新譯地藏菩薩本願經　李承貴注譯
新譯悟真篇　劉國樑、連遙注譯
新譯无能子　張松輝注譯
新譯坐忘論　張松輝注譯
新譯列仙傳　張金嶺注譯　陳滿銘校閱
新譯抱朴子　李中華注譯　黃志民校閱
新譯神仙傳　周啟成注譯
新譯性命圭旨　傅鳳英注譯

新譯老子想爾注　顧寶田等注譯　傅武光校閱
新譯周易參同契　劉國樑注譯　黃沛榮校閱
新譯道門觀心經　王　卡注譯　黃志民校閱
新譯養性延命錄　曾召南注譯　劉正浩校閱
新譯樂育堂語錄　戈國龍注譯
新譯冲虛至德真經　張松輝注譯　周鳳五校閱
新譯長春真人西遊記　顧寶田等注譯
新譯黃庭經・陰符經　劉連朋等注譯

## 【軍事類】

新譯司馬法　王雲路注譯
新譯尉繚子　張金泉注譯
新譯三略讀本　傅　傑注譯
新譯六韜讀本　鄔錫非注譯
新譯吳子讀本　王雲路注譯
新譯孫子讀本　吳仁傑注譯
新譯孫臏兵法　孫鴻艷注譯　劉華祝校閱
新譯李衛公問對　鄔錫非注譯

## 【教育類】

新譯爾雅讀本　陳建初等注譯
新譯顏氏家訓　李振興等注譯
新譯曾文正公家書　湯孝純注譯　李振興校閱
新譯三字經　黃沛榮注譯
新譯百家姓　馬自毅、顧宏義注譯
新譯幼學瓊林　馬自毅注譯　陳滿銘校閱
新譯增廣賢文・千字文　馬自毅注譯　李清筠校閱
新譯格言聯璧　馬自毅注譯

## 【政事類】

新譯商君書　貝遠辰注譯　陳滿銘校閱
新譯鹽鐵論　盧烈紅注譯　黃志民校閱
新譯貞觀政要　許道勳注譯　陳滿銘校閱

## 【地志類】

新譯山海經　楊錫彭注譯
新譯水經注　陳橋驛等注譯
新譯佛國記　楊維中注譯
新譯大唐西域記　陳　飛等注譯　黃俊郎校閱
新譯洛陽伽藍記　劉九洲注譯　侯迺慧校閱
新譯徐霞客遊記　黃　珅注譯　黃志民校閱
新譯東京夢華錄　嚴文儒注譯　侯迺慧校閱